U0510829

教育部人文社科规划项目"双语作家纳博科夫研究"（项目编号：11YJA752010）

纳博科夫的传统继承与艺术创新

刘文霞　著

中国社会科学出版社

图书在版编目(CIP)数据

纳博科夫的传统继承与艺术创新 / 刘文霞著 . —北京:中国社会科学出版社,
2020. 8

ISBN 978-7-5203-6407-2

Ⅰ.①纳…　Ⅱ.①刘…　Ⅲ.①纳博科夫(Nabokov,Vladimir 1899-1977)—
文学研究　Ⅳ.①I712.065

中国版本图书馆 CIP 数据核字(2020)第 068280 号

出　版　人	赵剑英
责任编辑	刘晓红
责任校对	周晓东
责任印制	戴　宽

出　　　版	中国社会科学出版社
社　　　址	北京鼓楼西大街甲 158 号
邮　　　编	100720
网　　　址	http://www.csspw.cn
发　行　部	010-84083685
门　市　部	010-84029450
经　　　销	新华书店及其他书店

印刷装订	北京市十月印刷有限公司
版　　次	2020 年 8 月第 1 版
印　　次	2020 年 8 月第 1 次印刷

开　　本	710×1000　1/16
印　　张	15
插　　页	2
字　　数	231 千字
定　　价	88.00 元

凡购买中国社会科学出版社图书,如有质量问题请与本社营销中心联系调换
电话:010-84083683
版权所有　侵权必究

前　言

　　弗拉基米尔·纳博科夫（Vladimir Nabokov, 1899—1977）是 20 世纪最伟大的双语作家，也是美国当代最重要最有影响力的小说家之一。他的《洛丽塔》（Lolita, 1955）以其主题的多元性在争议中成为 20 世纪世界文学经典作品。而《微暗的火》（Pale Fire, 1962）通过谢德的诗歌和金波特的注释，演绎了故事中的故事，并从形式上颠覆了美国小说传统，完成了美国文学从现代主义到后现代主义的转变。

　　本书以马克思主义的历史唯物主义和辩证唯物主义的世界观为理论依据，将理论探讨与文本分析相结合，全面、深刻、系统地研究纳博科夫的整个文学创作，探讨他如何在继承俄罗斯文学传统的基础上大胆创新，如何在跨文化背景和俄罗斯文学传统影响的焦虑下进行跨文化创作，从而达到主题思想和艺术形式的辩证统一。

　　本书的主要内容分成两大部分，共六章。前三章着重探讨纳博科夫对生命的挚爱和对个体内在世界的关注，以及他对资本主义社会人性庸俗和文化庸俗的批判。纳博科夫一生流亡，对他来说，侨民是另一种身份的"小人物"，并以一种超然的哲学态度看待死亡。他认为，死亡是一扇门的关闭和另一扇门的开启，是另一种方式的存在。西方资本主义社会的工业化导致享乐主义思潮泛滥，传统道德价值体系崩溃，人性变得残酷，而大众文化的娱乐性和低级趣味导致"生活电影化"和"伪艺术"的泛滥。纳博科夫目睹了资本主义对传统价值观的冲击，他前期的俄语小说《王、后、杰克》《黑暗中的笑声》《绝望》等，以及后期的英语小说《洛丽塔》和《微暗的火》，都对人性的残酷和庸俗进行批判和揭露，同时对现代社会人类个体的外在物质世界和内在精神世界之间的格格不入和冲突加以揭示。"宇宙同步"是纳博科夫为人类在意识上超越时间和空间限制，回归"失去的天堂"和通往幸福的"彼岸世界"提供的最佳途径。

后三章主要探讨纳博科夫如何用不断创新的后现代主义艺术手法深化作品的主题思想。作为一个优秀的读者和有创造力的作家，纳博科夫强调文学的虚构性和创造性，主张从细节中寻求艺术的"审美狂喜"。他通过"误读"，继承并发展了果戈理的"神秘叙事模式"，运用叙事的虚幻性、情节的荒诞性和镜像手段揭示人性的庸俗。他还继承了陀思妥耶夫斯基的"同貌人"主题，将"替身写作模式"发展到了前所未有的高度，并赋予其复杂的文化内涵。他的"替身写作模式"承载了他对生命个体内在精神的关注和对人类生存状态的思考，在同貌人"似与不似"的追寻和对抗中，完成对个体意识的探寻和思考。

纳博科夫一生著述颇丰，他高超的艺术技巧使他的作品为读者提供了无限的阐释空间，因此，其研究犹如一座巨大的矿藏，等待着我们去挖掘。本研究抛砖引玉，再加上本人才疏学浅，水平有限，不当之处，敬请学界专家学者不吝赐教。

本书的完成得到了诸多师友和亲人的大力支持与帮助，特别是中国社会科学出版社的责任编辑刘晓红女士及其团队，谨在此一并表示衷心的感谢！

目　录

绪　　论

　　弗拉基米尔·纳博科夫（Vladimir Nabokov，1899—1977）是 20 世纪最伟大的双语作家，也是美国当代最重要最有影响力的小说家之一。纳博科夫的小说《洛丽塔》以其主题的多元性在争议中成为 20 世纪世界文学经典作品；《微暗的火》通过谢德的诗歌和金波特的注释，演绎了故事中的故事，从形式上颠覆了美国小说传统，完成了他作为小说家从现代主义到后现代主义的转变。他在更高更新的层面上探讨了诸多的伦理问题、艺术问题、自由和道德问题等，是艺术形式创新和主题思想辩证统一的典范。

　　作为"20 世纪最伟大的双语作家"[①]，纳博科夫在世界文学史上占有举足轻重的地位。他不仅被美国《新共和杂志》称为"自福克纳……以来最重要的美国作家"，"公认的二战后最具贡献的美国小说家"[②]，而且是俄罗斯侨民文学第一次浪潮中最重要的侨民作家代表。作为 20 世纪最伟大的文体家，他的极具个性化的文体形式和风格，特别是小说《微暗的火》，从形式上颠覆了美国小说传统，开创了美国后现代文学的先河。作为俄罗斯侨民文学的优秀代表，他在文学创作方面的创新，丰富了俄罗斯文学的内涵。他的创作生涯长达 60 年之久，几乎涵盖了 20 世纪 70 年代之前的整个俄罗斯文学，保证了当代俄罗斯文学与 20 世纪初俄罗斯文学之间的连续性。

　　作为一名文学教授和文学评论家，他的《文学讲稿》（*Lecture on*

---

　　① 刘文霞、郭英剑：《20 世纪最伟大的双语作家：纪念美国俄裔作家纳博科夫诞辰 110 周年》，《文艺报》2009 年 4 月 25 日。

　　② R. W. Flint, "Nabokov's Love Affairs", *New Republic Post*, June 17, 1957.

Literature, 1980)《尼古拉·果戈理》(*Nikolai Gogol*, 1961)《俄罗斯文学讲稿》(*Lecture on Russian Literature*, 2002) 和《〈堂·吉诃德〉讲稿》(*Lectures on Don Quixote*, 1984) 等著作,从崭新的角度重新评价世界文学,使读者从另一个方面看到了纳博科夫作为一个读者卓尔不群的文学观念和扎实的文学根基,看到了他作为一个学者的独特个性、厚积薄发的素质,以及作为一个文学创作者的敏锐和富于幻想的优秀品质。

作为一名翻译家,他的成就意义重大。他不仅将外国文学介绍到俄罗斯,而且将俄罗斯文学介绍到法国和英美等国家。他不仅善于教讲英语的人说俄语,而且善于让美国人了解俄罗斯文化。他的翻译观的嬗变更加体现了他对俄罗斯文化和俄罗斯文学的热爱。

纳博科夫是一位多产作家,在长达 60 年的创作生涯里,他先后创作了 17 部长篇小说,60 部中短篇小说(其中 50 部用俄文创作,10 部用英文创作),12 部长诗,大量的戏剧、散文和诗歌。他虽然与诺贝尔文学奖失之交臂,但仍然被誉为最经典的作家。1969 年,他获得了美国文学艺术学院荣誉奖章。1973 年,他又获得了美国国家文学金奖。

纳博科夫在不惑之年另起炉灶,用非母语语言创作,重新走一次从默默无闻到名扬四海的道路。《洛丽塔》的出版把纳博科夫推到了文学海洋的峰顶浪尖,《普宁》《微暗的火》等作品的问世,使纳博科夫成为一名真正的 20 世纪文体大师。他的创作经历和成就是世界文学史上的特殊现象,他的天才和勇气,着实令人赞叹和敬佩。

本书将以马克思主义的历史唯物主义和辩证唯物主义的世界观为理论依据,将现代主义、后现代主义、文化研究等文艺批评理论探讨与纳博科夫小说文本分析相结合,全面深刻、系统地研究纳博科夫的文学创作,探讨他如何在继承俄罗斯文学传统的基础上大胆进行后现代主义艺术形式创新的辩证统一,有助于促进国内学界对纳博科夫的理解和接受,有助于推动国内当代西方文艺理论研究、外国文学批评和高校外国文学教学,有助于为繁荣我国 21 世纪文学创作提供有益的借鉴,具有重要的理论价值和实践意义。

作为一个双语作家,纳博科夫作品在他的国籍所在国美国和故国俄罗斯都引起了强烈反响。因此,本书将对俄罗斯、美国和国内学界对纳博科夫的研究做一简要述评。

从 20 世纪 20 年代至今，纳博科夫的文学生涯经历了在争议中成长、在夹缝中生存和凤凰涅槃再生的过程。俄罗斯的纳博科夫研究，既包括 20 世纪 20—30 年代俄罗斯侨民文学界批评，也包括苏联时代和苏联解体前后的纳博科夫研究。

《玛申卡》的发表为纳博科夫赢得了"青年文学家"的称号，但 1928 年后，由于作品风格突变和其中的"非俄罗斯性"特征，纳博科夫遭到了俄侨评论界的质疑和批评，并因此引起了一场旷日持久的"俄罗斯性"与"非俄罗斯性"之争。著名俄侨诗人伊万诺夫、阿达莫维奇等都对纳博科夫作品的"西欧风格"进行批评。他们认为纳博科夫的作品脱离了俄罗斯文学的优秀传统，"非俄罗斯性"色彩浓厚。采特林（М. Цетлин）也在《当代纪事》（Современные записи）上发表评论文章，对《王、后、杰克》提出批评，认为纳博科夫的这部小说偏离了现实主义的创作方向。他斥责道：

> 作者竟然拒绝描写俄罗斯人的生活，无论是过去的还是现在的，无论是苏联的还是侨民的。他写的这本书，有时候让我们感觉是从德语翻译过来的，尽管里面找不到德语的感觉。它的主人公是德国人，但这也不是描写德国人现实生活的小说。作者明白，对别国的日常生活了如指掌是不可能的事情，所以，他在这本书里进行了文学探索，但这些探索偏离了现实主义。①

杂志评论家莫丘里斯基（К. В. Мочульский，1892—1948）和彼得·司徒卢威则认为，纳博科夫继承了俄罗斯经典文学的传统，他的作品处处闪耀着俄罗斯经典作家的光芒。"纳博科夫与果戈理很接近，但是在运用浪漫讽刺手法方面，果戈理无与伦比地更加尖锐、更加沉稳和经典。纳博科夫则缺乏性格，他的主人公，就像英语神秘剧中的每一个人物，是神秘莫测的，它们之间的关系是由机械的排斥和吸引构成的。"②

---

① Б. В. Аверин, *В. В. Набоков*: *Pro et Contra*, Санкт-Петербург: Издательство Русского гуманитарного института, 2001, c. 43.

② Л. Н. Целкова, *В. Набоков в жизни и творчестве* // *Русское слово*, 2002, №2, c. 234.

　　俄侨批评家霍达谢维奇开创了纳博科夫研究的形式美学批评模式，认为纳博科夫是形式主义美学的代言人。他认为，纳博科夫诗歌的"曲调是标新立异的，韵律是庄严的，形象是美好的，但这不是黎明时的曙光，而是日落时的余晖。在纳博科夫的诗歌中，只有过去，没有未来"。他还发现了纳博科夫小说中反复出现艺术和艺术行为相伴而生的问题，"全面仔细的阅读之后可以证明，西林在很大程度上是一个注重形式的艺术家"，"艺术家的生命和艺术家头脑里一个构思的生命——这就是西林的主题，他的几乎每一部作品都不同程度地展示着这个主题"①。霍达谢维奇对纳博科夫作品的审美研究开创了纳博科夫研究的形式批评模式，即美学和元文学模式。

　　1988 年，俄罗斯侨民文学回归之前，由于苏俄官方对侨民文学持否定态度，纳博科夫及其作品在苏联处于边缘状态。纳博科夫在世期间，官方禁止出版他的作品，要看到他的作品，必须经过官方的特别准许，到大型图书馆查阅。官方和半官方的批评家们很少提及他的名字，即便提到，也半是诋毁半是轻蔑，但纳博科夫的作品通过各种秘密渠道悄悄进入了俄罗斯。俄罗斯后现代女作家塔吉亚娜·托尔斯泰娅把纳博科夫作为自己的文学前辈。1999 年，纪念纳博科夫诞辰一百周年之际，她在《日子·私事》（День. Личное）中谈到了这位文学前辈，并且相当详细地讲述了她阅读纳博科夫作品时的情景。她声称，纳博科夫的作品在苏联出版之前，她已经全部阅读了他的作品。总之，纳博科夫作品通过各种地下渠道悄悄影响了一代俄罗斯作家，特别是比托夫、索科洛夫、叶拉菲耶夫、托尔斯泰娅、佩列文等俄国著名后现代作家。

　　20 世纪 80 年代中期，苏联官方开始接受并接纳俄罗斯侨民作家及其作品，掀起了俄罗斯侨民文学回归的大潮。1986 年夏，苏联《象棋》杂志第 64 期刊登了纳博科夫的《卢仁的防守》中描写卢仁和图拉提象棋比赛的精彩片段，这标志着纳博科夫作品在苏联的公开出版，同时也预示着纳博科夫在俄罗斯的回归。1988 年 8 月 17 日，美苏两国的文学家们在莫斯科举行了关于纳博科夫的"圆桌会议"。苏联官方首次把纳博科夫作为一个俄罗斯作家予以接纳，并把 1989 年定为"纳博科夫

---

① Л. Н. Целкова, *В. Набоков в жизни и творчестве* // *Русское слово*, 2002, №2, с. 459.

年"，举行一系列的庆祝活动。纳博科夫回归俄罗斯以后，俄罗斯兴起了出版纳博科夫作品的热潮。1989 年，苏联文学艺术出版社出版了《纳博科夫文集》，该文集是当时收录纳博科夫作品最多的一部选集，包括《玛申卡》《卢仁的防守》和《斩首的邀请》等作品。但在评论界，人们对他的态度仍然不能统一。20 世纪 20—30 年代在俄侨批评界曾经存在的两种对立态度，在当代俄罗斯文学评论界仍然存在，当年俄侨评论界的"俄罗斯性"和"非俄罗斯性"之争仍在继续。

评论家德米特里·乌尔诺夫（Дмитрий Урнов）公开表示对纳博科夫作品的反感。他认为，与其说纳博科夫的作品是经典，不如说是彻底的反文学。在他看来，纳博科夫的作品充其量只是对文学经典的拙劣模仿，他获得的显赫名声也不过是评论家们的故意建构，纳博科夫作为"虚假的文学偶像"，其"黄昏"之日为期不远。①

奥列格·米哈伊诺夫（Олег Михаилов）是俄罗斯流亡文学研究的权威人物。他的措辞虽然没有像乌尔诺夫这样直白，但其观点却具有更大的辐射效应。在纳博科夫作品解禁之后，他编选了第一本纳博科夫作品集，并为之作序。在以"没有王国的国王"（Царь без царства）为标题的序言中，他认为纳博科夫"目空一切放弃了现实，公然把文学艺术看成是看起来精彩但没有实际意义的作家的想象力游戏"，因此，纳博科夫只不过是一个"没有文学的文坛巨匠"②。在他的作品中，除了魔术般的欺骗、戏仿和字谜之外，一无所有。他认为，在这样一个"风云激荡的世界"，纳博科夫在文学作品中玩弄文字游戏显然是不合时宜的。作为苏联社会主义现实主义美学的代言人，米哈伊诺夫认为文学应该为社会服务，应该对改造社会有实用价值，并提倡以此为标准来衡量纳博科夫的作品。所以，在米哈伊诺夫看来，除了《玛申卡》勉强可以算作俄罗斯文学的经典之作，纳博科夫的其他文学作品都与俄罗斯文学传统完全格格不入，它们既没有道德观念和价值观念的支撑，又与俄罗斯传统的实用主义诗学格格不入，根本没有进一步阐释的必要。

推崇现代主义和后现代主义美学的俄罗斯作家，则从作品的文学性

---

① Aleksei Zverev, "Literary Return to Russia", ed. V. Alexandrov, *The Garland Companion to Vladimir Nabokov*, New York: Garland, 1995, p. 297.

② Ibid., p. 299.

角度为纳博科夫进行辩护。他们认为，俄罗斯的形式主义美学长期以来受到了苏联社会主义现实主义实用美学的压制，而纳博科夫这位在流亡生活中成长起来的侨民作家则是俄罗斯形式主义美学的代言人。俄罗斯著名的后现代作家叶罗菲耶夫（B. Ерофеев）在《寻找逝去的天堂：纳博科夫的俄语元小说》一文中认为，纳博科夫在十月革命中失去的彼得堡家园，在他的记忆中被封存为一个完美的"彼岸世界"或"逝去的天堂"，"失去"成为他创作中的永恒主题。他还指出，纳博科夫是一位非常重要的俄罗斯作家，因为在所有的俄罗斯作家中，纳博科夫是最为坚定的"现实主义文学"抵制者，坚决反对那种已经确立的一成不变的观念。事实上，纳博科夫摧毁了日常的"现实"观念，提倡多层次或多重的现实观，他作品中的"逝去的天堂"主题，总是和他的"超验现实"相关，并且"可以升华到一个存在的维度"，在 20 世纪西方现代小说中找到回音。

当代俄罗斯著名小说家安德烈·比托夫（Андрей Битов）则对米哈伊诺夫界定的俄罗斯文学经典提出质疑，并为受到长期压抑的俄罗斯现代主义美学进行辩护。他认为白银时代和象征主义运动本身就是在反传统的基础上发展起来的，所谓的俄罗斯文学的经典，实质上只不过是某些评论家们的一家之言。他还说，俄罗斯文学经典应该是一个宏大的开放体系，而不应该是封闭的、狭窄的。出于这种理念，比托夫认为纳博科夫就像是从俄罗斯文化土壤中移植出去的一棵参天大树，他和他的作品已经不再受俄罗斯文化的局限，饮誉于整个西方和世界文明。纳博科夫作品中所表现出来的艺术意识不仅在有着各种禁忌的苏联文学中找不到，而且在总是以"流亡"为主题、总是停留在思乡愁绪中的其他俄侨作家那里也是找不到的。在比托夫看来，《洛丽塔》是纳博科夫的元文本，不仅集中展示了纳博科夫高超的艺术才能，而且突破了苏联文学和俄侨流亡文学的局限；正是因为纳博科夫，俄罗斯文学实现了从现代主义到后现代主义的转变，他为俄罗斯文学建立了卓越的功勋。① 比托夫对纳博科夫的定位，为后者作为双语作家在俄罗斯文学史和世界文学史上的特殊地位奠定了基础。

---

① A. Zverev, "Literary Return to Russia", ed. V. Alexandrov, *The Garland Companion to Vladimir Nabokov*, New York: Garland, 1995, p. 298.

纳博科夫的美学贡献在俄罗斯作家库普林那里得到了肯定，他用"空心的天才舞者"（a talented empty dancer）来形容纳博科夫的美学价值。他认为纳博科夫作品缺乏俄罗斯文学传统的精神内涵，但在美学风格方面是一个天才，独树一帜，像一只翩翩起舞的美丽蝴蝶。总的来说，90 年代至今，俄罗斯纳博科夫研究在一定程度上继承了霍达谢维奇的美学批评模式。

美国的纳博科夫研究成果丰硕，涉及纳博科夫文学创作的各个方面。纳博科夫传记作家博伊德在《作为科学家的纳博科夫》（*Nabokov, scienst*）（2010）一文中认为，纳博科夫的美学思想可以用"蝴蝶美学"和"审美狂喜"两个词来形容。俄裔美国纳博科夫研究专家亚历山大洛夫（V. Alexanderov）编辑的《纳博科夫研究指南》（*The Garland Companion to Vladimir Nabokov*）收录了世界各地 24 名纳博科夫研究专家的 74 篇学术论文。这些论文大都研究纳博科夫创作艺术的后现代性，对纳博科夫作品中的思想性以及纳博科夫与俄罗斯文学传统的关系则鲜有提及。即使有提及，也只涉及纳博科夫的某一部作品或某几部作品，抑或对纳博科夫与俄罗斯某一个作家进行对比研究。很显然，长期以来，研究纳博科夫作品，特别是英语作品的叙事艺术和后现代性的居多，而对作家在作品中对现代社会的伦理、艺术、自由和道德等问题的思考未能深入研究，也未能系统地探讨纳博科夫作为一个在俄罗斯文学传统中成长起来的双语作家与富有深刻思想内涵和哲理性的俄罗斯文学传统之间的关系。

我国国内的纳博科夫研究始于 20 世纪 80 年代，经历了 1980—1988 年的萌芽、20 世纪 90 年代的译介热和 21 世纪初的译介高潮与"洛丽塔热"三个阶段。国内的纳博科夫研究在最近十年中取得了重要的成就，主要集中在以下几个方面：

一、《洛丽塔》研究。首先，尽管《洛丽塔》的文学价值和经典地位早就在美国文学史和俄罗斯文学史上得以确立，但有关《洛丽塔》究竟是"道德的"还是"非道德的"，还是引起了国内学术界的激烈争论。黄铁池教授在"玻璃彩球中的蝶线——纳博科夫及其《洛丽塔》解读"一文中认为，在《洛丽塔》的世界里，艺术早已超出了道德的界限，因此，《洛丽塔》不是"不道德的"，而是"非道德的"，也就是说，《洛丽塔》是一部与道德无关的小说。这种观点代表了国内大多数学者对《洛丽塔》的价值判断。其次，《洛丽塔》主题和艺术的多元化也是国内学者研究的焦点。早在20世纪90年代，《洛丽塔》的译者于晓丹就在"《洛丽塔》：你说什么就是什么"一文中强调多角度解读《洛丽塔》的可能。刘佳林在"论纳博科夫小说的主题"一文中综合探讨了纳博科夫作品主题的多元性，对揭示纳博科夫作品的内涵和艺术有着积极的意义。另外，学者们普遍认为，《洛丽塔》的艺术多元性既像是一座"水晶宫"，从每个角度玩赏都是精致迷人的，又是一座"也许是淫书，也许是道德小说，也许是侦探小说，也许是象征"的现代迷宫，体现了作者对读者阅读极限的挑战。

二、随着纳博科夫作品译介的不断深入和国内叙事学研究的兴起，对纳博科夫作品结构和后现代性的研究也成为纳博科夫研究的一个重点。陈世丹教授在《美国后现代主义小说详解》（2010）一书中以《微暗的火》为例，探讨了小说主题的不确定性、文本结构的互文性、戏仿手法和多领域游戏特征，认为这是一部美国后现代主义文学的杰作。汪小玲教授在《纳博科夫小说艺术研究》中也主要以纳博科夫的英文作品为研究对象，探讨了纳博科夫小说的创作理念、创作策略和技巧，认为作者的蝴蝶情节和游戏意识是纳博科夫小说后现代特征的思想源泉。对纳博科夫小说结构和后现代性的研究，也从一个侧面反映了纳博科夫小说在叙事技巧方面的突出成就。

三、关于作家跨文化身份背景的研究。作为一名俄裔美国作家，纳博科夫的跨文化身份和多元文化背景同样引起了国内学者的关注。纳博科夫作为一名文学教授、文学翻译家和文学评论家，对俄罗斯文学和文化在美国的传播做出了重要贡献。因此，有学者提出，应当"把纳博科夫同时置于俄罗斯文学和美国文学的发展进程中，置于俄罗斯文学和美国文学从现代主义文学向后现代主义文学演变的大语境中"，[①] 才能全面理解和阐释纳博科夫，正确确定纳博科夫的地位。纳博科夫在俄国生活期间，正值"白银文化"盛行，其精神对纳博科夫的世界观、美学精神、艺术理念和诗学特征都产生了深刻影响。因此，有学者认为，纳

---

① 周启超：《独特的文化身份与独特的彩色纹理：双语作家纳博科夫文学世界的跨文化特征》，《外国文学评论》2003 年第 4 期。

博科夫"俄语创作时期的哲学、美学和诗学理念是引导我们最终把握其全部创作的一把钥匙"①。

　　总的来说，30 多年来，纳博科夫及其作品得到了国内学界的重视，出现了一批具有重要学术价值的研究成果，对纳博科夫的研究也趋向理性。但从整体上看，中国学界对他的研究，主要集中在他的英语作品和艺术形式研究方面，并且以纳博科夫的一部或几部长篇小说为研究对象，探讨其英语作品的后现代性和叙事艺术的居多，而对他的俄语创作，包括短篇小说、文学批评及其作品的思想内涵则鲜有提及，这与他作为一个双语作家在文学史上的地位极不相称。由此可见，对纳博科夫俄语作品的研究、对纳博科夫作品思想内涵的探究，以及对其作品艺术性与思想内涵辩证统一的研究将成为国内学术界未来纳博科夫研究的新领域。

　　本书将全面研究纳博科夫的作品，深入探讨纳博科夫作品中的主题思想和他对人类生存状况的思考，系统探讨纳博科夫神话主题思想的后现代艺术创新，梳理纳博科夫的文艺批评理论和美学思想，揭示纳博科夫文学创作和俄罗斯文学传统之间的关系。

　　纳博科夫亲身经历并感受了十月革命、第二次世界大战等重大事件对个人命运的影响。他继承了普希金的文学传统，通过诗歌、剧本和小说等文学形式表达了俄国侨民渴望回归的共同愿望。他从更高更新的层面上探讨了人性、伦理、道德、自由与艺术等诸多问题，他作品中的思想内涵隐藏在人物的种种意识之中。纳博科夫和莎士比亚一样，是一个讲故事的高手和魔术师。作为一个双语作家，他在俄罗斯文学传统"影响的焦虑"下，通过艺术手段的不断创新，表达了他对人类命运和内在精神世界的关注，讽刺了人性中普遍存在的"庸俗"和"残酷"。他通过误读和重新定位果戈理，不仅继承和发展后者的"神秘叙事模式"，而且使后者的作品更加经典，达到了真正的不朽。他通过反讽、戏仿等后现代艺术手法，对陀思妥耶夫斯基作品中的主题、情节和人物形象加以创造性地运用，使俄罗斯文学中的"双面人"主题和替身写作模式发展到了一个前所未有的高度。在俄国"白银时代"度过青少年时期

---

① 张冰：《纳博科夫与白银时代俄国文化精神》，《外国文学研究》2005 年第 3 期。

的纳博科夫，深受"白银时代"文化的影响。他通过"宇宙同步"，使笔下的主人公暂时忘却文化流亡的苦痛，回归"逝去的天堂"，抵达幸福的"彼岸世界"，再现了主人公隐秘的内心世界里"超验的现实"。纳博科夫创造性地继承了俄罗斯文学传统，用不断创新的艺术形式来表达他对现代和后现代社会的人道主义关怀，为现代和后现代社会的人们提供应对和改变现实的新思路和新方法，启发和鼓舞人们如何应对内心世界与外部现实世界之间的冲突和不协调。

第一章

挚爱生命，关注小人物

　　19 世纪末，列强争霸，冲突不断。整个欧洲风云激荡，复杂多变。出生于俄国贵族之家的纳博科夫，经历了第一次世界大战、1905 年俄国革命、十月革命、第二次世界大战等重大历史事件，目睹了战争、暴动、罢工和农民起义等混乱动荡给人类带来的死亡和对个人命运的影响。十月革命爆发后，从圣彼得堡到克里米亚，再到欧洲和美国的流亡经历给纳博科夫带来了巨大的精神创伤和深刻影响。所有这些外在的社会因素及其对人类内在精神的影响，以及他个人坎坷不平的命运经历，促使他反思社会和历史，关注人类命运，关注人类的内在精神世界，也为他后来的文学创作提供了丰富真实的素材。

　　纳博科夫从 1926 年到 1928 年间的创作，大都反映了 20 世纪初的欧洲社会现实，关注俄罗斯侨民在西欧的生活状态，表达了对生命的挚爱。对命运无从把握的焦虑感是流亡到境外的俄罗斯侨民的真实的精神状态。在重大历史事件和社会洪流面前，移居国外的俄罗斯侨民无国无家，成为另一种身份的"小人物"，他们的喜怒哀乐在残酷的现实面前显得十分微不足道。他的部分短篇小说和他的第一部并且具有自传性质的长篇小说《玛申卡》（Машенька，1926）均体现他对生命的热爱和对小人物命运的关注。纳博科夫这个时期的创作继承了俄罗斯文学的人道主义传统，表达了他对流亡侨民和动荡社会小人物的关注和关怀。

第一节　回归与守望

　　十月革命后，特别是 1919 年 1 月，随着德国人离开乌克兰、法国人离开敖德萨，掀起了俄国历史上第一次巨大的移民浪潮。随着邓尼金和弗兰格尔撤离了新罗西斯克和克里米亚，大规模的移民从俄罗斯涌向欧洲，在 1920 年达到高峰。其中，20 万人涌向君士坦丁堡，然后从那里去向世界各地，数万人跟随高尔察克和卡佩普尔的军队到了中国。据不完全统计，1917 年之后，大约二百万人流亡国外并定居，形成了著名的"俄罗斯侨民界"。"第一浪潮"的俄罗斯侨民在境外保全了俄罗斯社会的所有基本特性。诗人兼批评家吉皮乌斯曾宣称，俄罗斯侨民界"实际上就是一个微型的俄罗斯"。这些流亡国外的俄罗斯侨民在最初几年里一直抱着返回祖国的期待，这种期待又强化了现实。不浪费时间，做好回归的准备，做好将来为俄罗斯继续服务的准备。这种期待和想法促使他们不仅创办了许多中小学和大学，创办了俄语报纸和杂志，俄罗斯的科学研究和社会文化也在境外得以保存。但无论是就其大众性而言，还是就其对境外俄罗斯社会的影响而言，侨民文学都占据首位。流亡国外的俄罗斯侨民不仅有作家，还有两百万的俄罗斯民众，他们当中有相当一部分都受过教育，这为俄罗斯侨民文学的产生和繁荣提供了可能。

流亡境外的俄罗斯作家，大都认为自己是俄罗斯文化的继承者和承载主体，他们把捍卫普希金、托尔斯泰和陀思妥耶夫斯基的人道主义传统当作自己的义务和使命。对于俄国作家，特别是青年作家来说，普希金关于人的内心世界和谐的思想是一种最高理想。然而，终日目睹西方资本主义社会的非精神性和事务性，不仅没有激起他们的喜悦，反而激起了他们的强烈反感。俄罗斯和对拒绝自己儿女的俄罗斯的眷念是贯穿整个境外俄罗斯文学的主题，对俄罗斯、对俄罗斯的美丽、对亲人的回忆，催生出一系列关于童年生活的自传体作品，流亡生活本身也成为俄罗斯侨民文学最流行的主题。

希特勒上台之前，生活在柏林的俄罗斯侨民有十五万人。他们在柏林的精神生活十分丰富，从 1918—1928 年的十年时间里，在德国注册的俄罗斯出版社达到了 188 家。1923 年，这些俄语出版社出版的图书，在数量上甚至超过了所有德国出版社的出书总量。这不仅为作家的创作提供了便利，也为他们继承俄罗斯文化提供了载体。

1917 年十月革命发生后不久，纳博科夫一家搬到了克里米亚。

1919 年春天，他们彻底离开了俄罗斯。在流亡生活中成长起来的纳博科夫目睹了重大社会事件对个人命运的影响。他和大多数俄罗斯侨民一样，流落到异国他乡后，"要么在车站的月台和陌生的楼道里四处摸索，要么在租来的廉价公寓里忍受幻灭的悲哀"①。离别家乡的绝望和失落，对祖国的思念，对异国文化的拒斥和不认同，由于流亡生活的动荡而产生的对命运无从把握的焦虑感，总之，当时俄罗斯侨民界普遍存在的情绪，都在纳博科夫早期的短篇小说中得到充分抒发和体现。他的这些作品，反映了流亡到俄罗斯境外的俄侨的生活遭遇，真实地再现了俄罗斯侨民在动荡不安的流亡生活背景下的精神状态。

从 1922 年至 1928 年，纳博科夫创作的短篇小说大都发表在俄侨杂志和报纸上。后来，纳博科夫把他认为最好的 15 篇短篇小说集结成册，以其中的一篇《乔尔巴归来》为书名于 1930 年在柏林出版。这 15 篇小说分别是：《乔尔巴归来》（*Возвращение Чорба*）、《港口》（*Порт*）、《铃声》（*Звонок*）、《寄往俄罗斯的信》（*Письмо в Россию*）、《童话》（*Сказка*）、《土豆埃尔佛》（*Картофельный Эльф*）、《柏林指南》（*Путеводитель по Берлину*）、《雷雨》（*Гроза*）、《乘客》（*Пассажир*）、《圣诞节》（*Рождество*）、《恐怖》（*Ужас*）、《幸福》（*Благость*）、《飞来横祸》（*Катастрофа*）、《巴赫曼》（*Бахман*）、《无赖》（*Подлец*）。

这些小说按主题可以分为以下三类：一、以"回归"为主题描写俄侨流亡生活的，如《港口》《乔尔巴归来》《铃声》《寄往俄罗斯的信》《幸福》等；二、以描写"小人物"的生活为主题的，如《土豆埃尔佛》、《圣诞节》、《无赖》等；三、探讨生活和艺术之间的关系的，如《乘客》《雷雨》《飞来横祸》《童话》等。

这个时期，纳博科夫的创作继承了俄罗斯现实主义文学传统，充满了人道主义色彩。他继承了契诃夫的"灰色幽默"和安德烈耶夫的创作特色，善于描写生活中存在的悲剧性的丑陋和缺陷，描写那些怪异的特殊现象。如《土豆埃尔佛》描写一个小矮人爱上了一个漂亮女人的故事。这位漂亮女人把小矮人当作报复丈夫的工具，然而，她和小矮人半天的夫妻生活成为导致他死亡悲剧的直接原因。在《乔尔巴归来》

---

① 纳博科夫：《菲雅尔塔的春天》，石枕川等译，浙江文艺出版社 2003 年版，序言 I。

中，失去心爱妻子的乔尔巴，回到了他和妻子共同生活的城市和旅馆，开始了他的"回归"历程。这些故事的结尾都是契诃夫式的，是开放性结尾，加强了悲剧性效果。

　　描写小人物的命运，揭露小人物的精神状态，批判现实的残酷，是普希金和契诃夫等现实主义作家开创并极力倡导的俄罗斯文学传统。纳博科夫秉承了这一传统，继续描写在新的现实背景下层出不穷的小人物的命运，而且是同样的灰色，同样的凄惨。只不过背景不再是俄罗斯，而是流亡国外的俄罗斯侨民界——一个几乎被遗忘而重又被记起的世界。作为流亡侨民的一分子，一个俄罗斯作家，纳博科夫认为自己有义务去描写这样的现实，延续被革命切断的另一段历史。在创作手法上，纳博科夫也完全继承了传统现实主义的"全能全知"的叙述方式，只不过他的作品总是触及主人公在失去家园后精神上的失落、无助、压抑和崩溃，以及灵魂的颓废，他作为一个作家也总是在作品中满怀苦痛地来描写这个荒诞的世界和非人性的社会。

　　《乔尔巴归来》是这部小说集的代表作，有浓厚的悲剧色彩。小说的主人公乔尔巴是一个流亡德国的俄罗斯知识分子，具有纯粹的俄国人的思维和情感，对德国的一切都感到格格不入。他好不容易遇到了一位有着共同志趣并与之深深相爱的俄裔德国姑娘。在结婚的当晚，为了摆脱新娘父母亲的唠叨，新婚的夫妇俩悄悄从婚宴上离开，到国外旅行度蜜月。在旅途中，妻子不小心碰到了掉在路边的高压电线，不幸触电身亡。妻子死了，乔尔巴觉得"整个世界都沉寂下来，整个世界都离他远去，就连他抱在怀里走向附近村子的她的僵硬的尸体，也不知为什么，似乎变得陌生和多余"①。他万分悲痛，甚至等不及埋葬妻子，便顺着原路返回，重新来到他和妻子游览过的每一个地方，试图在记忆中复活妻子的形象，找回和妻子在一起的幸福感觉，妻子留下的点点滴滴，都会勾起他无限的回忆。

　　回到柏林，他无法向岳父母解释他们女儿的死亡，只是让女仆转告岳父母，说他们的女儿病了。他在大街上徘徊许久，也无法排遣心中的惆怅。最后，他甚至从大街上带回一个妓女，不是为了其他目的，仅仅

　　① В. В. Набоков, *Король, дама, валет. Собр. романов и рассказов*, М.: Издательство АСТ, 2004, с. 302.

是为了让她躺在自己的身边，代替妻子，以重温和妻子在新婚之夜的情景，完成妻子在他生命中走过的整段旅程。然而，乔尔巴失败了，这一切带给他的只有更加剧烈的痛苦和更加深重的悲伤。深夜，正当乔尔巴从噩梦中惊醒时，岳父母突然造访。乔尔巴如何面对他们，小说至此戛然而止……

从表面上看，这只是一个普通的悲剧故事，但它却真实再现了 20 世纪 20—30 年代俄罗斯侨民普遍的思想情感。"回归"（возвращение）一词是理解这部作品的关键。在这里，"回归"有两层意义：一、乔尔巴回到和妻子曾经生活过的城市，这座城市因为曾经带给他无限的甜蜜而显得弥足珍贵，乔尔巴的回归是想找回这种幸福。二、"回归"是当时整个俄罗斯侨民的普遍情绪，也是 1920—1940 年间整个俄罗斯侨民文学最重要的主题。在当时，"俄罗斯"和"对俄罗斯的眷恋"是贯穿整个境外侨民文学的主题。与祖国分离的痛苦，时时刻刻噬咬着十月革命后流亡国外的每个俄罗斯侨民伤痕累累的心灵，异国生活的艰辛和动荡，以及作为"他乡人"的辛酸又加深了每个侨民知识分子的孤独和无助的凄凉感。强烈的思乡情感已经把他们和万里之遥的祖国紧紧地连在了一起。俄罗斯就是他们的一切，回归祖国，已经成为大多数俄侨作家发自灵魂的呼唤，也是全体俄罗斯侨民共同的心声。

然而，回归以后又能怎样？乔尔巴归来了，迎接他的是陌生的，与他格格不入的德国城市生活。岳父母那德国人的外貌特征、从容不迫的城市生活节奏和他们的生活理念都使他感到憎恶。乔尔巴是当时流亡在国外的俄罗斯侨民代表，作者以乔尔巴生活的德国城市象征着那个拒绝了自己的儿女的红色俄罗斯。

子女期待回归，却被母亲拒绝，是短篇小说《铃声》的核心思想。《铃声》是一篇以儿子寻找母亲为主题的短篇小说。尼古拉·斯捷潘内奇（Николай Степаныч）在国内战争时期因为曾经在白军军队服役，被苏联政府驱逐出国。他和母亲分别已七年有余。离开俄罗斯时，母亲依依不舍母亲追赶火车的情景，一直铭刻在他的记忆里。这也是他不远万里，克服一切困难，来到柏林寻找母亲的动力。七年时间里，他到过英国、意大利、非洲和大西洋，做过搬运工，做过外国军团里的雇佣军，他学会了两门外语，也失去了一个手指，学会了抽烟斗，尝到了自由，对母亲的思念越来越强烈。他毅然离开非洲，辗转回到欧洲，在德国寻找母亲。几经曲折，他终于见到了母亲。母亲家中，桌子上放着插上25支蜡烛的生日蛋糕，蛋糕旁边是两只盛着红葡萄酒的高脚杯和两份餐具。尼古拉欣喜万分，以为母亲精心准备以迎接他的到来。然而，迎接他的，除了母亲见到久别的儿子时所表现出的惊喜和对儿子的关心，还有她无意中流露出来的慌乱不安和心不在焉。门铃响了，儿子要去开门，母亲却强行阻拦。尼古拉心中隐隐作痛，感觉站在面前的已经不再是那个对儿子倍加疼爱的母亲，而是一个神秘的陌生女人。他从母亲的穿衣打扮和行为举止上判断，母亲另有隐情。在短暂的寒暄之后，他起身告辞，身后传来母亲奔向电话机时衣服发出的窸窸窣窣的声音。原来，这一天是母亲情人的生日。

尼古拉强烈渴望见到母亲，他远涉重洋来到德国。柏林大街上，当听到侨民们讲俄语时，激动和欣喜不已。当他打听到母亲还在柏林的消息时，更加喜出望外，以至于"袖口差点儿碰翻墨水瓶"。他走在街上，似乎一切都更加美丽，"多美的城市，多美的雨！"他感受到了从未有过的激动。可是，当他即将扑进母亲的怀抱，发誓和母亲永不再分离时，却被他朝思暮想的母亲推开。尼古拉感到失望，这失望不仅来自失去祖国的痛，也源于被拒绝的苦。母亲成为一种象征，和祖国融为一体，母亲拒绝儿子象征着红色苏维埃拒绝了流亡境外的俄罗斯侨民。

乔尔巴的回归并没有找到亲爱的妻子，流浪的尼古拉不远万里寻找母亲，却被母亲拒绝。两种回归，一种结果，回归成了绝望。在俄罗斯传统文化中，女人始终是大地和祖国的象征。无论是妻子还是母亲，都能使人联想到祖国，联想到拒绝了自己儿女的俄罗斯。

如果说《乔尔巴归来》和《铃声》描述的是一个人的流亡生活，那么，《港口》则是俄罗斯侨民群体流亡生活的再现。主人公尼基金十月革命后流亡到土耳其，在土耳其过着悲惨的流浪生活。为了改善生活处境，他从土耳其的君士坦丁堡辗转到了法国。他在法国港口的一系列见闻，再现了俄侨的群体生活状况。和尼基金一样，大多数俄罗斯侨民原本属于俄国的上流阶层，流亡到国外后既没有稳定的工作，也没有固定的住所，被迫从事最低级的工作。在小饭馆里就餐的水手，原是俄国军队的军官，现在却成了法国轮船上的海员和司炉工；原来的俄国贵族小姐、女高音歌唱家，现在变成了小饭馆的收银员；曾经出入于俄国上流社会的俄罗斯贵族小姐，现在为了生存，不得不隐姓埋名出卖自己的身体。

尼基金原来也是俄罗斯军队的一名军官，十月革命后被迫流亡国外。在君士坦丁堡，他和众多的流亡者一样，白天靠打零工维持生活，经常忍饥挨饿；夜晚，和众多的流亡者一起挤在低矮的棚屋里睡觉，身上生满了虱子。由于不堪忍受这样的流亡生活，他从土耳其辗转到了法国，希望能在法国寻求到更好的谋生办法。在法国的一个港口，他见到了自己的流亡同胞，听到人们讲俄语，感觉十分亲切，就像回到了俄国一样。

尼基金是坚强的，他可以在异国他乡从事最艰苦的工作，可以在法国的轮船上做又脏又累的司炉工；他又是善良的，看到自己的同胞在异国落难，把身上仅有的五法郎纸币塞到了她的手里；他又是乐观的，对生活和未来充满了信心，相信自己终有一天会回到祖国。

在这几篇短篇小说中，最具艺术性的是《乔尔巴归来》。小说通过俄裔德国人基里尔夫妇寻找女儿，引入乔尔巴的回忆。对和妻子在一起度过美妙时光的回忆是故事的主要内容。整个故事结构就像一个圆圈。在故事的开始，听完音乐会的基里尔夫妇，刚从咖啡店回到家，就听女仆说，乔尔巴曾经来过，并且按照乔尔巴的要求，转告他们说女儿病了。已经一个多月没有见到女儿的基里尔夫妇十分担心：女儿现在在哪里？她是不是病得厉害？为了弄清情况，夫妇俩决定马上去乔尔巴经常住的那家廉价旅馆寻找女儿。

紧接着，小说采用倒叙手法，通过乔尔巴在几个小时之内的回忆，讲述了乔尔巴从妻子在蜜月旅行中触电身亡到和他结婚，并在廉价旅馆度过新婚之夜的情景。乔尔巴认为，回到旅馆度过最后一夜，就完成了对妻子的怀念，妻子的形象也就圆满了。而最后，故事以乔尔巴岳父母寻找女儿来到小旅馆为结尾，首尾呼应，似乎又画了一个圈。

在小说的结尾，纳博科夫运用了果戈理《钦差大臣》中的"哑剧"场景：不知道女儿遇难的基里尔夫妇，以为女儿身体不适，十分担心，并对乔尔巴带女儿住在肮脏的廉价旅馆感到不满，就在深夜里突然造访乔尔巴所住的廉价旅馆。在乔尔巴身边躺了不到一个小时的女人，被乔尔巴的古怪行为和他在噩梦中的歇斯底里而吓到，一听到外面的敲门声便果断地夺门而逃。基里尔夫妇走进房间，"门关上了。这位女人和旅馆里的仆人站在走廊里，惊恐地你看看我，我看看你，弯下腰来仔细倾听。然而屋里是一阵沉默。在那里，房间里面，有三个人，似乎有些不可思议。但没有一点声音传来。[……]'他们不说话'——仆人悄悄地说，把手指放在了嘴唇上面。"① 果戈理在《钦差大臣》中使用哑剧手段来突出人物和场面的滑稽性，加强的是喜剧和讽刺效果。而在《乔尔巴归来》中，纳博科夫的这种"哑剧"定格手段，却加强了故事的悲剧性。可以想象，基里尔夫妇在听到女儿死亡的消息时万分震惊和悲恸欲绝的情景，也可以想象乔尔巴向他们宣布离开、重新开始新生活时的情景。

　　小说不仅模仿了果戈理的"哑剧"效果，而且模仿了契诃夫小说的开放式结尾。开放式结尾并不明确交代人物的命运和故事的结局，展示了生活的不确定性和多种可能性。契诃夫生活在 19 世纪末期，俄罗斯社会正面临着巨大的变革，对于即将到来的资本主义社会，契诃夫感到不可预知，因此，在他的短篇小说中，大都使用了开放式的结尾，以突出这种不确定性。

　　纳博科夫的这几篇短篇小说，也多采用开放式结尾。在《铃声》中，尼古拉"又要远航了"，他到底去了哪里？他"想去北方，或许去挪威，或许去捕鲸鱼"②。可母亲呢？母亲和情人的关系会不会因为儿子的到来而受到影响？在《港口》中，尼基金将身上仅有的五法郎给了自己的同胞。他自己该怎么办？晚上会不会露宿街头？明天如果找不到工作，如何果腹？在《乔尔巴归来》中，妻子已经去世一个多月了，而乔尔巴既不知道该怎样向岳父母解释，也不知道以后该怎么生活。在痛苦中周游了一个月之后，他回到了岳父母居住的城市，仍然不知该怎么办。乔尔巴在回避这个问题的同时，也一直在回避着岳父母。然而，岳父母突然深夜造访，乔尔巴如何应对，纳博科夫让读者自己去想象。乔尔巴以后何去何从，纳博科夫也把这个问题留给了

---

　　① В. В. Набоков, *Машенька // Король, дама, валет, соб. романов и рассказов*, М.: Издательство АСТ, 2004, с. 309.

　　② Ibid., с. 423.

读者。在这里，纳博科夫使用的开放式结尾，突出了侨民流亡生活的不稳定性特征。

在俄罗斯文学中，刻画小人物的命运，让他们微不足道的喜怒哀乐置身于庄重的艺术舞台，是由普希金和果戈理开创、契诃夫极力倡导的传统。纳博科夫这个时期的短篇小说秉承了这一传统，继续描写层出不穷的小人物的命运，而且是"同样的灰色，同样的凄然可见的表情，但是布景换了，他们都有了一个新的身份：俄罗斯难民"①。

纳博科夫笔下另一种身份的"小人物"，是被逐出"天堂"的俄罗斯侨民。在异国他乡，他们是"异类"，是"他者"。他们的生活危机四伏、朝不保夕，一次签证、一张船票、一间廉价旅馆里的房间，都会成为他们生活的转折点。他们渴望幸福，渴望自由，渴望和他人一样过平等和稳定幸福的生活。

《土豆埃尔佛》（*Картофельный Эльф*）讲述的就是一个小人物的故事。故事的主人公有名有姓，是一个著名童装裁缝的儿子，名叫弗列德·多布森。因为长得个子矮小而不得不到马戏团当丑角，又因为长了个肥厚的鼻子获得了"土豆埃尔佛"②的绰号，而真实姓名反倒无人知晓。

埃尔佛因为身体上的缺陷总是遭到别人的讥笑。他不满意自己的处境，总是想方设法获得人们的尊重。演员们甚至讥笑他娶不到老婆，但一个偶然的机会，他死心塌地地爱上了魔术师朔克的老婆——漂亮女人诺拉，并与她过了半天"像夫妻一样的生活"。埃尔佛以为诺拉真的爱上了他，却不知诺拉的行为只不过是为了报复自己丈夫的冷漠而解一时之气。诺拉并不愿离开英俊帅气、有"诗人气质"的朔克，就写信请求埃尔佛忘记她。但埃尔佛坚持认为自己有追求爱情和婚姻的权力，他到酒馆里故意告诉朔克，说他爱上了后者的老婆，并且和她过了半天"像夫妻一样的生活"。冷漠的朔克根本不理会他，带走妻子远赴美国演出。为了反抗世俗的偏见，埃尔佛愤然离开了那座"可恶的城市"，来到僻静的乡村，拒不与世人交往。八年过去了。一天，诺拉突然造

---

① 纳博科夫：《菲雅尔塔的春天》，石枕川、于晓丹译，浙江文艺出版社2003年版，序言1。

② 在德国神话故事中，埃尔佛原本是一个又矮又小的地精。

访，告诉埃尔佛一个秘密：她为埃尔佛生过一个属于他们俩的、和正常人一样的儿子。埃尔佛欣喜若狂，他终于和正常人一样，有了自己的儿子。他认为很快就可以见到自己的儿子，就到火车站追赶诺拉，要儿子的地址。在看见诺拉的一刹那，埃尔佛因过度兴奋而导致心脏病复发而死。埃尔佛的悲剧不仅仅在于他不能过像正常人一样的生活，还在于他没有从诺拉的话中听出来儿子已经不在人世，还满心欢喜，认为能见到自己的儿子，结果喜极而死。

在这个故事中，埃尔佛在舞台上获得了巨大的成功，受到了观众的热烈欢迎。他"单凭那外表就博得了整个英国的掌声和笑声，而后名声传遍了整个欧洲的主要城市"。然而，在生活中，他仍然是一个"小人物"，处处受人欺侮，不被尊重。两个女杂技演员把他当作玩偶，她们"胳肢他，挠他的痒痒"。而这两位杂技演员的搭档，一个身强力壮、高大魁梧的男人，"一把抓住小矮人的衣领"，把他举到半空，像扔一只猴子似的把他扔到了门外。在这里，纳博科夫强化了埃尔佛外貌特征的"与众不同"，表面上看来，主人公这种身体上的缺陷是造成悲剧的原因。而实际上，由于身体缺陷导致的不正常的心理状态和心理反应是造成埃尔佛悲剧的直接原因。他一心向往爱情，导致心理反应上的错觉。他把女杂技演员对他的戏弄错当作爱情，结果遭到了她们同伴的殴打。诺拉把他当作报复丈夫的工具，他却认为找到了爱情。诺拉告诉他，她曾经有过他们的儿子，他却以为儿子还活着。这些错误的心理反应最终导致了土豆埃尔佛的死亡。

纳博科夫的这个故事，很容易让人想起普希金的《驿站长》——俄罗斯文学史上第一部描写小人物生活的作品。驿站长维林视女儿杜尼娅为掌上明珠，日子虽清苦寂寥却也不乏欢乐。骠骑兵大尉明斯基的到来改变了父女俩的命运：他爱上并带走了漂亮的杜尼娅。由于社会地位低下而造成的心理反应落差也是导致维林悲剧的主要原因。视女儿为精神支柱的维林一直对贵族青年子弟有一种偏见，认为他们都是玩世不恭的花花公子，他把明斯基和杜尼娅的相亲相爱看作是明斯基对女儿的玩弄，认为明斯基总有一天会抛弃杜尼娅。明斯基起初对维林的善待，被后者看作是一种虚伪和歧视。为了拯救女儿，维林一次又一次来到明斯基的宅邸，请求带回女儿。明斯基起初对维林客客气气，但忍受不了维林一次又一次的纠缠，就拒绝并侮辱了维林。维林在遭到明斯基的拒绝和侮辱后，回到驿站郁闷而死。

纳博科夫的另一篇小说《圣诞节》讲述了一个同样令人心碎的小人物故事。圣诞节前夜，在这个全家人欢乐团聚的时刻，斯列普佐夫（Слепцов）痛失爱子。他抑制不住悲伤，不由自主地来到儿子曾经捉过蝴蝶的小桥，回忆儿子快乐嬉戏的情景。又来到儿子的房间，抚摸儿子曾经用过的东西，阅读儿子的日记。斯列普佐夫痛失爱子如此悲伤，不由得让人想起契诃夫的《哀伤》（Печаль）。《哀伤》中，失去儿子的马车夫姚纳总希望向人诉说失去儿子的哀痛，却无人理睬，最后只好对着自己的马儿倾诉。而《圣诞节》中的斯列普佐夫却不想与人分享这种悲伤，只是默默地沉浸在痛失亲人的哀伤中。

纳博科夫对死亡有着独到的理解。在契诃夫的《哀伤》中，死亡是生命的结束；而在纳博科夫的《圣诞节》中，死亡是一扇门的关闭和另一扇门的开启；一个生命的结束必然是另一个生命的开始。在小说的最后一节，陶罐里，儿子留下的蝶卵突然"啪"的一声裂开，"一条黑黝黝的皱皮生物正往高处爬去……这东西渐渐长出了脚爪，长出了翅膀"。这是一只硕大的印度蛾。在斯列普佐夫眼里，儿子并没有死去，儿子化成了蝶，以另一种方式存在着。

斯列普佐夫对死亡的顿悟，反映了纳博科夫在 20 年代的思想情绪。1922 年，纳博科夫的父亲被俄罗斯极右分子杀害。父亲的遇难使纳博科夫对死亡有了更深刻的思考。《圣诞节》中的"化蝶"情节也表达了作者对现实主义倡导的人道主义传统的继承，也是他在创作中对"彼岸"主题的一种阐释。总之，在这个时期的纳博科夫创作中，很容易找到 19 世纪俄罗斯经典文学作品的痕迹。

第二节 流浪抑或守望：《玛申卡》

一 流浪的缪斯

20 世纪是迄今为止人类历史上最为动荡不安、复杂多变的时代，特别是 20 世纪前半期世界规模的战争使移民规模达到了高潮。一浪高过一浪的移民潮造就了一大批流浪的缪斯，他们用各种方式言说"流亡"和"思乡"之痛，使移民文学长盛不衰。

十月革命后，俄国国内局势动荡不安，物质生活条件急剧恶化，知识阶层的社会地位迅速下降，大批俄罗斯人流亡到国外，掀起了俄罗斯历史上第一次大规模的移民浪潮。在这次移民浪潮中，许多早在"白银时代"就蜚声俄罗斯文坛的作家，如蒲宁、阿·托尔斯泰、吉皮乌斯、茨维塔耶娃等，也移居国外，他们与在流亡中成长起来的年青一代作家一起，成为俄罗斯侨民文学第一浪潮中"流浪的缪斯"，其作品也成为世界文学中的一支瑰丽的奇葩。俄裔美国作家纳博科夫是这些"流浪的缪斯"的杰出代表。

纳博科夫出生于彼得堡的显赫贵族家庭，"十月革命"使他失去了家园，被迫在西欧过着流亡生活，在柏林开始了侨民作家生涯。在柏林，纳博科夫很快成为一名优秀的青年侨民作家。由于法西斯活动的猖獗，纳博科夫被迫于1937年带着具有犹太血统的妻子和儿子从德国移居到法国。在德国法西斯占领法国前夕，他们又移居到美国，开始再一次的流亡生涯。

纳博科夫一生流亡，对流亡生活有着刻骨铭心的体会，深切感受到了流亡中生命的无根状态。他的作品，从《玛申卡》到《洛丽塔》，从《卢仁的防守》到《微暗的火》，其主人公无一不是在无根的困境中苦苦追寻的流亡者，他们在通往寻找自我归属的道路上踯躅徘徊，内心充满了苦闷和矛盾。

《玛申卡》是纳博科夫的第一部长篇小说，具有明显的自传性质。他用质朴的语言、戏剧般紧凑和清晰的结构，描绘了一幅流亡生活的图画。小说一出版，就受到了俄罗斯侨民文学界的热烈欢迎。他们认为，这部小说讲述的就是他们现在抑郁的流亡生活和无法"回归"的逝去的天堂。他的长篇小说《玛申卡》一面世就引起了西欧俄侨读者的共鸣，受到了读者的热烈欢迎，也引起了俄罗斯侨民评论界的极大兴趣，使他们眼前一亮，得到了一致好评。在柏林和巴黎的俄侨一致认为，《玛申卡》讲述的就是他们的生活，是他们忧郁的现在和难以"回归"但又充满了诗意的过去。著名俄侨评论家尤利·艾亨瓦尔德（Юрий

Айхенвалд）立即宣称："一个新的屠格涅夫出现了！"① 评论家米哈伊尔·奥索尔金（Михаил Осоргин）也盛赞《玛申卡》"是一部非常好的反映侨民生活的小说！"② 纳博科夫也因此获得了"优秀青年小说家"的称号。20 世纪 80 年代，在侨民文学回归俄罗斯的浪潮下，俄罗斯文坛上出现了纳博科夫热潮。俄罗斯著名评论家梅里尼克夫认为，《玛申卡》是"一部优秀的反映侨民生活真实的社会小说"③。

《玛申卡》是纳博科夫根据自己的流亡经历写就的第一部长篇小说，反映了当时的社会真实。纳博科夫本人也曾坦承，小说中的每一个人物都可以在他早期的流亡生活中找到真实的人物原型。1925 年 10 月中旬，在即将写作这部小说的时候，纳博科夫给远在布拉格的母亲写了一封信。他在信中这样写道：

> 我的主人公并不非常讨人喜欢，但是和其他民族相比，他们都是非常亲近的人。我越来越熟悉他们，并且，我的加宁、我的阿尔费奥罗夫、我的舞蹈家科林和科恩·诺茨维托夫、我的年迈的波特亚金、年轻的克拉拉、基辅的犹太女人、库尼岑、多恩太太等等，还有我的玛申卡，她至少是唯一的但不是最后一个，他们都是生活中真实的人们，而不是我的创造。我了解他们如何呼吸、如何走路和吃饭……④

十月革命爆发后，柏林成为当时欧洲最大的俄侨聚集地，有"境外俄罗斯"之称。但到了 1924 年，德国经济发生危机，俄国侨民在柏林的生活急剧恶化，大批侨民开始辗转去往当时经济较为稳定的法国。《玛申卡》的故事就发生在 1924 年 4 月，讲述了俄罗斯青年军官加宁在

① Brian Boyd，*Vladimir Nabokov*：*The Russian Years*，New Jersey：Princeton University Press，1990，p. 257.

② М. Осоргин，*Рец.*：*Король，дама，валет// Классик без ретуши. Литературный мир о творчестве Владимира Набокова*，М.：Новое литературное обозрение，2000，с.31.

③ Н. Г. Мельников，сост. *Классик без ретуши：литературный мир о творчестве Владимира Набокова*，М.：Новое литературное обозрение，2000，с. 26.

④ Brian Boyd，*Vladimir Nabokov*：*The Russian Years*，New Jersey：Princeton University Press，1990，p. 245.

柏林的流亡经历与他对甜蜜初恋的回忆。

二　铁道边的旅馆

《玛申卡》故事发生在 1924 年 4 月，是俄罗斯流亡史上发生大规模迁徙的时期。十月革命爆发后，德国柏林成为当时欧洲最大的俄侨聚集地，20 年代初，侨居在柏林的俄罗斯居民曾经超过一百万，曾被称为"境外的俄罗斯"。但到了 1923 年，德国发生经济危机，通货膨胀使柏林的俄国侨民生活急剧恶化，他们开始大规模地从德国向法国迁移，小说中的故事就是在这样的背景下发生的。故事发生的地点是在柏林一家寒酸的紧挨着城铁线路的膳食旅馆。主人公是六位性格各异、职业不同的俄罗斯侨民和旅馆主人——一个嫁给了德国人的俄罗斯老太太。

一切都浓缩在铁道边的一家膳食旅馆里。纳博科夫采用镜头推拉方式，从外到内描绘了这家旅馆既拥挤又寒酸的特征——这正是一切现实的特征。从外部看，这家旅馆位于两条城市铁路的十字交叉口，每五分钟就有一列火车从此经过。整个白天和大半个夜晚都能听到火车经过时发出的隆隆声。它的巨大冲击力，使得膳食旅馆的房屋也随之颤动，好像也要缓缓地驶向某地。从内部看，这个旅馆的门厅狭窄而又拥挤，放在那里的杂物让人一不小心就会"把小腿磕在上面蹭破皮"①。旅馆一共有六个房间，房东太太从旧挂历上撕下来六张日历贴在门上当作房间号，房间里摆放的是她拼凑的家具，过道的尽头是乱糟糟的厨房、脏兮兮的洗澡间和狭小的卫生间。

纳博科夫让七个人物聚集于此，旅馆主人是一个嫁给德国人的俄罗斯老太太。一年前丈夫去世后，她把相邻的一套公寓租下，开了这家膳食旅馆，微薄的房租是她生活的唯一来源。膳食旅馆里的房客是六位性格各异、职业不同的俄罗斯侨民。在这六个房客中，年纪最大的波特亚金，是一个失去了读者的老诗人，一个已经厌倦生活的男人。为了得到去法国的护照和签证，他被迫一次又一次拖着衰老的病体在膳食旅馆和当地警察局之间不断奔走。由于语言不通，他的奔走不仅毫无效果，还加深了他作为一个异国流亡者内心的伤痛。克拉拉是一个在德国公司工

---

① В. В. Набоков, *Машенька //Король, дама, валет, соб. романов и рассказов*, Издательство АСТ, 2004, с. 11.

作的打字员，繁重的工作和"他者"身份使她感觉自己像一个外星人。在异国生活的孤单和对工作的厌倦，使她十分渴望生活有所改变。因此，她暗恋着年轻英俊的加宁，希望生活会因为爱情能有所改变。然而，加宁的行为使她感到绝望。两个男舞蹈演员似乎过得好一些，但也曾经为找工作而四处奔波和焦虑不安。

主人公加宁体格健壮，敢于冒险。他曾是沙俄军队的一名军官，1919年在克里米亚战争中头部受伤，后辗转流亡国外，三个月前来到柏林。在此期间，他依靠打零工谋生，在工厂干过活，曾经在饭店里做过服务生，每天要端着盘子在餐馆的桌椅之间来回走六英里的路程，曾经推销过各种各样的商品，甚至曾经在电影制片厂做过临时的群众演员。他厌倦了在柏林的流亡生活，但流亡生活又使他变得敏感而忧郁，前途未卜让他犹豫不决。他几次打算离开，但都临时改变主意，一再推迟行期。

在这六个因不同原因在德国流亡的俄侨中，只有自称是数学家的阿尔费奥罗夫对在柏林的流亡生活感到满意。阿尔费奥罗夫不久前刚刚来到这里，打算长期住下来。相对于其他俄罗斯流亡者来说，他是一个乐观派。他认为原有的俄罗斯已经死了，随时随地都可以把它忘记，并且认为，只有忘记了过去，才会生活得更好。他劝说老诗人波特亚金留在德国："这里有什么不好？留在德国是一条笔直的捷径，而去法国是一条曲折的弯路，回我们的俄罗斯简直就是一条曲曲折折的大弯路啦。我喜欢这里：无论是工作，还是在街上散步，都很开心。我会向你们证明，我会找到一个永久居住地的……"[①] 他不断告诉众人，他的妻子玛申卡很快就要从苏联来柏林和他团聚，他正焦急地等待妻子的到来。

一个偶然的机会，加宁看到了阿尔费奥罗夫妻子的照片。加宁发现，阿尔费奥罗夫的妻子正是他的初恋情人玛申卡。在此后的四天时间里，加宁断断续续回忆了他和玛申卡在彼得堡的爱情经历。这样，一个血肉丰满的俄罗斯女性形象在他的记忆中复活了，"这个形象迅速代替

① В. В. Набоков, *Машенька //Король, дама, валет, соб. романов и рассказов,* Издательство ACT, 2004, c. 11.

了他意识中柏林的现状，成为一种真正而又恒久的现实"①。在他的追忆中，一个"逝去的天堂"重现了。无论是对于加宁，还是对于作者纳博科夫，玛申卡的形象都更加恒久，他们的"逝去的天堂"都弥足珍贵，因为所有的这一切都已经逝去，不复再来。

三　远逝的白桦林

既然是流亡，便意味着无家可归，身体不在家，思想不在家，情绪不在家，所以，"回家"的渴望大过任何一种情绪。在《玛申卡》中，纳博科夫一丝不苟讲述着他的流亡之痛，他采用双重叙事手法，一方面描写俄罗斯侨民在柏林的流亡生活现实，另一方面讲述加宁与玛申卡在彼得堡的浪漫爱情。对加宁和纳博科夫来说，柏林的生活动荡、贫困、令人痛苦，而彼得堡的生活安宁、富足、甜蜜；前者是活生生的真实生活，后者则是记忆中的"虚构世界"，然而在纳博科夫看来，后者却更为真实，更为恒久。

对流亡生活的真实描述是故事的第一个叙事层面，而加宁对白桦林中浪漫爱情的回忆则构成了第二个叙事层面。加宁的回忆，使他和纳博科夫的"逝去的天堂"复活了。对"逝去天堂"的重构是从对彼得堡郊外度夏庄园的描写开始的。如果说膳食旅馆里的"现实世界"是封闭的、冰冷的，甚至是动荡的，纳博科夫的描写视角是由外至内的，那么，与此相反，加宁的"逝去的天堂"则是完全开放的，作家对度夏庄园的描写的视角也是从里到外的。带有铜饰的柔软温暖的床，照在床边的灿烂阳光，墙上暖色调的油画，窗外枝头上鸣啭的小鸟，明亮天空中的朵朵白云，构成了一幅宁静明媚的图画。客厅里的白色家具、桌布上绣着的朵朵玫瑰、白色钢琴的道道光影、精致可口的茶点，勾勒了一幅既温馨又平和的画面。

纳博科夫把加宁的回忆视角作为自己的叙事视角。记忆的触角随着大病初愈后的加宁走出了他的房间，走出了他和家人在彼得堡乡下的庄园，从花园平台伸展到了白桦林中的林荫道和谷仓音乐会。在林边的谷

---

① 阿格诺索夫：《俄罗斯侨民文学史》，刘文飞、陈芳译，人民文学出版社2006版，第449页。

仓音乐会上，在熙熙攘攘的快乐人群中，情窦初开的加宁遇到了自己的梦中公主玛申卡，他与她"似曾相识"。从此以后，他们的足迹踏遍了整个白桦林。整个夏天，深谷之上的凉亭里，隆隆作响的水磨坊和平静的小河边都留下了他们的身影。这里的一草一木，一点一滴，也都永远留在了他们的记忆中。

小说中，回忆与现实、真实与虚构交互辉映，膳食旅馆里流亡者的真实生活与主人公美好的爱情回忆交织在一起，真实再现了俄侨流亡生活的悲惨境遇。现实生活中，加宁和其他房客的活动封闭在膳食旅馆里，他们过的是孤独、贫穷、动荡的流亡生活。而在回忆的虚构世界中，加宁和玛申卡的初恋故事是在一个开放的空间里进行的。一内一外，一开一合，一冷一暖，两个世界，两种生活，苦难和幸福，动荡和安宁，形成了鲜明的对比。回忆中初恋的甜蜜和激情，不仅加强了他们流亡生活的痛苦，而且强化了流亡者渴望回归的情绪。

白桦林和林荫道是俄罗斯流亡者的精神家园，是他们心灵的归属地，是祖国和故乡的象征。离开了祖国和家乡，流亡者注定会失去自己的天堂，他们只能在流浪中用记忆来守望这个美丽的天堂。

四 矢志在守望

纳博科夫一贯注重"细节"。在他看来，"一个优秀的读者，一个成熟的读者，一个思路活泼、追求新意的读者只能是一个'反复读者'"，他懂得如何"细细品味其中的细节"①。作为一个优秀的作家，纳博科夫十分注重细节的刻画。在《玛申卡》中，纳博科夫通过描述细节使流亡生活的"现实世界"和流亡者记忆中的"幻想世界"形成鲜明的对比，从而更加突出了流亡者矢志守望"逝去的天堂"的信念。

纳博科夫对细节的强调首先表现在他对主人公性格的刻画上。在小说的开头，加宁和阿尔费奥罗夫被困在电梯里，他们两个人的对话，不仅揭示了流亡生活的意义，也刻画了两个主人公的性格：阿尔费奥罗夫缺乏分寸，在生活上漫不经心，明明亲自问过对方的名字和父称，后来

---

① 纳博科夫：《文学讲稿》，申慧辉译，上海三联书店2005年版，第3页。

还是多次把加宁的名字念错；加宁明明坚决果断、自信偏执，但在处理与情人之间的关系时却犹豫不决、优柔寡断。他们在黑暗中的等待，揭示了纳博科夫心目中流亡生活的真正含义：在异国他乡的流亡生活，就像在黑暗中无望的等待，脚底下是黑暗的深渊。

阿尔费奥罗夫看似是一位"庸俗"人物。他在人际交往中表现出来的死乞白赖和缺乏分寸，以及他在生活上表现出来的漫不经心，都令读者生厌。但他在小说中的作用不可忽视。纳博科夫通过刻画阿尔费奥罗夫的语言和行为等一点一滴的琐碎信息，向读者传达了自己的思想，预示了俄侨流亡者回归无望的命运。无论是对阿尔费奥罗夫，还是对纳博科夫来说，他们的祖国"已经死了"，成为一个"逝去的天堂"，只能在记忆中得到永恒。

阿尔费奥罗夫一直强调象征，给读者一种迂腐的印象，然而，受到白银时代象征主义深刻影响的纳博科夫，恰恰就是通过阿尔费奥罗夫之口，提醒读者留意小说中那些看似寻常的细节所蕴含的象征意义。在小说的开头，他和加宁在一片黑暗中被困在电梯里的一幕，正如他自己所说，是一种象征，既象征着加宁在黑暗中的等待是徒劳的，也象征着流亡者回归俄罗斯的期待是无望的。此外，纳博科夫还通过阿尔费奥罗夫之口，对玛申卡做了详尽的描写。玛申卡虽然外表柔弱，却有一颗坚强的灵魂。在此，纳博科夫提醒读者，玛申卡身上具备了俄罗斯女性普遍的美德，她们隐忍坚强、热情善良，是祖国俄罗斯的象征。

纳博科夫着力刻画的另一个细节是膳食旅馆。膳食旅馆所处的位置和里面的摆设，以及火车经过时受到的震动，都使这座房屋看起来更像一列在轨道上慢慢行驶的列车。纳博科夫把加宁所住的膳食旅馆称作"火车房子"（дом-поезд）。"火车房子"作为隐喻，形式不断变化，贯穿全文。狭小的房间，拼凑的家具，火车经过时玻璃被震得哗哗直响的窗户，都加强了流亡生活的不稳定性，再现了侨民流亡生活的艰难。克拉拉独自飘零在异国他乡，当她在房间里独自伤心流泪，当她听到左右两个相邻的房间里传来的各种声音时，她感觉自己就像"住在一座不停地左右摇摆、上下沉浮的玻璃房子里，正摇摇晃晃地漂向某处。火车经过时发出的轰鸣声……（不仅）在这里听得见，连床也颤抖着，好像要跳起来一样"①。在小说的第 14 章，在两位舞蹈演员为加宁举办的离别晚宴上，加宁走出房间，在窗前向外凝望。当冒着浓烟的黑色火车经过时，他感受到了膳食旅馆在深渊中的颤抖，"火车房子"的意象又一次出现。对于加宁这样经常更换住所的流亡者来说，这房子就像一列不停向前奔驰的火车，旅馆只不过是流亡途中的一个小站。

加宁对"逝去的天堂"的向往和对回归的渴望，使他在离别晚宴上再也无法克制自己，终于采取了一种不光明的恶作剧行为。他灌醉了玛申卡的丈夫阿尔费奥罗夫，又把阿尔费奥罗夫的闹钟向后拨了三个半小时。之后，他奔向火车站迎接玛申卡，并准备带她远走高飞。然而，就在加宁即将到达车站的一刹那，天空中朝霞的一抹亮光把他从幻想中带回了现实。他突然顿悟：春花秋月依旧，故国不堪回首，家乡的白桦林已经远逝，和玛申卡的恋情早已结束，所有这一切和拒绝了自己儿女的祖国一样，只能成为一种永恒的记忆。

和纳博科夫的其他作品一样，寻找记忆中的幸福、守望"逝去的天堂"和逆向的乡思是这部小说的重要主题。他笔下的主人公，如《洛丽塔》中的亨伯特、《微暗的火》中的金波特、《透明》中的休·帕尔森、《阿达》中的范，都像加宁一样，在流浪中守望着"逝去的天堂"，试图重新找回烟消云散的过去。他们既陶醉于"天堂"的美丽，又忍受着"失去"的痛苦。在优美的细节中留住过去，在杰出的文字中守望消逝的一切，是古往今来一切艺术焦点之所在，从这个意义上来说，纳博科夫在续写着"消逝"这个人类永恒的话题。

五 远近交替的叙事视角

在第一个叙事层面，纳博科夫真实地描绘了侨民们在国外动荡不安的生活和精神状况。在这个层面上，一切都浓缩在这家破旧寒碜的旅馆里。加宁所住的廉价膳食旅馆位于两条城市铁路的交会处，房东是一个半德国化的俄罗斯女人。她把成套的旧家具拆开，分别放置在狭小的六个房间里，供六个俄罗斯房客使用。这六个房客职业不同、性格各异。波特亚金是一个没有读者的老诗人，一个感觉自己已经活得太久的男

---

① В. В. Набоков，*Машенька //Король，дама，валет，соб. романов и рассказов*，Издательство ACT，2004，с. 11.

人。为了获得前往法国的护照和签证，他不得不一次又一次拖着病体奔走在膳食旅馆和当地警察局之间。语言不通造成的交流障碍，不仅使他一次又一次地奔走毫无效果，也更加深了他作为一个流亡者的伤痛。克拉拉是一个打字员，大部分时间都不得不在德国人的办公室里干着繁重的工作。她感觉自己像一个外星人，孤单无助，与整个世界格格不入。她厌倦了繁重的工作和无趣的生活，非常渴望自己的生活有所改变。她暗恋加宁，希望爱情能使她的生活有所改变，然而得到的却是绝望。两个男舞蹈演员是一对同性恋，他们的生活似乎稍好一些，因为他们致力于不受语言限制的舞蹈艺术，但他们也曾经为到处寻找工作而感到焦虑。

原本已经十分破旧的旅馆，在火车经过时摇摇欲坠。狭小的房间，拼凑的家具，火车经过时被震得哗哗直响的窗户玻璃，更加强了流亡生活的不稳定性，再现了俄罗斯侨民流亡生活的艰难和精神上的苦闷。

然而，正如现实中的实际情况一样，并非所有的侨民都渴望回归。为了进一步凸显现实的残酷，纳博科夫塑造了两个截然相反的人物：体魄健壮、敢于冒险的加宁和心思缜密的数学家阿尔费奥罗夫。在塑造人物形象时，纳博科夫使用了悖论手法。加宁曾经是一名沙俄军官，体格健壮，敢于冒险，应该说，军队生活培养了他果敢勇敢的性格。然而，在流亡生活中，他优柔寡断，犹豫不决。1919 年，在克里米亚作战时，他头部受伤，伤愈后流亡国外，三个月前辗转来到柏林。在此期间，他依靠打零工谋生，曾经在工厂做过苦工，曾经端着盘子在饭店的桌椅之间每天走上六英里的路程，曾经推销过各种商品，甚至曾经在电影制片厂做过临时的群众演员。流亡生活使他变得既敏感又忧郁，他几次打算离开，但都临时改变主意，一再推迟行期。住在加宁隔壁房间的阿尔费奥罗夫是一位数学家，应该说他心思缜密，考虑周全。面对选择，他一切从实际出发，坚定果敢。他果断地决定长期居留在德国，甚至决定，要和妻子一起在德国长期生活。

加宁是一个理想主义者，他十分厌恶阿尔费奥罗夫，不仅厌恶他的身体，更厌恶他的思想，认为他太过世俗。当阿尔费奥罗夫向加宁展示自己妻子的照片时，加宁发现，即将来到柏林的阿尔费奥罗夫的妻子，原来是他在彼得堡的初恋情人玛申卡。从那时起，加宁用了四天的时间回忆了自己和玛申卡在圣彼得堡的情感经历，重新塑造出一个血肉丰满的俄罗斯女性形象。"这个形象迅速代替了他意识中柏林的现状，成为一种真正而又恒久的现实。"①

原本对流亡生活厌倦到了极点的加宁，得知初恋情人即将到来，就像服了兴奋剂一样，立即精神抖擞，果断地开始行动起来。他先是断绝了和情人柳德米拉的关系，又在一对舞蹈演员安排的离别晚宴上灌醉了阿尔费奥罗夫。阿尔费奥罗夫定了闹钟，想提醒自己去火车站迎接即将到来的妻子，可加宁故意把闹钟的时间向后拨了整整三个半小时，想以此赢得时间自己去火车站迎接从苏联来的玛申卡，并带她远走高飞。然而，就在加宁到达火车站的一瞬间，天空的一抹光亮使加宁改变了主意。他意识到，他和玛申卡的恋情永远结束了，于是，他乘上一列前往另一个方向的火车，去拥抱新的生活。

这七个由于不同原因流亡在异国他乡的俄罗斯侨民中，只有一个人对在柏林的生活感到满意，而且，也只有他似乎能够在柏林站稳脚跟，他就是自称是数学家的阿尔费奥罗夫。他不久前刚刚来到这个膳食旅馆，打算长期留下来。他告诉众人，他的妻子玛申卡很快就要从苏联来到柏林和他团聚，他正焦急地等待着妻子的到来。

阿尔费奥罗夫是一个乐观派，未来的实业家。他认为俄罗斯已经死了，随时随地都可以把它忘记，因为在德国他会生活得更好。他劝说老诗人波特亚金留在德国，因为"这里有什么不好？留在德国是一条笔直的捷径，而去法国是一条曲线般的弯路，回我们的俄罗斯就简直是一条曲曲折折的大弯路啦。我喜欢这里：无论是工作，还是在街上散步，都很开心。我会向你们证明，是可以找到永久居住之地的……"②

流亡是一种无家可归的处境。一旦流亡，便意味着流亡者身体不在家，思想不在家，情绪也不在家，流亡者对"家"和"回归"的渴望会大过任何一种情绪。纳博科夫的一生都在动荡不安的流亡生活中度过，他深知流亡生活的苦痛。早在克里米亚滞留期间，他就已经感受到

---

① 阿格诺索夫：《20世纪俄罗斯文学》，凌建侯等译，中国人民大学出版社2001年版，第449页。

② В. В. Набоков, *Король, дама, валет. Собр. романов и рассказов*, Издательство АСТ, 2004, с. 18.

了身在异乡的"他者身份"。当他回忆起这段往事时，他在《说吧，记忆》（*Speak，Memory*）中写道："整个地方似乎完全是异国的；那气息不属于俄国，那声音不属于俄国，那头夜夜嘶鸣的驴子，肯定是巴格达式的。……突然间我感到了流亡的所有苦痛。"①

在《玛申卡》中，主人公加宁有健康的体魄，敢于冒险，但流亡生活使他变得敏感而犹豫不决。在柏林，他无精打采，渴望改变自己的生活现状，却又缺乏信心，直到象征着祖国的形象——玛申卡出现，才终于鼓起了勇气，开始行动。

纳博科夫一贯注重"细节"。在对"现实世界"进行描述的时候，他在细节方面的高超技巧令人惊叹。"现实世界"首先是俄罗斯膳食旅馆。纳博科夫采用拉镜头式的方式，从外到内描绘了这家廉价膳食旅馆既拥挤又寒酸的特征。从外部看，这家寒酸的旅馆位于城市铁路的十字交叉口，每五分钟就有一列火车从此经过。整个白天和大半个夜晚都能听到铁路上火车经过时发出的隆隆声，它的巨大冲击力，使得膳食旅馆的房屋也随之颤动，好像也要缓慢地驶向某个地方。从内部看，这家旅馆的门厅是一条狭窄而又拥挤的过道，放在过道里的杂物很容易"让人把小腿磕在上面蹭破皮"。过道两侧有六个房间，门上的房间号是从旧挂历上撕下来的几页——从四月一日到四月六日，房间里是房东太太胡乱拼凑的家具，过道的尽头是臭烘烘的厨房、肮脏的洗澡间和狭窄的厕所。

纳博科夫对膳食旅馆内的摆设，也描写得十分详细。被女房东分配到各个房客房间里的家具，不止一次地出现在文本中，更加强了"现实性效果"。阿尔费奥罗夫房间里橡木写字台上放着一个"像蟾蜍一样的墨水瓶，这墨水瓶下面是一个很深的盒子，就像船舱一样"。玛申卡的照片就在这个盒子里。而过道里橡木箱子上方挂着的镜子并非多余，当加宁从镜子里看到阿尔费奥罗夫的房门敞开的时候，他郁闷地想："他的过去就放在别人的桌子上"。正是这个时候，他从阿尔费奥罗夫的蟾蜍墨水瓶下面的盒子里拿走了玛申卡的照片。橡木制的旅行箱、狭窄的过道、晃动的镜子、玛申卡的照片，所有的这一切都在促使加宁采取进

---

① V. V. Nabokov, *Speak，Memory*, New York：Alfred A. Knopf, Inc., 1999, p. 131.

一步的行动。而房东多恩太太放在舞蹈演员六号房间里的旋转椅，为阿尔费奥罗夫醉酒后差点从上面摔下来埋下了伏笔。

加宁对他和玛申卡在彼得堡近郊"林中爱情"的回忆，构成了小说的第二个叙事层面。纳博科夫通过加宁对"林中爱情"的回忆，复活了他和加宁永远"逝去的天堂"。而重构"逝去的天堂"是从彼得堡郊区度夏庄园房间里的陈设开始的，但与膳食旅馆里封闭的冰冷的"现实世界"完全相反，加宁记忆中的这个"天堂"完全是开放的，作家的视角也是从里到外的。

加宁的回忆是从他16岁时养病的房间开始的。这个房间与在柏林的膳食旅馆房间不同，其陈设都带着一种安逸舒适的气息。带有铜球装饰的温暖柔软的床，照射在床边的阳光，墙上色调温暖的油画，窗外啾啾鸣啭的小鸟和天空中朵朵蓬松明亮的云彩，构成了加宁记忆中的天堂。床的左边是一道黄褐色藤制屏风，右边是俄罗斯特有的圣像盒，门外是"闪亮的白色火炉和老式洗漱台"。与柏林的膳食旅馆的动荡不安相比，这里的一切都是宁静的、安定的。有着白色家具的客厅、绣着玫瑰花的桌布、白色的钢琴、穿着蓝色制服的高个子管家、可口的茶和精致的奶油点心，又组成了一幅平和温馨的画面。

记忆在加宁病愈后走出了房间，走出了自家的庄园。纳博科夫的视角也开始伸向外部空间，从花园平台到园林深处的林荫道和白桦林边的谷仓音乐会。正是在白桦林中的谷场音乐会上，在拥挤而快乐的人群中，他发现了"似曾相识"的玛申卡。她那黑色的丝绸蝴蝶结，棕色的长发从此便永远留在了他的记忆里。他们忘情于青春的浪漫与光辉之中，从白桦林里的林荫道到庄园里深谷之上的凉亭，从轰隆作响的水磨坊到宽阔平静的河面水边，都留下了他们的足迹。

最后加宁的记忆来到了一所掩映在林中的无人居住的大庄园里。在这里，他和玛申卡整个夏季都沉浸在初恋的激情之中，美丽的白桦林，白桦林中的林荫道，草地上闪光的露珠，都成为他们记忆中的永恒。

夏季结束了，他们先后回到了彼得堡。在彼得堡，他们的爱情持续了一段时间，然而，没有了白桦林和浓密的林荫道，他们的爱情似乎也因为冬季的风雪严寒而降了温。他们约会的次数少了，到了后来，他们的爱情仅仅剩下在信中和通电话时对"林中爱情"的回忆。第二年夏天，当加宁在火车上再次遇到玛申卡的时候，革命已经爆发，之后便是天各一方的别离。但流亡在国外的加宁懂得，他们在白桦林中度过的美好夏季，是他一生中最重要最崇高的时光，因为只有失去才显得弥足珍贵。所以，流亡生活使加宁对一切都感到厌倦，但玛申卡的照片使怠惰的加宁精神一振，她的即将到来让他思绪万千，过去的那些令人迷醉的场景一幕一幕地闪现，而现实中的柏林隐退了。

从一个世界自然平稳地滑向另一个世界是纳博科夫小说诗学的一大特征。在《玛申卡》中，真实与虚构交互辉映，加宁和膳食旅馆里其他流亡者的真实生活与加宁关于玛申卡的美好回忆一起，构成了俄罗斯侨民流亡生活的真实画面，表达了俄罗斯侨民渴望回归祖国、回归俄罗斯的共同理想和愿望。

在"现实世界"里，加宁和其他房客的活动封闭在膳食旅馆里，而在加宁记忆中的"虚构世界"里，加宁和玛申卡的活动是在开放的空间里进行的。掩映在郁郁葱葱白桦林中的花园别墅，夕阳照射下凸凹不平的林间小道，加宁和玛申卡的每一次幽会都是在沃斯克列先斯克和彼得堡的户外。在幽静的林荫道上，在蓝色的暮霭中，他们尽情地享受着爱情的甜蜜。

柏林的膳食旅馆里，俄罗斯侨民过的是孤独、贫穷、动荡的流亡生活。在彼得堡近郊的度夏庄园里，加宁和玛申卡的生活则是宁静的、无忧无虑的和充满激情的。在俄罗斯人心中，白桦林和林荫道是他们的精神家园，是心灵的归宿地，是祖国和故乡的象征。当白桦林和浓密的林荫道离加宁和玛申卡越来越远的时候，他们的爱情也注定会随之消失。已经到达火车站的加宁终于明白，过去拥有的那段美好的时光和情感已经成为他记忆中的天堂，永远地失去了，而未来还在远方，于是，他转身往逆着家乡的方向而去。

尽管《玛申卡》是纳博科夫写作的第一部长篇小说，他在前言中称其为"一种尝试"，他在向自己的学生阿尔弗列德·阿佩尔赠书签名的时候，在所有的书上都画上了蝴蝶，唯独在1926年德国出版的《玛申卡》的扉页上画了一只虫卵、一只毛毛虫和一只蛹。但他初试锋芒便取得了巨大的成功，得到了俄侨评论家们的高度赞扬和评价，其原因之一便是他如实再现了20—30年代俄罗斯侨民的流亡生活，表达了整个侨民界渴望回归的心声和愿望。

第三节　纳博科夫与普希金

普希金之于纳博科夫，是"文学之父"，是导师。他曾在《固执己见》中告诉采访者："普希金的血液流遍了俄国文学的脉搏，这是不可避免的，就像莎士比亚的血液流遍了英国文学的脉搏"①。无论是在安宁幸福的青少年时代，还是在动荡不安的西欧流亡期间，无论是在美国度过的辉煌创作时期，还是在瑞士度过的冷清的晚年，无论他走到哪里，他永远都守护着普希金。

在西欧流亡期间，他和霍达谢维奇站在一起，以自己独特的方式，为普希金的荣誉而战。在美国时期，面对西方人们对普希金的误解，他不仅翻译了普希金的诗歌，还花了整整 15 年的时间，采用翻译加注释的方式，将诗体小说《叶甫盖尼·奥涅金》翻译成英语。在纳博科夫的心目中，祖国与普希金是两个不可分割的概念，要成为一个真正的俄罗斯人，就意味着要热爱普希金。普希金不仅是纳博科夫文学创作的灵感源泉，而且还是他精神力量的支柱。在动荡不安的流亡生涯中，纳博科夫"很自然地把对自己流亡生活的深刻思索同普希金被放逐的经历联系在一起"②，从普希金的流放生活中汲取力量。

兹拉切夫斯卡娅（А. Ф. Злочевская）在其专著《纳博科夫的艺术世界和 19 世纪的俄罗斯文学》（Владимир Набоков и русская литература 19-ого века）中曾经指出，在纳博科夫所有艺术创作中，都能完整而又和谐地听到普希金的"回音"。在成名作《玛申卡》中，我们依然可以听到普希金的"声音"。

《玛申卡》从一开始就引用了普希金《叶甫盖尼·奥涅金》第一章第 47 节中的一段话作为这部小说的题名："……想起早年的罗曼史，那往日的恋情又涌上心头……"③ 小说主人公加宁强健、勇敢、敏锐、渴

---

① V. V. Nabokov, *Strong Opinion*, New York: Random House, 1999, p. 69.

② В. В. Набоков, *Стихотворения и поэмы*, М.: Харьков, 1999, с. 398.

③ В. В. Набоков, *Король, дама, валет, Собр. романов и рассказов*, М.: Издательство АСТ, 2004, с. 7.

望冒险，他的忧郁、神秘莫测、他在处理与柳德米拉关系时所表现出的犹豫不决和喜欢恶作剧等特点，让人不由自主地想起普希金笔下令众多女性着迷的"多余人"叶甫盖尼·奥涅金。无论是加宁还是奥涅金，都有着强健的体魄、勇敢而渴望冒险的精神，他们不满足现状，渴望改变但又缺乏足够的勇气。

除了深爱着他的玛申卡，还有另外两个女人对加宁十分钟情：他的情人柳德米拉和柳德米拉的女友克拉拉。和普希金的《叶甫盖尼·奥涅金》中的塔吉亚娜暗恋奥涅金一样，克拉拉绝望地暗恋着加宁。就连膳食旅馆的女主人，老太婆莉基娅·尼古拉耶夫娜也喜欢加宁那"高大的无拘无束的背影"。

另外，纳博科夫的《玛申卡》和普希金的《叶甫盖尼·奥涅金》在细节方面有许多相似之处。在小说的最后一幕，即舞蹈演员科恩和科林为加宁即将离开和为庆祝克拉拉生日而举办的晚会，和《叶甫盖尼·奥涅金》中塔吉亚娜命名日宴会有许多相似的细节。在普希金笔下，塔吉亚娜在命名日宴会上像"森林里的小鹿一样胆怯"。当她的爱情表白遭到奥涅金的拒绝时，她又像"小鹿一样瑟瑟发抖"，而在加宁眼里，克拉拉看起来就像"一头受伤的偏角鹿"。塔吉亚娜在经受了爱情的折磨后，在雾蒙蒙的窗户玻璃上写下隐藏在心底的"E. O."（*Евгений Онегин* 的首字母），而克拉拉在目送加宁离去后，忍不住猛烈抽泣，"食指不住地在墙上上下划动"。玛申卡的丈夫阿尔费奥罗夫，讽刺加宁是"理想男人"，而与此对应，在《叶甫盖尼·奥涅金》中，普希金把奥涅金刻画成"塔吉亚娜的梦中情人"。

《叶甫盖尼·奥涅金》中奥涅金和连斯基决斗的场面，在《玛申卡》中被加宁的恶作剧暗中置换。加宁为了亲自去火车站接玛申卡并把她带走，在把阿尔费奥罗夫灌醉后，将闹钟向后拨了整整三个半小时。阿尔费奥罗夫被加宁灌醉后，像个俄国乡村里喝醉了的流浪汉，脸色苍白，"仰面朝天，一只胳膊古怪地伸着"[1]。他躺在床上呼呼大睡的样子，又使人联想到连斯基和奥涅金决斗时的场景：被奥涅金一枪打死的连斯基，躺在地上一动不动，像在睡梦中一样。

---

[1]　В. В. Набоков, *Король, дама, валет. Собр. романов и рассказов*, М.：Издательство АСТ, 2004, с. 124.

小说对普希金笔下的其他形象的引用，更加强了加宁和玛申卡之间恋情的戏剧性，使故事情节更加紧张。加宁和玛申卡在冬天里的彼得堡分手时的那个拱门，正是普希金的《黑桃皇后》中丽莎死亡的地方，这预示了他们之间的爱情是经不起时间和环境改变的考验，会出现裂痕，会消失。加宁重新回顾了他和玛申卡的爱情后，突然明白，玛申卡已经不是从前的那个玛申卡，她不可能再回到他的身边，他也不可能回到年青时代，甚至不可能回到俄罗斯，因为"除了那个形象之外，玛申卡并不存在，也不可能存在"。而在普希金的诗体小说《叶甫盖尼·奥涅金》中，奥涅金在经历了世事沧桑，过了许多年以后，再一次向塔吉亚娜表白自己的爱情时，塔吉亚娜也相当细腻地感受到了这种心境：一切都已改变，"而幸福曾经近在眼前……"因此，她坚决地拒绝了奥涅金。但奥涅金并没有立即意识到这一点：

> ……奥涅金呆若木鸡，
> 简直就像五雷轰顶，
> 他的心里如翻江倒海，
> 感情的波涛在心中奔涌。①

小说的另一位主人公阿尔费奥罗夫，看似是一位处处不合时宜的"庸俗"人物。他的那些不合时宜的小聪明、他的死乞白赖、他的缺乏分寸和生活上的漫不经心，都令读者生厌。但在小说中，他的作用不可忽视。如果仔细品味从阿尔费奥罗夫嘴里说出来的那些话，留意他一点一滴提供给读者的关于玛申卡的琐碎信息，我们会发现，玛申卡的形象似乎就是对俄罗斯象征主义年青一代，特别是对诗人勃洛克笔下的"永恒女性"的模仿。玛申卡浅黑色皮肤，眼睛特别有神，身穿白裙，在阿尔费奥罗夫的心中，她既是"一朵脆弱的小花"，又有一颗坚强的灵魂。她在恐怖和困境中挣扎了七年，并奇迹般地活了下来。所以，阿尔费奥罗夫请求老诗人波特亚金"写写女性、可爱的俄罗斯女性，是如何

---

① 普希金：《叶甫盖尼·奥涅金》，剑平译，河南人民出版社 2004 年版，第 251 页。

比任何革命运动都坚强，能够挺住一切而活下来的"①。而在加宁心中，玛申卡是第一个带给他柔情和温暖的女人，是他记忆中最温暖的部分。在这里，玛申卡成了一种象征，象征着俄罗斯，也象征着母亲。

《玛申卡》作为纳博科夫创作初期的最高成就，继承了普希金开创的俄罗斯文学中描写"多余人"形象和善于利用记忆进行文学创作的传统。

迷恋往昔和憧憬未来不仅是俄罗斯民族传统的精神存在方式，也是俄罗斯文学着力表达的一个经典主题。对于普希金而言，回忆或记忆有着巨大的魅力。他的诗歌充满了青春美好的回忆，并且这种回忆和历史的记忆融为一体。回忆成为他诗歌的灵感源泉和主要内容。按照利哈乔夫的说法，普希金的抒情诗都是献给会议和过去，献给重新思考和接受的往事，而散文和叙事诗则献给历史。在《致 D 的一封信》的片段中，他这样表达回忆的魅力："请给我解释一下，为什么南方的岸和巴赫奇萨拉伊对我具有说不清道不明的魅力？为什么我的心中重访我如此冷漠抛弃的地方的愿望如此强烈？或者回忆是我们灵魂最有力的一种能力，影响它的一切，它都感到那么迷人？"②

纳博科夫也强调记忆的重要性。小说《玛申卡》通过描述加宁在柏林的生活状况和他的回忆，反映了当时整个俄罗斯侨民在境外动荡不安的艰难生活，表达了整个侨民渴望回归俄罗斯的共同愿望。在《玛申卡》中，对初恋情人玛申卡的回忆和对祖国的思念交织在一起。寻找记忆中的幸福、寻找"逝去的天堂"成了这部作品的含义之所在。从《玛申卡》开始，对"逝去的天堂"的回忆和守望，成为贯穿纳博科夫小说的主题之一。像加宁一样，他笔下的许多主人公，如《洛丽塔》中的亨伯特、《微暗的火》中的金波特、《透明》中的休·帕尔森、《阿达》中的范，都试图重新找回烟消云散的过去。他们既为回忆"逝去的天堂"的甜蜜而陶醉，又忍受着因失去而撕心裂肺的痛。在优美的细节中留住过去，在杰出的文字中守望消逝的一切，是古往今来一切艺术的焦点所在。从这个意义上来说，纳博科夫在续写着"消逝"这个永

① В. В. Набоков, *Король, дама, валет, Собр. романов и рассказов*, М.：Издательство АСТ, 2004, сc. 19-20.
② 利哈乔夫：《解读俄罗斯》，吴晓都等译，北京大学出版社 2002 年版，第 285 页。

恒的人类主题。他早期的小说继承了俄罗斯文学的传统，采用平行叙事手法，在两个叙事层面上分别诉说着流亡生活的苦痛和对故乡的思念。在他的短篇小说中，《玛申卡》的叙事方式得到了延续。第一个叙事层描写了俄罗斯侨民们在柏林的流亡生活，讲述的是一个"真实的世界"。第二个叙事层讲述的是加宁与玛申卡在彼得堡的浪漫爱情。这是一个通过回忆而展现的"想象中的世界"，在纳博科夫看来，更为真实，更为恒久，因为那是一个"逝去的天堂"。这样，现实与回忆相互映照，回忆和想象更进一步强化了现实中流亡生活的无奈和苦痛。

第二章

超越传统，批判庸俗

　　现代资本主义社会工业化使人类身处毫无生气的物质世界，精神生活变得颓废空虚，一味追求物质享受和感官刺激，缺乏关爱和精神追求，人性变得庸俗。精神上的颓废导致产生了具有颓废风格的先锋派艺术，即综合运用各种艺术手段和程式的自由交流的先锋派艺术。普遍的人性的庸俗最终导致的结果是对高雅艺术的颠覆和大众艺术或媚俗艺术的产生。媚俗艺术品契合了大众的品位需求，用简单易懂的符号，借用白日梦，为艺术品消费对象寻找情绪体验的替代对象，达到代偿性满足。20世纪20—30年代的德国，媚俗艺术肆意泛滥，作为有思想和洞见的严肃作家，纳博科夫采用戏仿等后现代文学创作手段，对庸俗性和媚俗艺术进行了深刻的批判，表达了他的艺术观。

第一节　颓废、庸俗和媚俗

　　工业革命把人类从繁重的劳动中解脱出来，使人们有了更多的休闲时间。然而，经济快速发展的同时，人们的精神危机也与日俱增。物质生活的丰富与人的欲求膨胀，造成了精神世界的严重失衡。物质生活越丰富，人类精神世界越空虚，越颓废。20世纪初的欧洲，颓废已经成为一种风格、一种思想，也是思想界谈论现代性时持久关注和热烈谈论的重要话题。尼扎尔、戈蒂耶、波德莱尔、尼采、克罗齐等相继就颓废风格、颓废文化和颓废主义进行研究，并取得了诸多成就。在中国，"颓废"一词自古有之，原指"倒塌，荒废"，后来用以形容人的精神状态，指意志消沉，精神萎靡。西方哲学家则从时间的线性连续性和本体论出发，对颓废进行阐释。柏拉图认为时间是一个持续的没落过程。法国宗教史家亨利——夏尔·皮埃什从柏拉图对时间的阐释出发，认为人类历史的演变遵循的是"颓废而非发展的法则"，把变化看成是从一种理想的原始状态中堕落。犹太教——基督教传统的线性时间和历史观来自于它的"末世论"特征和对历史终结的信仰。基督教认为，世界末日来临之后，上帝将进行终极审判，上帝的选民（好人）将升入天堂，永享福乐，罪人将被打入地狱，永受地狱折磨之苦。因此，颓废成为世界终结的序曲。颓废越深，离最后审判越近。20世纪初，法国犹太裔哲学家弗拉基米尔·扬科列维奇颠覆了以上观点，认为颓废是一种方向和趋势，而不是结构，没有什么历史本身可以被说成是颓废的，颓废不是静态的，而是动态的。

颓废通常意味着没落、衰老、耗尽，与黄昏、秋天等类词汇相联系。在更深层含义上，甚至意味着腐烂和腐败。然而，颓废和进步都是相对的，按照卡林内斯库的说法，进步即颓废，颓废即进步，颓废也许是再生。20世纪以来，科学技术的高度发展伴随着深刻的颓废感，社会越进步，痛苦的人越多，失落感和异化感越强。在高度工业化的现代社会，颓废已经超越了一般的贬义意义，而是成为一种新的、更为具体的文化概念——颓废主义。也就是说，颓废已经成为一种风格。孟德斯鸠在他的《笔记》中提出了文化颓废的概念："在诸多帝国的历史中，没有什么比繁荣更接近于颓废；同样，在我们的文学共和国中，人们担心繁荣会导致颓废。"[①] 伏尔泰在把路易十四时代的辉煌成就和自己所处时代的趣味腐败作对比时，谈到了文学意义上的颓废。无论是孟德斯鸠还是伏尔泰，都把文学意义上的颓废看作是将来的趋势，然而，斯塔尔夫人在《论文学与社会制度的关系》中提出，即使在颓废时期，进步思想仍旧在发挥作用，"作为（现代的）思想家却要比奥古斯都时期的思想家强"。她确信，在启蒙运动时期，随着"启蒙"思想有益的、不可逆转的影响，不再有任何颓废的威胁。在她看来，颓废属于过去，和过去相比，未来是进步的。

真正把"颓废"作为一种文学风格并持久加以关注的是19世纪初

---

① 转引自 W. 克劳斯、汉斯·科尔图姆编《18世纪文学论争中的古代与现代》，柏林：学术出版社1966年版，第253页。

的法国批评家尼扎尔。他将自己的颓废理论应用于法国最重要的浪漫主义诗人维克多·雨果身上。他在维克多·雨果的《黄昏颂》中发现了颓废的重要标志：过度描写、突出细节、抬高想象力、损毁理性。尼扎尔强调颓废艺术的欺骗性，认为"颓废艺术的有害性同它的欺骗能力成正比"，称维克多·雨果为"诱骗者"。

19世纪的法国，处处弥漫着颓废感，特别是在1848年革命失败后，相当一部分知识分子的共同感受就是法国"在世界上的权力和荣耀正在衰落"，颓废主题在法国不仅更引人入胜和令人困惑，而且被赋予各种极端矛盾的意义。在拥有颓废意识的法国知识分子中间，有两种相对立的观点。一种是持"再生主义"的观点，他们斥责没落导致的严重后果，但相信未来有可能"复兴"，并对此寄予厚望；持另一种观点的大都是艺术家，他们是审美现代性的自觉宣扬者，认为现代世界即将面临一场大灾难。他们认为，属于资产阶级的现代性及其关于民主进步和普遍享有"文明的舒适"的许诺，是虚假的，蛊惑人心的，人们借助这些许诺回避精神日益异化和非人化的事实。为了抗议这种虚假的蛊惑人心的伎俩，"颓废派"培养了自己的异化意识，并且借助于反人本主义的进攻策略，成为艺术和道德上的"先锋派"。越来越多的法国知识分子开始思考文学颓废的问题，其中有"为艺术而艺术"运动的倡导者和参与者，他们愿意重新评价文学中的颓废文学。至此，颓废主义与文学先锋派的关系开始密切。

最早把颓废视为一种风格并全面认同其广泛影响的是"为艺术而艺术"运动的倡导者泰奥菲勒·戈蒂埃。他在1868年为波德莱尔的《恶之花》写的序言中指出：

被不恰当地称为颓废的风格无非是艺术达到了极端成熟的地步，这种成熟乃老迈文明西斜的太阳所致：一种精细复杂风格，充满着席位变化和研究探索，不断将言语的边界向后推，借用所有的技术词汇，从所有的色盘中着色，并所有的键盘上获得音符，奋力呈现思想者不可表现、形式轮廓中模糊而难以把握的东西，凝神谛听以传译出神经官能症的幽微密语，腐朽激情的临终表白，以及正在走向疯狂的强迫症的幻觉。①

尽管波德莱尔公开拒绝使用"颓废"这个概念，但他经常对有关颓废的观点表示赞同，并且坚持颓废的、精神的和现代的创作风格。他在现代艺术颓废理念的发扬光大中发挥着核心作用，并在颓废和现代性之间建立了直接的联系："每一种艺术都暴露出了入侵邻近艺术的欲望，画家引入音阶，雕塑家使用色彩，作家运用造型手段……这难道不是颓废的必然结果吗？"② 当瓦格纳的音乐被文学界拿来讨论时，颓废就被理解成了不同艺术间的手段和程式的自由交流。

在19世纪50—60年代的法国，颓废并不意味着进步，而是与现代社会发展的"歇斯底里"给人类意识带来的影响相联系。正如龚古尔兄弟所说的那样，这个社会处于各种意义进行生产的"狂躁"中，社会需求强加于人类心灵的不可忍受的压力造成了"现代的忧郁"，颓废就是一种神经官能症。在龚古尔兄弟的《日记》中，进步和神经官能症是同一回事。

> 自人类存在以来，它的进步、它的成就一直和感觉相类似。每一天，它都变得神经质，变得歇斯底里。而关于这种动向……你能肯定现代的忧郁不是源自于它？何以见得这个世纪的忧伤不是源于过度工作、运动、巨大努力和剧烈劳动。源于它的理智力量紧张得几乎爆裂，源于每一个领域的过度生产？③

人类因社会进步而患上了"进步病"，社会进步决定了人类的行事方式，决定了文学甚至整个时代。对社会非常不满，却又无力反抗，知识分子苦闷彷徨，这种情绪在文学艺术领域得到了凸显。1886年，安纳托尔·巴茹创办《颓废者》杂志，欣然接受"颓废者"的称呼，掀起了颓废主义运动。他们否定理性，片面强调个人主义，主张"为艺术

---

① 泰奥菲勒·戈蒂埃：《文学肖像与记忆》，巴黎：卡尔曼·莱维出版社1906年版，第112页。

② 波德莱尔：《波德莱尔全集》，浙江文艺出版社1996年版，第1525页。

③ Edmund and Jules DE Goncourt, *The Goncourt Journals*, Paris: Flammarion, 1956, p. 207.

而艺术"，宣扬悲观和颓废情绪，从病态的情绪中寻找创作灵感。龚古尔兄弟被公认为是"颓废者"——颓废风格的杰出代表。

颓废主义是指工业社会人类的现代性意识和对它的接受，是现代社会的一种艺术风格，是欧洲知识分子对现代生活本身的一种审美理解和在文化上的一种合理选择。换言之，颓废主义者在艺术上处于先锋地位。

综上所述，可以说，颓废是一种精神状态，是一种信念，也是一种生活态度，具有破坏性和反传统性。不过，作为一种精神状态和生活态度的颓废，带来的是生活方式的庸俗。德国哲学家尼采对这种颓废进行了强烈的批判。在他看来，"颓废是生活意志的丧失，这种丧失促成了一种针对生活的复仇态度，并通过憎恨来表现自身"①。颓废精神具有欺骗性，颓废的策略是典型的说谎者策略，说谎者通过模仿真理，通过使他的谎言比真理更为可信进行欺骗。尼采把他的论证推及音乐和文学领域，认为雨果和瓦格纳之类的颓废艺术家对大众具有强烈的吸引力。他把现代性和颓废艺术联系起来，断言现代文化学说是一种"没有上帝的基督教"。尼采对颓废和现代颓废的剖析，实质上是对资产阶级意识形态的全面而又激进的批判。

众所周知，颓废是一个具有普遍意义的概念，指的是生活各个方面的衰败，道德、政治、宗教和艺术的颓废互相包含，是一个整体。颓废主义则有着具体的美学和历史意义，指的是各种各样的后浪漫主义流派、运动和主义。这是意大利文艺批评家、哲学家和历史学家克罗齐对颓废和颓废主义所做的区分。颓废作为一种精神状态，自古有之，颓废主义与资本主义社会的特有的庸俗和媚俗艺术一样，是人类发展进程中一个较为狭义的历史时期，是现代性的一个方面。

正如克罗齐区分了颓废和颓废主义，我们也应该区分庸俗和媚俗。庸俗是精神颓废的表现，是资本主义社会中产阶级的一种行为方式和品味。媚俗是中产阶级的颓废和庸俗在艺术上的表现，是现代社会艺术世俗化的产物和资本主义工业化的结果。媚俗艺术和庸俗之间有着千丝万缕的关系，更与金钱和大众文化息息相关，渗透于艺术、道德、政治、

---

① 卡林内斯库：《现代性的五副面孔》，译林出版社 2015 年版，第 197 页。

宗教等西方大众文化和社会生活的各个方面。

资本主义社会技术的高度发展伴随着人类深刻的没落感和颓废感，越来越多的人怀着一种极其痛苦的失落和异化感。工业社会物质生活的极度繁荣与人类内心世界的空虚、绝望、衰退形成了鲜明的对比，个人生活变得不切实际的重要，个人主义成为流行的人生哲学。内在世界的颓废必然导致行为方式的庸俗，因为任何一种社会政治现象总是有机地和艺术表现形式互相关联。

"媚俗"一词最早出现在19世纪80年代的德国，与艺术品黑市有关。19世纪末，随着工业化的发展，市民阶层对那些能够美化日常生活和提供消遣娱乐的艺术品需求增加。但由于受原创性、独一无二和高雅等艺术品特征的限制，大众的艺术需求不得不依赖复制技术和采取速写、素描等速成手段完成的适合大众口味的廉价艺术品。而这些通过复制技术生产出来的伪艺术品或非艺术品，在19世纪末的欧洲大行其道，公然与真正的艺术分庭抗礼。由于其价格低廉、毫无用处、一文不值被指认为媚俗。因此，媚俗一词在19世纪末的欧洲艺术圈子里广为流行，成为伪艺术或非艺术的代名词。

20世纪，媚俗已经渗透到文化、道德伦理等各个领域，同时俘获了所有艺术。当消费成为资本主义社会里一种标准的社会理想，中产阶级的享乐主义就没有了原则。他们受消费欲望的驱使，除了钱，别无所求。就这样，当先锋派粉墨登场之际，一种新的文化现象在西方工业社会出现，这就是德国人所谓的"媚俗艺术"。媚俗艺术是一个替代品和伪造品。随着有修养的中产阶级的兴起，艺术修养和接受成为一种必需，但艺术的占有和经济条件紧密相连，不是所有的中产阶级都能够为自己的艺术需求埋单，他们不得不依赖复制品或赝品。复制技术在满足大众艺术需求方面功勋卓著。在第二次世界大战前后，伪艺术的多样化和数量的惊人增长到了令人瞠目结舌的地步。学术界具有敏锐眼光、有远见的知识分子对媚俗艺术提出了质疑。特别是在德国，媚俗已经成为人人喊打的过街老鼠。文学、哲学、心理学、音乐领域等都对媚俗进行了批评。

媚俗的本质是享乐主义，媚俗艺术意味着重复、陈腐、老套，它在欧洲社会的不断渗透，在当时的有志之士看来，不仅揭示了艺术的蜕变和文化之乱象，更为可怕的是，它意味着道德伦理的式微和滑坡。德国艺术史家古斯塔夫·帕曹雷克（Gustav E. Pazaurek，1865—1935）发起了一场抵制媚俗的运动，提出要对公众施以教育影响，培养其文化品位，开启其审美意识。20 世纪 20 年代，媚俗已经成为德国文化艺术界同仇敌忾的众矢之的，这种同仇敌忾的情绪逐渐转换为理性的思考，对媚俗的批判逐渐从文艺圈延伸到文化批评和政治批判的宏观领域。中欧四杰之一的奥地利作家赫尔曼·布洛赫认为媚俗是一种极端的恶，它不仅仅指那些糟糕的艺术，而且可能发展成为一整套的独立价值体系，导致道德范畴的求真、求善与美学范畴的求美倒置。媚俗艺术只追求眼下的美，无视求真求善的伦理道德要求。他认为，每一个文化衰落的时代就是媚俗大行其道的时代，当那种极尽奢华的唯美主义的生活装饰艺术和追求感官与精神上的享乐主义大行其道时，媚俗就披上了不诚实的面纱，而面纱下隐藏的是伦理道德之恶。媚俗之人（Kitsch-Mensch）不无欣喜地喜欢上了这种虚假的魅力，依靠谎言和漂亮的外表为生。

　　20 世纪 20 年代，以赫尔曼·布洛赫为代表的德国思想家们开始对人类的这一精神状态进行深入系统的研究。布洛赫认为，"每一个文化衰落的时代就是媚俗大行其道的时代"，媚俗绝非仅仅是糟糕的艺术，而是已经发展成为一整套足以与艺术抗衡的独立价值体系，是一种"极端的恶"。在他看来，艺术的最高境界是伦理学意义上的求"善"，而媚俗则只追求眼下"美"的效果，无视"真"与"善"的道德伦理要求，最后沦为美丽的谎言和诱人的假象。卡林内斯库在《现代性的五副面孔》中专章对"媚俗"进行阐释，认为颓废意味着没落、腐朽，意味着遁世与冷漠，是享乐主义的及时行乐哲学的一个关键词。罗森博格把流行文化和媚俗艺术等同起来。国内学术界对媚俗的研究肇始于 20 世纪 80 年代末和 90 年代初。米兰·昆德拉的小说引发了学界对媚俗的关注，但那只是昙花一现，很快就淡出了理论界。卡林内斯库的《现代性的五副面孔》、格林伯格的《先锋派与媚俗艺术》成了国内学界探讨媚俗的理论支撑。至于对西方作家作品中的媚俗研究，则极其少见。

　　在欧洲生活了 20 年的纳博科夫，亲身经历了工业社会带来的人性庸俗和媚俗艺术，深谙欧洲批评家对媚俗的批判。他以一个作家特有的方式对庸俗和媚俗进行了尖锐的讽刺和批判。这一点不仅体现在他的文学评论著作《尼古拉·果戈理》中，也体现在他在 30 年代的文学创作中。

在纳博科夫看来，英语中的 cheap, sham, common, smutty, pink-and-blue, high faulting, in bad taste 都不能涵盖媚俗的含义，只有俄语单词 пошлость（低俗的话语或卑鄙低俗的行为）才能够对应 Kitsch 一词，是近乎完美的媚俗的同义词。пошлость 不仅仅是低俗、庸俗、粗俗、卑鄙下流，还是假漂亮、假迷人；媚俗不仅仅是指那些毫无用处、一文不值的廉价艺术品，还指代那些媚俗之人的鄙俗思想和行为。他认为，пошлость 有两层含义，首先指的是庸俗的普通人，即庸俗之人的卑鄙行为和庸俗人性，其次是指媚俗，即迎合于世俗、缺乏自我意识和自我思想的艺术家或低劣的艺术和美学风格。媚俗之人首先是追求物质享受和性情平庸的成年人，满脑子都是他那个时代和属于他的那个群体的陈腐的思想和平庸的理想。他指出，媚俗不受时空、阶层和职业的限制，指的是社会、政治和文化中普遍存在的低级趣味和粗俗思想。显示购买者身份的商品广告宣传是媚俗的，在那些故作高深、阿谀奉承的书评以及贩卖廉价思想的作品里，也藏匿着媚俗。媚俗是资产阶级的专利，文学是庸俗最好的温床。媚俗不仅是明显的糟粕，它还蒙上了假重要、假漂亮、假迷人的面纱。

1922 年，纳博科夫开始在德国首都柏林生活，亲身经历了媚俗在德国的泛滥和文化思想界对媚俗的批判。作为一个作家，他敏锐地觉察到了现代生活中的媚俗对传统艺术和价值观的毁灭性打击。真正的艺术要求艺术家和批评家必须具有严肃性，一旦不能做到，艺术活动就变成对现实的逃离。它不仅成为对现实的虚假反映，而且给魔鬼以可乘之机。与科学概念相比，撒旦在艺术符号中可以更动人地，也要容易得多地把自己扮成光明天使。然而，无论艺术家如何努力，严肃性本身也许并不是抵抗媚俗的保证。情况往往相反，讽刺、滑稽、自我嘲弄也许会得到意想不到的效果和价值，而轻浮、游戏和不严肃恰恰可以作为一种手段，在新的模型里重铸严肃艺术。

然而，纳博科夫并不同意赫尔曼等人把庸俗归因于封建宫廷贵族阶层和市民阶层融合的说法。他认为，庸俗是资本主义社会发展的产物，是资产阶级的显著特征。他认为，在俄罗斯作家中间，果戈理最早发现

了生活中存在的庸俗，并在自己的作品中加以讽刺和批判。在《尼古拉
果戈理》中，他把乞乞科夫、魔鬼和庸俗放在了一起，认为《钦差大
臣》中的假钦差大臣赫列斯达科夫和以市长与邮政局长为首的那一群贪
赃枉法、同流合污的官吏，都是庸俗之人的代表，也是俄罗斯文学中最
早出现的庸俗。果戈理《死魂灵》里的乞乞科夫、泼留希金等群像更
是把庸俗一词的内涵演绎得淋漓尽致。纳博科夫还认为，之后的俄罗斯
作家如陀思妥耶夫斯基、安德烈耶夫和索洛古勃等的作品都再现了平庸
甚至愚蠢的象征。纳博科夫创造性地继承了果戈理的传统，在 20 世纪
30 年代以后的创作中续写着这个困扰人类思想的主题。

第二节　纳博科夫对庸俗人性的批判

　　人类社会进入工业化时期，复制技术、电影、感知变化等使人类踏
上了直通平庸快捷的媚俗之梦，现代人深陷低俗的物质世界，追求感官
刺激和无限的精神享乐。与此同时，人与人之间的精神交流日益减少，
心理距离越来越远。特别是生活在大都市的人们，像无根的浮萍一样，
内心一片荒芜，充满了孤独、虚无和失落。作为一个优秀作家，年轻的
纳博科夫并不是对充满现实关怀的人道主义思想不感兴趣，而是认为，
人类进入现代社会，俄罗斯文学的传统人道主义早已不再是解决人类困
境的良药妙丹，更不是解决超越时空和阶级界限的艺术所关心的问题。
纳博科夫对道德意义的理解超越了阶级属性和社会阶层的局限，把揭露
人物内心深处的秘密作为文学的最高任务。因此，他认为，"在艺术超
尘绝俗的层面，文学当然不关心同情弱者或谴责强者之类的事，在人类
灵魂最隐秘的深处，彼岸世界（Otherworlds）的影子，仿佛船儿的影
子，无声地从那里划过"①。纳博科夫认为，无论普希金《黑桃皇后》
中的赫尔曼，还是果戈理《死魂灵》中的乞乞科夫，都具有明显的资
产阶级特征，是资本主义社会普遍存在的庸俗的代表。1928 年 10 月
初，纳博科夫的第二部长篇小说《王、后、杰克》（Король，дама，
валет）出版。这是一个与俄罗斯无关的故事。小说出版后，立即遭到

---

① V. V. Nabokov, *Nikolai Gogol*, New York: New Direction Publishing Limited Corporation, 1961, p. 149.

了俄侨评论界的猛烈批评。以米哈伊尔·沃索尔金（Михаил Осоргин）为首的评论家曾经以《玛申卡》为纳博科夫感到骄傲，但他创作风格的突变与《王、后、杰克》的发表让他们感到失望，对纳博科夫进行了尖锐的批评和猛烈的攻击。

《王、后、杰克》的出版标志着纳博科夫写作风格的突变，这种突如其来的变化让所有读者都感到困惑，下面从小说内容、创作背景和动机等方面探讨纳博科夫文学观和创作风格变化的原因。

首先，小说超越了民族文化和时空的道德意义，这是纳博科夫遭到批评的首要原因。小说讲述的是丈夫、妻子和情人之间的故事。作者没有交代这三个人物的民族属性，从他们的名字上可以看出他们是德国人，而不是流亡中的俄罗斯人，也不是苏维埃俄罗斯人。故事的情节也与俄罗斯无关，从表面上看，有点类似于通俗小说中的三角恋故事。这三个人物都是庸俗至极的凡夫俗子，丈夫德瑞尔是一个实业家，迷恋于科学发明，和一位发明家整日沉浸在机器人的发明制作过程中，虽说稍具个性，但其身上也不乏庸俗气质，因为他所做的一切都是为了赚更多的金钱。妻子玛萨是一个颇具姿色的女人，为了过上安逸舒适的生活，违心嫁给了比她自己年长许多的德瑞尔。玛萨不爱德瑞尔，甚至有些厌恶他。为了满足自己的情欲，她曾经多次寻找真正的爱情，但都没有结果。德瑞尔的外甥弗兰茨的到来，似乎满足了玛萨所谓的情感需求。弗兰茨精神空虚，缺乏主见，唯唯诺诺，虽然依靠舅舅生存，但面对玛萨的诱惑，把伦理道德抛到了九霄云外。贪心的玛萨既想拥有情人弗兰茨的身体，又想拥有丈夫德瑞尔的金钱。为了拥有既安全又永久的幸福，霸占德瑞尔的财产，她开始和弗兰茨密谋杀害德瑞尔。

故事围绕玛萨和弗兰茨如何密谋杀害德瑞尔而展开。表面上看，这似乎是一部庸俗的言情小说，故事中除了丈夫、妻子和情人之外，再没有其他人物和主题。小说内容不仅与当时俄侨文学界关注的侨民生活无关，也与国内的苏联社会生活无关，甚至也没有反映德国的社会现实。这不仅违背了当时俄侨文学界急于表达流亡生活的痛苦和思乡情结的共同愿望，也违背了现实主义文学提倡的文学应关注社会现实的原则。因此，纳博科夫遭到批评也就不足为奇了。

然而，评论家们在评论这部小说时，忽视了纳博科夫真正想要在小说中表达的主题，那就是对人性庸俗的批判。这部小说不仅反映了现代社会人类精神生活的庸俗空虚和意识的机械性，而且对此进行了强烈批判。与弗洛伊德的正统精神分析理论不同，法国哲学家吉尔德勒兹认为，人是一部欲望机器，无意识就像一间欲望工厂，它的运作就像一个工业单位。工业革命使人类曾经的民族激情和能量变成了无数的私人激情。尼采的一句"上帝死了"使整个人类进入了颓废时代，中产阶级丧失了生活意志，而这种丧失促成了一种针对生活的复仇态度，并通过憎恨来表现自身。

工业社会发展的直接后果是消费主义和享乐主义的泛滥。虽然传统伦理颂扬节俭、积蓄、进取等美德，并对浪费、奢侈、滥用、颓废等非美德行为有着自觉的防范，但在以消费为核心的享乐主义主导的现代工业社会，社会伦理从根本上遭到逆转。消费，特别是不加节制的消费，反倒变得合情合理，也使及时行乐成为唯一值得追求的合理之事；消费已经不是为了满足基本需求，而是为了凸显个人的社会地位和身份标志。节制、节约和积蓄已经为人不屑。更重要的是，道德伦理和价值观的逆转更进一步刺激了消费狂热。此外，工业社会日益加快的生活节奏和变化给人类带来的是命运的不确定性和偶然性，而这种充斥于社会生活各个角落的不确定性，是个体焦虑的根本原因，甚至激发了无数个个人和集体灾难。

纳博科夫小说《王、后、杰克》中的三个人物，属于典型的中产阶级，他们的所有行为都受到潜意识的自动化支配，表现出意识的机械性。丈夫德瑞尔则是一个典型的中产阶级代表，一个自我中心主义者，处处以自我为中心，喜欢幻想和自我陶醉，把所有的时间都用于科学发明，甚至幻想制造出能按照他的意志行动自如的服装模特儿。妻子玛萨自私贪婪、冷酷无情，她追求的所谓爱情是一种缺乏真爱的情欲。她和丈夫一样，都是金钱的奴隶，受金钱意识的支配。弗兰茨出身贫穷，在舅舅的帮助下，他从乡村来到大都市。他在德瑞尔家里享受到了一个中产阶级拥有的一切。然而他贪图享受、冷漠浅薄、缺乏思想，不但没有丝毫的感恩之心，反而成了玛萨的帮凶，一步一步滑向犯罪的深渊。他就像德瑞尔研制发明的机器人一样，没有思想、没有灵魂，意识一直受玛萨支配。

从表面上看，这部小说至多算是一部通俗小说，与当时德国充斥读者市场的庸俗文学并无二致。然而，通过仔细阅读文本，我们发现，纳博科夫的这部小说并非如俄侨评论家们所说的那样，缺乏思想性。小说中，德瑞尔一心一意研制开发的机器人实际上是一个象征，它象征着现代社会的人类意识特征——机械性。根据弗洛伊德的精神分析学理论，人类意识就像一座硕大的冰山，隐藏在海平面以下的部分是潜意识。潜意识受本能的驱使，会随时冲破防御机制，变成意识，具有显著的机械性。纳博科夫使用隐喻手法，讽刺批判了工业社会现代文明的弊端，即在现代社会里人性或人道主义的丧失。文艺复兴时期兴起的享乐主义思潮对现代社会的价值体系产生了巨大的影响。物质生活水平越高，人们的精神生活越空虚，内心世界越颓废。颓废是一种精神状态，是一种信念，极具反传统性和破坏性。人们想尽一切办法追求感官刺激和物质享受。关于这一点，果戈理早在 19 世纪上半期就已经预料到了资本主义社会里人性的庸俗。在他的《死魂灵》中，乞乞科夫作为新兴资产阶级的代表，对物质财富的一味追求，遭到了果戈理的讽刺和批判。

注重艺术风格的纳博科夫，在对果戈理的误读过程中，并没有否定果戈理作品的道德内涵，他说："我从不否认艺术的道德力量，它当然是每一部真正艺术品的固有特性。我要否定的是那种道德化倾向，在我看来，这种写法无论多么高超，都是在抹杀艺术气息。《外套》中有深沉的道德内涵，我在我的作品里也力图表达这一点，但这种道德和廉价的政治宣传根本不沾边。"[1] 那么，纳博科夫在果戈理的作品中读出了什么样的道德内涵呢？在《尼古拉·果戈理》中，纳博科夫认为，决定一部作品价值最主要的因素是风格，而作品中的人物形象和故事发生的时间、地点等因素都是不重要的，作家完全可以根据自己的喜好进行想象和虚构。在《尼古拉·果戈理》中，他这样理解果戈理的作品：

俄罗斯社会思想批评家们从果戈理的《死魂灵》和《钦差大臣》中看到的是作者对由俄罗斯农奴制度导致的庸俗社会的批判和谴责。这种看法使果戈理的作品失去了真正的批判对象。果戈理作

---

① 　Brian Boyd, *Vladimir Nabokov: The American Years*, New Jersey: Princeton University Press, 1991, p. 56.

品中的主人公只不过碰巧是俄罗斯的地主和政府官员，他们的社会
状况和生活环境都是（果戈理）假想的，也是作品中非常不重要的
因素，就像福楼拜笔下的 Homais 先生可能是芝加哥的一位商人，
乔伊斯笔下的布鲁姆太太可能是一位校长的妻子一样。另外，他们
的生活环境和社会状况，无论在真实生活中可能是什么，在奇特天
才果戈理的实验室里都经过了一个完全的替换和重置。①

纳博科夫认为，果戈理在自己的作品中批判的是人性中普遍的庸
俗。他认为，在《死魂灵》中，果戈理根据自己的爱好，对荒诞情节
浓墨重彩，塑造了一群庸俗可笑的男人和女人。这些荒诞的情节细节使
（乞乞科夫购买死魂灵的）荒诞事件上升到了宏大史诗的高度。纳博科
夫认为，乞乞科夫是这一群庸俗人物的典型代表，因为他对利润的追
求、对享受物质生活的崇尚正是资产阶级社会中最为时尚和流行的享乐
文化的核心内容。在《死魂灵》中，这个滚胖溜圆的庸俗男人，穿着
睡袍，吃着泡在牛奶里的润喉无花果，在屋子中央如痴如醉地跳着舞，
直到他那肥嘟嘟的脊背或粉红的脚后跟碰倒了什么东西。果戈理的伟大
之处和他作品中的道德内涵就在于他对这种庸俗的批判，而不是像批判
现实主义者所说的那样，揭露了俄国农奴制度的荒诞和社会的腐败。

从表面上看，《王、后、杰克》是一部与俄罗斯完全无关的作品。
故事发生地是德国，人物是德国人，情节也与俄罗斯无关。殊不知，这
是纳博科夫采取的一种策略，以滑稽、冷嘲和自我嘲弄的方式对工业化
现代社会中无处不在的庸俗进行批判。他告诉读者，《王、后、杰克》
完全是不受任何情绪影响的想象的产物。"在我所有的小说中，这个聪
明的小野货是最欢快的，缺乏任何情绪性参与，未知世界的童话式想象
自由回应了我捏造的梦境。我满可以把《王、后、杰克》的舞台安排
在罗马尼亚或荷兰。由于熟悉柏林的地理和气候，我还是选择了柏
林。"② 也就是说，柏林是作者随意选择的舞台背景，故事与具体的社

---

① V. V. Nabokov, *Nikolai Gogol*, New York: New Direction Publishing Limited Corporation, 1961, p. 70.

② В. В. Набоков, *Король, дама, валет, Собр. романов и рассказов*, М.: Издательство АСТ, 2004, с. 2.

会现实无关。那么，纳博科夫创作这部小说的真实目的是什么呢？

20世纪初，西方社会的工业化已经达到相当高的程度，人类物质生活空前丰富。建立在新教伦理基础之上的资本主义制度，鼓励物质消费和追逐社会地位，享乐主义盛行。对瞬间快乐的崇拜、娱乐至上、自我实现和自我满足的普遍混淆，动摇了传统道德的根基。正如卡林内斯库所说：传统的资产阶级生活理想，连同其对于冷静和理性的关切，已失去了它在文化上的拥护者，落到了压根儿不再被认真对待的境地。对传统伦理的抛弃不仅凸显了文化准则和社会结构准则之间的分裂，而且也是社会结构内部的突出矛盾。一方面商业机构要求员工努力工作，追求事业上的成功，接受延迟的满足。但在各种产品宣传和商业广告中，大肆宣扬享乐、瞬间快乐、放松和悠闲自在。总之一句话，白天努力工作，晚上尽情享乐。强迫性消费、对无聊的恐惧、对伦理道德的逃避等使人们追求即时获得、即时见效和瞬间的感官享受。

这部与俄罗斯和俄罗斯人无关的小说，主题与人性的庸俗有关。弗兰茨家境贫困，生活无依靠，但既没有上进心，也不思进取。在母亲的劝说之下，去城里投奔舅舅德瑞尔，到德瑞尔的百货公司做工。德瑞尔整日沉迷于科技发明，无暇关注妻子玛萨。玛萨物质生活优渥但精神空虚，整日无所事事。弗兰茨的到来，使玛萨精神振奋，她迷恋弗兰茨年轻强壮的身体，就诱惑他成为她的情人。野心勃勃的玛萨一心想摆脱整日沉浸在科技发明中的德瑞尔并侵占他的全部财产，就借上形体课的机会和弗兰茨约会，怂恿弗兰茨和她一起策划谋杀德瑞尔的计划。结果，不知是因为被德瑞尔识破，还是因为其他原因而不得不中断。终于，在一次海边旅行中，玛萨又制订了看似天衣无缝的计划：诱使不会游泳的德瑞尔上船游海，再把船划到远离海岸的荒凉偏僻处，将丈夫推到海里。按照计划，玛萨哄骗德瑞尔上了他和弗兰茨的小船。眼看德瑞尔就要被谋杀，德瑞尔识破了玛萨的阴谋，他利用玛萨的贪婪心理，成功脱险。他告诉玛萨，第二天他将会赚到10万美金。为了得到这笔巨额财富，玛萨决定推迟谋杀计划。不料因在雨中受了风寒，再加上受到惊吓，心惊胆战，患肺炎死去。

正如博伊德所说，《王、后、杰克》的女主人公玛萨是纳博科夫笔下塑造的第一个庸俗形象。这是一个自私贪婪又淫荡的女人，她既渴望霸占丈夫的财产，又渴望霸占情人的身体。丈夫德瑞尔成了她实现梦想的绊脚石，她就打算通过谋杀丈夫来同时获得金钱和情欲。

纳博科夫选择柏林作为故事发生地，同时隐去了主人公的民族属性，使人性中的庸俗普遍化，甚至世界化，以此来证明庸俗不受时空、社会阶层等条件的限制。无论是德瑞尔，还是玛萨和弗兰茨，对物质享受和感官刺激有着特殊的偏好。德瑞尔千方百计研制机器人，目的是为了节省更多的劳动力，节约成本，获取更大的经济利润。玛萨嫁给年龄上大她许多的德瑞尔，目的在于追求物质享受。然而，富裕生活并没有使她满足，反而使她开始更加疯狂地追求感官刺激和享受。谋杀德瑞尔是她希望在满足肉体欲望的同时，得到他的巨额财产。如果说玛萨是现代社会中产阶级庸俗的代表的话，那么，弗兰茨则是无产者阶层中的庸俗人物。地位卑微的弗兰茨对情欲和感官刺激也有着特殊的偏好。他从乡下一到柏林，就忘记了母亲的期望，始终沉浸在对情色的虚幻想象中。玛萨的屈尊来访满足了他在肉体上的欲望，为了使这种欲望一直得到满足，他置亲情于不顾，做了玛萨的帮凶。

纳博科夫和妻子以恩爱夫妻的形象，在故事的结尾出现，也是为了反衬玛萨和德瑞尔同床异梦的婚姻，揭露他们人性深处的庸俗。纳博科夫从弗兰茨的视角来反衬德瑞尔和玛萨婚姻的不幸：

> 弗兰茨早就注意到这一对了。他们在他的视线中飞进飞出，像梦中的意象来回出现，或像是微妙的主题一会儿在海滨，一会儿在咖啡馆，一会儿在路上。有时，那男人带一张捕捉蝴蝶用的网。那女人的口红涂得很讲究，灰蓝色的眼睛脉脉含情；那个男人，不知是她的丈夫还是情人，细高个儿，典雅的秃顶脑袋，除了她，他好像对这个世界上的一切都不屑一顾。此时此刻，他正自豪地看着她呢。①

纳博科夫在此想告诉读者，支撑幸福婚姻的牢固支柱是纯洁的爱情

---

① В. В. Набоков, *Король, дама, валет, Собр. романов и рассказов*, М.: Издательство АСТ, 2004, с. 231.

和双方的相互忠诚。像德瑞尔和玛萨那样的婚姻注定是要破灭的，玛萨追求的爱情也不过是一场噩梦罢了。因为，他们都是中产阶级庸俗的代表，他们的追求纯粹是物质性的。玛萨在弥留之际，仍然心存幻想，梦想着即将拥有德瑞尔巨额财产的她与弗兰茨在一起的幸福生活，因此，留下了德瑞尔从未见过的灿烂笑容。玛萨死后，德瑞尔悲痛欲绝，全然不知她新近突然增多的笑声背后隐藏着欲置他于死地的阴谋。如果说德瑞尔的可悲之处在于他对玛萨的谋杀阴谋全然不知，以为玛萨临死之际的笑容是与他分享着最后的温柔的话，那么，玛萨也浑然不知，她的唯命是从的情人弗兰茨，对她的厌恶和反感与日俱增。她永远也无法料到，在小说的结尾，弗兰茨在得知她死去的消息时会如释重负，爆发出一阵歇斯底里的笑声。

的确，在历来极其富有哲学性和思想性的俄罗斯文学的强大传统面前，任何创新都会遭到批评和攻击。著名诗人、批评家伊万诺夫和他的追随者们也对纳博科夫进行了严厉的批评，认为纳博科夫的创作缺乏思想性，只是利用新奇的写作技巧在吸引读者的注意，这些技巧不过是他臆造的偶然性事件和偶然的精神生活。媚俗艺术的任务是"将风格特征和平淡无奇融为一体"，通过模仿和吸取风格特征，使自己脱颖而出，免遭淘汰，但结果恰恰使自己变得平淡无奇，毫无特点。很显然，在德国思想界对媚俗进行理论探讨的 20 世纪 30 年代，纳博科夫写作《王、后、杰克》这样的作品，免不了有"为艺术而艺术"或"为文学而文学"的嫌疑。伊万诺夫还认为《王、后、杰克》是纳博科夫模仿德国文学的结果，指责小说中那些过于时髦的花里胡哨的手法和现代生活节奏，完全是根据德国先锋派的最新派做法。然而，事实上，纳博科夫通过创作《王、后、杰克》《黑暗中的笑声》《绝望》和《斩首之邀》等作品，分别对人性中的庸俗和残酷、对以电影为代表的媚俗文化产业和政治审美媚俗的极权政治进行揭露和批判。

第三节　纳博科夫对"生活电影化"的警示

第二次工业革命促进了科技和生产力的迅猛发展，为电影的诞生奠定了技术和物质基础。工业社会中产阶级力量的壮大和经济利益的驱动，使对大众文化的需求越来越迫切。1895 年 12 月，法国摄影师卢米埃尔在巴黎卡布辛路的一家大咖啡馆放映的《工厂的大门》标志着世界电影的诞生。之后不久，美国导演格里菲斯把一个在荒岛上的男人和在家中等待的妻子的面部特写组接在一起，使观众感受到了"离愁"和"等待"的情绪，产生了一种新的特殊的效果，这就是电影中的"蒙太奇"。"蒙太奇"的使用，大大丰富和增强了电影艺术的表现力与感染力，是电影技术的一大突破。1927 年，有声电影的出现，促进了电影产业的发展。米高梅、华纳兄弟、环球、联美和哥伦比亚等八大电影公司移师进驻好莱坞，使好莱坞成为电影之都，这标志着美国电影产业的形成。

电影从无声到有声、从黑白到彩色的飞跃式发展，离不开科技和经济实力，更离不开大众的娱乐需求和资本家对经济效益的追求。20 世纪 20 年代，美国好莱坞电影产业已经成为独霸世界的垄断行业。1927 年，华纳兄弟拍摄的《爵士歌手》标志着有声电影的诞生和世界电影产业开始进入繁荣时代。由于好莱坞电影事业的繁荣，到三十年代，有声故事片的创作和发行达到历史上的黄金时期，创造了在全球影片发行量最大和卖座率最高的空前纪录。好莱坞的电影题材广阔，风格迥异，成为一种广受欢迎的大众通俗艺术，通俗爱情故事成为最常见也最受欢迎的电影题材。当时，影片需求量很大，有点儿供不应求，这种状况迫使一些大的制片公司寻找短平快的出路。实力强的制片公司在世界各地拥有一批外围的独立制片人，这些制片人为了在短时间内找到合适的剧本，开始与知名作家合作，邀请作家撰写或改编剧本。电影业的繁荣，也给作家提供了赚钱的机会，撰写或改编剧本为他们带来了丰厚的报酬。因此，许多作家开始与电影制片合作，纳博科夫也不例外。

也正是在这种背景下，著名的好莱坞电影导演刘易斯·迈尔斯顿（Lewis Milestone，1895—1980）开始关注纳博科夫的创作，并建议纳博科夫把短篇小说《土豆埃尔佛》改编成电影剧本，命名为《小矮人的爱情》，因为他已经准备在柏林的电影制片厂拍摄。

对于纳博科夫来说，与电影产业合作，一方面可以改善他的经济状况，另一方面在电影艺术方面做一些尝试，可以扩大他的创作范围，也不失为一件好事。自从父亲在 1922 年被右翼分子暗杀之后，纳博科夫不仅要养活自己，还要帮助母亲养活三个弟弟和妹妹。这时，一直靠做家庭教师养活自己的纳博科夫，正有结识好莱坞电影公司驻德国代表贝尔滕松（C. Berterson）之意。《暗箱》就是准备推荐给贝尔滕松的电影脚本。从 1928 年到 1931 年，纳博科夫的小说创作与电影艺术结合紧密，《王、后、杰克》和《暗箱》都是纳博科夫为好莱坞电影制片人而创作的小说。从表面上看，这两部作品完全迎合了当时流行德国的"媚俗"文学的标准："以经济利益为导向，艺术价值低下"，甚至符合被称为"媚俗文学之父"的 H. 克劳伦的"咪咪莉风格"："浅显易懂，讨巧献媚，模式僵化，趣味低俗，僭越道德，隐含色情。"① 正因为如此，俄侨评论界对纳博科夫大失所望，而这两部作品出版后受到的批评，促使纳博科夫对当时流行已久的通俗文学进行反思。

从文艺心理学角度看，文艺作品要获得读者的广泛认同和接受，首先必须"唤起接受主体的审美注意，即鉴赏者的心理活动必须指向并集中于特定的作品。而审美注意的产生取决于作品的特点（如突出鲜明、变化多端、新颖别致等）与接受主体的心境、兴趣、经验、态度。"② 一部文学作品，如果能够通过各种艺术手段，使接受主体在鉴赏过程中不自觉释放自己的情感能量，而且能够获得审美快感，就会受到读者的欢迎。为了满足读者的审美需求，文艺作品的作者未免会产生"媚众心理"，即创作符合审美主体要求的作品。

电影是一种大众娱乐形式，不是富有人群收藏的艺术珍品，它以都市大众人群为消费对象。一部电影是否有高票房和获得高利润都取决于电影本身是否受到大众的喜爱，是否符合大众的审美取向，也就是说，是否迎合了大众的审美口味。众所周知，小说侧重于文字表达，而电影侧重于直观的画面表现。电影剧本强调紧凑的剧情，不允许主题跑题或结局松散。为了方便将小说改编成电影剧本，纳博科夫在创作小说《王、后、杰克》和《暗箱》时已经为改编做了准备。这种准备不仅包括小说内容与形式等多个层面，甚至还包括对影视艺术技巧和技法的运用。这个时期，纳博科夫的小说创作至少有一个目的——"为电影而小说"。这就意味着，小说创作的自由度就有所限制，他在选择题材、表

---

① 转引自李明明："媚俗（西方文论关键词）"，《外国文学》2014 年第 9 期。
② 赵抗伟："文学作品与现代传媒"，《文艺理论研究》2000 年第 5 期。

达主题、塑造人物、构造情节和语言运用等方面要考虑到电影元素，甚至还要为导演和演员着想。特别是《暗箱》的叙事突破了文学的界限，把电影技术手段——蒙太奇——融入小说叙事。

那么，纳博科夫是否会纯粹为了满足电影的"媚众心理"，而不顾一切，一味地去讨好读者，实现作品的大众化和商品价值呢？答案显然是否定的。纳博科夫的最高明之处就在于，善于满足各个阶层的读者对阅读的需要。普通的读者认为它是一部通俗小说，高明的读者则看出了他对"生活电影化"的警示。

20世纪20—30年代是一个光怪陆离的时代，速度、舒适、色彩和光影是这个时代的关键词。世界文化中心巴黎成了艺术家、作家、音乐家和电影制片人的圣地，它满载着艺术气息，也充斥着无数创作灵感，以它应有的神奇与魅力，吸引着世界各地艺术家们对它的向往。保罗·莫朗扮演的电影角色，使驾车飞速穿越欧洲所有夜间娱乐场所的男子形象变得流行起来。维克多·玛格丽特的小说《女公子》（La Garconne）也获得了空前的成功，留着波波头，穿着笔直服装的新女性形象风靡西方世界。电影普及了人们对女人和装饰、对性感和活力的新概念，巴黎的年轻女工人、女雇员和女打字员们都在模仿好莱坞电影中人物的举止行为。即使在最遥远的乡村，人们也开始模仿巴黎和柏林等大都市人们的说话腔调和穿着打扮，波波头和"戴钢盔的女孩"成了女孩子们竞相模仿的时髦形象。电影把消费文化传播到了最偏僻的乡野，根深蒂固的乡土文化开始被全国性文化取代，生活方式也愈来愈受到国际消费文化的影响。艺术女神走下了缪斯山，来到了大街上。

消费文化和享乐主义思潮带来的是传统道德价值体系的崩溃，文化的娱乐性和低级趣味造成的后果是"生活电影化"和"伪艺术"的泛滥。纳博科夫作为一个贵族出身的敏锐作家，总能在文学创作中出奇制胜，从形式和内容上颠覆艺术的传统审美观点，并对大众文化如何侵袭高雅艺术和精英文化进行揭露和批判。

纳博科夫在争议中前行，俄侨批评界对《王、后、杰克》的批评，并没有使他在实验道路上止步。1931年，一部探讨"伪艺术"和"活电影化"的小说《暗箱》（英译本《黑暗中的笑声》）出版。他戏仿电影题材，在这部小说中讲述了一个通俗的爱情故事。故事发生在20

世纪 20 年代的柏林，主人公柯列奇玛尔家境富有，是一个有教养的艺术评论家和绘画鉴赏家，他的妻子品行端正，善良贤淑，女儿乖巧可爱。满天飞的电影广告和其中大肆宣扬的庸俗爱情故事使柯列齐玛尔深受影响，渴望激情和艳遇，为此，他经常光顾电影院。

一次，在电影院看电影时，他认识了 16 岁的领座员玛格达。玛格达是柏林一个守门人的女儿，出身贫贱，但容貌娇艳，放荡任性，一直梦想成为电影明星。早在和柯列齐玛尔相识之前，已经和大她 14 岁的电影制片人科恩鬼混多时，后来被抛弃。

柯列齐玛尔遇到她之后，认为自己找到了真正的幸福，就抛妻弃女，和玛格达厮混在一起。为了讨得玛格达的欢心，他出巨资拍摄电影，并邀请当时声名正旺的国际巨星多莉扬娜·卡列尼娜和玛格达联袂主演，以实现玛格达的电影明星梦。结果，由于玛格达演技拙劣，电影半途而废。

一年后，玛格达与初恋情人科恩相遇，旧情复燃。科恩经济上并不富裕，当初就是因为付不起房租而抛弃了玛格达，又不懂真正的艺术，是一个伪艺术家。为了利用玛格达，侵吞柯列齐玛尔的财产，他和玛格达有意安排柯列齐玛尔到山里旅行。结果，柯列齐玛尔遭遇车祸，双目失明，从此生活在一片黑暗之中。

柯列齐玛尔双目失明后，玛格达和科恩肆无忌惮，盗走了柯列齐玛尔账户中的大笔资金。尽管双目失明，但作为艺术鉴赏家，敏感的柯列齐玛尔隐约感觉到，玛格达和科恩之间关系暧昧，就劝玛格达离开科恩。玛格达欺骗柯列齐玛尔，说科恩去了美国。后来，他和玛格达来到瑞士，在山中疗养，但他不知道，科恩一路跟随，也来到山中，并和他们生活在同一屋檐下。终于有一天，柯列齐玛尔发现了科恩的存在。妻弟保罗发现柯列齐玛尔的账户有大量资金流出，感觉异常，就开始调查此事。结果发现，柯列齐玛尔被玛格达和科恩软禁在山中。被保罗接回家中以后，柯列齐玛尔开始伺机报仇，准备射杀玛格达。结果，勃朗宁手枪被玛格达夺去，随着一声沉闷的枪响，柯列齐玛尔中弹身亡。玛格达在逃走的同时，将他的财产席卷一空。

《暗箱》的发表又引起了俄侨文学界的批评，俄侨评论界认为，这部小说和《王、后、杰克》一样，是一部适合大众口味的通俗小说，完全脱离了俄罗斯文学传统，认为纳博科夫的创作越来越缺乏俄罗斯性。格·阿达莫维奇在肯定纳博科夫具有"惊人的语言表达天赋"的同时，对《暗箱》的主题思想评价极低。他认为《暗箱》这部作品缺乏思想性，根本算不上是一部文学作品，"是一部一流的电影剧本，但是离文学还差一些"。所以，他提醒严肃的有头脑的读者远离这样的小说。"《暗箱》是一部供消遣和娱乐的小说，是一个引人入胜的游戏，如果想要在阅读过程中发现其他的东西，最好不要打开这'暗箱'。……总之，西林的小说，就像焰火一样，看起来绚丽多彩，实际上看完以后留不下任何痕迹，也没有任何目的。"[1]

还有一些评论家批评纳博科夫迁就大众读者的口味，追求浅薄的娱乐性。特别是巴拉克申（П. Балакшин），他把纳博科夫列入通俗作家的行列，把他和当时流行的通俗作家相提并论，认为他是"为不动脑筋的读者写作的不动脑筋的作家"[2]。

从表面上看，俄侨评论界的批评不无道理。就小说内容来看，《王、后、杰克》和《暗箱》这两部小说的内容的确属于供中产阶级消遣的通俗小说，是"婚外恋"故事，完全符合媚俗文学的标准，是一部媚俗小说。

不过，通过仔细阅读，联系这部小说创作的时代背景，我们发现，纳博科夫在《暗箱》中非常巧妙地处理了电影与文学的关系，表达了一个精英知识分子对待作为大众文化的电影的态度。他利用言情小说形式，既达到了电影制片的要求，又符合观众审美需求，还赚到了丰厚的报酬，可谓一箭三雕。但这是一部关于电影的小说，具有高度的艺术性和思想性，传达了他对整个人类艺术文化受到大众文化侵袭的担忧。也就是说，《暗箱》是一部关于电影是如何对现代社会人类生活产生巨大影响的小说，具有高度的思想性。

阅读《暗箱》，就像在黑暗中欣赏一部电影。读者能清醒地感受到摄影镜头的伸缩与移动，感受到蒙太奇式的剪辑方式。小说中某些情节的相互模仿和看似重复的场面也似乎都是电影艺术某种表现手法的运

---

① Н. Г. Мельников, сост. *Классик без ретуши. Литературный мир о творчестве Владимира Набокова*, СПБ, 2000, сс. 98-101.

② Ibid., с. 97.

用，但思维却始终跳跃而又清醒……这一切都充满了与电影有关的种种元素。阅读过程中，读者不免会产生一种感觉：似乎自己坐在电影院黑暗的放映室里欣赏一部精彩的影片。

纳博科夫戏仿电影的叙事风格，在《暗箱》中对"媚俗"文化进行了讽刺和批判。1969 年，纳博科夫在接受 BBC 电视台记者采访时，明确表达了对大众文化的厌恶。他说："我讨厌大众色情读物，我讨厌恰恰舞，我讨厌山野般的音乐，我讨厌科幻小说。我尤其讨厌丑陋的电影……"① 无论是《暗箱》这个"庸俗的三角恋爱故事"的独特变奏，还是《绝望》中虚构的"低级小说式"的结尾，无一不表现着纳博科夫对充斥于人们精神生活的伪艺术和文化垃圾（糟糕的小说和电影）的批评，同时也体现出他能够使平庸的故事变得具有独特魅力，能够化腐朽为神奇的高超的艺术技巧和创作激情。

更重要的是，纳博科夫在《暗箱》中揭示了电影艺术在走进现代社会人类文化生活的同时，还对生活产生了巨大的影响，赋予生活以电影特征——生活电影化。正如霍达谢维奇所说，揭示"生活的电影化，是西林小说的真正主题"，"西林在文学创作手法上模仿电影，是因为现代生活本身在模仿电影，在走电影化的道路"②。

且不说作品本身，就 20 世纪 30 年代的欧洲和美国来说，事实何尝不是如此？电影给人类带来的远不止是消遣和放松，也不仅仅发挥着传递信息、表达情感和传播文化的作用，它在一幅幅缤纷的图画中传播着价值观念、道德规范、生活方式、社会语言等文化信息，潜在地影响了人类的价值观和世界观，在一定程度上引导着人类的生活理念、价值取向、行为规范和行为方式，影响着人类的道德情操和文化品位。

20 世纪 30 年代，电影对大众文化的传播起到了推波助澜的作用，它几乎垄断了人类的精神生活，不仅为人类提供了消遣，还对人类带来了许多负面影响。电影中凸显个体享受的庸俗内容，破坏了正统的价值观，改变了人类的生活方式。小说中，不止一次出现的"预言"式镜头，暗示着电影对人类生活的影响。在进电影院之前，柯列齐玛尔看见

---

① 纳博科夫：《固执己见》，潘晓松译，时代文艺出版社 1998 年版。

② Владислав Ходасевич, *Колеблемый треножник*, М.：Издательство советских писателей，1990，с. 109.

电影院的巨幅广告上有这样一个画面："一个男子抬眼望着一扇窗子，窗内有一个穿睡衣的孩子"，这和他女儿生病的夜晚发生的情景一模一样。八岁的女儿从被窝里跑出来，穿着睡衣站在窗前等候爸爸回家。后来因着凉发烧，得了肺炎不治而亡。他第一次在"百眼巨人"影院看的电影中，蒙面持枪男子威逼一位女郎的画面，又和他试图枪杀玛格达进行报复的情景叠合。他第二次在电影院看到的电影中，"一辆汽车飞驰在平坦的大道上，前方是急转弯，一边靠峭壁，一边临深渊"的画面，又在科恩和玛格达开车载着柯列齐玛尔在山间公路上狂奔时重现。是艺术来源于生活，还是生活模仿了艺术？在纳博科夫那里，艺术高于生活，影响生活。

　　无论曾经是社会精英的上层人物柯列齐玛尔，还是出身卑微的玛格达，都是媚俗艺术——大众电影影响下的"庸俗"人物。在纳博科夫看来，电影作为大众文化的一种，反映的是大众的文化心理和审美取向。作为现代传播媒介，电影使过去文化消费的"阅读"和"思考"被视觉和听觉享受代替。文化消费形式的简化使人类的文化审美水准降低，也使精英阶层的审美趣味、价值观和社会责任感降低。柯列齐玛尔作为知识分子精英，电影对他的影响巨大。一旦他屈身于庸俗文化，他的命运注定是悲剧性的。他原本生活富裕，婚姻美满，妻子贤淑善良，品行端正，八岁的女儿乖巧可爱。事业上，他是一个艺术鉴赏力很高的评论家，在艺术界享有很高的威望。然而，他却沉迷于电影，在电影院流连忘返，看那些低俗的爱情故事片。电影院里庸俗文化的熏陶甚至使他不仅想把人们熟悉的世界名画再现于银幕，利用复制技术满足大众对艺术的审美需求，而且渴望激情，在生活中演绎电影传播的浪漫生活。在纳博科夫看来，柯列齐玛尔逐渐远离了高雅艺术，在向大众文化靠拢，高雅艺术堕落为大众的庸俗艺术。

　　电影对柯列齐玛尔的影响，首先表现为他对婚姻对家庭的背叛和生活上的堕落。作为丈夫，他应当对家庭富有责任感；作为社会精英，理应承担社会责任，维护道德规范。但在电影的影响下，他渴望突破道德伦理界限，体验婚姻之外那种浪漫而又激情的生活。所以，当像玛格达这样的轻浮女子出现在他面前时，家庭也就随之破裂。尽管他尽一切可能，一直真诚、体贴地爱着妻子，但他对妻子隐瞒了心中那个"隐秘而荒唐的热望"，"那团将他的生活烧穿了一个窟窿的欲火"①。所以，诱惑一旦出现，柯列齐玛尔会像飞蛾一样，毫不犹豫地扑向那团欲火。经过多次试探，他终于决定鼓起勇气向玛格达表白，但他做的第一件事就是在风衣的口袋里悄悄褪掉手指上的结婚戒指。戒指象征婚姻，褪掉戒指标志着柯列齐玛尔在行为上开始背叛妻子，背叛家庭。接下来，他和妻子离婚，拒绝参加女儿的葬礼，都说明他完全背叛了婚姻和家庭。

其次，电影对他的影响表现为他对艺术的背叛，而他对艺术的背叛的根本原因在于电影对他的吸引。他不仅对电影有着强烈的兴趣，一再光顾电影院，撰写评论电影的文章，而且渴望能够按照自己的设想，将世界名画拍成一部动画片。在当时的欧洲，关于艺术有一种公认的观点，即真正的艺术属于精英文化，而像电影这样的现代艺术，充其量只能算是一种"伪艺术"，是艺术垃圾。所以，在纳博科夫看来，柯列齐玛尔对电影的追求，实质上是对真正艺术的背叛。按照他的观点，背叛家庭和背叛艺术实质相同，都是对传统的背离，都表现为堕落，即道德堕落和艺术堕落。差别在于，情欲的冲动隐藏在他的内心深处，是隐秘的，而他对电影的兴趣却是公开的，堂而皇之的。

纳博科夫提醒读者，媚俗艺术对真正艺术的玷污体现在生活的各个方面。玛格达依靠美艳漂亮的外表征服柯列齐玛尔的同时，还把媚俗艺术带进他的生活，迫使他接受这些伪艺术品。她不断地把各种各样的艺术垃圾带进家里，摆在家里的每一个角落。为了她，柯列齐玛尔习惯了街头上流行的一切。他习惯了玛格达的哥哥奥托一次又一次地来他家里。他原本非常忍受不了奥托的装扮：头戴满是油污的大盖帽，耳朵上夹着烟卷，崇尚暴力。最让他感到羞耻和难为情的是他和电影明星多莉扬娜·卡列尼娜以及科恩的交往。多莉扬娜自称是"国际名人和艺术活动家"，可是她连自己的艺名是怎么来的都不知道。科恩穷凶极恶，卑劣无耻，和多莉杨娜一样，是地地道道的伪艺术家。虽然柯列齐玛尔也曾经非常思念妻子和女儿，并且随着羞耻感越来越强烈，这种思念越来越困扰着他，使他的良心更加感到不安，也越来越为自己和街头女郎的交往感到羞耻。他突然意识到，他的私人生活"突然变得下流"。然

---

① V. V. Nabokov, *Laughter in the Dark*, Vintage, 1989, p. 10.

而，悲剧已经不可避免，就像大众文化时代的到来不可避免一样。在电影盛行的那个时代，柯列齐玛尔和玛格达都不过是千千万万个影迷中的一个，他们两人在电影院里的相遇，也是不可避免的。即使柯列齐玛尔不和玛格达相遇，也会有另外一个轻浮女子和他邂逅。一旦高雅和庸俗结合，结果必定是个怪胎。

玛格达生活在伪艺术横行时期，她追求时尚，可卑微的出身只能让她望尘莫及。她垂涎影片中女主人公的奢华生活，一直渴望成为好莱坞的明星，她像"着了魔似的爱看电影"①。为了能够当上电影明星，她学会了跳舞，并且经常光顾"天堂舞厅"，期待有星探发现她。她甚至到一个画室当模特儿，因为在她看来，从模特儿到电影明星之间的过渡相当简单。之后，她又到几个制片厂应聘电影演员。可是，命运差强人意，没能让她实现明星梦，安排她在电影院当了一名引座员。

面对柯列齐玛尔的追求，玛格达并没有立即答应和他交往。因为她知道，像科恩那样的伪君子和伪艺术家很多，有了以往的社会经验，她不会再像当初被科恩抛弃那样，被人再次抛弃。当确定柯列齐玛尔属于上流社会，能够帮助她登上舞台和荧幕，成为电影明星时，立即决定和他交往。有了柯列齐玛尔为自己提供丰厚的物质条件，她完全迷上了电影展现的那种奢华生活和"一流电影里描绘的那种优雅的情调：随风摇曳的棕榈树，微微抖动的玫瑰花（因为摄影棚里总爱刮风）"②。即使过上了如明星般的生活，玛格达也并不满足，依然梦想成为电影演员。在她的一再要求下，柯列齐玛尔出资给一位蹩脚的制片人，条件是让玛格达出演电影的第二女主角——一个被遗弃的情妇。尽管玛格达缺乏做演员的天分，演技拙劣，但拍戏的热情丝毫不减。在生活中，她也尽力像在演电影一样扮演着她的角色。当初恋情人科恩回到柏林之后，玛格达"感到自己像是在一部神秘而又动人的电影中扮演女主角。她尽力演得合乎分寸：心不在焉地微笑，垂下睫毛，在要求柯列齐玛尔为她递水果的时候，她温柔地摸他的衣袖，同时向先前的情夫投去短暂冷漠的一瞥"③。

---

①　V. V. Nabokov, *Laughter in the Dark*, Vintage, 1989, p. 16.

②　Ibid., p. 87.

③　Ibid., p. 110.

　　这两部创作于 20 世纪 20—30 年代的小说，今天读来，并没有带给读者恍如隔世的过时之感，反而反映了当下现实生活中的某些生活真实，这也是纳博科夫的伟大之处。无论是他前期创作的俄语作品，还是后期的英语作品，他关注的都是一些普通人的个人生活，而不是某个阶级或集团的利益。这些拷问人性的基本问题并不会因为社会和时代的变迁而有太多改变。因此，从这个角度来看，纳博科夫的作品是经得起时间考验的。

　　纳博科夫一向反对用艺术进行道德说教，但他的作品并不都与社会和道德无关。作为一个具有非凡前瞻性的现代和后现代派作家，作为一个特立独行的社会精英人物，他居高临下，从雅的高度俯视通俗文学和通俗文化，把电影这种大众文化当作一种社会性虚构加以戏仿，以"通俗小说"的形式描述了在道德歧路上徘徊的主人公的惶惑、痛苦和受到的惩罚。更重要的是，纳博科夫戏仿 20 世纪 20—30 年代电影中流行的廉价的三角恋爱故事，表达了他对精英文化受到大众文化侵袭，以及"生活电影化"的一种担忧，同时也批判了大众文化的媚俗。所以，从这个角度来说，不能说纳博科夫对社会现实不关心，他继承了俄罗斯文学富有哲理的人道主义传统。从艺术角度来讲，他的这两部小说将精英文化与大众文化结合起来，开创了"趋影视体"文学的先河，丰富了小说的形式。

第四节　拒绝残酷：论纳博科夫小说的道德意义

一　"非俄罗斯性"与"非道德"主题

　　作为一个双语作家，纳博科夫形象多变，毁誉参半。长篇小说《玛申卡》的出版，为他赢得了"优秀青年学术界"的称号。这部极具自传性的长篇小说和《铃声》（Звонок）、《乔尔巴归来》（Возвращение Чёрба）等以"回归"为主题的短篇小说，让我们认识了一个"对真实生活怀有温暖回忆，对世事沧桑怀有朴素感情"① 的纳博科夫。然而，

---

① 于晓丹："纳博科夫其人及其短篇小说"，《外国文学》1995 年第 2 期。

30 年代后期，他的创作风格突变，作品的"西欧风格"和"非俄罗斯性"在俄侨评论界引起轩然大波，并从此开始了"俄罗斯性"和"非俄罗斯性"之争。移居美国后，英语小说《洛丽塔》和《微暗的火》既为纳博科夫带来了荣誉和财富，也因为其中的"非道德"主题把他推到了风口浪尖，同时一个戴着面具、善于讽刺揶揄，并为自己想象和虚构的才华而自我陶醉的纳博科夫展现在读者面前。

　　如今，纳博科夫作品的美学价值得到了评论界的一致认同和肯定，其卓尔不凡的艺术风格和炫丽的表现手法使读者放弃了对其作品的道德主题的探究，而集中于纯文学解读。俄罗斯作家库普林用"空心的天才舞者"形容纳博科夫的文学价值。说他"空心"，是因为他的作品缺乏俄罗斯文学传统的精神内涵，说他是"天才舞者"，是因为纳博科夫在美学方面是一个天才，独树一帜，是一个翩翩起舞的美丽蝴蝶。然而，他的作品，特别是最富争议的长篇小说《洛丽塔》《微暗的火》和《阿达》等对社会道德和伦理的触动不能让我们忽视对其作品道德主题的解读。无论是纳博科夫还是其作品的文本自身，都没有全然排斥道德主题，他的作品，特别是 20 世纪 30 年代之后的创作，都从更高更新的层面上探讨人性问题、艺术问题、伦理问题、自由和道德等问题，作者的伦理道德内涵就隐藏在人物的种种意识之下。对纳博科夫作品道德内涵的探究和解读，可以让我们更加全面地了解作家本人，更能让我们揭开作品表面瑰丽的艺术特征，领略作者被炫目的艺术光芒所遮掩的博大情怀和深邃思想。

　　纳博科夫出身于显赫的贵族之家，祖父是沙皇时代的司法大臣，父亲是一个自由主义政治家，曾经出任俄国临时政府的司法部长。按理说，纳博科夫应该继承家族传统，成为一个具有"入世"情结的社会精英或政治家。然而，20 世纪初，世界形势风云动荡，日俄战争、第一次世界大战、十月革命等重大社会事件，使纳博科夫一家不仅家产尽失，还被迫离开俄国，流亡他乡。更重要的是，一心想要济世救民的纳博科夫的父亲在十月革命期间被捕，即使流亡在西欧，也没能逃脱被右翼分子暗杀的命运。这一切变故，都使纳博科夫心灰意冷，自觉远离政治，有了浓厚的"出世"情结。1926 年之后，纳博科夫开始创作与俄罗斯无关的小说，如《王、后、杰克》《暗室》《绝望》等，但此举遭到了俄侨评论界的尖锐批评。

　　著名诗人兼批评家伊万诺夫（Георгий Иванов）及其追随者们认为纳博科夫的创作缺乏思想性，只是利用新奇的写作技巧在吸引读者的注意，而这些技巧不过是"他臆造的偶然性事件和偶然的精神生活"，"很显然，纳博科夫写作《王、后、杰克》这部作品，只是'为文学而文学'"。伊万诺夫还认为，《王、后、杰克》是纳博科夫模仿德国文学的结果，指责小说中"那些过于时髦的花里胡哨的手法和'现代生活节奏'，完全是根据德国先锋派的最新派做法"①。更有甚者，纳博科夫因为作品中的"非俄罗斯性"被骂为"异类"、"外国佬"。

　　俄罗斯侨民文学界对纳博科夫的批评主要集中在纳博科夫作品的"俄罗斯性"问题上，即纳博科夫是否继承了俄罗斯文学传统。《数目》杂志的创办者，著名俄侨诗人格·伊万诺夫（Георгий Иванов，1894—1958）、阿达莫维奇（Адамович，1892—1972）以及该杂志编辑部的其他一些撰稿人，都对纳博科夫作品的"西欧风格"（即"非俄罗斯性"）进行批评。他们认为纳博科夫的作品脱离了俄罗斯文学的优秀传统，与十九世纪俄罗斯文学提倡的"文学反映社会"的原则格格不入，"非俄罗斯性"浓厚。

　　沃索尔金（Михаил Осоргин）对纳博科夫写出《王、后、杰克》这样的作品而感到遗憾，他说："完全出乎我们的意料……纳博科夫这次写的小说，不仅和我们的难民生活丝毫没有关系，而且也丝毫没有涉及俄罗斯人的生活。"1928 年 12 月，采特林（М. Цетлин）也在《当代纪事》上发表评论文章，认为纳博科夫的这部小说偏离了现实主义的创作方向。他斥责道：

　　　　作者竟敢拒绝描写俄罗斯人的生活，无论是过去的还是现在的，无论是苏联的还是侨民的。他写的这本书，有时候让我们感觉是从德语翻译过来的，尽管里面找不到德语的感觉。它的主人公是德国人，但这也不是描写德国人现实生活的小说。作者明白，对别国的日常生活了如指掌是不可能的事情，所以，他在这本书里进行

————————————

① 于晓丹："纳博科夫其人及其短篇小说"，《外国文学》1995 年第 2 期。

了文学探索，但这些探索偏离了现实主义。①

　　紧接着，1929 年，纳博科夫发表了另一部长篇小说《卢仁的防守》，小说一面世就遭到了批评。阿达莫维奇认为它"是西方的东西，欧洲的东西，确切地说，是法国的东西"，因为"法国文学总的来说比俄罗斯文学更加关注个人，其中有自然主义的痕迹"②。更重要的是，在这部小说中，作者态度冷漠，对人物"毫无怜悯之心"。

　　面对评论界的批评，纳博科夫似乎并不在乎，《绝望》《天资》《斩首之邀》等作品连续发表。他不仅形成了自己的创作风格，并且在这些小说中延续了关注人类极端问题的主题——"非道德"主题。《绝望》和《洛丽塔》一样，是一个死不悔改的杀人犯的自白。主人公赫尔曼是一个中产阶级商人，后因经营不善破产。为了迅速致富，他阴谋杀害了自以为长相酷似自己的流浪汉菲利克斯，希望得到一大笔保险赔偿金。原本以为自己设计的谋杀天衣无缝，但他遗忘在汽车里那根刻有自己名字的手杖暴露了一切。20 世纪 30 年代初，杀死同貌人骗取保险赔偿金的犯罪浪潮席卷了德国，甚至袭击了整个欧洲。俄侨新闻界曾经详细报道过发生在英、德、法等国的几起同类案件，《绝望》就是在这样的背景下写成的。只不过纳博科夫以自白书的形式，把重点放在了揭示赫尔曼在特殊背景下的心理状态。尽管如此，1965 年，在《绝望》英文版的序言中，纳博科夫以一贯的态度声称，小说不具有任何社会意义，也不包含道德成分。他说："《绝望》和我的其他作品一样，既不提供任何社会评论，也不提供任何道德训诫；这本书既不提升人的精神，也不为人类指明正确的出路。"③ 后来，评论家们根据纳博科夫在其他场合的类似言论和霍达谢维奇对他的早期作品所做的评价，一致认为，纳博科夫是一个重形式的艺术家，便纷纷放弃了对其作品中"社会意义"和"道德性"的研究，把注意力转向他的小说艺术形式和艺术观研究。

---

① 转引自：于晓丹"纳博科夫其人及其短篇小说"，《外国文学》1995 年第 2 期。

② Н. Г. Мельников, сост. *Классик без ретуши：литературный мир о творчестве Владимира Набокова*, М.：Новое литературное обозрение，2000，с.56.

③ В. В. Набоков, *Отчаяние*, Санкт-Петербург：Издательский дом ，2007，с.248.

纳博科夫历来喜欢故布疑阵，一再标榜自己是一个不关心道德的作家，并一再强调"风格和结构是一部书的精华，伟大的思想不过是空洞的废话"①。他甚至反对那些天分和兴趣与自己不同的作家，甚至批判和讽刺在西方评价很高的陀思妥耶夫斯基。然而，尽管他一直努力给自己的作品打上"非道德小说"的烙印，不希望读者追究小说的社会道德内涵，他本人也被打上了"非道德"作家的标签，但"不道德"的小说内容本身就给读者带来了巨大伦理道德冲击。所以，优秀的读者会不自觉地追问：他到底是不是一个不关心社会现实和道德批判的另类作家？其作品是否不再具有俄罗斯文学的传统特征？

实际上，我们不应该因为"艺术与道德"或"风格与内容"等老套的二元对立来抹杀纳博科夫及其作品对人类自由（特别是内在精神自由）的关注。纳博科夫讨厌赤裸裸的道德说教，但也从未否定文学的社会价值和作家的社会责任感。他继承了陀思妥耶夫斯基的"天才与犯罪"主题，对那种为了达到个人目的而否定他人存在价值的利己主义进行了揭露和批判，从更高更新的层面上探讨了人性、伦理、道德自由与艺术等问题，通过不断创新艺术手段，表达了对人类命运和内在精神世界的关注，讽刺和批判了人性中普遍存在的"庸俗"和"残酷"。只不过他把这种主题隐藏在细节之中，读者不能够轻易发现。美国新实用主义哲学家理查德·罗蒂（Richard Rorty，1931—2007）也认为，纳博科夫和乔治·奥威尔一样，拒绝庸俗和残酷。

二　拒绝残酷

罗蒂认为，书籍可以分为两类：一类有助于人类变得自律，一类有助于人类变得不残酷。第二类书籍与人我关系密切，因为它注意到我们的行为对他人的影响：社会事务和制度对个人产生的影响，私人特性对他人造成的影响。我们从这些书籍中既可以看到那些被视为理所当然的社会实务如何使我们变得残酷冷漠，又可以看到若干类型的人是如何残酷地对待其他若干类型的人。② 有关私人特性对人类的影响的书籍，使人类看到自己对某一种完美事物的执迷，会使我们如何漠视自己对他人

---

① 纳博科夫：《文学讲稿》，申慧辉等译，上海三联书店2005年版，第22页。
② 理查德·罗蒂：《偶然、反讽与团结》，徐文瑞译，商务印书馆2005年版，第201页。

造成的痛苦和侮辱。罗蒂对私人特性影响他人的坚决批判，与陀思妥耶夫斯基在《罪与罚》中对斯科尔尼柯夫的"天才犯罪论"的批判如出一辙。斯科尔尼柯夫把人分成两类："不平凡的人"和"普通人"。"不平凡的人"是那些超然于社会道德规则制约之外的"天才"，他们可以不择手段，无所不为，甚至杀人犯罪。"不仅那些伟人，而且也包括那些多多少少能够进行独立思考的人，也就是那些能够提出少许新的见解的人，就其天性而言都是罪犯……"① 陀思妥耶夫斯基致力于探索和发现人的精神世界的问题，揭示了人类精神世界的悲剧，批判了斯科尔尼柯夫所谓的"天才犯罪论"，认为过于专注自己的人最终不仅不会获得自由，而且还会戕害自由，导致自我毁灭。

从某种程度上讲，天才和疯子仅仅一线之隔。天才的疯子把对他人的戕害当作游戏，把犯罪当作艺术。由此可见，纳博科夫笔下的如赫尔曼、亨伯特和范·维恩等，和斯科尔尼柯夫一样，都是残酷的"偏执狂"。不同的是，斯科尔尼柯夫用暴力杀死他人，是为了自己能够成为"超人"，而纳博科夫笔下的"偏执狂"们本身具有一定的艺术天才，但他们为了追求所谓的"审美狂喜"，对他人的痛苦漠然视之，是纳博科夫极力批判的"残酷"。

罗蒂认为，纳博科夫之所以伟大，不仅仅在于他创作了《斩首之邀》和《天资》，不仅在于他和奥威尔一样，对极权主义进行讽刺和批判，而且在于他创造了一系列的偏执强迫性人格，如赫尔曼、金波特、亨伯特和范·维恩等。纳博科夫因为创造了这些人物而备感自豪，但他本人憎恶这些残酷的天才。他们内心残酷，却装出一副"天使"的样子。他认为亨伯特是一个"爱慕虚荣、残酷不仁的卑鄙小人，却试图表现得很'令人感动'的样子"②。在他笔下，无论是金波特还是亨伯特，他们对于一切可以影响和表现自己执着的东西，都十分敏感，而对于可以伤害他人的东西，则十分冷漠，毫不关心，这种漠不关心和不好奇就是纳博科夫戏剧化了的残酷。

---

① 陀思妥耶夫斯基：《罪与罚》，张铁夫译，海南国际出版中心 1997 年版，第 273 页。
② V. V. Nabokov, *Strong Opinion*, Vintage, 1990, p. 94.

三　艺术与"审美狂喜"

纳博科夫在《洛丽塔》后记中把艺术等同于"好奇、善良、敦厚和狂喜"的一体呈现。在纳博科夫看来，"道德"是一个普遍概念，与艺术无关。而"敦厚""善良"是艺术家的标记，好奇是艺术家的特质，"狂喜"是艺术家的理想；"好奇"是"兴趣"和"敏锐"的代名词，"敦厚"和"善良"更是对人性的期待。他对"艺术"的定义扭转了传统意义上艺术和道德之间的关系，也对"为艺术而艺术"的口号注入了新的内涵。

在纳博科夫看来，艺术与道德没有分别，好奇而敏感的艺术家是道德的典范。真正的艺术家，不是亨伯特和金波特，而是像谢德这样的诗人，不仅留意自己的幻想，也注意和尊重他人的幻想。不过，纳博科夫担心的是无法将善良和狂喜融为一体，他深知，像谢德这样的诗人，必然不是偏执的强迫症患者，他的诗能够产生狂喜的效果，但作为艺术家，他是二流的。《洛丽塔》的主人公亨伯特曾经相信艺术家是善良的，他曾言："诗人从来不杀人"，并且和纳博科夫一样，善于制造五彩缤纷、千变万化的狂喜。但在纳博科夫看来，亨伯特作为一个艺术家，有办法制造和获得狂喜，却无法注意到苦难，对于他人的生命不好奇，甚至漠不关心。

纳博科夫期盼艺术家的天分足以能够与道德品行相匹配，不过，一个有自律意识的艺术家不必然的、选择性的好奇与他父亲的政治宏图（即创造一个处处充满温柔和善良的现实世界）之间没有必然的联系。所以，他所创造的人物都是那些既感觉敏锐又冷酷无情的诗人，他们的好奇是选择性的、偏执的，他们是既敏感又冷血的强迫性人格。《微暗的火》和《洛丽塔》是纳博科夫最杰出的两部英文小说，也是他在理解人类方面做出的重要贡献。他在这两部小说中都表达了这种担心甚至恐惧。亨伯特和金波特都是纳博科夫笔下的天才怪物，这两个天才怪物不仅经常把"诗"挂在嘴边，也真正知道诗是什么，但都和斯金波尔一样，有着耐人寻味的怪癖，一个是狂热的恋少女癖，另一个是恋男童癖，尽管能够制造艺术上的"审美狂喜"，但都缺乏"好奇、善良、温柔"。

纳博科夫在《文学讲稿》（*Lectures on Literature*）中一再强调的"审美狂喜"（aesthetic bliss）源于他对狄更斯的《荒凉山庄》的解读。狄更斯是深受纳博科夫重视的作家，他的《荒凉山庄》，特别是黑男孩乔之死一章在纳博科夫那里得到了别具一格的解读。这一章原本是狄更斯呼吁人们采取公共行动，表达作家入世情怀的一章，在整部小说中起着表达主题思想的作用。纳博科夫却故意反其道而行之，认为该章内容带给读者的启示是在风格方面，而不是在入世的情怀方面。众所周知，狄更斯是 19 世纪英国现实主义文学的主要代表，他的作品广泛描写了 19 世纪英国的社会生活，揭露了资本主义社会资产阶级的种种罪恶。最重要的是，狄更斯及其作品的评价已经形成公论，纳博科夫对狄更斯的解读，与对果戈理《死魂灵》的解读一样，完全颠覆了原有的定论。这里，我们应该清楚，善于玩弄花招的纳博科夫不过是为了进一步提醒读者对乔之死一章的关注，除非他有意违背狄更斯的写作意图，牵强地认为狄更斯不在乎他的小说是否比其他小说更具有社会改革动力。他在评论中所说的"这种肩胛骨之间无法抑制的激荡或颤抖"（the telltale tingle between the shoulder blades）并不排除黑暗残酷的社会现实给人类带来的心灵上的震撼："在面对一个与我们毫无家庭、部族或阶级关系的儿童遭受不必要的死亡时，我们会因羞耻或愤怒而战栗，乃是人类制定出现代政治制度时获得的最高情感。"①

纳博科夫讨厌赤裸裸的道德说教，认为哲学家们利用普遍概念将道德情感压缩成规则来解决道德两难的企图必然失败。他认为艺术引起的在肩胛骨之间激荡的审美狂喜，才能产生不朽的效果。他在《文学讲稿》中解读狄更斯的这段文字，或许能够说明他的美学观点：

> 很显然，比起纺纱者或教师，施魔者更能引起我的兴趣。就狄更斯来说，我认为只有通过这种方式，才能使他不朽，使他超越改革者、穷短篇小说家、滥情垃圾，或夸张荒唐。在那儿，他永远光芒四射，让我们看见他的高度，他的轮廓和成长，以及他引导我们

---

① 理查德·罗蒂：《偶然、反讽与团结》，徐文瑞译，商务印书馆 2005 年版，第 208 页。

穿越浓雾的山间小径。他的伟大就在于此。①

　　纳博科夫认为，狄更斯在《荒凉山庄》第一章中对浓雾的描写十分独到。这浓雾是一个隐喻，比喻腐朽的大法官法庭繁复的诉讼程序沼泽中升起的法律秽气，而狄更斯对大法官法律系统的攻击，只是作品的道德骨架。狄更斯作为一个技艺卓越的艺术家，能够使这个骨架不会显得太过唐突和明显。因此，若将浓雾和骨架这两个隐喻结合起来，就构成了浓雾弥漫、沼泽遍地的文学小丘，而那些既缺乏意象，又无法在风格方面提供教诲的作家，都不能像狄更斯那样获得不朽。

　　在纳博科夫看来，狄更斯笔下的斯金波尔是一个天才怪物，是一个感觉敏锐又冷酷无情的诗人。和赫尔曼与亨伯特一样，他的好奇是选择性的、偏执的，他们都是既敏感又冷血的强迫性人格。《微暗的火》和《洛丽塔》这两部英文小说之所以获得很高的声誉，是因为亨伯特和金波特这两个人物的塑造引人入胜，对这种特殊的"不好奇的天才怪物"的塑造，也许是纳博科夫对世界文学的一个重要贡献。他们对别人的反应常常出乎意料，可是他们并非熟视无睹。他们具有强烈的好奇心，尽管是选择性的，但到最后，都会有良心发现，发现"游戏中有一个扭曲的规律"，发现别人生命中有一个主调。当金波特在谢德的长诗里读出了赞巴拉王国的故事时，他并不是在捏造某种东西，也不是在准确地再现它，他是在对谢德女儿的自杀做出反应，进而创造出另一个新的刺激。特别需要注意的是，金波特对谢德的诗十分关心，但他的思绪早已远离了这首诗的主旨。他对这首诗反复推敲，反复琢磨，并进行怪异和荒诞的注解。在这部小说中，对女儿多恩的自杀，谢德写就了长诗《微暗的火》，谢德夫人西碧尔将多恩的死亡之训和17世纪英国玄学派诗人安德鲁·马韦尔的《少女哀悼小鹿之死》（*The Nymph on the Death of Her Fawn*）译成法语。我们应该对谢德和西碧尔的反应感到好奇，同样，也应该对金波特的反应感到好奇。对于无法忍受的狂喜、绝望的慕求和强烈的痛苦，人们会竭尽所能做出反应，可一旦离开了行动，进入写作

---

　　① V. V. Nabokov, *Lectures on Literature*, ed. Fredson Bowers, New York：Harcourt Brace Jovanich, 1980, p. 65.

领域，再反问某种反应是否恰当，就没有任何意义。因为是否恰当，只有放在事先存在的熟悉规律中才能判断。纳博科夫认为与艺术相关的那种好奇心，永远无法满足这种规律。

作为一个艺术家，谢德理解金波特的怪癖，因为"若无……骄傲、色欲和怠惰，诗就无法产生"，但他知道，尽管残酷，金波特不至于庸俗到肉体的粗暴，这一点对谢德来说非常重要，因此，他能够纵容金波特的狂妄。他把金波特看作和他一样的艺术家，他们对格拉杜斯之流的粗暴看作是源于他们自己内心的庸俗。这种庸俗在于他们执着于普遍的概念或常识，而非其他。

在《微暗的火》中，谢德和金波特都是诗人。谢德获得了所有纳博科夫的温柔、善良和好奇，而金波特收获了所有的狂喜。作为一首诗，谢德关于女儿之死所做的长达999行的那首诗，远远比不上金波特《微暗的火》这部小说。因为，构成这部小说的序言、注释和索引所给予我们的东西，是谢德那首长达999行的诗歌所无法达到的，正如金波特在结语中所说："若没有我的注解，谢德的文章根本不会有人性的真实，因为像他那样的诗……其中的人性真实须依赖于作者、他的环境以及人事关系等现实来反映，而只有我的注释才能提供这种真实。"那是一个行将就木的老人所遭受的痛苦，他的心中燃烧着赞巴拉王国。世界上一切的罪恶和苦难，都是温柔和善良的反面，都是像《微暗的火》中的格拉杜斯那样的非诗人所为，他们对他人的苦难和生命都满不在乎，漠不关心。

纳博科夫的有关"艺术"的定义和他前后矛盾的说法，都给读者布置了一个又一个的迷宫。如何走出这迷宫，揣摩作者的真实创作意图，或许只有聪明的读者或纳博科夫理想的读者能够做到。总之，纳博科夫并非过去人们认为的那样，其创作背离了俄罗斯的人道主义，不关心人类命运，而是旨在强调人性的庸俗和残酷必然导致自我毁灭。

罗蒂想用道德和审美快感来区分书籍，即旨在进行道德批判的书籍和与道德无关、只提供审美快感的书籍。前者为行动提供新的刺激因素，后者只提供娱乐和放松。然而，任何一部作品都不可能与道德无关，只不过各自的侧重点不同。纳博科夫模糊了这种区分，尽管他专门为《洛丽塔》正名，撰文说明《洛丽塔》是一部"不带任何道德讯息"

的小说，而是与艺术有关，即向读者提供艺术上的"审美狂喜"。他甚至举起反传统的大锤，砸向巴尔扎克、高尔基和托马斯曼等道德批判作家。然而，这不过是纳博科夫故布疑阵，迷惑读者的一贯技巧。再者，虽然这条介于道德批判和审美狂喜之间的界限，对于不同的人而言，会区分出不同的书籍，它并不对应于认知与非认知、道德与非道德，或"文学"与"非文学"等二元对立传统的分界线。正如奥威尔所说："你无法对那使你生命垂危的疾病，采取一种纯粹美感的态度；你无法对持刀要割断你喉咙的人，感到漠不关心……"①

纳博科夫和奥威尔天分相异，自我意象也互不相同，然而，他们殊途同归，对自由主义的反讽主义知识分子提出警告，不要受到残酷性的诱惑。在特殊事件上，他们都试图通过写作推翻纳粹军队，尽管都无功而返。对作家而言，个人完美的追求，即为艺术而艺术或追求审美狂喜是一个完全合理的目标，但在作家追求艺术目标的同时，实现为人类自由服务的社会责任与个人的艺术追求并行不悖。

罗蒂认为，纳博科夫和奥威尔一样，都是政治上的自由主义者，他们创作的主题不是自我创造，而是残酷，并且相信残酷是人类所为最恶劣之事。他坚持主张"豪斯曼式的激荡"（Housmanian tingle），与激发像他父亲一样的自由主义政治家改造不义法律的入世情怀之间，存在着对立或不相容的关系。他一再坚持，"那种肩胛骨之间轻微的颤抖，的确是人类在发展出纯粹艺术与纯粹科学时所获得的最高情感"②。对于纳博科夫的这种偏执和对立，威尔逊追溯到了纳博科夫早年家产被没收和父亲被暗杀所受到的精神创伤。作为一个自由主义政治家，纳博科夫的父亲具有强烈的入世情怀，希望通过改造不义法律实现人人平等，改善底层人们的生存状况。1922 年，由于掩护拥护宪法的在野党领袖被俄罗斯君主主义分子误认暗杀。这一错杀事件给正值青年的纳博科夫带来了巨大的精神创伤，后来，这种由于认知错误造成的暗杀曾多次出现在他的小说情节中，如在《微暗的火》中，诗人谢德被误认为是赞巴

① George Orwell, *The Collected Essays*, *Journalism and Letters of George Orwell*, Harmondsworth：Penguin, 1968, Vol. 2, p. 152.

② V. V. Nabokov, *Lectures on Literature*, ed. Fredson Bowers, New York：Harcourt Brace Jo-vanich, 1980, p. 64.

拉国王而遭到暗杀。

　　"残酷"主题在纳博科夫后期的小说中一再出现。在《洛丽塔》的序言中，纳博科夫化身为雷博士，他首先肯定《洛丽塔》是个"悲剧故事"，而"这个悲剧故事坚定不移的倾向不是别的，正是尊崇道德"①。其次承认亨伯特是一个特殊的"精神病患者"，是道德败坏的突出典型，他令人发指，卑鄙无耻，反常变态，是一个残暴和诙谐兼而有之的人物。他的忏悔，既是一部精神病学界的典型案例，又是一部超越了赎罪的艺术作品。并且强调，比文学意义和科学研究更重要的，是这部书的道德影响。然而，在后记"一本叫作《洛丽塔》的书"中又强调"虚构"和文学审美的重要性。他像技艺高超的魔术师一样，用虚构的伎俩蒙蔽了读者，把主题隐藏在细节的虚构中。

　　纳博科夫相信，艺术不是对生活的模仿，而是艺术家的自我创造，强调想象和虚构。纳博科夫从未说过艺术家不应该关心社会弊病，或不应该试图加以改变。父亲遇刺并没有使他丧失知识分子应有的使命感，他相信，如何赋予个人生命或社会的意义问题，是艺术和政治问题，是知识分子的使命。但他认为，一件优秀的艺术品应当像一个有血有肉的人，支撑人直立行走的是我们肉眼看不见的骨骼或骨架，高明的艺术家会把道德说教和社会批判当作作品的骨架，而细节则是决定了作品的魅力。

　　在《洛丽塔》后记中，他细说"这部小说的中枢神经……或秘密节点，也就是全书情节的隐性构架"，就是亨伯特缺乏好奇心，凡是跟他的强迫性执着无关的东西，他毫不在意。比如他心怀鬼胎和夏洛特交往时，不断抱怨夏洛特总是提起洛丽塔死去的弟弟，而很少提起他唯一感兴趣的话题——洛丽塔，抱怨洛丽塔从来不提她在认识亨伯特之前的过去。忏悔书中，他在回忆起夏洛特向他求婚的那封信时说，他说自己忽略了那封信的大部分内容，忽略了夏洛特的情真意切的文字，忽略了信中提到的洛丽塔两岁的弟弟的夭折。他在卡思边镇上理发时，对年迈衰老的理发师谈论他已经离世30年的儿子时的漠然和心不在焉。甚至对洛丽塔的孤独无依和她对死亡的恐惧漠不关心。洛丽塔的弟弟夭折，

---

　　① 纳博科夫：《洛丽塔》，主万译，上海译文出版社2010年版，第4页。

母亲意外死亡，她本人的孤独无依，以及年迈理发师对失去的儿子的思念，都没能唤起亨伯特的同情心和善良，都没能制止他的残酷。这正是纳博科夫希望他的理想读者应该注意到的隐性骨架，也是他特意在《洛丽塔》后记中提醒读者的目的。遗憾的是，《洛丽塔》的大多数读者都错过和忽略了这一点。如果一个读者在读完纳博科夫的提醒之后才猛然醒悟，原来自己也曾经有过类似的情景，忽视了夏洛特2岁儿子的死和年迈理发师打棒球儿子的死给亲人带来的悲伤，那么，他或她就在亨伯特和金波特身上看到了自己的影子，《洛丽塔》就再也不是"非道德"的，只不过这"非道德"不是不道德的不伦之爱，而是我们对他人痛苦的冷漠和不在乎。纳博科夫要批判的是，当别人在告诉你，他们在受苦，而你正专注于追求肉欲的快感（亨伯特）或私人的审美狂喜（如金波特），这种漠然和不在乎，在纳博科夫看来，也是一种残酷。

他拒绝奥威尔那种赤裸裸的批判和道德说教，他的作品与奥威尔的作品有一个共同的主题——拒绝残酷。但他的作品与奥威尔旨在以铸造新的公共终极语汇为目的，提醒人类"必须注意哪些人的哪种事情。"不同的是，他从"内在"着手描写残酷，让读者目睹个人对激荡在肩胛骨之间的狂喜的追求如何造成残酷，伤害他人。在《洛丽塔》中，纳博科夫让我们进入残酷的内部，使艺术与折磨之间的隐含关系彰显出来。

四　超越死亡，信仰不朽

任何作家都希望自己的作品世代相传，永远不朽，而只有那些超越了阶级局限性的艺术作品才能经得起时间的检验，世代相传，成为不朽的艺术。纳博科夫把艺术的不朽与个人的不朽混为一谈。他认为，如果一个作家想要永远留在后人的记忆中，就要去写诗，而不是去研究数学；如果想要你的作品被世世代代的后人阅读，而不是被束之高阁，就应该制造"肩胛骨之间的激荡"，而不是制造真理。所谓的真理，在纳博科夫眼里就是常识，是被人类熟悉和长久使用以后剩下的骷髅，缺乏诗歌隐喻所具有的历久弥新之美；就像蝴蝶翅膀之上的粉鳞被刮干之后剩下的透明，是没有感官内容的形式结构。既然是常识，就众所周知，就可以被一眼看穿，经过时代的磨炼，剩下的只是一种符号，而创造真理或常识的人早已被遗忘。理查德·罗蒂认为，波特莱尔、德里达和纳博科夫这样的作家，其作品能够给读者带来震撼——激荡，他们留下的不仅仅是一个名字，而会成为一个活生生的文学大师。

纳博科夫对不朽的信仰，一方面源自作家本人的理想，另一方面与他个人的经历和他深信的灵魂不灭有关。纳博科夫在《斩首之邀》《微暗的火》《洛丽塔》等文学作品和《文学评论》《俄罗斯文学评论》以及《果戈理》中谈论的不朽，是文学意义上的不朽。也就是说，一个人的作品如果可以永远传诸后世，那么他或她就是不朽的。传统的文学批评，如狄更斯和果戈理批评都摆脱不了阶级批评的局限性。作为批评家的纳博科夫，无论是论狄更斯，还是论果戈理，都不是为了他课堂上的学生，也不是为了有文化修养的大众，而是为了狄更斯和果戈理本人，因为在他心中，狄更斯和果戈理都属于优秀作家，他们的作品都超越了时间和读者的阶级属性，应当拥有名副其实的不朽。当然，纳博科夫的这种批评态度，客观上也使他自己更加与众不同。也许正因为如此，他对狄更斯和果戈理等作家的批评都超越了道德说教的局限性，认为"风格和结构才是一本书的精华"，伟大的思想是空洞的废话。美国著名的文学批评家艾德蒙·威尔逊是纳博科夫最好的朋友之一，他在《伤口与弓》一书中对狄更斯有着非常出色的评论。然而在纳博科夫眼里，威尔逊对狄更斯的批评依然没有跳出历史和道德批评的局限性。他相信自己笔下的那些人物是最辉煌灿烂的生命，如《天赋》的主人公费奥多尔、《斩首之邀》中的辛辛那提等，都是最终的胜利者。他相信有一天自己的文学价值会得到承认，有人会对他的作品进行重新评价，重新定位，不再认为他是一只灿烂的蝴蝶或"轻浮的北美黄鹂鸟"，而是鞭挞罪恶与愚蠢，嘲讽庸俗和残酷，极力主张温柔敦厚的优秀作家。

纳博科夫拒绝残酷，更与他超乎常人的怜悯心和对死亡的恐惧有关。纳博科夫的一生经历了诸多重大历史事件，日俄战争、俄国资产阶级革命、第一次世界大战等给纳博科夫幼小的心灵带来了重要影响，使他性格格外敏感，惧怕死亡。30年代在西欧流亡期间父亲被暗杀以及法西斯分子对犹太人的屠杀都使纳博科夫对死亡有了特别的理解。他一直希望并相信自己的灵魂能够超越死亡，在彼岸世界和失去的亲人与父母双亲团聚。在《说吧，记忆》中，他对死亡的恐惧直言不讳。

在纳博科夫眼中，儿童的死是最让人痛苦的事情，他把儿童的死亡作为小说创作的动机和主线。短篇小说《圣诞节》（ *Рождество* ）中斯普列佐夫儿子的夭折，《天资》中费奥多尔 8 岁儿子的死，《洛丽塔》中夏洛特 2 岁儿子的夭折和卡思边镇理发师儿子的早逝，《微暗的火》中谢德女儿的死等都对亲人产生了强烈的刺激，这刺激促使主人公做出反应。如果我们（包括读者在内）对这些刺激和反应表现出漠不关心的样子，就在自己身上看到了金波特和亨伯特的影子，就和那些天才的怪物一样残酷。

金波特是一个同性恋患者，对男孩有着强烈的兴趣，同时又对荣耀有着强烈的欲望。凡是跟这两样东西有关的事情，他都表现出极大的兴趣，而对其他事情感到无聊和烦人。对于谢德在诗中讨论女儿之死带来的痛苦和与西碧尔的幸福婚姻，却只字不提"赞巴拉的荣耀"或金波特自己的婚姻生活，金波特备感愤怒。他是个典型的自恋狂，他知道自己是一个彻头彻尾冷酷无情的人，但他比谢德更富有想象力，属于那种精神病患者，只不过和现实中真实的精神病患者的不同之处在于，他们能够撰写自己的病历，并且谙熟正常人会如何阅读这些病历。纳博科夫的高明之处在于，通过金波特的注释评论，使谢德的诗歌更加难忘，因为如果没有金波特的"强势阅读"（strong reading），谢德的那首长诗充其量算是殇恸之作。正是有了诗和评论之间的对比，那首诗才更加令人难忘，谢德的温柔善良才更加突出。金波特对"赞巴拉王国"和"审美狂喜"有着无怨无悔的追求，完全不在乎他人的痛苦。金波特的残酷、冷静和无情反而衬托出谢德是一个比较优秀的作家——"距离罗伯特·弗罗斯特仅一步之遥"。

然而，值得注意的是，尽管纳博科夫一生流亡，生活动荡，但他具有一种超大的享受能力和独特的体验喜乐的才能，他似乎无法与苦难和残酷相容，更无法忍受苦难的现实。他从来不给自己自我怜悯的机会，也从未责备自己、怀疑自己或对自己失去信心。他把怜悯他人的能力转化为自我创造能力，进行华丽般的双语创作，把文字组成千变万化的形式，不断给自己和读者惊喜。

纳博科夫具备这种善于体验喜乐的能力和强烈的怜悯之心，从另一方面反映了他无法忍受任何残酷带来的痛苦。正是在这种强烈的怜悯之心的驱使下，他把笔下那些遭受折磨的主人公们都通过一个"裂缝"转移到了"另一个存在领域"中。这是一个没有痛苦和伤害的世界，是《卢仁的防守》主人公卢仁的"内在世界"，也是《斩首之邀》中辛辛那提被斩首后"循着声音，朝着和他同类的生物站着的地方走去"的世界，也是《庶出的标志》中叙事主人公亚当·克鲁格"穿过他的世界的一个裂缝，从那裂缝通向另一个温柔、光明而美丽的世界"①。克鲁格八岁的儿子被疯子折磨致死，纳博科夫借着他所谓的"我体现的人形之神的介入"，使克鲁格不必觉察到究竟发生了什么。他"忽然觉得克鲁格非常可怜，于是沿着斜照的白色光束，朝他走去——激起了一刹那的疯癫，但至少使他免受命运带来的无意义的痛苦。"② 纳博科夫梦想在我们和他的现实世界中有一条裂缝可以通往他向往的另一个世界——彼岸世界，只要能够抵达"彼岸世界"，就可以不朽。

　　流亡生活中物质生活的贫困和思想的奢华造就了纳博科夫的洒脱和超然。尽管是俄罗斯著名政治家之子，但他从来不让自己有社会希望和社会理想，特别是当父亲被右翼分子暗杀之后。他一向对政治运动不感兴趣，在《天赋》中，费奥多尔走在柏林大街上，看到"每家住户的窗口都挂着三种旗子：黑黄红、黑白红、红色。如今，每一种旗子都代表着某一种东西，最可笑的是，这东西能够在一个人身上引起骄傲或仇恨。"这些旗子使他想到了苏维埃，最后他想："让这一切都成为过去，忘掉它吧！——两百年后，还会再有胸怀壮志的失败者将他的挫败感发泄在引领期盼美好生活的愚夫愚妇身上，也就是说，假如我的王国没有实现的话。在那个王国中，人人各得其所，既无平等，亦无权威——不过，你若不喜欢，我也不坚持。"③ 不过，纳博科夫从来没有告诉我们如何成就这个"既无平等，亦无权威"的世界，他同时也抛弃了自由主义对未来的追求，希望残酷不再继续，不再被制度化。

　　如果说费奥多尔、辛辛那提和克鲁格是极权制度残酷的牺牲品的话，那么，亨伯特和金波特这两个人物的塑造，使纳博科夫有关残酷的创作达到了巅峰，也使《天赋》、《斩首之邀》和《庶出的标志》得到

---

① V. V. Nabokov, *Bend Sinister*, Penguin Classics, 2012, p. 8.

② Ibid., pp. 193-194.

③ V. V. Nabokov, *The Gift*, Vintage：Ruissue, 1991, p. 369.

提高。在纳博科夫那里，残酷不仅仅是指希特勒和格拉杜斯那种"野兽般的闹剧"，也是亨伯特和金波特等那种情感敏锐、善于感受喜乐美感的知识分子也可能犯的一种特殊的残酷。从《天赋》到《庶出的标志》，从《斩首之邀》到《绝望》，再从《洛丽塔》到《微暗的火》，纳博科夫的这些作品都反映了一个事实：不仅极权主义导致残酷，"情感敏锐的人也可能杀人，善于体会美感喜乐的人可能残酷，诗人也可能毫无怜悯之心——这些意象大师们可能会满足于将其他人的生命转化为银幕上的意象，而对这些人受苦受难的事实却熟视无睹"①。

纳博科夫笔下的亨伯特和《荒凉山庄》中的斯金波尔一样，都属于充满魅力的美感主义者，都有诗人的特质和善于发现诗的美感，但都造成了他人的死亡。斯金波尔把所有人的生命都当作诗，不论他们承受的苦难有多少，他的残酷造成了流浪少年乔和被称为"冰美人"的男爵夫人的死亡。亨伯特把洛丽塔看作生命中的"苹芙"，为了追求所谓的"审美狂喜"，曾无数次幻想杀死夏洛特。之后，他无视洛丽塔失去母亲的痛苦及其生命的珍贵，毁了她的青春。

纳博科夫认为，《荒凉山庄》中，斯金波尔为接受5英镑贿赂而向探员透露乔的行踪，是一种巧合，一首脍炙人口的诗歌，就像《微暗的火》中诗人谢德所谓的"某种巧合中的巧合，一个游戏中搭配工整的形式"。他自称不知金钱和责任为何物，无须为他人的苦难和生存依靠负责。

按照纳博科夫在《说吧，记忆》中的说法，他的父亲是一位"伟大的无产阶级的知识分子"，也是一个和平主义者。纳博科夫从小就受到了父亲的影响，被送到一所"以民主"为原则、以"在阶级、种族和宗教信仰方面一视同仁"为政策和以现代化教育方法著称的学校。6岁时，他已经能够和父亲创办的乡村学校的校长谈论人类、自由和战争的罪恶与残酷，以及反对专制和暴政的重要性。尽管一生流亡，但漂泊和物质生活的匮乏并不使他有所畏惧，唯一使他感到恐惧的是残酷。在《说吧，记忆》中，我们可以清楚地看到，纳博科夫对自己无意中伤害的朋友和亲人，报以深深的歉意和懊悔。他担心自己根本未曾注意到，

---

① 理查德·罗蒂：《偶然、反讽与团结》，徐文瑞译，商务印书馆2005年版，第220页。

一个长期与他交往的朋友，会一直处在痛苦之中。一想到自己可能曾经在无意中给家庭教师或同学带来痛苦，他的心就会痛楚万分。在《微暗的火》中，金波特和谢德简直就是纳博科夫本人的两个化身，谢德结合了纳博科夫个人的品德和贾迪斯对他怪兽般的朋友的耐心，而金波特的主要特性就是无法注意到他人（尤其是谢德）的痛苦。值得注意的是，他们的文笔可以和纳博科夫平分秋色。

家产被没收，父亲被暗杀，流亡生活使纳博科夫对死亡有着特别的恐惧。他企图把这恐惧寄托在某种特殊精英的个人神话："这类艺术家既精于意象，又从不杀人，他们的生命综合了温柔和狂喜，有机会成就文学和灵魂的不朽……"

纳博科夫不像乔治·奥威尔，"必须放在所属的时代中，才能显现出其生命的最重要意义"。他的作品，早已超出了普遍道德的范畴，从更高更新的层面上探讨人性、艺术、伦理、自由和道德等问题。对纳博科夫来说，人类生活道路的终极目标，应该是对世界上一切人和一切事物负责；关注人类内在精神世界，是每一个作家的职责所在。

第三章

纳博科夫对内在世界的关注

人与外在世界（即人与社会、人与自然）的和谐，以及人的内在世界的和谐一直是人类追求的终极目标。到了20世纪，资本主义的"唯利是图"和道德上的堕落是人类精神上缺乏关爱、外部世界与内部世界发生冲突和不和谐的根本原因。在物质文明高度发达的现代社会，人类的内在和谐显得尤其重要。现代社会，物质生活越丰富，精神世界越空虚，内在世界与外部世界的冲突以及内在世界的不和谐是人类生存面临的普遍困境。如在纳博科夫的《王、后、杰克》中，德瑞尔沉迷于机器发明，他的冷漠使玛萨缺乏关爱，精神空虚，人性变得庸俗和残酷。外部现实世界与内在精神世界的格格不入和相互冲突，使人类心灵孤独、精神漂泊，时时充满危机感，导致悲剧不断发生。传统的反映现实、批判社会的现实主义文学已经不能适应现代社会的变化，更不能揭露人类内在世界的真实。文坛上的后起之秀开始积极地挑战传统的文学创作，在文学创作手段方面不断试验和创新，把目光转向人类的内在世界。

第一节　质疑"美拯救世界"

"人与自然、人与社会、人与宇宙的融合"理念在俄罗斯文化和文学中从未缺失过。普希金关于人的内心和谐的思想，在白银时代象征主义作家那里成为一种最高理想。普希金时代的作家，如果戈理、莱蒙托夫、陀思妥耶夫斯基等在精神上也与白银时代作家相近。"内在精神世界的和谐"是20世纪白银时代俄罗斯文学的终极目标，象征主义诗人笔下的"永恒女性"以宗教身份帮助人们完成终极目标的实现。

俄罗斯文学圣徒式的女性形象历来以"世界拯救者"的身份出现。无论是普希金的《叶甫盖尼·奥涅金》中出身贵族的娜塔莉亚,还是陀思妥耶夫斯基的《白痴》中出身贫苦的索尼娅和索洛维约夫笔下的"永恒女性",都和俄罗斯东正教产生了直接的联系。她们在作品中充当的包容和拯救功能让读者不自觉地联想到圣母玛利亚,"美拯救世界"不仅成为俄罗斯美学的公共命题,而且上升到了哲学高度,即人生意义的终极思考和宗教问题。

19世纪末20世纪初,"永恒女性"(Вечная женственность)成为"白银时代"象征主义的核心概念和解读其文学奥秘的钥匙。在索洛维约夫的《三次约会》(Три свидания, 1898)中,"永恒女性"以"永恒女友"(вечная подруга)的身份出现。杰出的象征主义诗人勃洛克,以妻子门捷列娃为原型创作了歌颂"永恒女性"的《美妇人诗集》(Стихи о Прекрасной даме, 1904)。

根据2001年出版的《文学术语和文学概念百科全书》(Литерату рная энциклопедия терминов и понятий)的解释,"永恒女性"形象最早出现在诗剧《浮士德》的结尾部分。浮士德由于受魔鬼引诱,其理想曾几度幻灭。他死后,灵魂即将落入魔鬼梅菲斯特之手。经过天使们的拯救和超度,浮士德的灵魂最终摆脱了梅菲斯特的魔掌,幕布在一阵神秘的合唱中徐徐落下。在歌德那里,"永恒女性"象征着一群具有超验力量、能够引导人不断上升的天使。天使们的这种超验力量如此巨大,甚至使魔鬼们也感到了她的"异样的柔媚的热情"。歌德认为,这种超验力量与爱情相似,具有强烈的吸引力。歌德把这种引导人上升的神秘力量喻为女性和女性隐含的吸引力,这种吸引力控制着男性的世界。19世纪末20世纪初,俄罗斯哲学家、神学家和艺术家们,开始对"永恒女性"和与之相关的索菲亚学说产生了浓厚的兴趣,他们以各种方式言说"永恒女性"的各种意象及其象征意义。①

在俄罗斯神学和哲学中,"永恒女性"是对《圣经》中智慧女神索菲亚的尊称。按照《圣经》的说法,上帝在创造天地时,智慧便与他

---

① 余亚娜:《期盼索菲亚——俄罗斯文学中的"永恒女性"崇拜哲学与文化探源》,人民文学出版社2009年版,第54—58页。

同在。智慧是神的本性，存在于神之内，也彰显在万物之中。在希伯来文中，"智慧"一词是阴性形式，所以《圣经》把智慧拟人化，并以"她"来称呼。受到柏拉图"两个世界"理念影响的索洛维约夫，其哲学思想富有明显的宗教特征。他认为，在现实世界之外还存在着一个神的世界（即超验世界），两个世界之间存在着一个中间领域，这个中间领域就是"最高神智索菲亚"，她是"世界灵魂"（Душа мира），是世界的女性本原。而正是在这个中间领域，特别明显地表现出精神与感性的融合。创作于1898年的诗歌《三次约会》，既是索洛维约夫构建其神学理论的基础，也是我们解读他的"永恒女性"理念和开启神学思想之大门的一把钥匙。

在与"永恒女友"的三次约会中，索洛维约夫得到了世界"万物统一"的启示。对他来说，在和"永恒女友"约会时，时间、空间和其他所有的一切都不存在，其内心世界和外部世界已经达到了完全的统一与和谐。他在三次神秘体验中看见的"永恒女友"，就是他赞颂的"永恒女性"索菲亚。在东正教中，蔚蓝色是神的智慧的象征，是属于索菲亚的颜色。在这首长诗中，作者一再通过强调"永恒女友"身上"蔚蓝色"的光芒，来强调"永恒女友"的神性。

索洛维约夫认为，爱和智慧是相辅相成、相互依存和互相统一的；爱和智慧统一的体现就是索菲亚；真正的爱能导向对索菲亚的爱。在索菲亚（神的最高智慧）学方面，一切统一玄学派认为索菲亚是世界的灵魂，是人类最高智慧的完美存在，是宇宙的起源和理想的基础，是绝对的神的形式。索菲亚主宰人类社会历史的进程，决定历史前进的方向和目的。那么，东正教教徒是否可以见到索菲亚，她究竟在哪里，人类如何才能见到这个绝对神的化身？索洛维约夫认为，人类可以通过"永恒女性"世俗化实现人神统一。索菲亚虽然只有一个，但可以通过各种各样的世俗女性呈现出来，每个女性都是索菲亚和永恒女性的化身；每个人都渴望对索菲亚的爱，这种爱可以通过男人对女人那种柏拉图式的爱，即世俗化的"永恒女性"来实现。

索洛维约夫的宗教哲学对后来的俄国哲学家和象征主义诗人产生了巨大的影响，特别是对"白银时代"象征主义诗人最典型的代表亚历山大·勃洛克（Александр Блок，1880—1921）产生了直接的影响。但是在勃洛克那里，"永恒女性"的意象已经少了些许神性美，而增添了许多世俗的人性之美。

勃洛克 1901 年开始阅读索罗维约夫的作品，后者对他产生了巨大的影响，他曾经被吉皮乌斯称为"索洛维约夫的影子"。勃洛克相信柏拉图和索洛维约夫关于"两个世界"的理念，也相信象征"世界灵魂"（душа мира）的"永恒女性"可以连接世俗的"此岸世界"和精神的"彼岸世界"。他发现自己身上那种难以言表的"启示录"感受（即世界末日即将来临，一个重生的崭新世界也随之而来）与索洛维约夫诗歌中的神秘主义体验不谋而合。

在勃洛克的诗歌中，"永恒女性"是一个重要主题。在他眼中，"永恒女性"索菲亚是真、善、美的化身，是他接近上帝的使者。他的代表作《美妇人诗集》，描写了他最初的理想，将神的智慧拟人化为女性形象。这是一首颂诗，勃洛克以自己的未婚妻门捷列娃为原型，把理想中的恋人想象成一个神圣的美妇人，创造了一个没有痛苦、只有幸福的神秘浪漫世界，表达了自己在等待"永恒女性"来临时那种焦急不安的心情。由于《美妇人诗集》中的"永恒女性"是以他的未婚妻门捷列娃为原型，勃洛克笔下的"永恒女性"具有明显的尘世特征：她沉默不语、身材苗条、有着金色的发辫，是"永恒女性"的"尘世体现"，但她是"'上天'的造物，是赫赫有名的童贞女和'永恒女性'"①。在勃洛克那里，"永恒女性"是人神结合的产物，她既具有天庭的神性美，又有世俗世界的女性美。因此，在勃洛克笔下，永恒女性不仅可以是女神般的"美妇人"，也可以是出现在小酒馆里"头戴黑纱，身穿绸衣的陌生女郎"；不仅可以是索洛维约夫笔下"手捧一束异国的鲜花，含着光辉的微笑"的幻象，也可以是别雷笔下的"身披太阳的妇人"。

宗教哲学家别尔嘉科夫发展了索洛维约夫的"永恒女性"学说。他在《自由的哲学》中把索菲亚比作是"全部存在，全部完善与完美，是神的形象"。在他那里，内心的和谐既具有柏拉图式的爱情特征，又具有明显的世俗特征，因为"爱的对象应该是遥远的，超验的"。但追

---

① 余亚娜：《期盼索菲亚——俄罗斯文学中的"永恒女性"崇拜哲学与文化探源》，人民文学出版社 2009 年版，第 105 页。

求内心和谐的男性又都在世俗女性身上寻找索菲亚的痕迹。女性的使命在于她们要表现出"永恒女性"的温柔（женственность），同时表现出她们感召男性的创造性本质，都应该具有圣化意识。他的这种学说在布尔加科夫的《大师与玛格丽特》和帕斯捷尔纳克的《日瓦戈医生》两部小说中都得到了传承。

如果说索洛维约夫《三次约会》中的"永恒女友"是智慧女神索菲亚的化身，具有非尘世的特征的话，勃洛克《美妇人诗集》中的美妇人则结合了神性和人性的特征，但到了后来，他的诗歌《陌生女郎》和帕斯捷尔纳克《日瓦戈医生》中的拉拉以及布尔加科夫《大师与玛格丽特》中的玛格丽特，则全部是尘世中的女性，她们身上的神性已经几乎全部消失，"永恒女性"的意象完全世俗化，但她们仍然具有引导人向上的力量，具有救赎的特质，代表着俄罗斯文化的精神。《日瓦戈医生》中的拉拉饱经忧患，但她在作家那里，却是一个圣洁的代表俄罗斯文化的女神，她与日瓦戈医生之间的爱情是一种纯洁高尚甚至是神圣的爱情。

《大师与玛格丽特》中的女主人公玛格丽特是俄罗斯文学的另一位"永恒女性"形象。作为爱神，她首先为大师而存在，她是女性温柔、忠贞和为救赎人类而勇于自我牺牲的象征。如果说大师是人类真理的捍卫者，那么，可以说，玛格丽特是人类最高道德理想的追随者和守护者。玛格丽特离开聪明英俊的丈夫，抛弃原来优裕舒适的生活，来到阿尔巴特街的那间地下室里，陪伴才华横溢但穷困潦倒的大师，以她的爱慕和柔情悉心照料着孤独写作的大师，鼓励、鞭策大师完成小说创作。她一生最珍贵的东西是藏在旧丝绸衣料底下的一本褐色旧相册，里面有一张大师的照片、一个大师遁入精神病院前交给她的存折、几片干枯的玫瑰花瓣和几十页被烧毁的书稿。玛格丽特的这种选择本身就含有圣爱所固有的苦难特征。当大师处于危难之际，她又义无反顾地表示："我愿意同你一起毁灭"①。为了寻找失踪的大师，她甘愿自我牺牲。当魔鬼的随从在街心花园邀请她访问一个"外国人"时，她清楚她"必须对他以身相事"，可还是勇敢地接受了邀请去做撒旦舞会的女王。她和

---

① 布尔加科夫：《大师与玛格丽特》，苏玲译，山东文艺出版社 2009 年版，第 241 页。

大师的那份生死相依的爱情，以其忠诚、执着、奉献和牺牲获得了道德力量，显现出"永恒女性"的那种非尘世的美。

"永恒女性"也一直以各种女性形象伴随着勃洛克的创作。她时而是美妙绝伦、神圣的"美妇人"，时而是小酒馆里身着一袭黑衣的"陌生女郎"。她时而是"奥菲丽娅"，时而是广场上的妓女。她时而是"卡门"，时而是"库伦比娜"。不断变化的女性形象反映出诗人独特的隐喻方式，以及他与神圣的世界相沟通的渴望。如果了解这一点，我们就不难领会到，长诗《十二个》中的基督实际上是"永恒女性"的宗教身份，代表着勃洛克对革命目标的终极性理解，他是人性、真理、美和善的象征。

纳博科夫对内在世界的关注，早在20世纪30年代就引起了评论界的注意。俄侨作家弗拉基米尔·维德列在他的《艺术之死》中这么评价纳博科夫："他的诗歌，和他的书信、他的随笔、他的友人的回忆录一样，都向我们讲述了他的内在世界。而我们不能忘记，他的诗歌也飞逸到了一个内在的、闪光的、不朽的世界。"[1]

在纳博科夫的作品中，"内在世界"有时被"彼岸世界"替代，而这时的"彼岸世界"完全成为一种记忆或回忆——即"逝去的天堂"主题。小说《玛申卡》中，流亡在铁道边寒碜旅馆里的俄罗斯侨民们残酷的生活现实和加宁记忆中"逝去的天堂"构成了小说中的两个世界——现实世界和"彼岸世界"（The Otherworlds）。纳博科夫在《卢仁的防守》中续写了"逝去的世界"主题，人类个体的内在世界与外部世界之间的不和谐成为他关注的焦点。"外部世界抵御着内在世界的欲望"，"外部现实似乎仍在展示它那无可挑剔的真实证明，摇晃之间我们发现自己已经深陷于梦想、幻觉之中，垂死的大脑疯狂地做最后一次精神冲刺"[2]。在《卢仁的防守》中，卢仁的命运悲剧在于他的外在和内在两个世界的不和谐。他的现实世界是开放的"他者世界"，而内在世界是封闭的"自我世界"；这两个世界的格格不入和相互冲突是造成

---

① Maxim D. Shrayer, *The World of Nabokov's Stories*, Austin: University of Texas Press, 1999, p. 1.

② Brain Boyd, *Vladimir Nabokov: The Russian Years*, New Jersey: Princeton University Press, 1991, p. 311.

卢仁命运悲剧的根本原因。纳博科夫在这里向我们提出了一个尖锐的问题：在飞速发展的现代社会，人类意识何以能够适应世界？"美拯救世界"是否依旧是我们可以追求的终极目标？从主人公命运的结局来看，纳博科夫对陀思妥耶夫斯基"美拯救世界"的幻想提出了质疑和否定。

第二节　自我"内在世界"的防守

1937 年，纳博科夫在他的短篇小说《云、湖、塔》中描绘了一个和谐的"理想世界"。"这是一间极其普通的屋子，红色的地板，白色的墙壁，一面不大的镜子辉映着黄色雏菊图案的壁纸。凭窗远望，如镜的湖面上辉映着天空中的白云和湖岸上城堡的倒影。"[①] 这是流亡状态下作家渴望的生活状态。纳博科夫在《云、湖、塔》中展示的不仅仅是一个具有田园风光的世外桃源，而是一个令人心安神泰、心神宁静的和谐世界。他不求高楼大厦，不求皇宫大殿，只求有一间普普通通的乡村小屋和安静平和的平淡生活，甚至有隐居世外桃源的倾向。

从圣彼得堡到布拉格，从布拉格到英国，再从柏林到巴黎，单是在欧洲生活时期，纳博科夫亲身经历了社会动荡和重大事件对人类精神带来的伤害，目睹了现代社会物质世界和人类精神世界的不和谐。20 世纪初，科技越来越发达，物质生活越来越丰富，可人类的精神世界越来越荒芜，心灵越来越孤独，外部的现实世界和人类的内心世界越来越格格不入。

纳博科夫在小说《卢仁的防守》(*Защита Лужина*，1929) 中对现代社会人类面临的困境——外部世界与内心世界的冲突进行思考，对"美拯救世界"的思想提出质疑，并指出"永恒女性"在强大的社会现实面前无能为力。

《卢仁的防守》是纳博科夫的第三部长篇小说，它和蒲宁的《阿尔谢尼耶夫的一生》同时刊登在俄侨杂志《当代纪事》上，这部超越了阶级和民族界限的作品一面世就在评论界引起了争论。阿达莫维奇认为，"《卢仁的防守》是西方的东西，欧洲的东西，确切地说，是法国

---

① Maxim D. Shrayer, *The World of Nabokov's Stories*，Austin：University of Texas Press，1999，p. 38.

的东西"，因为"法国文学总的来说比俄罗斯文学更加关注个人，其中没有自然主义的痕迹"。俄国著名的象征主义诗人吉皮乌斯则认为，纳博科夫的这部小说缺乏人道主义精神，作者态度冷漠，对人物"毫无怜悯之心"。而著名俄侨评论家霍达谢维奇则对这部小说大加赞扬，认为"这部小说标志着西林的创新和才华的全面提高"，司图卢威也声言这部小说"对谁也没有模仿"①。

　　纳博科夫用一种现实、两个世界、三次转折和四个阶段描述了卢仁不断防守的一生。一种现实，是指卢仁从一个性格孤僻、行为怪异的孩童成长为象棋神童，再由国际象棋大师到自我毁灭的现实。两个世界是指小说中两个迥然不同、相互冲突的世界：残酷的外部现实世界和卢仁内心世界里美好的虚幻世界。这个虚幻的美好世界是主人公内在的自我世界，也可以说是艺术世界，更确切地说，是卢仁迷恋的象棋世界。卢仁的一生经历了三次转折：告别在乡下度过的童年时代到城里的学校；从无聊的学校生活遁入神奇美妙的象棋世界；一度美好的婚姻生活把卢仁从虚幻的象棋世界拉回残酷的现实。这三次转折，实际上是卢仁在现实世界和"内在世界"之间的来回穿梭，是他对现实世界的拒绝和对"内在世界"的防守。卢仁悲剧性的一生可以分为四个阶段：美好的自我封闭的童年、格格不入的学校生活、辉煌的象棋生涯和自我毁灭。其中的每一个阶段都是"内在世界"与"现实世界"的交锋，发生的三次事件使他的"内在世界"在每一个阶段都发生了巨大的变化。

　　在卢仁眼中，外部的现实世界与自己无关，也完全不可控制，因此，那个世界是属于别人的"他者世界"。只有内在的精神世界是属于自我的，是可控的。家庭环境和成长经历在他人生的第一个阶段——童年时代留下了灰色的印记。卢仁的童年是灰色调的，既是不幸的，又是孤独忧郁的。卢仁出生后第一眼看到的这个世界是灰色的。父亲是个平庸的儿童作家，缺乏家庭责任感。夫妻关系的不和谐，使母亲患上了抑郁症。她性格忧郁，不爱交际，命运可悲。这在卢仁幼小的心灵上留下了巨大的阴影，使他幼小的心灵变得冷漠且缺乏热情。他既不爱父亲也不爱母亲，更不爱家庭教师和周围的他人。面对生活的不断蜇刺和抓

---

　　①　Н. Г. Мельников, сост. *Классик ретуши: литературный мир о творчестве Владимира Набокова*, М.: Новое литературное обозрение, 2000, сс. 71-76.

挠，他唯有不断退避，寻找庇护所。他不自觉地把周围世界划分成"自我世界"（内在的精神世界）和"他者世界"（外部的现实世界）。童年时期，偏远僻静的乡下是他的王国，无人闯入，无人打扰，他的"自我世界"和"他者世界"是统一和谐的。"自我世界"是乡下外祖父的庄园和他在那里度过的美好的夏季时光，是他和家庭女教师在圣彼得堡大街快乐的清晨散步。在这个世界里，他是国王，是主宰者，可以做任何想做的事。他可以拒绝家庭女教师提议的散步路线，也可以在她给他大声朗读《基督山伯爵》时，聚精会神地"在纸上绘她那丰满的胸部，且尽可能把她画得丑陋、恐怖"[①]。在这个世界里，他的生活按部就班、一成不变。"午餐后他坐在沙发上沉思，大腿上盖着虎皮毯子。时钟敲响两点钟的时候，他的牛奶就会在银餐具里散发出诱人的浓香；三点时，他会坐在敞篷马车里去兜风。"[②] 这个时期，他的生活"浸泡在阳光和甘草茎浓郁的甜蜜幻想之中"。即使多年之后，当他回忆起在外祖父的乡下庄园里度过的夏天时，他心旷神怡，心中充满了"令人眩晕的喜悦"。他的"自我世界"既是明媚多彩的，又是孤独寂静的。在乡下的庄园里，空气中洋溢着的是"紫色丁香花的气味、新割的青草的气味和枯干树叶的气味"。然而，和他做伴的只有阳光，只有浓郁的花香，只有树林里风吹树叶的沙沙声和不断叮他膝盖的蚊子和看护他的家庭教师，他没有朋友，没有小伙伴和他一起在花园里玩耍嬉戏。

　　童年的卢仁性格孤僻，不谙世事，既固执倔强，又神秘忧郁。对他来说，整个世界就像一场无情的进攻，他不断地构筑着自己的防御工事，或躲避，或退让，或反击。这个时期，和"自我世界"相对立的"他者世界"是他的家庭生活。在他眼中，家庭环境是丑陋、暗淡和单调的。纳博科夫用光色来加强卢仁童年时期"他者世界"生活的单调和沉闷。灰色是家庭生活的主色调，父亲的睡衣要么是灰色的，要么是灰褐色的。卢仁穿的小套装是灰色的，长外套也是灰色的，就连母亲的白色连衣裙也总是带着一种悲伤的色调。幼小的卢仁早在童年时期就向周围人关闭了自己的内心世界，对抗着外部的"他人的世界"。他甚至疏远并冷淡地对待自己的父母亲。在他眼里，父母亲乃是平凡甚至平庸

---

① В. В. Набоков, *Защита Лужина*, М.：Азбука，2007，c. 2.

② Ibid.，c. 36.

之人。像父亲这样的"二流作家",只能使卢仁感到难为情甚至羞耻。父母亲的关系既缺乏热情又不和谐,母亲的房间里总是笼罩着阴暗悲凉和死气沉沉的气氛。也许正是这样的家庭环境造就了卢仁的怪异性格。

在卢仁眼里,父母亲属于外部现实世界,而这个外部世界在主人公的童年意识中是不完整的。死气沉沉、单调平庸是外部世界的特征。外部世界的现实性在颜色、光线、声音等方面的表现,使他有一种被掠夺的感觉,引起了他的抗议和断然敌对。因此,在第四章中,作者把叙事的重心转向母亲:"早在很久以前,她就有了和儿子形同陌路的奇怪感觉;好像儿子已经飘向远方,她疼爱的儿子不是眼前这个已经长大的男孩子,不是那个报纸上正在大写特写的象棋天才。他本该是从前那个情绪激烈的、不听话的小孩子,那个动不动就躺在地上,双脚不停地踢打着地板,大哭大闹的孩子。"① 卢仁"自我世界"的寂静和外部世界的喧闹形成了鲜明的对比,外部世界的喧闹常常会给内心世界带来恐惧。最令他害怕的是彼得—保罗城堡的炮声,"轰隆隆的、震耳欲聋的炮声震得窗玻璃哗哗作响,简直能震破耳膜"②。为了躲避这炮声,他在彼得堡的大街上散步时,总是拒绝家庭教师提出的行走路线,并总能在12 点之前到达尽可能远离炮声的地方。

卢仁对他人的闯入敏感又感到恐惧。当法国女教师沉重的身体压得楼梯吱吱嘎嘎作响的时候,当她来来回回挪动着她的箱子发出刺耳噪音的时候,当她出现在卢仁的面前时,卢仁就会"大发脾气",拒绝她进入他的"自我世界"。当他无力阻止外人闯入时,就采取默默反抗和报复的态度。他拒绝听她朗读《基督山伯爵》,把她画得丑陋不堪,甚至在花园里的柳条椅上放上尖利的图钉。他的所有行为并非出于孩童的调皮,而是怀着一种仇恨,对她强行闯入"自我世界"进行反抗和报复。当他得知即将被送往城里的学校接受教育时,他起初的反应是"震惊",接着是"默默地抬起头",但从心底里抗拒离开外祖父的庄园。也许这时候,幼小的卢仁还没有意识到他的生活即将发生的转变。直到他到了上学的年龄,不得不从乡下到火车站的路上,卢仁才"真正意识

① В. В. Набоков, *Защита Лужина*, М.：Азбука, 2007, с. 49.

② Ibid., с. 8.

到父亲日前所说的那个转变会给他带来的全部恐惧"①。他找到了过去，意识到过去是幸福和安全的。他不能忍受即将发生的一切，对未来充满了恐惧，因此，在火车站，当全家人即将坐上前往彼得堡的火车时，他逃跑了，逃回了乡下，也逃回了过去。

主人公企图通过回到原来的空间来实现回归过去，使时间倒流。首先，他感觉时间和空间是统一的。上学被他看成是进入另外一个难以忍受的、无法抗拒的世界。这两个世界的对立成为制约他认识世界和决定他一生命运的主要因素，这种对立是"内"与"外"的对立。

学校生活时代是卢仁人生的第二个阶段。学校生活和童年生活一样是灰色调的。上学的第一天是"灰色的一天"。"灰色"综合了光和色的某种特性。在学校这个"他者世界"的陌生空间里，同学们在课间的喧闹对于卢仁来说是"刺耳的，难以忍受的"②，他成了这个世界的局外人和"他者"，他躲避着与同学的直接交往，并且远离他们，试图将自己的存在缩减到最小程度：他拒绝参加课间与同学和老师的游戏活动，而是在学校里拱门下的木柴堆上度过了"将近二百五十个课间休息时间"，"直到他被带往国外的那一年"。他经常渴望陷入一种半封闭的与外界隔绝的空间，远离喧闹。因此，在学校这个喧闹的地方，可以说，卢仁是缺席的，在同学们的心中，他也许从来就没有存在过。所以，多年以后，即使班里最腼腆的男孩也不能够清楚地记得他的模样，"他的脑海里只能闪现出卢仁的背影"③。从学校回到家里，他仍然把自己封闭在一个寂静的空间，这寂静的空间成为他的庇护所。对于父母亲的关爱，他总是以沉默的方式来回答。除非不得已的时候，他采用沙哑刺耳的叫喊和愤怒的拂袖而去的摔门声来应答。保持寂静是卢仁在对立的现实世界里的一种生存方式，而嘶哑的尖叫和愤怒的摔门则是他阻止他人企图进入"自我世界"的一种手段，是对"自我世界"的防守。

第二阶段，卢仁的"自我世界"是他的房间。和灰色的"外部世界"相比，他的"自我世界"是多姿多彩的。房间里白色墙纸的蓝色花边，墙纸上的灰色大鹅和浅黄色小狗，桌子上绿色的玩具汽车，红色

---

① В. В. Набоков, *Защита Лужина*, М.：Азбука, 2007, c. 7.

② Ibid., c. 15.

③ Ibid., c. 211.

封面烫金书名的书本封皮，板架上的地球仪和松鼠标本，构成一个多彩而明亮的世界。"这是一间明亮舒适的房间。鲜艳的墙纸，快乐的物品"。但是，没有人能够进入他的房间，没有人知道他在房间里干什么，这是他一个人的王国。父亲为了改变他的性格，邀请朋友和亲戚家的孩子来家里聚会。可在聚会上，一切都令他生厌，"坐在窗户旁边一把硬邦邦的椅子上怒目而视，咬着大拇指的指甲"①。

"自我世界"有了空间限制，依旧是寂静的，而"他者世界"尽管是开放而又多彩的，可在他眼里，"他者世界"的颜色和光线是多么的刺眼，声音则成了一种喧嚣和聒噪。这个时期，唯一能够给他带来安全感的是活泼可爱、温柔体贴的姨妈。这个火红色头发的女人是"唯一一个和他待在一起不让他感到拘束的人"②，也是卢仁心中第一个美好的形象。她的丝绸睡衣色彩华丽，袖子像翅膀一样宽大，在卢仁的记忆中留下了深刻的印记。在外部世界其他背景的衬托下，她的形象特别突出。她与众不同的相貌、鲜艳的服装和鲜明的性格特征，吸引了幼小的卢仁。

外部现实世界与内在精神世界的分裂和冲突，破坏了空间和时间的统一。在通向获得"自我世界"和发现自我天赋的道路上，卢仁经历了几个阶段：先是对数学的迷恋，趣味数学题使他从中获得了极大的乐趣；然后是对魔术的痴迷，五颜六色的智力拼图游戏也令他陶醉。在所有的书籍中，他最喜欢的是凡尔纳的《八十天环游世界》和柯南·道尔的《福尔摩斯探案集》。数学、魔术、魔方、推理小说等使卢仁发现了空间的无限性。卢仁被空间的无限性深深地吸引，并沉浸在探索无限空间的"自我世界"里。这时候，卢仁的"自我世界"与"艺术世界"紧密地连在一起，理想世界的特性——空间的无限性和色彩的鲜明特征使卢仁感受到了一种神秘的愉悦和探索的欲望。

职业象棋生涯是卢仁人生的第三个阶段。数学、魔术、魔方、推理小说等使卢仁在未知的艺术世界里感受到了神秘的愉悦和模糊的承诺，是卢仁接近艺术世界，确切地说，接近象棋世界的预兆。"四月的某一天"，是一个"命中注定"的日子。在这一天，所有的一切都沉入了黑

---

①　В. В. Набоков, *Защита Лужина*, М.：Азбука, 2007, с. 17.

②　Ibid., с. 26.

暗。现实世界所有的色彩都暗淡下去，隐没下去，只有一个小岛在闪着奇异的光亮，这个鲜艳闪亮的小岛就是象棋世界。周围现实世界的荒凉暗淡成为鲜亮小岛的黑色背景。从此，现实世界与卢仁的"自我世界"之间出现了鲜明的对比，即光明与黑暗的对比。家庭这个介于光明与黑暗之间的灰色空间消失了。卢仁首次听说象棋是从一位来家里做客的小提琴家那里。小说的主题之一，即象棋和音乐的联系从此开始。他迫不及待地、迅速地进入象棋世界，"他者世界"渐渐远去，在黑暗中消失。在和小提琴家那场意义重大的谈话中，卢仁听到"棋路就像旋律"，是"上帝的游戏"①，这句话对叙事的进一步发展非常重要。过了几天，在学校里，在课间休息时，卢仁的注意力被一种特别的某种在木头上划过的声音所吸引，那是同班同学在课桌上下象棋时棋子刮擦桌面的声音。听到这种声音，卢仁怦然心动。在观看同学下棋的时候，他极力想弄明白，音乐家所说的那种和谐的旋律到底在哪里。他隐隐约约地感觉到，有一种更好的方式去理解象棋。对神圣使命感的先验的和直觉的认识，导致卢仁对象棋的迷恋和不可自拔。姨妈是卢仁的象棋启蒙老师，姨妈的追求者——象棋"下得极好"的老头是他的第二个象棋老师。当他教卢仁下棋的时候，卢仁明白，他用的完全是另一种方法，和姨妈教他的方法完全不同。芳香笼罩着棋盘，卢仁似乎悟到了什么，他身上的某种东西苏醒了，这种东西"由模糊至清晰，使他能够拨开迷雾一下子预见未来几步棋的走势"。卢仁不使用棋盘，就可以顺着字母和数字寻找棋路，揣摩着棋路的和声，这种经历给他带来了巨大的快乐。

　　象棋世界是另外一种现实，是与物质世界相对立的主观现实。外部的物质现实世界和主观的精神世界有各自的时间空间特征和象征意义。卢仁认识象棋的那一天是他命中注定的，并且永远停留在那里。世俗生活中的时间停滞了，而另外一个空间和另外一种时间开始了。在这个新的空间里，卢仁以象棋神童的身份出现。卢仁对象棋的热情吓坏了父亲，"儿子对象棋的热情让他如此震惊，既像是出乎意料，又似乎是命中注定"。在黑暗的夏夜，在明亮的凉台上，父亲坐在奇怪而又可怕的男孩的对面。儿子的异常表现几乎吓坏了老卢仁，他看见儿子沉浸在一

---

① В. В. Набоков, *Защита Лужина*, М.：Азбука，2007，с. 24.

种新的状态中，这种状态结合了来自外部的光芒和来自内部（即男孩本身）的某种光亮。他在儿子身上发现了前所未有的"认真细致"，听到了儿子从未有过的异常自信的声音。老卢仁下意识地感觉到，他在儿子身上发现的这些才能，会使他与儿子更加疏远，把他变成儿子的"敌人"。冥冥之中，父亲感觉到儿子身上有一种超群的才能，他希望儿子成为和外祖父一样的音乐家。但是，儿子的怪异性格又使他为这种天分感到不安。当他在幼小的卢仁身上发现奇异的象棋天分时，他的情感十分复杂：既高兴又恐惧。在观看儿子和别人下象棋的时候，他十分渴望出现奇迹，希望儿子输给对手。卢仁本人也感觉到自己的才能就像一股不可遏止的力量在增长。首次象棋比赛的成功已经使他感觉到自己的身上笼罩着一层淡淡的光环。

他在象棋比赛中取得的成就越显著，身上的光亮越耀眼，最后变成了闪光。善于投机的瓦连京诺夫看到了卢仁作为一名神童能够带来的巨大经济价值和利润，便设法成为他的经纪人兼象棋教练。他说道："闪耀吧，在能够闪耀的时候……否则很快就是神童的末日了！"①

离开学校以后，卢仁开始在圣彼得堡、莫斯科、下诺夫哥罗德、基辅、敖德萨等地参加比赛，他打败了俄国最优秀的选手，走向国外。他应邀到罗马、维也纳和布达佩斯等地参加比赛，打败了世界著名的象棋高手。一战以后，他的棋艺得到了显著的提高，由象棋神童变成了象棋大师。

卢仁完全沉浸在"自我世界"，即艺术世界当中，他依然那么真实可信，他古怪、笨拙、郁郁寡欢，对生活漠不关心。"他集中了我们所有的脆弱，集中了我们对同情的所有需要"②。然而，尽管他在生活中孱弱无力，但象棋天赋却让他获得了一种可怕的、无法度量的力量和优雅，远远超出了我们熟悉的世界。外部世界的混乱并没有使卢仁的"自我世界"受到干扰。"一战"爆发与国内革命所引起的混乱局势，以及父母亲的去世，都似乎与他无关，反而使他的自我世界更加宁静。从那时起，卢仁就常常光顾安静得出奇的象棋俱乐部。他可以同时对付二十

---

① В. В. Набоков, *Защита Лужина*, М.: Азбука, 2007, с. 67.

② Brian Boyd, *Vladimir Nabokov: The Russian Years*, New Jersey: Princeton University Press, 1990, с. 419.

个棋手，有时候还下盲棋。在象棋世界中，他是国王，是战无不胜的勇士，可以随意摆弄任何一个棋子。

但是，"神童并非神仙"，也有江郎才尽的时候。在柏林，他遇到了势均力敌的对手——意大利象棋手图拉提。图拉提以自己独特的棋路征服了世界上几乎所有的象棋大师。为了寻找破解图拉提的棋路，卢仁耗费了巨大的精力，他似乎找到了破解的办法。然而，在和图拉提对弈时，图拉提突然改变棋路，使用最简单常见的开局方法，白子先行，这使卢仁一下子措手不及。在经历了长时间的苦战之后，两位象棋大师势均力敌，谁也不占上风。由于规定时间已到，棋赛主办方封了这局没有下完的棋。由于耗费了巨大的精力，卢仁的身体出现了不适，他产生了幻觉。幻觉一直妨碍他取胜。"他心跳过速，奇思怪想，感觉大脑好像被涂上了油漆一样，完全失去了知觉"[1]。在回旅馆的路上，他晕倒在大街上，被几个好心的德国青年当作醉鬼送到了未婚妻家里。

从此，如何找到防守办法，打败图拉提并下赢这盘棋就成了卢仁的一个心结。他的身体状况越来越差，医生建议他放弃象棋，过平静的生活。他从此开始了人生的第四个阶段。

在人生的第四个阶段（1928—1929），卢仁面临三大难题：一、找到图拉提开局的防守办法。二、学会不依靠瓦连京诺夫而独立生活。三、结婚。他必须解决这三个问题，才不会导致后来发生的悲剧。对他来说，第一个难题要比后两个问题容易解决。但是，解决第一个问题的前提是他的身体必须能够很好地得到恢复。为此，妻子把一切和象棋有关的东西都藏了起来，避免勾起他对象棋和象棋生涯的任何记忆，并且准备带他去国外疗养。20多年来，自从卢仁发现了自己的象棋天赋，似乎胜利地撤退到了一个比较安全的地带，这是他唯一能够掌控的领域。但是，象棋是他恢复健康的最大威胁。这个时候，作为读者的我们，非常希望卢仁既能和妻子过上幸福的生活，又能在象棋世界里战胜对手，回归自我。起初，似乎一切都还算顺利。卢仁也似乎筑起了对象棋的防守，乖巧地抵制着象棋的进攻。他听从妻子的一切安排，学习绘画，到裁缝店里定制服装，结婚，准备去墓地祭拜父亲等。然而，为了

---

① В. В. Набоков, *Защита Лужина*, М.: Азбука, 2007, с. 108.

彻底保护他不受这个针对他的新生活而发动的攻击，为了保护他的妻子，他觉得他必须设计一个新的坚不可摧的反击策略，就像他曾经为对付图拉提而准备的那套策略一样。他越是急切地想避开对幸福的威胁，我们越能感受到无情命运的残酷，他无法抵御冰冷的象棋世界对他的温暖的幸福生活的攻击。对他来说，解决远离现实的复杂的艺术难题，远比解决现实生活中最简单的问题轻松，象棋不由自主地在他的意识中游荡，他似乎已经快要找到防守图拉提的方案了。遗憾的是，就在这时，瓦连京诺夫的到来，使卢仁的精神完全崩溃，他只好选择那决定性的一招：自杀。他把妻子和前来参加家庭宴会的客人关在门外，自己从卫生间的窗户里跳了出去。

　　小说中，"窗户"是一个非常重要的主题。在卢仁的童年时代，寂静和喧闹的界限就在于一扇窗户——窗内的世界寂静，而窗外的世界喧闹。为了逃避上学，卢仁从火车站逃回庄园，从窗户爬进客厅，又从阁楼的窗户里观察外面的动静，以防"他者"的侵犯。国内战争期间，久别的父亲和卢仁终于见面了，然而，"儿子很少说话，老是斜眼看窗子（担心流弹从窗户打进来）"①。小说结尾，卢仁为了躲避瓦连京诺夫等人的侵扰，又从窗户跳了出去。窗户成了连接"外部世界"和"自我世界"的通道，也是卢仁防守"自我世界"的一个屏障。

　　"防守"一词有多重含义：首先，防守与进攻相对，有攻就有守。在小说中，"防守"是象棋比赛中与"进攻"相对的概念。在同意大利选手图拉提对弈时，面对图拉提凌厉进攻的强劲势头，卢仁被迫处于防守状态，结果因防守超时被封棋。之后，卢仁就开始一直思考如何防守的问题。防守成了卢仁生活的全部，他无时无刻不在思考，如何防守图拉提在棋盘上的进攻，这也是导致他心神不宁、精神崩溃的主要原因。其次，是指卢仁对"自我世界"的防守。从小到大，卢仁的灵魂一直在"自我世界"里漂泊，外部的现实世界与自己无关，把"自我世界"的闯入者看作对手，奋力抗争。他的人生就像一盘棋，为了守护自己的"本真世界"，他一直在防守着来自现实生活的进攻，防守着内在的"自我世界"。纳博科夫把人生、社会和现实问题都揉进"棋局"中，

---

① В. В. Набоков, *Защита Лужина*, М.: Азбука, 2007, с. 55.

验证了"棋局即人生"的道理。小说没有描述卢仁在象棋比赛中进攻的细节，因为在和现实生活做抗争的过程中，面对强大的现实，卢仁一直处于弱势，他只有步步为营，拼命防守。一旦防线被突破，他的人生也就结束。再者是卢仁妻子对卢仁未来生活的防守。与卢仁防守的对象相反，妻子防守的恰恰是"艺术世界"，防止象棋对卢仁的生活产生影响。

纳博科夫在小说中采用双重叙事模式，设置了两条平行的叙事线索。一是卢仁的现实生活。在现实生活中，卢仁小时候是一个怪异的男孩，性格内向，喜欢安静，拒绝他人进入自己的空间，甚至父母亲。长大之后，他没有生活自理能力，行为怪异，完全是一个精神病患者的形象。二是卢仁的艺术世界。在象棋世界中，卢仁才智卓越，棋艺超凡。正像作者在序言中所说："在卢仁的身上，在他那粗糙、苍白的皮肤背后，蕴藏着某种鲜为人知的天赋"。这两条线索互相交织，描绘了卢仁悲怆的一生。

与19世纪的俄罗斯文学传统不同，纳博科夫的小说既缺乏革命民主主义作家改变社会、服务社会的济世情怀，又缺乏现实主义作家充满爱和同情的人道主义精神。在现实主义文学中，主人公要么是英雄，要么就是令人悲悯的小人物。作者对主人公要么歌颂或批判，要么同情。在纳博科夫那里，主人公往往是那些冷漠残酷、猥琐、自私胆小的人物，而他对自己笔下的主人公也是冷漠的，不掺杂任何感情色彩。在《卢仁的防守》中，纳博科夫采用"克里纳门"的修正方式，开辟了俄国文学发展的新方向。

纳博科夫认为，世界是荒谬的，人生是痛苦的；现实世界中充满了斗争和冲突、丑陋和罪恶，没有理性，没有规律。人在现实生活中处处面临着危险和不幸，每个人都承受着孤独和痛苦的折磨。因此，他认为，作家应当把这些值得同情但又有种种缺点的"非英雄"作为人物刻画的对象，才能体现出现实世界的本真面貌，反映生活的本质。从此以后，纳博科夫作品的主人公，既非征服型的英雄，又非执着的殉道者，而是游离在社会历史边缘的非英雄形象。他们要么是处于生活边缘，与现实格格不入，灵魂漂泊，心灵孤独，充满危机感的流亡者，如普宁和金波特，要么是沉湎在对过去的记忆中并主动追求孤独的偏执

狂，如亨伯特。从某种角度讲，《卢仁的防守》的主题完全超越了时间
的限制，因为人的内在意识与外部世界的冲突已经成为哲学家和文学家
们普遍关注的问题。因此，可以说，纳博科夫的小说探讨的是具有永恒
意义的哲学问题。那么，人类意识如何应对残酷的社会现实？"美拯救
世界"能否建构精神上的"彼岸世界"？这些问题都值得我们关注和
探讨。

第三节　纳博科夫"彼岸世界"中的永恒女性

　　纳博科夫对勃洛克的热爱，不仅仅表现为纳博科夫写了献给诗人的
诗歌《勃洛克之死》（ *На смерти Блока* ，1923）。1964 年，他将普希金
的诗体小说《叶甫盖尼·奥涅金》翻译成英语，在对译文所作的注释
当中，称勃洛克是 20 世纪 20 年代最伟大的作家。1967 年，在接受
《巴黎评论》杂志记者采访时，纳博科夫声称自己"自幼就十分钟情勃
洛克的诗歌，特别是他的抒情诗"①。勃洛克的诗歌中的意象、主题、
措辞、节奏无不被纳博科夫借鉴。

　　在纳博科夫的作品中，经常出现勃洛克的主题。美国的纳博科夫研
究专家弗·亚历山大洛夫甚至认为，纳博科夫在欧洲期间使用的笔名
"西林"，反映了他对勃洛克的热爱，因为"西林（Сирин）"在俄语
中意为"天堂鸟、火鸟"，而在勃洛克的诗歌中，经常出现"сирин"
的意象。纳博科夫后来在接受曾经是自己的学生、斯坦福大学教授阿尔
弗雷德·阿佩尔的采访时，坦率地说："1920 年，我在选择笔名时，选
择了一种童话中鸟的名字，这种鸟以自己的歌声迷倒了人们，我还是没
有能够避开拜占庭富于形象的虚假诱惑，这种形象曾吸引了勃洛克时代
的年轻诗人们"②。

　　与象征主义不同，在纳博科夫笔下，永恒女性主要是指"彼岸世
界"中的女性。她们虽然早已经失去了生命，但她们的幽灵时常出现在
男主人公的瞬间体验中，在他们的意识中得到永恒，因此，在此暂且可
以把她们称作永恒女性。

①　纳博科夫：《固执己见》，潘晓松译，时代文艺出版社 1998 年版，第 100 页。

②　V. V. Nabokov, *Strong Opinio*, New York：Random House, 1999, p. 337.

纳博科夫的"彼岸世界"虽然并不完全女性化，但总是与女性密切相关。博伊德在《阿达》中发现了露赛特（Lucette）在自杀以后对范和阿达爱情生活的影响。在《微暗的火》中，黑泽尔的死，无论是对她的父亲谢德还是对金波特都产生了广泛而深刻的影响。《斩首之邀》中，辛辛那提的超验世界与他死去的母亲西西莉亚密切相关。①施莱耶尔也认为，纳博科夫的"彼岸世界"具有显著的女性化特点②，例如《乔尔巴归来》中乔尔巴无名的妻子，《童话》中的沃特太太等等。而在《魔术师》中，母亲的鬼魂一再介入，她设法保护女儿不受禽兽不如的继父的性侵犯，不给他任何得逞的机会。

纳博科夫"彼岸世界"中的女性已经完全没有了索洛维约夫的"永恒女友"和勃洛克的"美妇人"身上所具备的神性，也不具备《日瓦戈医生》中的拉拉和《大师与玛格丽特》中的玛格丽特等俄罗斯文学"永恒女性"形象的救赎特质，她们完全"世俗化"了。她们要么是《暗箱》中柯列齐玛尔八岁的女儿伊丽娜，要么是《洛丽塔》中亨伯特童年的"未婚妻"安娜贝尔，要么是在小说中从未露面的普宁的初恋情人米拉，要么是《菲雅尔塔的春天》中多情的尼娜。虽然她们由于各种各样的原因失去了生命，成了"彼岸世界"中的一个幽灵，虽然她们缺乏象征主义"永恒女性"身上具有的引导人向上的救赎特质，但她们身上仍然具备"永恒女性"那种执着、热情、勇于自我牺牲和奉献的精神，她们以其特有的女性美和温柔温暖着主人公在残酷世界中受伤的心灵，也正是因为这一点，她们在纳博科夫笔下主人公的意识中获得了永恒。因此，从某种程度上说，她们也属于俄罗斯文学的"永恒女性"。

纳博科夫作品中"彼岸世界"的"永恒女性"，不仅超越了死亡，而且并没有因为时间的流逝而销声匿迹，她们会随时出现在主人公的记忆长廊里，在主人公的记忆中获得永恒。她们和勃洛克笔下的"永恒女性"一样，是真、善、美的化身。在纳博科夫小说中这个充满了失败、痛苦、背叛、冷漠和困惑的世界里，"彼岸世界"里永恒女性的主要武

---

① Brian Boyd, *V. V. Nabokov: The American Years*, New Jersey: Princeton University Press, 1991, pp. 101-106.

② Maxim D. Shrayer, *The World of Nabokov's Stories*, University of Texas Press, 2000, p. 160.

器是怜悯和爱,"她们的爱情就像一股饱含着于健康有益的盐分的春水,总是心甘情愿地急于让任何人来啜饮"①。

《菲雅尔塔的春天》(*Spring in Fialta*, 1936) 是纳博科夫最重要的短篇小说之一。纳博科夫将故事发生的背景放在梦幻般的海滨城市菲雅尔塔,其中的蒙蒙雾霭很容易让人想起神秘的冥界或西方文学中的"彼岸世界"。尼娜在故事开始之前就已经因车祸而亡,30 年后,故事主人公兼叙述者维克多通过回忆讲述了他和尼娜的爱情故事,他以"一种难以承受的力量复活了所有那些存在于(他们)之间,以一个……吻开始的一切"②。在故事的结尾,当维克多看到报纸上有关车祸的消息报道时,尼娜似乎早已经消失在菲雅尔塔的迷雾之中。她成了再也不可见也不可触摸的魂灵,飘向"彼岸世界",但在叙述者的记忆长廊里,她是鲜活的、楚楚动人的,仍然是可觉察可感受到的。

尼娜和维克多的第一次相见是在 1917 年。之后,在长达 15 年的交往中,他们的每一次相见,都让维克多感到温暖。正是因为如此,15 年后,当侨居欧洲的维克多又一次造访菲雅尔塔时,才感觉到他们以前的每一次相见都倍加珍贵。"这一次我们相遇在温暖而又雾霭迷蒙的菲雅尔塔。我知道这将是最后的一次相见,但我也不能用更好的艺术形式庆祝这一聚会,不能用漂亮的小花饰来装点命运在此之前的恩赐;我敢断言这是最后的一次,因为我不能想象任何天堂公司的代理人,能准许并安排我和她超越坟墓而相见。"③

纳博科夫不是虚无主义者,他相信"彼岸世界"的存在。在《天赋》中,雅沙死后,他的父亲亚历山大·车尔尼雪夫斯基有一段时间似乎随处可以看见儿子的魂灵。在情绪低落的时候,他甚至担心各种鬼怪会渗透到这个世界中,他自封自己是"与彼岸世界斗争协会主席"。费多尔也试图探索人死后的情形,他在梦中感觉到,死去的父亲仍在影响他的生活。博伊德认为,纳博科夫也愿意相信他会在"彼岸世界"再次见到父亲。"在早期的诗歌如《复活节》中,他会直接正面地描写他

① 纳博科夫:《菲雅尔塔的春天》,石枕川、于晓丹译,浙江文艺出版社 2003 年版,第 165 页。
② 同上书,第 203 页。
③ 同上书,第 163 页。

对父亲继续存在的信念；到了《防守》那里，他用可怕的反面形式来表现这个主题，一个慈祥的父亲试图从彼岸世界来影响儿子……纳博科夫私下表示，他相信父亲隐秘的存在。"①

在纳博科夫的作品中，"彼岸世界"的"永恒女性"具有以下几个特征：

第一，她们都若隐若现在字里行间，从不跳到台前来和读者见面。由于时空的限制，纳博科夫笔下的"永恒女性"就像一个在过去和现在两个目的地之间来回穿梭的旅者，很少能长时间地在一个地方停留。作者并没有花费大量的笔墨描述她们，而只是通过男主人公的回忆或"宇宙同步"的超验意识间接讲述她们的故事，但她们的真情永远温暖着男主人公那颗伤痕累累的心灵。

在《菲雅尔塔的春天》中，纳博科夫并没有刻意描绘尼娜的容貌，她并没有给读者留下完整的印象，但她那友好的微笑却一直闪现在我们面前。

> 她的脸……是自然而随意的快照，而非严谨的画像，因此，当……试图想象它时，他能化为视觉的只是那些毫不相关的特征的一瞥：她在阳光下颧骨毛茸茸的轮廓，机灵的眼睛带着琥珀褐色的幽暗，嘴唇弯成友好微笑的形状，这种微笑随时会变成热切的亲吻。②

在《洛丽塔》中，安娜贝尔只是活在亨伯特童年的"海滨王国"中，其中的描写仅仅寥寥数页，但她对亨伯特产生了一生的影响。《普宁》中，米拉只有在铁莫菲·普宁的意识回归过去时才出现在他的记忆中，但每当她一出现，普宁就暂时忘却了残酷的现实给他带来的伤痛。

第二，她们都和安徒生童话中的"人鱼公主"一样，虽多情却薄命。在残酷的命运面前，她们既弱小又无助，常常是突发性悲剧事件的

① Brian Boyd, *Vladimir Nabokov：The Russian Years*, New Jersey：Princeton University Press, 1990, p. 472.

② 纳博科夫：《菲雅尔塔的春天》，石枕川、于晓丹译，浙江文艺出版社 2003 年版，第 423 页。

牺牲品。《乔尔巴归来》中无名的妻子触电而亡；《洛丽塔》中亨伯特少年时代的初恋情人安娜贝尔死于伤寒；《菲雅尔塔的春天》中温柔而又多情的尼娜年纪轻轻死于车祸；《普宁》中善解人意的米拉在20岁时死于德国法西斯的集中营。她们虽然死亡，但并没有随着时间的流逝而销声匿迹，而是越来越清晰地活在主人公的记忆长廊中，并且不时地出现在纳博科夫作品中流亡者的"超验现实"中。

纳博科夫在刻画"彼岸世界"中的"永恒女性"时借用俄罗斯神话中的"美人鱼"（русалка）主题。在俄罗斯神话中，"美人鱼"是一种水妖，它既没有普希金《渔夫和金鱼的故事》中金鱼的神通广大，也没有安徒生童话《海的女儿》中美人鱼的美丽多情，而是溺死鬼。它常常引诱男人，使他们丧命。纳博科夫作品中的"美人鱼"形象也有一个不断演变的过程：从最初诗歌中祸害生灵的水妖变成了后来小说中"彼岸世界"的一个个柔弱善良、勇于自我牺牲的"永恒女性"。

巴顿·约翰逊（Barton Johnson）在《退化的世界》（*Worlds in Regression*）中第一次发现了纳博科夫作品中的"美人鱼"主题。约翰逊认为，纳博科夫在前期的俄语诗歌中就提出了"美人鱼"主题。那是一首写于1923年的同名诗歌，其中描绘了一只美人鱼抓住月亮并把它拉下水面的故事。之后，该主题还出现在1928年的诗歌《莉莉丝》（*Lilith*）中。在这首诗歌中，一个长着绿眼睛、在卷曲头发上插着水仙花的女童妖，引诱了一个死去的诗人，该诗人感觉自己生活在天堂里，却不知自己已经下到了地狱。这时的纳博科夫在"美人鱼"主题创作方面显然受到了果戈理的中篇小说《五月之夜或美人鱼》的影响。在小说《菲雅尔塔的春天》中，纳博科夫继续了"美人鱼"主题，但这时的"美人鱼"尼娜已经成为现实生活中多情善良的魅力女性。她和维克多的每一次相见都和水有关，第一次相见是在1917年的俄罗斯。夜晚，站在池塘边幽会的他们突然被青年人打雪仗的欢闹分开。第二次相见虽然是在火车站，但在维克多看来，尼娜进入车厢，似乎突然忘掉了周围的人们而进入另一个世界，就像"一个毫无疑点的生命在那个模模糊糊的鱼缸里来回走动"[①]。最后一次相见是在克里米亚半岛的菲雅

---

① 纳博科夫：《菲雅尔塔的春天》，石枕川、于晓丹译，浙江文艺出版社2003年版，第168页。

尔塔，这个海滨城市的湿润和多雾使整个故事笼罩着一种神秘的悲剧色彩，尼娜就在这里遇上了车祸，再也没有醒来。

在《洛丽塔》中，"美人鱼"主题在亨伯特和安娜贝尔的"海滨王国"中得到印证。也正是这个"海滨王国"使亨伯特留下了永久的心灵创伤，使早逝的安娜贝尔和《普宁》中的米拉一样，成为纳博科夫作品中不可触及、不可得到的"永恒女性"。在《微暗的火》中，谢德的女儿黑泽尔溺死在池塘中，她的死不仅使谢德对死亡产生了顿悟，也成为谢德写作999行诗歌的重要原因之一。

第三，纳博科夫"彼岸世界"里的"永恒女性"，已经不再具有"白银时代"象征主义作家笔下"永恒女性"的某种"启示录"作用，她们已经完全世俗化，但她们却给了主人公在困境中生存下来的勇气，是主人公暂时忘却现实痛苦的麻醉剂。

在《洛丽塔》中，纳博科夫笔下的"苛芙"在亨伯特眼里具有"永恒女性"的某些特征，但她绝对是世俗的。在亨伯特看来，他的"性感少女"是一个具有神性的精灵和"小仙女"，他受到了"小仙女"的蛊惑，突然感受到了一种精灵般的热情。纳博科夫也称《洛丽塔》是一个神话故事，他的性感少女是一位"神仙公主"。但他的"小仙女"身上又有世俗的特征，特别是美国现代社会的世俗特征。

> 叫我失去理智的是这个性感少女（大概也是所有性感少女）的双重性；我的洛丽塔身上混合了温柔的爱幻想的稚气和一种怪诞的粗俗；这种粗俗来自广告和杂志图片上那些忸怩作态的塌鼻子女郎，来自故国（含有踏碎了的雏菊和汗水的气味）的那些脂粉狼藉的青年女佣，也来自外地妓院里那些装扮成小姑娘的非常年轻的妓女。而后所有这一切又跟通过麝香与泥土、通过污垢与死亡渗出的那种纯洁美妙的温柔混合在一起……①

由于洛丽塔与安娜贝尔的外表非常相像，才使过惯了流亡生活的亨伯特选择留在黑兹太太家里并和她结婚。可以想象，如果没有了安娜贝

---

① 纳博科夫：《洛丽塔》，主万译，上海译文出版社2006年版，第69页。

尔，没有了象征安娜贝尔影子的洛丽塔，亨伯特这样一个无根的流亡者是否还有在美国生活下去的精神力量。

　　第四，在这个冷漠、残酷和充满痛苦的世界里，她们能够战胜时空、征服男主人公意识的主要武器是怜悯和爱。她们总是在男主人公不走运的时候出现，给他们以支持和安慰。用施莱耶尔的话说，"彼岸世界的生命只有在对此岸世界活着的人们产生影响时才具有意义"①。《洛丽塔》中，中年的亨伯特对少年的洛丽塔痴迷的原因，就是因为亨伯特无法忘记少年恋人安娜贝尔给予他的终极性的生命体验，无法忘记她的柔情和美丽，他在洛丽塔身上看到了安娜贝尔的影子。《菲雅尔塔的春天》中，尼娜每次与维克多相见，总会以柔情感动后者，以至于他在尼娜死去多年之后仍无法忘怀他们的浪漫情感。普宁无法忘记米拉，是因为与自私无情的前妻丽莎相比，米拉曾经给了他无限的柔情。

　　在《普宁》中，"痛苦"主题贯穿整部小说，它伴随主人公普宁的一生。普宁感到痛苦的原因是他屡受打击、一直在"失去"。俄国的革命和战争使他失去了家人和祖国，也解除了他和恋人米拉·别尔什金娜（Мила Белошкина）的婚约。在从法国流亡到美国的途中，他又被冷酷自私、视婚姻为游戏的妻子所抛弃。在美国大学的讲台上，他不仅失去了驾轻就熟用母语说话的机会，讲起了蹩脚的英语，而且对文学具有高深造诣的普宁在讲台上却没有听众，只好在讲台上制造了一场自导自演自己欣赏的关于俄罗斯文学的滑稽剧。最后，正当普宁决定买房结束居无定所的流浪生活时，却被告知他将被辞退。祖国、恋人、婚姻、读者、听众和赖以生存的工作机会相继失去，就这样，他被生活抛到了痛苦的深渊。

　　然而，在俄罗斯失去的一切都成为他记忆中最珍贵的部分，成为医治他在现实生活中受伤心灵的灵丹妙药。在"此岸世界"中，普宁的苦难来源于残酷的现实，而在"彼岸世界"，却有一双善良的眼睛正用"怜悯的眼光"，一直在默默地注视着世间的凡人们，她堪称是"彼岸世界"的观察者。这个形象就是普宁的恋人米拉，米拉的形象只有在第五章中得到描述，但她就像一个幽灵，化身为松鼠，一直陪伴在普宁左

---

　　① Maxim. D. Shrayer, "Death, Immortality, and Nabokov's Jewish Theme", *The Nabokovian*, 38（Spring 1997），p. 25.

右，在普宁痛苦不堪的时候，给他以慰藉。

在纳博科夫的作品中，象征和隐喻是他使用最多的方法和技巧。在《洛丽塔》中，安娜贝尔是一种"梦想"和"彼岸世界"的象征，洛丽塔的母亲，黑兹太太是纳博科夫一直批判的中产阶级的"庸俗"的象征。在《普宁》中，米拉象征着"彼岸世界"，而不时出现的松树，既是"彼岸世界"里"永恒女性"米拉的意象，又象征着贪得无厌、一味追求物质享受又忘恩负义的丽莎，又可能象征着一种流亡者的生活模式：处于社会的边缘，与主流社会格格不入，没有温暖的家。这种生活模式，无论是普宁，还是其他流亡者，都无法摆脱。

在《普宁》中，从第一章到最后一章，松鼠意象不时出现。查尔斯·尼古拉（Charls Nicol）认为，贯穿小说始末的松鼠主题，为我们提供了一把阐释小说的钥匙。松鼠标本和他童年时代的画着松鼠的壁纸，公园里在普宁身旁啃坚果的松鼠，被忧伤的普宁喂过水的松鼠，还有普宁的恋人米拉的姓氏，共同构成了一个"松鼠"象征模式。

在普宁的生活中，松鼠的第一次出现是普宁 11 岁生病时。发着高烧的普宁被裹在毯子里，"像一个可怜的作茧自缚的蛹"。床旁边的四扇木制屏风上，刻着"一条满是落叶的马道，一个长满睡莲的池塘，一个佝偻着腰坐在长凳上的老头和一只前爪捧着个红色玩意儿的松鼠"[1]。幼小的普宁潜意识里想弄清楚松鼠捧着的东西到底是松果还是其他什么东西，可无论如何，他都没有能够弄明白那究竟是什么。

在应邀去克莱蒙娜做讲座的途中，由于坐错了火车，使得普宁的旅途非常不顺利，来来回回的折腾使得普宁筋疲力尽，浑身无力，最终倒在公园里的一条石板凳上。这时，他出现了幻觉，童年生病的情景出现在他的意识里。一阵冷风吹过，普宁又回到了现实，但松鼠意象出现在他的现实生活中：他看见自己面前蹲着一只松鼠，它正在啃一只核桃。

松鼠的出现又起着一种"预示"作用。每当松鼠出现，普宁身上必定会发生令人不快的事情。星期二这一天，普宁吃完中午饭在去图书馆的路上，"一只小小的松鼠，从太阳照射的一小块雪地上慌张地窜过去"[2]，并吱吱叫着爬到了一棵直插云霄的大树上。紧接着，当普宁走

---

[1]　V. V. Nabokov, *Pnin*, New York: Berkley Books, 1962, p. 18.

[2]　Ibid., p. 263.

进图书馆和赛耶太太一番交谈后，才发现自己陷入了因疏忽而造成的窘境中。

　　每当普宁的意识回归过去，沉浸在对彼得堡生活和初恋情人的回忆之中，痛苦就渐渐消退，"奇怪的痉挛结束了，又可以呼吸了"。

　　纳博科夫的"彼岸世界"和永恒女性主题贯穿了他的全部创作。2009 年 11 月，他的最后一部小说《劳拉的原型》（ *The Original of Laura, a Novel in Fragments* ）出版。在纳博科夫的这部小说中，奥萝拉·李（Aurora Lee）是怀尔德（Philip Wild）少年时代的初恋情人，在一次学校的踩踏事件中丧生。但在怀尔德的意识中，她是永恒温柔的化身，她和怀尔德的恋爱故事成为支撑后者生存下来的精神力量。正因为如此，声名显赫、在学术界享有崇高威望的怀尔德娶了行为放荡、但长相与奥萝拉极为相像的劳拉为妻，他常常在睡梦中把劳拉当作初恋情人奥萝拉。在潜意识中，他疯狂地爱着奥萝拉，因为她是他生命中唯一的女孩，是永恒的温柔女性的化身。

　　在《卢仁的防守》中，卢仁的妻子与《白痴》中的梅什金公爵非常相似，扮演着拯救者的角色。与梅什金公爵一样，卢仁的妻子出身于富有的俄侨之家，虽然长得并不漂亮，却自有其迷人之处。她对卢仁的爱情，早已超越了世俗世界的异性情感，而是和《白痴》中梅什金公爵对纳斯塔西亚的爱一样，是基督式的爱、"白痴"般的爱，蕴含着救赎之使命。小说中，作为一个妻子，她对丈夫的生命进行了全力的防守，然而，她的防守和卢仁一样，遭到了惨败。因为，在纳博科夫看来，那种弥赛亚式的爱情并不能防止现代社会对人性的伤害。

　　在《白痴》中，梅什金公爵是陀思妥耶夫斯基的理想形象，他是真善美的化身。他忠厚善良，严于律己，宽以待人，同情一切被侮辱和被损害的人，希望用自己的榜样影响周围的人们，改变所处的整个社会。纳斯塔西亚的悲惨命运，使他内心充满了无限的同情和怜悯。他牺牲了自己与阿格拉娅的真正爱情，决心以基督式的爱来拯救纳斯塔西亚。纳斯塔西亚死了，他的拯救也成功了，因为在陀思妥耶夫斯基那里，死亡意味着重新获得新生。

　　纳博科夫在小说中没有赋予这位基督式的女主人公以姓名，我们自始至终不知道她真正的名字。只是在她和卢仁结婚后，按照俄罗斯人的风俗习惯，作者叫她为"卢仁娜"（Лужина）或"卢仁太太"。她从一个不知名的 25 岁姑娘到成为人妻卢仁娜，其情感经历了从好奇到崇拜，再到拯救的过程。在纳博科夫看来，她是俄罗斯女性的代表，是世俗化了的"永恒女性"的化身。

卢仁娜出身于一个富有的俄罗斯移民家庭，她深受俄罗斯传统文化的影响，内心深处隐藏着俄罗斯传统女性特有的善良和怜悯之心，对"那些无助和不幸的生灵有一种难以自制的怜悯柔情"和施以救援的决心。在她的潜意识中，俄罗斯女性特有的"圣母情结"和对艺术的崇拜注定她要去拯救艺术的化身——卢仁。

她从小就对具有艺术气质的人怀着一种特殊的情感。蓝色背景下"额头苍白，头发蓬乱"、患有结核病的地理老师，谙熟社会学、虽跛脚但活泼好动、神采飞扬的教育官员，穿着黑衣、"脸色苍白，留着惹人注目的山羊胡子"，并"总是以某种奇怪的方式站在一名俄国军官身旁"的著名作家，都在她的记忆中留下非常独特的印象。而沉默寡言的卢仁，像一个神奇的谜，成为她记忆中最有吸引力的男性。"他的笨拙举止，他的忧郁神情，他的不知为何使他看上去像个音乐家的大翻领……他的艺术，以及他那种艺术的所有表现形式和标志，都显得高深莫测"[1]。

19 世纪末，国际象棋仍然是一种贵族和富有闲人的游戏，只是到了 20 世纪初，才开始成为一种国际比赛项目。所以，在那个时代，国际象棋是一门新兴的艺术。这种源于古老东方的新兴艺术，既不像绘画，有画布把画家和作品联系起来，也不像音乐，有乐器把音乐家和音乐联系起来，而是一种仅仅依靠棋手的心智来完成的艺术。它不仅需要一种创造性的灵感，更需要双方具有坚韧不拔的思想意志和强壮的体力。正是象棋艺术所产生的神秘感，使已经成为国际象棋大师的卢仁身上笼罩着一层神圣的光晕。所以，她一见到卢仁，"一个伟大的艺术家"的形象便在她心目中定格了。

然而，在象棋世界里就像一个国王的卢仁，在现实生活中却是一个举止笨拙、行为可笑的傻瓜。他周游世界各地，却不懂得如何待人接

---

① В. В. Набоков, *Защита Лужина*, М.: Азбука, 2007, с. 61.

物。他智力超群，生活中却不修边幅，完全是一个没有长大、需要照顾的孩子。父母亲待他如掌上明珠，他对父母却冷漠如冰。父母亲的去世，似乎没有给他带来丝毫的悲伤，他甚至能够冷冰冰地讲述有关他刚刚去世的父亲的往事。

然而，我们的女主人公并没有像评价一个正常的成年人那样去评价他、责备他，她看出了他的为人，同情心使她产生了俄罗斯女性特有的"圣母玛利亚情结"，她决心保护他，使他免受生活的风刀霜剑。她开始像母亲照料孩子那样去照料他，卢仁"那又大又沉的脑袋，对她来说是一套宝贵的装置，结构复杂又神秘"①。当他不礼貌地摆弄她的手提包时，她像对待小孩子那样温和地责备他；当他突然中途折回，跑进她的房间，笨拙地向她求婚，号啕大哭时，她像哄小孩子一样去安慰他。她明明知道，这是一桩没有前途和"没有结果"的婚姻，会遭到父母亲的强烈反对，但面对既可怜又神秘的卢仁，她内心深处的柔情不由自主地占了上风。她知道，当卢仁向她宣布自己的决定，要她成为他的妻子的时候，她已经不可能抛下"这个生活在另类世界中的人"。当卢仁在棋场上经过长时间的拼杀，精神崩溃晕倒在大街上，被几个好心的德国青年当作醉鬼送回家时，她望着卢仁苍白的脸容，内心充满了痛苦和怜悯，自责自己没有照顾好他。

她下决心拯救即将毁灭的卢仁，拯救计划首先从改变卢仁的外表开始。她以未婚妻的身份，带着卢仁到裁缝那里为他定制结婚用的服装。接着，她又从环境上改变卢仁的心境，在自己家附近为卢仁租下一个房间，房间里"色调欢快的墙纸"把卢仁带回了童年。接着，他们完成了一桩被母亲称作"一场白痴般的冒险"的婚姻。

婚后，冷漠、毫无生气的卢仁变得令人感动，变得可笑，变得痴情而又有活力。他似乎很乐意接受妻子和她的家人为他安排的一切。他开始学习打字和绘画，准备到岳父的公司谋差事，开始和妻子一起进出剧院和动物园，似乎已经过上正常人的生活。卢仁太太也想尽一切办法，阻止卢仁的思想回到过去，不引起他对象棋生涯的回忆。

然而，正如霍达谢维奇在评论中所说，"艺术家注定要处在两个世

---

① В. В. Набоков, *Защита Лужина*, М.：Азбука, 2007, с. 101.

界中：现实世界和他们自己创造的艺术世界。真正的天才总是能够在两个世界之间找到一种和谐，一种平衡"①。卢仁曾经是神童，但不是天才。卢仁对象棋的狂热和对妻子的爱相持不下，为了能够全神贯注地找到防守图拉提的办法，他脑子里的象棋奋力把对温柔的渴望排挤出去。他已经掉进了象棋的深渊，即使回到坚实的地面，即现实世界，他也会像希腊神话中的法厄同一样，虽驾驶着阿波罗的太阳车，仍然会从天空跌落。在《卢仁的防守》中，艺术的空虚和女性实实在在的爱发生冲突，人性的温暖和艺术的冷漠相互矛盾，其结果只能是精神崩溃，所以，卢仁的命运注定是悲剧性的。舞会上与中学同学的意外相遇，妻子那位来自苏维埃俄国的女友的来访，遗落在旧衣服口袋中的袖珍棋盘，都象征着卢仁注定要丧失与现实统一的意识。瓦连京诺夫的出现，只不过是加快了卢仁的毁灭。

　　在《防守》中，不仅卢仁的防守失败了，卢仁妻子的防守也失败了。在小说的最后，她绝望地发现，她无法唤醒丈夫去享受尘世生活的快乐，她高贵地让步了。但是当她努力提防避免卢仁的心灵彻底破碎时，她又显得那么坚定和勇敢。她对卢仁的爱，和《白痴》中梅什金公爵对纳斯塔西亚的爱一样，是基督式的爱，它更多地带有悲悯和同情的成分，甚至有拯救的意图。纳博科夫采用"魔鬼化"或"逆崇高"手法，削减了陀思妥耶夫斯基在《白痴》中提倡的过度理想主义，认为陀思妥耶夫斯基的"美拯救世界"的理想过度完美，是不可能实现的。

　　在布鲁姆的六种修正比中，"逆崇高"是其中的一种。后来的强劲诗人在自己的作品中似乎欣然接受了前辈诗人曾经提出的主题，使它们与前辈诗人的关系固定化，进而以归于一般的方法抹杀前辈诗作的独特性，达到"逆崇高"之目的。

　　陀思妥耶夫斯基在《白痴》中提出了"美拯救世界"的命题，其中的美既可以指纳斯塔西亚外表的美艳，也可以指梅什金公爵那种基督式的爱和牺牲精神。在《卢仁的防守》中，纳博科夫似乎肯定了这个命题，他笔下的卢仁娜是一个梅什金式的人物：长相虽没有《白痴》

　　① ВладиславХодасевич, *Колеблемый треножник*, М.：Издательство советских писателей, 1990, c. 66.

中纳斯塔西亚可以"扭转乾坤"的美艳，精神上却有着可以和梅什金相媲美的美德：富有同情心和自我牺牲精神。她敢于违背父母亲的意愿，以牺牲自己未来的幸福生活为代价拯救坠落在艺术深渊里的卢仁。在《白痴》中，纳斯塔西亚被梅什金公爵的一片真情所感动，为了成全梅什金公爵和阿格拉娅的婚姻，违心嫁给了她不爱的商人罗果仁，她在精神上得到了拯救。然而，在《卢仁的防守》中，卢仁娜具有基督徒精神的爱情，并没有能够挽救卢仁的生命。这样，纳博科夫推翻了陀思妥耶夫斯基提出的"美拯救世界"的命题，完成了对陀思妥耶夫斯基的修正。

综上所述，纳博科夫笔下"彼岸世界"中的女性身上既有象征主义"永恒女性"的善良无私和自我奉献精神，也有其世俗特征，从主人公的角度来说，仍然具有救赎特质。但纳博科夫笔下"彼岸世界"的女性和象征主义的"永恒女性"又有所不同。首先，象征主义者的"永恒女性"在生活中有活生生的原型，如勃洛克以未婚妻门捷列娃为原型创作了《美妇人诗集》，他笔下的"陌生女郎"以小酒馆中的女性为原型，她们都是活生生的。而纳博科夫笔下的"永恒女性"则是主人公记忆中的形象，她们早已从这个世界上消失，只有在男主人公的意识回归过去，回归"超验的现实"时，她们才得以复活，才具有了存在的意义。其次，她们存在的意义也不同。虽然说她们的存在都为主人公超验的内在体验提供了媒介，但象征主义通过"永恒女性"达到人神统一，实现大一统，而纳博科夫通过"彼岸世界"的女性使主人公获得精神力量，使他们不至于在异质文化的流亡中失去自我。然而，不管怎样，正是在象征主义的影响下，纳博科夫为和他一样的文化流亡者找到了一种特别的生存出路。

第四节　回归"逝去的天堂"

"文化记忆"理论是德国学者阿斯曼（Jan Assmann）在其《文化记忆》（1997）一书中提出的。他认为，文化记忆具有稳定性，不因时间的流逝而发生巨大变化；在时间层面上，文化记忆以某一特定的形式把过去的重要事件固定和保存下来，并不断使其重现以获得现实的意义。这样，过去和现在就得以联系，意义得以传承。文化记忆的意义在于它"将文化层面上的意义传承下来，并不断提醒人们去回想和面对这些意义"①。他还认为，除了节日和仪式，文本是文化记忆最重要的载体。阿斯曼的这一理论被广泛应用在历史学、人类学、社会学、宗教学等领域，代表着 21 世纪跨文化研究和跨学科研究的新方向。

在文学领域，"文化记忆"已经成为移（侨）民文学研究的关键词。移民作家在侨居所在国寻求自我身份认同的过程中，不断反观他们记忆中的民族文化。这些与祖国文化有关的种种记忆，不仅成为他们创作的重要主题，而且与他们后来在海外寻求的自我身份认同相冲突甚至对立。这种冲突和对立促使人们进行自我反省，并对过去的一些重要政治事件和文化现象进行思考，从而获得重要意义。

对于双语作家纳博科夫来说，俄罗斯文化记忆是他创作的主要内容。特别是在他的英语小说中，他通过"宇宙同步"使笔下那些在异质文化语境中流亡的主人公获得了超验的内在体验，从而把过去和现在连接起来。这些文化记忆不仅使主人公暂时忘却文化流亡的痛苦，获得精神上的安慰，而且使 20 世纪前半期的世界风云变幻，通过文学文本形式得以重现，重新获得意义。本书以他的《普宁》和《微暗的火》这两部英文小说为主要研究对象，探讨纳博科夫作品中的俄罗斯文化记忆及其意义。

纳博科夫出生于俄国显赫贵族家庭，在彼得堡度过了幸福而又安宁的青少年时代。然而，十月革命带来的命运突变使他永远远离了心目中俄罗斯那"光明的、令人钟爱的一切"，远离了"每一次从城里回到乡间度夏时母亲趴在地上亲吻土地的一幕"②。从此以后，"失去"成了纳博科夫永远的精神创伤，无法被忘却，又不能被回忆。他对俄罗斯文化的记忆在作品中演变成为对"逝去的天堂"的重构。正如阿格诺索夫所说："童年时代所积累下来的对彼得堡生活的印象，特别是对在郊区庄园里度过的许多夏日的印象，在纳博科夫日后的创作中起着巨大的作用。维拉、巴托沃、罗日杰斯特文诺在作家的记忆中是永恒的天堂，是

---

① 黄晓晨："文化记忆"，《国外理论动态》2006 年第 4 期。
② V. V. Nabokov, *Speak, Memory*, New York: Alfred A. Knopf, Inc., 1999, p. 296.

他的俄罗斯。"①

　　"十月革命"是纳博科夫的俄罗斯文化记忆的固定点，然而，他没有在作品中渲染他曾经目睹过的彼得堡巷战和死亡场面，甚至只字不提"十月革命"，而是通过对比过去和现在，强调政治事件给作为个体的个人带来的命运突变和精神创伤。在纳博科夫的作品中，"逝去的天堂"意象不断变换。它时而是《玛丽》中加宁的初恋情人，时而是《铃声》中拒绝了自己儿女的母亲；时而是《普宁》中神圣的彼得堡，时而是《微暗的火》中金伯特魂牵梦绕的"赞巴拉"。无论"逝去的天堂"意象如何变幻，带给主人公的都是一种复杂的情感。这种情感与其说是甜蜜的回忆，不如说是"逝去"的痛苦。这种既不能被回忆又无法被忘却的痛苦，使他们始终处于一种毫无出路的状态，因为在主人公还没有采取任何行动之前，一切行为都注定是错误和失败的了。

　　《普宁》是纳博科夫最具自传色彩的经典之作，也是一幅文化流亡者的绝妙剪影。小说以俄罗斯文学教授铁莫菲·普宁在美国一所大学的教书生涯为线索，展现了俄国流亡知识分子的心态以及他们在两种文化冲突之间的挣扎。和纳博科夫一样，普宁对俄罗斯文化，特别是俄罗斯文学情有独钟。在现实生活中，他性格温厚，坚强不屈。而在温代尔学院的同事们眼中，他性格古怪，言行滑稽，是人们嘲笑和讽刺的对象。他和美国主流社会格格不入，是典型的"他者"。他放弃了学院为他安排的免费公寓，自己花钱租屋，从一个地方搬到另一个地方，目的就是为了寻找具有俄国气息、能使他的心灵得到安宁的住所。在异质文化语境中，普宁只有借助于俄罗斯文化记忆才能够确认自己在他种文化中的生命价值，只有在对俄罗斯文化和文学的热爱和坚守中才能够感受到自己与俄罗斯文化之间的血肉关系。但是，"他者"身份使他在现实生活中屡受打击，身陷困境。在小说的最后一章，他在异质文化语境中精心营造并坚守的俄罗斯文化记忆王国，随着哈根博士的一句"保重"而轰然倒塌，开始了第二次流亡。

　　如果说普宁最后的出走预示着他对俄罗斯文化记忆的坚守，那么，在《微暗的火》中，金波特对谢德的诗歌行使编辑权、在注释中再现

---

①　阿格诺索夫：《20世纪俄罗斯文学》，凌建侯等译，中国人民大学出版社2001年版。

赞巴拉的故事，则进一步体现了文化流亡者在异域文化语境中重构"逝去的天堂"的坚定信念和艰难历程。

在《微暗的火》中，纳博科夫借金波特之口表达了文化流亡者的隐痛。金波特自称是遥远国度赞巴拉的前国王，革命使他失去了王位。他历尽千辛万苦、躲过重重追杀，逃亡到了美国，隐姓埋名在一所大学里教授文学。这意味着金波特原有文化身份的丧失和从中心到边缘的转变。在美国，金波特与普宁和纳博科夫一样，是一个陌生的"他者"，除了精神创伤式的俄罗斯文化记忆，一无所有。

然而，金波特不甘心舍弃过去的一切，试图让"逝去的天堂"在艺术的闪光中得到永恒。到达美国之后，他竭尽全力融入美国的主流社会。他选择的交往对象是代表美国主流文化的著名诗人谢德。谢德很有名，在美国的诗人排名中"差一步排在弗罗斯特之后"。即使在遥远的国度赞巴拉，谢德的诗作也脍炙人口，连王后迪莎都曾把他的诗抄在笔记本上。当金波特得知谢德正在写一首长诗的时候，立即萌发了让谢德把赞巴拉的历史写进这首诗里的想法，他想让"逝去的天堂"在伟大的诗歌中得到永恒。

谢德虽有兴趣听一听赞巴拉的故事，却不想把它写进自己的诗里。谢德被误杀之后，金波特想尽办法拿到了诗歌的手稿。当他发现这首诗根本没有涉及赞巴拉的时候，决心利用编辑权重构"逝去的天堂"。在他所谓的宝贵的"异文"中，一个通过注释再现的"天堂"展现在读者面前。

在《微暗的火》中，金波特试图通过艺术创作进行身份重构。在现实生活中，纳博科夫不也是通过创作一部部瑰丽的文学作品，塑造一个个特别的人物形象，完成了自己在世界文学史上的身份重构吗？在小说的结尾，他通过金波特之口，意味深长地说："我会继续存在。我可能会设想别的伪装，别的形式，可我决计想方设法接茬活下去。我也许会在另一个校园里，变成一个上了年纪、快乐而健康、异性恋的俄国佬，一名流亡作家，没有名望，没有未来，没有听众，任什么也没有，而只有他的艺术。"①

---

① 纳博科夫：《普宁》，梅绍武译，上海译文出版社 2006 年版，第 326 页。

在金波特的艺术世界里，处处闪耀着赞巴拉王国的光辉，历史的影子随处可寻。对于纳博科夫来说，他的"美国作家"身份遮盖不了他曾经是"俄国作家"的现实和他对俄罗斯文化的热爱。在他的作品中，对"逝去的天堂"的回忆和"逆向的乡思"紧密地联系在一起。他通过"宇宙同步"使作品主人公的意识在瞬间回归过去，再现俄罗斯文化记忆，回归"逝去的天堂"。

第五节　"宇宙同步"与"彼岸世界"

纳博科夫虽不认同车尔尼雪夫斯基提倡的文学的社会功用论，但也不赞成陀思妥耶夫斯基的宗教哲学观，特别是"美拯救世界"的观点。在他看来，宗教和理性主义一样，都不能完整深入地表现整个世界，因为它们只是世界的一部分。所以，无论是车尔尼雪夫斯基还是陀思妥耶夫斯基，都是"一群尖声叫嚷的兴奋的布道家，邋遢的修道士"。那么，有没有令纳博科夫的灵魂感觉更加满意的反映世界现实的方式呢？纳博科夫经过长期的思索之后得出结论："无须借助于这位高雅的无神论者，同样无须借助于普遍的信仰"，只有"超感觉"，即超验主义，才能转化为"一只完整自由的眼睛"，完整地"洞察我们的精神参与下的整个世界"①。

安德烈·别雷不仅是一位诗人、哲学家和文学理论家，还是白银时代现代派小说家的杰出代表。别雷的文学思想和创作艺术一直吸引着纳博科夫。纳博科夫在《固执己见》中给予别雷很高的评价。他认为，别雷的长篇小说《彼得堡》（1916）、乔伊斯的《尤利西斯》（*Ulysses*，1922）、普罗斯特的《追忆流水年华》（*In Search of Lost Time*，1927）和卡夫卡的《变形记》（*The Metamorphosis*，1915）是 20 世纪最伟大的四部小说，是世界文学的经典之作。纳博科夫还高度评价别雷研究果戈理的著作《果戈理的技巧》（*Мастерство Гоголя：исследование*），并对别雷评论果戈理的真知灼见大加赞赏。在许多场合，纳博科夫都提到别雷的《象征主义》（*Символизм*，1910）在诗歌韵律方面对俄罗斯文学做

---

① 纳博科夫：《天赋》，朱建迅、王骏译，译林出版社 2004 年版，第 323 页。

出的贡献。1942 年，在给威尔逊的一封信中，纳博科夫把《象征主义》一书介绍给威尔逊，并称它是"所有语言中关于诗歌的最伟大作品"。在其译著《叶甫盖尼·奥涅金》的注释中，纳博科夫坦承他在年轻时非常迷恋别雷的文章。1950 年，在给妹妹的一封信中，他告诉妹妹，在威尔斯利学院的教学工作中，他经常使用在克里米亚和妹妹一起按照别雷的方法制作的韵律表，他还说，尽管岁月不断流逝，但别雷关于诗歌的理论对他一直非常实用。①

纳博科夫对别雷的《彼得堡》非常推崇，认为"《彼得堡》中的幻想很精彩"②，但最重要的原因在于别雷在《彼得堡》中进行了艺术创新。在他看来，别雷在其代表作《彼得堡》中所使用的精致的艺术技巧，不仅是以往的俄罗斯文学，也是以往的欧洲文学所没有的。对于把"独创性和天赋"作为评价作家作品优劣的唯一标准的纳博科夫来说，别雷无疑是他最崇拜的少数作家之一。

亚历山大洛夫认为，别雷至少在以下两个方面对纳博科夫产生了影响：一、美学观念。二、作品中的形而上主题。在课题中，仅就别雷的"象征化"（Символизация）理念和纳博科夫的"宇宙同步"（Cosmic synchronization）做一深入探讨。因为，在别雷的象征主义美学理论中，"象征化"是一个核心概念，而在纳博科夫那里，"宇宙同步"是他进行艺术创作的宝藏，与他的"彼岸世界"主题密切相关。

别雷出生于莫斯科一个高级知识分子家庭。父亲是莫斯科大学的资深教授，一位博学多识、治学严谨的著名数学家，母亲是一位出色的钢琴家。然而，他们不仅相貌反差极大，而且性格、兴趣和观念也截然不同。父亲外貌丑陋，性格古怪，不善交际。母亲则是莫斯科有名的美女，擅长交际，常常出入于莫斯科的上流社会。性格和观念的差异使得夫妻双方的关系长期不和，经常发生冲突，甚至长期分居。在"家庭的暴风雨"中成长起来的别雷，从小就学会了在父母亲之间充当着双面人的角色。父亲刻意培养儿子继承父业，从事自然科学方面的研究工作，母亲则故意与父亲作对，希望别雷学习音乐和诗歌。为了取悦父母亲，

①　Vladimir E. Alexandrov, ed. *The Garland Companion to Vladimir Nabokov*, New York：Garland, 1995, p. 360.

②　纳博科夫：《固执己见》，潘晓松译，时代文艺出版社 1998 年版，第 89 页。

别雷不断撒谎，充当着双面人的角色。

20 世纪末俄国社会的动荡和家庭生活的混乱，使别雷看到了一切事物之中永恒存在的二重性，也直接导致了他人格和性格气质的分裂，他"喜爱不可兼容的事物之兼容性，内在矛盾的悲剧性与复杂性、谎言中的真理，也许还有——恶中之善和善中之恶"①。他从小就学会了如何避开尘世的喧嚣和家庭的矛盾，在自我营造的充满幻想和自我意识的空间里感受自我存在，即进入他所说的"象征化状态"，沉浸在直觉体验中。

别雷 4 岁时，曾经做了这样一个游戏：为了反射意识状态（恐惧）的生物本质，他拿了一个红色的硬纸盒盖子，将它藏在目力不及的阴影里。后来，成年的别雷将这个红色的纸盒子抽象化，认为它只是"某种红色的东西"。他利用这个童年时代的游戏对"象征化"进行如此解释：

> 某种东西，是一种体验。红色的斑点则是它的表达形式，其他的可概括为象征（象征化）。而某种东西没有被识别出来，硬纸盒盖只是与"某种东西"无关的表象的物体，它是那种和这种东西融合进的第三种东西的影子变形的结果（深红色的斑点）。象征就是这第三种东西，在创造它时，我克服了两个世界，即混乱的恐怖状态和提供给我的外在世界的物体。这两个世界都是不真实的，存在着一个第三世界。于是我全身心地沉迷于对这个既不属于心灵，也不属于外在物体的第三世界的认知。创作活动、联合（соединение）将意识变形为特种意识。在推断"某种红色的东西"时获得的认知结果肯定了我向第三世界的靠近。②

由此可见，别雷的象征体系包括三个方面的内容：个体的内在世界、表面的假象世界和"我"的第三世界，即"混乱的恐怖状态"、"外部环境世界的客观物体"和作为某种象征的"第三世界"。对于别

---

① Владислав Ходасевич, *Некрополь*：*Воспоминания*, Bruxelles, Les Editions, Petropolis, 1939, c. 352.

② А. Белый, *Символизм*, Munchen：Wilhelm Fink Verlag Munchen, 1969, c. 7.

雷来说，尽管前两个世界是看得见的、外在的，但都是虚假的，只有隐藏于其后的象征世界，即"第三世界"才是真实的。

后来，别雷把这种基于感性认识的象征主义，应用在文学理论和文学创作活动中，发展成系统完整的象征主义理论。别雷相信，象征主义使艺术成为自由人类的新生活和新宗教，他坚信艺术建造起来的"彼岸世界"能使人接近永恒。他不停地尝试，不停地创新，对人的心灵本质价值有着执着的信念，这一信念充分表现在他的小说和理论文章中。

别雷追寻神学哲学家索洛维约夫的哲学思想，追求"万物统一"的原则，认为美（即象征主义艺术）能够拯救世界、改造世界和建设世界，提倡一种精神提升的人生态度。他的象征主义包括三个方面的内容：象征、作为世界观的象征主义和作为文学创作手法的象征主义。所谓象征（Символ），就是联合（соединение），它既联合了外在世界和内在世界，又联合了混乱与秩序。正是基于这种观点，别雷追求艺术家在瞬间的超意识状态，在上帝和尘世之间建立起"活的联系"，去体验神的启示。也就是说，"象征主义是在艺术描写中现象世界与神的世界的结合"①。这种思想体现在文学层面上，就是他的象征主义美学。他认为小说的文本世界和现实世界是并列的，而且主张人的意识创造世界。在他的理念中，"意识被客观化，尽管意识具有梦幻特征，它仍然是一种现实，是一种比外在世界更高级的现实，对所有人都适用的超个性的现实"，因为"象征一旦生成，创作行为就赋予它一种本体存在的机制，并不取决于我的意识"②。

作为俄国象征主义杰出的小说家和理论家，别雷有着独特的艺术观。他的象征主义理论强调艺术与现实的紧密联系，认为"艺术依赖于现实，再现现实常常要么是艺术的目的，要么是艺术的出发点。对艺术而言，现实犹如食物，没有它艺术就不会存在"③。然而，别雷所说的"现实"与现实主义的"现实"不完全相同，其中既包含了我们通常所说的真实的现实，也包含艺术家的内在现实，即对现实生活的体验和感受。但别雷更注重后一种"现实"，即作家个人的内在体验。他把象征

---

① А. Белый, *Символизм*, Munchen：Wilhelm Fink Verlag Munchen，1969，с. 117.

② 周启超：《白银时代俄罗斯文学研究》，北京大学出版社2003年版，第243页。

③ А. Белый, *Символизм*, Munchen：Wilhelm Fink Verlag Munchen，1969，с. 147.

主义艺术的内容视为"被体验的意识内容",而他所说的"体验"包含两个方面的含义:一是指现实生活中的个体的感受和体验;二是指作家个人的内在体验。在他看来,这种体验比所谓的现实更加真实,象征是连接外在表象世界和个体内在世界的"第三世界"。

自身的生活经验和"神智学"学说使别雷相信:世界是多重的,而"人存在于多重世界的交合点上。存在状态的多重层面在人身上同时得到反映:生理层面、心理层面、精神层面、性灵层面、星相层面"①。在别雷的文学创作中,象征是联系这些层面的媒介,就像人通过日月星辰实现与"宇宙空间"的联系一样。

纳博科夫的"宇宙同步"理念与别雷的"象征化"或"象征意识"相似。他在诗歌创作中发现了"宇宙同步"现象。他认为,"一切诗歌都是和位置有关","科学家看到空间中一点上发生的一切,而诗人则感受到时间中的一点发生的一切"。他吸收并进一步发展了别雷的"多重世界"观和"象征化"学说,认为意识世界和宇宙空间一样,是由多重世界构成的,既有此岸世界,又有彼岸世界,而它们又是多层次的,相互关联的。他认为,意识活动的多层次性通过人身体层面上的各种活动表现出来。"在身体的层面上,我的认真努力表现在不甚明确的行动或姿态上,如行走、坐着、躺卧。每一种又分裂成没有空间上的重要性的碎块……"在纳博科夫看来,身体的每一种姿势都会衍生多个层次的意识。例如,行走的时候,意识可能会联想到身体可能是在园林的深处游荡,也可能在自家的宅子里漫步;坐着的时候,意识会联想到"我"的童年:这是食欲不振的"我"坐在自家的餐厅里,坐在餐桌对面的母亲忧虑地看着闷闷不乐和食欲不佳的儿子,或是"我"独自坐在路边的树桩上,正用蝴蝶网的把杆在棕褐色的地上画着一个又一个的弧线。"我"俯卧在祖父书房里的皮沙发上,胳膊下垂,指关节触到了地毯上的花卉图案。意识却飞到了摇摇晃晃的码头,地毯上的花卉图案变成了真实的睡莲花,地毯上的墨迹成了"水面上波动的桤木树叶的团团阴影……"过一会儿,意识又把"我"带到了童年时爬树的一次经历,"我独自紧贴着一根粗大的树枝,一只胳膊垂在树叶间,上面摇曳

① 周启超:《白银时代俄罗斯文学研究》,北京大学出版社 2003 年版,第 206 页。

着树叶的阴影"①。

纳博科夫将艺术家的感知行为看作是一个共时性行为，而不是历时性行为，因为在他看来，真正的诗人必须具备同时考虑几件事情的能力。这样，文学作品就成为一个由作家的瞬间意识搭建的多维立体"宇宙世界"，它的中心就是艺术家的超验感觉。

> 他（诗人）陷入沉思之中，用魔杖般的铅笔轻轻叩击膝盖，而在同一瞬间，一辆纽约州牌照的汽车在路上开过，一个小孩砰地关上邻家房子门廊的纱门，一个老人在土耳其一片雾气蒙蒙的果园里打着哈欠，一个熔渣灰颜色的沙粒在金星上被风吹得翻滚着，格勒诺布尔的一位叫雅克·希尔斯的博士戴上了阅读用的眼镜，无数这类琐事在发生着——所有这一切都在形成事件的瞬间和透明的有机体结构中，而诗人坐在纽约州伊萨卡的一把草坪椅子上，他是这一切的中心。②

亚历山大洛夫认为，纳博科夫和别雷在美学上的联系至少有以下四点：一、两者都看到了艺术家的感知行为和艺术作品之间的因果关系。都认为艺术是虚构和想象的产物。对别雷来说，象征感知力和作品之间存在着一种暗含的模仿关系，而在纳博科夫那里，象征感知力对未来的作品的萌芽起着一种催化剂的作用。二、纳博科夫"宇宙同步"与别雷的"象征化"感知本质上相同，都属于形而上的哲学范畴。纳博科夫在《天赋》中表达的超意识形式，即"通过人的内在参与，对世界的超感官领悟"可以说是对别雷象征化理念的概括。三、对于两者来说，每个认识主体是独一无二的，其认知行为也与此相关，因此，每个主体领悟到的世界都是独一无二的。四、他们都认为，艺术作品产生的源泉至少部分在于超验王国。在别雷那里，当艺术家专注于外在物时，绝对力量通过艺术家的顿悟产生作用；在纳博科夫那里，当诗人专注于外在物时，"宇宙同步"的永恒时刻来临，在此期间，一个彼岸世界就

---

① 纳博科夫：《说吧，记忆》，王家湘译，上海译文出版社2009年版，第262—263页。
② 同上书，第289页。

会给艺术家带来艺术作品的种子。①

　　《斩首之邀》是一部最具多重意识的荒诞小说。从被捕入狱到执行死刑的十九天时间里，辛辛那提的思维意识已经周游了整个世界。他眼中的监狱是荒诞而怪异的，法官宣判死刑要用耳语，而收监服刑开始之前先要跳一支华尔兹。这些怪异反常的现象并没有对辛辛那提形成任何束缚，因为他的注意力根本就不在这上面。从某种意义上说，现实世界已经远离了辛辛那提，因为他在狱中通过阅读、回忆等手段始终生活在另外一个空间当中，一个由灵感控制的世界中。相近的创作理念决定着艺术世界的相近，创建理想的艺术王国必须依靠"审美狂喜"来实现。"审美狂喜"作为一种纯粹的情感冲动，虽然缺乏目的性，但它在连接过去世界和未来世界方面是至关重要的，它具有一种打破物质与精神，主体与客体，过去、现在与未来之间的阻隔的超验能力，使艺术家在艺术世界里拥有绝对的自由。纳博科夫把这种自由的直觉体验称为"宇宙同步"。在后来的回忆中，他认为那是为了以诗歌的形式、在所创造的世界中，为自己的所见所感做一个确切的定位，因为表达位置感是诗歌的重要功能之一。无论是在他的英文作品中，还是在俄文作品中，"宇宙同步"的意识现象层出不穷，成为判断小说正反面人物形象的屡试不爽的试金石，人的思维意识被纳博科夫放在了一个非常突出的位置上，人之为人，就是人类"意识到自己意识到了生存"。换句话说，"假如我不仅知道我活着，而且知道自己清楚这一点，那么，我便属于人类，其他还有——思想，诗歌，宇宙观等"②。在其自传体小说《说吧，记忆》当中，有这样一段文字简捷而清晰地显示了这种"宇宙同步"现象的存在：

　　　　我遇见了乡村校长，一个激进的社会党人，一个好人……我一面彬彬有礼地与他谈论有关我父亲突然进城的事情，同时清晰地注意到了他手中枯萎的花朵、飘动的领带和他多肉的鼻翼上的黑头粉刺，而且还注意到了从远处传来的杜鹃的低沉的啼鸣、停落在大路

---

　　① Vladimir E. Alexandrov, *Nabokov´s Otherworld*, New Jersey: Princeton University Press, 1991, pp. 243-247.

　　② 纳博科夫：《固执己见》，潘晓松译，时代文艺出版社 1998 年版，第 197 页。

上的一只西班牙女王蛾的闪光，以及记忆中乡村中学通风良好的教室里的图画。一段毫不相干的记忆在临近的一个脑细胞里被释放出来，而我正在咀嚼的草茎的香味混合着杜鹃的啼声和豹纹蝶翼的花斑，而在所有时间里我一直既强烈又安静地感觉到自己多层次的意识。①

这些毫不相干的画面被主人公的意识叠合在了一起，形成了一个瞬间透明的网络，而"宇宙同步"是这个网络的核心。纳博科夫认为，人在意识方面的"宇宙同步"可以突破时空的界限，作家可以用暗喻手段把人在"宇宙同步"时的记忆与感觉连接并表达出来。在纳博科夫的作品中，他对意识世界的领悟与创造，为读者设置了一个又一个的迷宫，所以，读者必须打破常规的阅读心理，才能找到走出迷宫的途径。纳博科夫最为喜爱的小说《洛丽塔》，曾经遭到广泛的误读，以至于使纳博科夫不得不再写一篇题为《谈一本题为〈洛丽塔〉的书》的文章为自己辩解。他认为，《洛丽塔》之所以让读者产生如此广泛的误解，主要原因是很多读者没有看过他在西欧时期创作的俄文小说。纳博科夫意在表明，无论是他的英语作品，还是俄语作品，其主题是同一的、连续的，对人的内在世界的关注是他全部作品的主要内容。

对于作品的内容和形式之间关系的问题，别雷和俄国其他象征主义作家一样，反对现实主义"内容决定形式"的传统观点，但他又不像俄国其他象征主义作家那样强调形式的重要性，认为象征主义艺术的形式和内容是一个不可分割的整体，小说就是内容，内容就是形式，"象征主义的统一是内容和形式的统一"，因为"内容只有在形式中才能得以确定；艺术的形式就是被体现的内容。因此，我们应当指明艺术的'感性'内容（它的具体内容）与感官形式（空间或时间）之间存在的联系"，"形式的各种元素的总和是作为我们的意识的内容出现。因此内容和形式的形而上的矛盾是一种暂时的矛盾。对我们来说，艺术自身就是内容的结果，内容并非存在于形式之外。"②

① 纳博科夫：《说吧，记忆》，王家湘译，上海译文出版社 2009 年版，第 218—219 页。
② А. Белый, *Символизм*, Munchen：Wilhelm Fink Verlag Munchen, 1969, cc. 202-222.

　　别雷试图打破现实主义传统理论在形式和内容之间划定的界限，并将两者融合为一个不可分割的统一体，这是他的"三位一体"的象征主义艺术思想（象征、作为文学创作手段的象征主义和作为世界观的象征主义）的直接产物。与此相适应，别雷始终强调"艺术的最终目的是改造生活，文化的终极目标是改造人类"①，主张艺术对生活的揭示和改造，认为艺术承载着巨大的历史使命：改造生活，改变世界。而在所有的艺术形式中，别雷认为只有象征主义才是将这一目标付诸实施，实现理想世界的唯一途径。"象征主义的新兴艺术的人物不在形式的和谐，而是对精神层面的直观了解。形象的使命也并非唤起美感，而是培养人在生活现象中看到这些形象的原型含义的能力"。为此，别雷在取自现实生活中的形象和象征之间建立了一种意义结构关系，把形象纳入象征，"象征是以形象形式描绘思想的方法。艺术不能脱离象征主义"，"艺术中象征主义的特点是努力利用现实的形象作为传达被体验的意识内容的工具"②。总之，一句话，取自现实生活中的作品形象在艺术中是传达内在体验的工具。也就是说，艺术反映的对象是人类内在世界的隐秘。

　　在现实性和艺术的目的问题上，纳博科夫似乎走得更远。和别雷一样，纳博科夫也认为，现实主义已误入歧途，但是，虽然他和别雷一样承认客观现实的存在，却不像别雷那样强调客观现实的重要性。与他的"宇宙同步"观念相适应，他认为客观现实只是整个宇宙中多种现实中的一种，还存在着更高级的现实。1962 年，在一次接受 BBC 电视台记者采访时，纳博科夫解释说：

　　　　现实是一种非常主观的东西。我只能这么解释，它是信息的逐渐积累，是一种特殊化的东西。例如，一朵百合花或其他任何一种自然的东西在一位生物学家眼里都比在一位普通人眼里更真实。但它在一位植物学家眼里会更加真实。然而，对一位百合花专家来说，这种真实就更进一层。也就是说，离现实越来越近。但人们离现实永远都不够近，因为现实是认识步骤和感觉水平的无限延

①　А. Белый, *Символизм*, Munchen: Wilhelm Fink Verlag Munchen, 1969, c. 262.
②　Ibid., c. 246.

伸……你可以对一件事物知道得越来越多，但你永远不可能了解这件事物的一切：这是毫无希望的。[1]

纳博科夫并不是一个虚无主义者，他并不否认生活中客观现实的存在。1968年，当他再次接受 BBC 电视台记者采访时，发表了他关于现实的最坦率的看法："当然生活中存在我们所见到的一般现实，但那不是真正的现实：它只是一般理念的现实，单调的常规形式、应时的编者按……"[2] 在纳博科夫看来，客观现实不是唯一的现实，也不是真正的现实，而是存在着多种现实，而其他种类的现实更需要人们的关注和表现。他认为，想象如果不是唯一的也是最高的现实，在他所有的作品中，想象和记忆的存在似乎比往昔的现实更具有真实性。

由此可以看出，纳博科夫强调"现实"的主观性，他所说的"现实"，和别雷崇尚的"现实"实际上是一致的，都是指艺术家个人对客观现实的感受和内在体验，是一种意识层面的现实。"他（纳博科夫）通过强调对文体的考虑高于道德与社会意义的观念，来维护想象的首要地位。他认为可以通过想象看到一种更有意义的现实——超验的现实。"[3]

对于艺术的任务问题，纳博科夫认为，文学不承担任何道德说教和提升人类灵魂之任务，他更注重文学艺术对人类内心世界的揭示。在传记性评论著作《尼古拉·果戈理》中，他明确指出："在艺术的超级层面，文学当然不关心同情弱者和谴责强者之类的事情，它感兴趣的是人类灵魂深处最隐秘的东西，在那里，彼岸世界的影子像无声无名的小船的影子无声地划过。"[4]

别雷相信艺术的力量可以改变世界，纳博科夫则相信艺术创造"现实"。"他们都看到了艺术家的感知行为与艺术作品之间的因果关系，

---

① 纳博科夫：《固执己见》，潘晓松译，时代文艺出版社 1998 年版，第 12 页。

② 同上书，第 22 页。

③ 陈世丹：《后现代主义小说详解》，南开大学出版社 2010 年版，第 247 页。

④ V. V. Nabokov, *Nikolai Gogol*, New York: New Direction Publishing Limited Corporation, 1961, p. 149.

都认为艺术是虚构和想象的产物。"①

对于别雷和纳博科夫来说，个体的认知行为是相对的，即每个认知主体是独一无二的，因此，每个主体对世界的理解也是独一无二的。实际上，在两次单独的采访中，当纳博科夫宣称认知主体以外的任何事物的存在是个人认知行为的功能之一时，他实际上是在回应别雷。纳博科夫甚至走得更远，他声称当个人的创造性理解力停止的时候，所谓的"普通的现实便开始腐烂并发出臭味"。这又回应了别雷在《词语的魔力》（Магия слов，1909）一文中表达的观点，别雷在该文中认为，词语如果失去了创造性，诗歌就会像"腐烂的尸体一样发出恶臭"。

纳博科夫认为艺术作品至少部分来源于"超验王国"。对于别雷来说，当他关注自身之外的东西时，"绝对力量"便通过艺术家的思维产生作用。对纳博科夫来说，当一个人关注他自身以外的东西时，他会进入"宇宙同步"的永恒时刻，这时，"彼岸世界"就为感性的艺术家提供了艺术作品的种子。两者的共同理念是，在创作过程中，超验使个人感知避免了唯我预测。

纳博科夫的艺术理念在于他对于"彼岸世界"的关注，他的文学大厦建立在"形而上"的美学观之上。亚历山大洛夫认为，纳博科夫这种"形而上"的美学观主要源自一种对"宇宙同步"的直觉体验。亚历山大洛夫发现纳博科夫相信在这个世界之外，同时还存在着另一个"彼岸世界"，与这个世界不同，"彼岸世界"永远是超越时间的，而所谓人性枷锁，其实只是今世人类无法逃出时间掌握的一种困境。纳博科夫从其写作灵感中多次体验到"彼岸世界"的那种摆脱尘世时间的幸福感，一种十分清醒的超越经验。纳博科夫深信，那种"宇宙同步"的瞬间超验意识是导向"彼岸世界"的必经桥梁，是超越客观现实的最佳途径。

在纳博科夫的英语小说中，"彼岸世界"总是与主人公的童年和过去有关。作为一个"曾经是俄国作家的美国作家"，纳博科夫的作品总

---

① Vladimir E. Alexandrov, *The Garland Companion to Vladimir Nabokov*, New York：Garland, 1995, p. 361.

也离不开他的俄罗斯文化身份背景。在异质文化中流浪的主人公总是通过这种瞬间的超验意识回归象征祖国文化的"彼岸世界"。在小说《洛丽塔》中，亨伯特对"苼芙"洛丽塔的迷恋，只是为了弥补童年时代留下的心灵创伤。在他爱上了洛丽塔的时候，他直言不讳地指出，就某种魔法和命运而言，洛丽塔是安娜贝尔的影子，是他心中萦绕不去的那个女孩的替代品。与安娜贝尔一样，洛丽塔有着同样柔嫩的蜂蜜一样的肩膀，同样绸子般温软的脊背，同样的一头栗色头发。虽然已是一个中年男人，但亨伯特在爱情追求上还停留在童年时期的那种情感体验。他对洛丽塔的欲念实际上是一种回归过去的生命体验，是以隐喻形式表达的对俄罗斯文化的回忆、留恋和深情体验。

　　总之，在俄国象征主义文学的影响下，纳博科夫的"审美狂喜"和"宇宙同步"、"彼岸世界"和"永恒女性"紧密相连，共同构成了纳博科夫的创作理念和美学体系。"宇宙同步"既是艺术家在创作中的顿悟，也是他达到"审美狂喜"的途径，同时也是纳博科夫笔下那些在文化流亡者通向"彼岸世界"、获取永恒女性"温柔"和精神力量的桥梁与媒介。

　　纳博科夫继承并发展了俄国别雷的"多重世界观"和"象征化"学说，认为意识世界和宇宙一样，是由多重世界构成的。对于同一客观现实，可以有多种内在体验，这就是他所谓的"宇宙同步"。他将人的感知行为看作共时性行为而不是历时性行为，认为意识的"宇宙同步"可以突破时空界限，强调那种"通过想象看到的一种更有意义的现实——超验的现实"[1]。

　　纳博科夫利用"宇宙同步"得到的直觉体验，使笔下的主人公在意识上超越时间和空间的限制，回归象征祖国文化的"彼岸世界"。在异质文化语境中流浪的主人公总是通过这种瞬间的超验意识摆脱尘世的苦痛，比如，在《普宁》中，我们可以看到，"宇宙同步"为普宁这位在美国文化语境中流浪的俄罗斯学者提供了超越时间和空间的路径——意识回归过去。在小说的开始，普宁出门远行去做一场讲座。途中，由于乘错了车而备受折磨。在颠簸之中，疲劳袭来，如潮水般淹没了他的身

---

① 陈世丹：《美国后现代主义小说详解》，南开大学出版社 2010 年版，第 247 页。

体，把他的意识和现实隔离开来。这是一种特有的感觉，他曾经感受到很多次。每当这种感觉来临，他过去在彼得堡的生活片段会栩栩如生地展现眼前。在幻觉中，普宁回到了青年时代，"当年那个笨拙、羞怯而又固执的 18 岁男孩，在黑暗中等待着米拉……（他）觉得米拉正偷偷地从那里溜到花园里向他走来，在高高的烟草丛里，她白色的上衣和烟草暗白的花混杂在一起"①。出现在幻觉中的还有那与他的生命同在的俄罗斯语言和文学。

无论是金波特对赞巴拉王国的迷恋，还是普宁在美国大学校园里对俄语和俄罗斯文学的热爱和执着，都表明了俄罗斯文化记忆在他们流亡生活中的巨大作用，造成了他们与异域文化语境之间的隔阂和冲突。他们在对待自己的文化流亡现状时，总是逃避异质文化的侵袭，以寻找超验体验的方式达到精神上的"文化回归"。正如上面所提到的，纳博科夫从其写作灵感中多次体验到"彼岸世界"的那种摆脱尘世时间的幸福感，一种强烈的超验体验。这种超验体验主要是为了摆脱现实生活带来的精神枷锁，其途径正是纳博科夫自己所强调的"宇宙同步"。"宇宙同步"是普宁和金波特等文化流浪者超越生命隐痛的向上之路，是纳博科夫开给他们的治疗流亡之痛的灵丹妙药。纳博科夫用"宇宙同步"来实现对客观现实的超越，为文化流浪者提供心灵的栖息地，并不是意味着他要让自己小说中的主人公离开现实世界和否定现实生活，而是希望通过"宇宙同步"唤起自己和主人公灵魂深处的俄罗斯文化记忆，获取精神上的慰藉。对于纳博科夫来说，文化流亡并不是自己的过错，如何在文化流亡中获取真实的幸福才是最为重要的，而幸福似乎永远地停留在了他在彼得堡的童年生活中，"宇宙同步"成了他与笔下那些和他同样命运的主人公们获得精神慰藉和到达"彼岸世界"的唯一途径。

纳博科夫和众多移民作家一样，面对边缘性的生存境遇，在精神的诸多诉求和文化身份的自我确认等方面存在着太多的困惑。正如霍米·巴巴所阐述的那样，移民作家的身份具有明显的"混杂性"特征：一方面，他们为了生存而不得不认同居住国的主流文化，但另一方面，隐

① 纳博科夫：《普宁》，梅绍武译，上海译文出版社 2006 年版，第 97 页。

藏在他们的意识或无意识深处的民族文化记忆却又无时无刻不在与他新的文化身份发生冲突，这种冲突使移民作家在身份认同方面充满了矛盾和焦虑，陷入了困境。

纳博科夫在身份认同方面经受的危机和焦虑更加强烈。从表面上看，纳博科夫欣然接受自己的"美国作家"身份，而实际上，他对"美国作家"身份的认同，伴随着交错盘结的矛盾和焦虑。1969年，当《纽约时报》的记者问他为什么称自己是"美国作家"时，纳博科夫答道："就目前而言，美国作家是指当过25年美国公民的作家。这句话还指我的所有作品都是先在美国发表的"①。也就是说，纳博科夫的"美国作家"身份只是客观上符合人们对"美国作家"的界定标准。尽管美国为他提供了舒适的生活环境和理解他的读者，但他从小受到的教育，特别是家庭教育，使俄罗斯文化记忆扎根在他的灵魂深处，使他对俄罗斯文化具有强烈的认同感。纳博科夫之于美国文化，就像继子之于养父，虽尊重但不完全认同。在他的灵魂深处，和他血脉相连的仍然是祖国俄罗斯。正像他自己所说："俄国的语言和风景已经深深扎根于我的灵魂，我在感情上难以投入美国的乡土文学或印第安舞蹈或精神上的南瓜饼"②。

纳博科夫这种身份认同的困境，在《普宁》和《微暗的火》中得到了充分的表现。小说主人公普宁和金波特与纳博科夫有着相同的身份和经历：都是流亡到美国的具有欧洲贵族气质的俄罗斯学者；都经历了革命，在革命中失去了一切：家园、财产、爱情等。他们昨天的经历，以及这些经历在身体和意识中留下的痕迹，决定了他们今天文化身份的多元属性。但是，正像法国学者阿尔弗雷德·格罗塞所说，"外部因素的影响和排他性归属感的激增，迫使人们认同于某一种身份"。所以，无论是纳博科夫，还是普宁和金波特，都面临着这样两难的困境：就文化身份而言，他们到底是美国人还是俄罗斯人？对于俄罗斯文化记忆，他们能否选择忠诚或是背叛？他们无法选择！

在《微暗的火》中，金波特隐姓埋名，主动接近代表美国主流文化的"著名诗人"谢德，希望尽快融入美国主流文化，构建自己的美国

---

① V. V. Nabokov, *Strong Opinion*, New York: Random House, 1999, p. 131.

② Ibid., p. 102.

文化身份。但是，他的"主动融入"注定是要失败的，因为过去的经历决定了他作为"他者"的命运。美国主流社会既不欢迎他，也不接纳他。谢德拒绝把金波特的故事写进自己的诗歌中，谢德夫人希碧尔更是对金波特拒之于千里之外，千方百计阻挠他和谢德的交往，甚至拒绝他接近自己的丈夫。所以，在美国，金波特只能成为一个孤独的异质文化流亡者和性格孤僻的"同性恋者"。

如果说金波特是主动追求"美国公民"文化身份的话，那么，普宁的"美国公民"的文化身份则是被迫塑造的。他身处美国，却一心一意营造他的俄罗斯文化记忆王国，与美国文化格格不入，从而显得笨拙另类。这不仅体现在普宁的相貌和衣着上，还体现在他生活的各个方面：他失去了驾轻就熟用母语说话的机会，被迫讲起了蹩脚的英语；在美国的大学讲台上，学术造诣颇深的他，却没有听众，不得不制造一场自导自演自我欣赏的关于俄罗斯文学的讲台滑稽剧。而干扰他的"美国公民"文化身份认同、使他陷入这种尴尬处境的，是他灵魂深处的俄罗斯文化记忆。众所周知，松鼠是俄罗斯北方白桦林中的精灵。在《普宁》中，松鼠意象贯穿了整部小说。普宁童年时代的松鼠标本和画着松鼠的壁纸，公园里啃坚果的松鼠，被忧伤的普宁喂过水的松鼠，还有恋人米拉的姓氏（别拉什金在俄语中是松鼠 белка 的同根词），共同构成了"松鼠"象征模式——俄罗斯文化记忆。

对于普宁和金波特来说，在俄罗斯失去的一切是他们记忆中最珍贵的部分，强化了他们对俄罗斯文化的认同感。这种民族文化认同感是如此的根深蒂固，使他们既无法选择忠诚，也无法选择背叛。更重要的是，对民族文化的认同经常与他们对美国文化的认同发生冲突。而这种冲突正是纳博科夫和他笔下的主人公陷入身份认同困境的根本原因，决定了他们在现实生活中的边缘处境，影响着他们的生活状态。

现实的边缘处境以及自觉的边缘意识使作为移民作家的纳博科夫在创作中获得了前所未有的广阔视角和思维深度，当他以旁观者的身份叙述别人的故事时，却在小说中精确地表达出自我在双重边缘处境中的困惑以及自省。在《普宁》和《微暗的火》这两部英文小说中，纳博科夫以一个文化参与者和异质文化闯入者的身份，以动态的文化记忆记录了"日俄战争"、"十月革命"和第二次世界大战等重大事件对个人生活的重大影响，并且以他曾经拥有的俄罗斯文化记忆为素材，通过艺术想象，塑造了一群在异质文化语境中苦苦挣扎的文化流亡者，旨在提醒人们对历史进行反思，这也是纳博科夫的伟大之处。

第四章

神秘叙事模式和荒诞手法

在社会发展的各个时期，面对死亡、疾病和灾难，人类一直体验着感触深切却又不能言说也无法解释的神秘，神秘主义始终是人类无法逾越的客观存在。作为一种由来已久的表述手法，神秘主义叙事在东西方文学中是一个愈久弥新的话题。这种叙事模式最大的特点在于叙事的虚幻性、人物形象的神秘性和故事情节的荒诞性。

20世纪初，整个欧洲动荡不安，俄罗斯正经历着新旧交替的社会大变革时期，人类对外在世界甚至人类自身的存在状况充满了诸多疑虑，对异己存在和敌对事物感到恐惧。疯狂的社会和魔幻般的现实对人类精神产生的强烈刺激，使个人感到了在这个世界中的渺小、无望和无奈；人与世界之间荒谬的关系使现实主义传统的启蒙叙事和理性指导已经不能适应现代社会发展的需要，依靠理性指导人生、把握世界的自信已经荡然无存。世界是荒诞的，人与世界格格不入，现实生活中的变故常常令人始料不及，永远超出人类的想象。1905年革命、第一次世界大战、十月革命等重大历史事件对纳博科夫的心灵造成了永久性的精神创伤。在他看来，即便是想象力极为丰富的作家也绝对想象不到生活中发生的意外。

第一节　误读果戈理

早在西汉时期，董仲舒提出"词无达诂，诗无定义"之说强调文学的审美差异。审美差异导致文本误读的看法得到了学界的一致认同。20世纪70年代，美国著名文艺批评家哈罗德·布鲁姆（Harald Bloom,

1930）提出"诗学误读"理论，认为前辈作家就像一个庞大的父亲般的传统，无时无刻地给后辈作家带来"迟到"的焦虑和无法超越的阴影。为了超越前辈作家，走出这阴影，后辈作家唯一可以做的就是对前辈作家的成果进行"创造性误读"和"修正"。

所谓"创造性阅读"是因为文学的主题和技巧早已被文学史上的先驱们使用殆尽，后来的作家要想崭露头角，唯一的办法就是把先驱们那些次要不突出的特点在自己的作品中加以强化和突出，从而给读者造成一种错觉，似乎这种风格是后辈作家创造的。布鲁姆认为，一个高明的读者在阅读的时候，既希望发现自己同原始文本的关系，又希望在原始文本中得到情绪的宣泄。"一首诗是对另一首诗的反应，就像一个诗人对另一个诗人的反应，或一个人对父母的反应一样。"[1] 根据布鲁姆的"误读"理论，后来的诗人由于受到前辈的影响而心生焦虑，为了超越前人，使"后来性"（belatedness）转化成"先在性"（earliness），他们总是处心积虑，奋力反抗，对抗前辈诗人的影响。他们仿佛看到了文本阐释中"权力意志"的运作，为了颠覆"权威"、解构"中心"，在文学史上为自己争得一席之地，就通过"误读"前辈的作品，并在自己的作品中"修正"、"贬低"或"否定"已经确立的阐释，从而树立自己的作家形象，建构自己在文学史上的地位和威信。这种"误读"实际上是后来作家对前辈作家文本的"修正"。

所谓"修正"，就是"重新审视"、"重新评价"和"再创造"，是通过批评和修正前辈作家及其作品确立自己在文学史上的地位。布鲁姆认为，由于"影响的焦虑"，后来作者为了突出自己，极力压制前辈的声音。他们对前辈作家的"误读"和"修正"主要通过以下六种方式：一、有意地误读，二、"续完或对偶"，三、"打碎与前驱的连续性"，四、"逆崇高"，五、"缩削式"修正，六、"死者的回归"。

纳博科夫对陀思妥耶夫斯基、果戈理等俄罗斯作家的"误读"和"修正"，主要是通过重新定位或重新评价前辈作家，同时在自己的诸多作品中有意修正前辈作家的写作风格或创造技巧。如他把陀思妥耶夫斯基定位于善于"哗众取宠的二流作家"，但他自己的作品中处处都有

---

[1]　布鲁姆：《影响的焦虑》，徐文博译，江苏教育出版社 2006 年版，第 17 页。

陀思妥耶夫斯基的影子。他把果戈理定位于"梦幻作家",颠覆了别林斯基的"果戈理是批判现实主义作家"的论断,同时在果戈理的作品中发现了"次要人物"构成的"二级世界",并突出这个"二级世界"的重要性。他创造性地发展了陀思妥耶夫斯基的"双面人"主题,把"替身写作"模式广泛地运用到自己的创作之中,他高度评价果戈理的梦幻和荒诞写作,并在自己的作品中延续了果戈理的创作传统,客观上使果戈理等前辈作家达到不朽。

果戈理是对纳博科夫产生重要影响的作家,也是他最为敬仰的俄罗斯作家之一。在《俄罗斯文学讲稿》中,他把果戈理放在首要位置,并且对他进行专门研究,出版专著《尼古拉·果戈理》(Nikolai Gogol, 1944)。作为一个有创造力的优秀读者,纳博科夫对果戈理进行了创造性的"误读",他的"误读"颠覆了果戈理在世界文学史上的定位。他认为,果戈理作品中由次要人物构成的"二级世界"更为重要,其中的道德内涵不是对沙皇俄国社会现实的批判,而是对庸俗人性的批判。他推翻了别林斯基的果戈理是"讽刺作家和喜剧作家"的定位,认为果戈理既不是现实主义作家,也不是"幽默大师",而是一个"梦幻作家"。更重要的是,纳博科夫继承和发展了果戈理的神秘叙事和荒诞写作手法。

在俄罗斯文学史上,果戈理开创了神秘主义叙事模式,他以梦幻般的叙述方式讲述俄罗斯的民族神话,并使其获得新的生命。从《狄康卡近乡夜话》开始,果戈理使用神秘主义叙事模式和荒诞手法,把凌乱的比喻转化成怪诞的夸张和具有美感的非理性的胡说八道,把丰富的想象融进俄罗斯民间传说和神话故事,使这些材料获得了新的生命。这种神秘叙事模式和荒诞手法在《外套》《鼻子》和《死魂灵》等作品中已经达到了登峰造极的地步。俄罗斯评论界认为,果戈理的一生离不开普希金和别林斯基,普希金把果戈理培养成了一个伟大的作家,别林斯基把他定位为"现实主义者"。从此以后,"现实主义作家"和"批判现实主义作家"就成了果戈理身上的唯一标签,并且一直持续到20世纪初。

20世纪初,"白银时代"以别尔嘉科夫为首的俄国哲学家开始对以批判现实主义为主导的俄罗斯文学批评模式提出质疑,重新定位果戈理为"非现实主义者"和"梦幻作家"。他认为:"他(果戈理)不是现实主义者，也不是讽刺作家，他是幻想家。他描绘的不是现实的人们，而是原始的恶的灵魂，俄罗斯人具有的虚伪灵魂。"①

纳博科夫则认为："如果普希金的创作是三维的，那么，果戈理的创作便是四维的。"客观地说，果戈理的作品是一种多元呈现，他是一位现实主义作家，但运用了多元的现代主义创作手法。他的作品在现实主义的基调下，广泛融入宗教因素，充满了神秘色彩和荒诞因素，不仅对俄罗斯批判现实主义文学的发展起到了巨大的推动作用，也为现代主义文学的发展奠定了基础。

果戈理的小说现实与梦幻共存，超自然力量、精灵、鬼魂、妖怪等在人与鬼的双重世界里来回穿梭，虚幻而又真实。果戈理的魔幻主义使故事背景和其中的气氛神秘而又充满幻象，同时又富有闹剧特征。《密尔格罗德》是俄罗斯文学史上最具代表性的虚构幻想类作品，纳博科夫认为它"充满了梦幻、占卜和吉凶的况味，现实性存在于析梦的规律中，与通常人们已经习以为常的逻辑很不相同"②。

如果说果戈理的其他作品继承了俄罗斯民族文化传统的话，那么，《鼻子》则明显带有西方后现代主义文学的诸多特征。作者通过虚构一位小官员弄丢鼻子的怪诞故事，讽刺了俄罗斯官场的劣迹丑行，但小说并没有单纯地再现现实，而是注重表现人物的内在心理和精神世界——现代人的荒诞和精神失落的孤独，这与卡夫卡的《变形记》有异曲同工之妙。他对人物的内心世界的刻画，往往着重于对外部现实生活的描摹；他虽然没有像现代主义作家那样，打破故事的逻辑链接顺序，却也卓有成效地对叙事手段进行了陌生化处理，使日常生活事件变得古怪离奇，吸引读者关注人物内在的心理活动。变形、夸张、荒诞以及"含泪的笑"的悲喜剧效果，以及果戈理的批判现实主义思想和多元化的表现手法，是我们对他进行客观评价的根本依据。纳博科夫定位果戈理为"梦幻作家"，进一步肯定了果戈理的现代主义叙事手段：虚构的神秘主义叙事和荒诞的艺术手法，并在自己的创作中秉承和发展了这种荒诞和神秘叙事模式。

---

① 转引自耿海英：《别尔嘉耶夫与俄罗斯文学》，上海世纪出版社 2009 年版，第 200 页。

② V. V. Nabokov, *Lecture on Russian Literature*, New York：Harcourt Brace Jovanovich, 1981, p. 46.

　　总之，俄罗斯神秘文化传统的深厚积淀，特别是果戈理的具有俄罗斯民族特性的神秘叙事，为纳博科夫的文学创作提供了启发和借鉴。如果说果戈理探索的是"受上帝引领的善的灵魂和受魔鬼诱惑的恶的灵魂的争斗和转化问题"①，那么纳博科夫探讨的则是外部现实世界和内在精神世界之间的矛盾和冲突。相同的是，果戈理和纳博科夫关注的都不是理性，而是只有超验意识才能抵达的神秘现实。

　　纳博科夫作为一个富有创造力的读者，对果戈理进行了创造性的阅读和修正，并重新定位果戈理，使果戈理的作品在现代语境下更具有经典性，也使果戈理在俄国文学史和世界文学史上获得了永恒和不朽。这主要体现在他的两部文学评论著作《尼古拉·果戈理》（*Nikolai Gogol*，1944）和《俄罗斯文学讲稿》（*Lectures on Russian Literature*，1961）中。这两部著作为果戈理画了另一幅截然不同的肖像，让我们从另外一个角度重新认识这位伟大的俄罗斯作家。纳博科夫对果戈理的误读，主要表现在以下三个方面：把果戈理定位为梦幻作家；认为果戈理作品中的次要人物构成的二级世界是作品的重要组成部分；果戈理作品的道德性内涵表现为对人性中"庸俗"的批判。

　　纳博科夫在《尼古拉·果戈理》中颠覆了现实主义批评对果戈理的传统定位，否定了果戈理是一位幽默大师和喜剧作家的说法。纳博科夫认为，果戈理既不是一位现实主义的讽刺作家，也不是一位幽默大师，他的作品展示了形形色色的通过主要人物之口展现出来的次要人物构成的第二级世界，因此，果戈理是一位梦幻作家，他的文学属于梦幻文学。他认为，《狄康卡近乡夜话》为果戈理赢得了"幽默大师"的称号，但是并不能因此就可以把果戈理定位为"幽默作家"，果戈理的作品内涵和意义远远超出了以往任何一个评论家的阅读视野。他说："如果有人对我说果戈理是一位幽默作家，那我立刻就能明白，他对文学是一知半解的。假如普希金生前看过《外套》和《死魂灵》，毫无疑问，他会意识到果戈理远远不只是'真正笑料'的供应者"②。在《俄罗斯文学讲稿》中，纳博科夫将果戈理的读者分为三类："浅薄的读者从果

---

　　①　金亚娜：《果戈理的别样"现实主义"及成因》，《外语学刊》2009 年第 6 期。

　　②　V. V. Nabokov, *Nikolai Gogol*, New York: New Direction Publishing Limited Corporation, 1961, p. 30.

戈理的作品中寻找笑料；严肃的读者从果戈理的作品中寻找思想内涵；只有具有创造性的读者才会从中读出别出心裁的东西。"①

纳博科夫认为，果戈理长期生活在国外，对俄罗斯的社会现实一知半解，他的作品根本不能真实反映俄国的情况，他作品中关于俄国的故事完全出于自己的想象。例如，俄罗斯的马车夫通常都喜欢给自己心爱的马匹起一些好听的俄国名字，而在《钦差大臣》中，果戈理则给赫列斯塔科夫的马起了一个具有异国风情的名字，这与他在国外长期生活的经历有关。纳博科夫据此推断，果戈理在《钦差大臣》中描述的俄国官场图根本不是俄国社会的真实写照。因此，纳博科夫认为，《钦差大臣》根本不是喜剧，而是一部梦幻剧（dream play），而果戈理是一位梦幻作家，而不是所谓的"幽默大师"和"讽刺作家"。

在纳博科夫看来，喜剧是一种"可以被理解为足球比赛上的像一只热狗的东西，一种单维度的、完全缺乏宏大的禀赋诗意的、缺乏使之成为真正戏剧的东西"②。也就是说，如果把纳博科夫的《钦差大臣》定性为喜剧的话，就贬低了果戈理的创作天才，使作品的丰富内涵简单化。纳博科夫认为，单从《钦差大臣》中主人公赫列斯塔科夫的名字就可以看出果戈理天才的想象力，因为这个名字向俄罗斯读者传达了有关人物的丰富的信息："（他的）鲁莽轻率和夸夸而谈，（他）手拿细长手杖时显露出来的大都市的时髦气息，（他）打扑克时啪啪直响的巨大甩牌声，（他像一个）自夸的傻瓜，又有那种特别让女人倾心的万人迷（lady killer）的时髦和潇洒。"③赫列斯塔科夫那温柔的心灵、梦想家的气质、做作的可爱和大都市居民的附庸风雅，与县城里那些大人物和他们身上的粗俗相比，使县城里的女人们得到了一种见识"有教养的人"的乐趣。

传统的观点认为，《钦差大臣》没有正面人物，如果说有的话，那么唯一的正面人物是贯穿整部戏剧的"笑"。纳博科夫反驳道，《钦差大臣》有一个正面人物，并且这个唯一的正面人物是最后出场的真正的

---

① V. V. Nabokov, *Lectures on Russian Literature*, New York: Harcourt Brace Jovanovich, 1981, p. 41.

② Ibid., p. 55.

③ V. V. Nabokov, *Nikolai Gogol*, New York: New Direction Publishing Limited Corporation, 1961, p. 55.

钦差大臣。他说："最后出现的真正的钦差大臣是人类良心（the Con-science of Man），而其他人物则是我们灵魂中的各种欲望（the Passions of Our Souls）。换句话说，怪异而又堕落的外省官员象征着各种各样的欲望，而真正的钦差大臣则象征着高尚的人类良心。"①

纳博科夫对果戈理以乌克兰农村生活为题材创作的《狄康卡近乡夜话》不感兴趣，他认为，真正能够代表果戈理高超的艺术才能的，是他以彼得堡为主题的作品。在彼得堡，果戈理感兴趣的不是俄国的上流社会生活和官僚制度，而是彼得堡大街上数不胜数的商店招牌和在大街上一边比划一边说笑的行路人。所以说，果戈理的作品是他根据在彼得堡大街上看到的情景，加上他丰富的想象力创造的一个梦魇世界，是作家想象的结果。他说，果戈理的作品"和所有伟大的文学成就一样，是一种语言现象，而不是思想现象"。他警告读者，"如果你想发现有关俄国的事情，如果你渴望了解脸上长满疱疹的德国人为什么要发动空袭，如果你对事实、信息和思想等这一类的东西感兴趣，请你远离果戈理。"②

纳博科夫认为 19 世纪 50—60 年代俄罗斯文学批评界把果戈理的《钦差大臣》定性为讽刺喜剧是有其社会背景和原因的。他认为，沙皇的书报检查制度和以别林斯基为首的追求社会公民精神的民主主义者对《钦差大臣》的误读，歪曲了果戈理写作的真正意图。"把《钦差大臣》看作一部社会讽刺剧或道德喜剧，就意味着完全失去了重点，因为果戈理时代俄罗斯的贿赂行为，与地球上的任何时代和任何地方一样，非常盛行。"在纳博科夫看来，贿赂行为不是俄国的专利，而是整个世界普遍存在的"庸俗"；沙俄官僚制度的黑暗和官场的腐败，只不过是果戈理批判人性"庸俗"使用的一个文学素材；读者应该注意的不是果戈理作品中有关俄国的事实和现象，而是应该关注作家高超的艺术才能。纳博科夫痛恨那些教化或教育作家，认为就戏剧作品来说，"结构是所有戏剧家共同的道具：从某种可笑的液体中提取出最后一滴精华，果戈

---

① V. V. Nabokov, *Nikolai Gogol*, New York: New Direction Publishing Limited Corporation, 1961, p. 85.

② Ibid., p. 149.

理的天才在于用奇异的语言讲述充满幻想的故事"。①

作为一个富有创造力的读者，纳博科夫在果戈理的作品中还读出了哪些别出心裁的东西呢？纳博科夫认为"果戈理是俄罗斯最奇怪的天才作家和诗人"②。他作品中的次要人物所构成的次要的二级世界，成为作品的重要组成部分，使喜剧作品更加戏剧化。纳博科夫所说的"二级世界"，是相对于作品中由主要人物构成的一级世界而言的。《死魂灵》中，乞乞科夫成功收购"死魂灵"，当他因喜悦而醉卧在乡下的小旅馆时，他的两个仆人也趁主人高兴之际喝了许多酒。果戈理这样描绘他们酗酒后的情景：

> 两人立刻睡着了，发出一阵阵闻所未闻的闷雷般的打鼾声，和从另外一个房间里传来的老爷的尖细的鼻息声遥相呼应。在他们睡下之后，很快一切都归于静寂，整幢旅馆都进入了酣梦；只有一个小窗口里还可以看到烛光，原来那儿就住着从梁赞来的中尉，一个显然是对长筒皮靴有所偏爱的人，因为他已经定做了四双靴子，此时正忙不停地试穿第五双。有好几回他已经走到床铺前面，打算脱掉靴子睡下去了，可是怎么也办不到：靴子缝制得实在出色，所以，他还是久久地翘起一只脚，前后左右细细鉴赏那只缝工熟巧、模样儿又妙不可言的鞋的后跟。③

醉酒的仆人，从梁赞来的无名的中尉，在静谧的夜里构成了另一幅画面，这个画面里的世界对于纳博科夫来说更具有诗意，更具有艺术魅力。他说："我不知道还有什么比这支靴子狂想曲所描写的静谧之夜更富有抒情意味。"④

一般读者在《钦差大臣》中关注的是那些主要人物，如赫列斯塔科夫、县长安东和他手下的官员。可是，纳博科夫独具慧眼，他注意的是

---

① V. V. Nabokov, *Nikolai Gogol*, New York：New Direction Publishing Limited Corporation, 1961, p. 172.

② Ibid., p. 202.

③ 果戈理：《死魂灵》，满涛、许庆道译，人民文学出版社 1983 年版，第 183 页。

④ V. V. Nabokov, *Nikolai Gogol*, New York：New Direction Publishing Limited Corporation, 1961, p. 83.

那些没有出场的二级人物，这些二级人物通过主要人物展现在读者面前。例如，县长收到的来信中提到了爱酗酒的陪审官，提到了学校里课堂上情绪激动时爱扮鬼脸和摔椅子的历史课教师。在邮政局长截留的一封信中，描写了乡村舞会的盛况，读者通过邮政局长对这封书信的作者有了详细的了解；就连过去曾在赫列斯塔科夫旅馆房间里居住的过路军官，也只是通过县长和手下的谈话中得知。这些次要的二级人物，通过主要人物获得了生命，他们对故事的主要情节不具有重要意义，是果戈理为反衬主要人物的庸俗而设置的次要情节。但这些看似无关轻重的人物形象，经过纳博科夫的强调和突出，便升华为另一个活生生的世界。"就这样，隐藏在戏剧背景后面的这个二级世界，是果戈理的真实王国……正是这些次要的二级人物和他们活灵活现的行为构成了剧本的素材，他们不但不干扰剧院经理对情节的追求，实际上反而使作品更加戏剧化，这是十分奇妙的。"①

纳博科夫发现，果戈理特别喜欢使用比喻、比照和插叙，让不出场的人物现身。下面是乞乞科夫拜访索巴凯维奇时的一段描写：

> 当马车驶到台阶跟前时，他看见两张脸几乎同时探出窗外来：一张是戴着便帽的女人的脸，又窄又长，像一条黄瓜，另外一张是男人的脸，又圆又阔，活像被人们常叫作"葫芦"的摩尔达维亚南瓜，在俄罗斯，人们通常用这种南瓜来做巴杨琴，每当20岁的机灵活泼、风流俊俏的小伙子拨动琴弦，就会很快招来一群胸脯雪白、脖颈雪白的姑娘来倾听他那叮咚悠扬的琴声的时候，小伙子对她们又飞媚眼又吹口哨。②

在这里，小说描述的重点是地主索巴凯维奇，果戈理却从一张南瓜一样的脸引出了一场美妙的俄罗斯乡村音乐会。纳博科夫由此看出了果戈理丰富的想象力和高超的艺术技巧。从索巴凯维奇一张酷似南瓜的脸到富有俄罗斯民族特色的巴杨琴，再到风流俊俏的年轻小伙子巴杨琴手

---

① V. V. Nabokov, *Nikolai Gogol*, New York：New Direction Publishing Limited Corporation, 1961, p. 52.

② 果戈理：《死魂灵》，满涛、许庆道译，人民文学出版社1983年版，第176页。

和漂亮的俄罗斯乡村姑娘，一场栩栩如生的富有民族风情的乡村音乐会，展现在读者的面前。纳博科夫认为，这才是果戈理艺术的独特和高超之处。

《尼古拉·果戈理》出版后，曾有读者写信指责纳博科夫，说他把果戈理作品中所有的伦理内容都从自己的美学世界里驱逐出去了。纳博科夫反驳道：

> 我从来不否认艺术的道德力量，它当然是每一部真正艺术品的固有特性。我所要否定并准备罄竹书之的是那种处心积虑的道德化倾向，在我看来，这种写法无论技巧多么高超，都是在抹杀每一缕艺术气息。《外套》里有着深沉的道德性内涵，我在我的作品里也力图表达这一点，但这种道德却与那廉价的政治宣传根本扯不上边。19 世纪俄国热情过剩的崇拜者们试图从《外套》挤出那些东西，或者将它们塞进去，我认为这样做既是在强暴小说也是在强暴艺术本身。①

纳博科夫所说的道德内涵，是指果戈理对庸俗的批判。"庸俗"（пошлость）是纳博科夫一再强调和批判的人性的"庸俗"——社会、政治和文化中普遍存在的低级趣味。

社会主义现实主义批评把果戈理定位为批判现实主义作家，认为他的作品批判了俄罗斯农奴制度和社会的腐败与黑暗。纳博科夫推翻了这种观点，认为"庸俗"才是果戈理作品批判和讽刺的主要对象。果戈理利用赫列斯塔科夫身上令人忍俊不禁的滑稽可笑，引出了各种各样的"庸俗"。"他真是十足的庸俗，那些女士们也同样庸俗，那些大人物也同样庸俗。实际上，整部戏剧用不同的方式描写了庸俗的各个方面，因此，伟大艺术的价值不应归功于说了什么，而应归功于怎么说，归功于如何把单调的部分令人惊叹地、化腐朽为神奇地组合在一起。"②

---

① 译文参考刘佳林"果戈理的另一幅肖像——纳博科夫《尼古拉·果戈理》述评"，《扬州大学学报》（人文社会科学版）2002 年第 3 期。

② V. V. Nabokov, *Lectures on Russian Literature*, New York: Harcourt Brace Jovanovich, 1981, p. 56.

纳博科夫认为，"庸俗"的存在不受时间、地点、职业、阶层等的限制，而文学是它最好的温床。他列举了世界文学中一系列的"庸俗"形象，而在俄罗斯文学中，除了果戈理笔下的"庸俗"人物，还有托尔斯泰《安娜·卡列尼娜》中的卡列宁，《战争与和平》中的阿尔道夫·贝格等。纳博科夫认为，果戈理是最早在生活中发现"庸俗"气息的作家，他的《钦差大臣》和《死魂灵》中充斥着浑身沾满了"庸俗"气息的人物。

纳博科夫认为，"荒诞是果戈理喜爱的缪斯"①。果戈理运用荒诞手法塑造了一个个"庸俗"的人物，揭露和批判了具有永恒道德意义的人性"庸俗"。他认为，《死魂灵》从不同角度和不同层面描绘了一幅"官场百丑图"，揭露了人性中的缺陷，正是这一点使果戈理成为了文坛的盟主。在《死魂灵》中，故事先总后分，先是集中描写了省城里官僚们的种种丑态，又分别描写了乞乞科夫的唯利是图和狡诈、玛尼洛夫的无所事事和附庸风雅、柯罗博奇卡的狭隘和愚昧无知、诺兹德廖夫赌徒般的狂热和不计后果、索巴凯维奇的贪婪和蠢笨，以及普留什金的吝啬和冷酷。故事情节是荒诞的，但这些人物都有一个共同的特点：唯利是图。为此，纳博科夫为他们贴上了一个共同的标签：庸俗。

对于果戈理的《外套》，纳博科夫认为，读者从中可以得到的唯一信息就是"所有的男人都是疯子，都在追求对他们来说极其重要的东西，在做一种荒谬但又符合逻辑的力量强制着他们做的无用的工作"②。

纳博科夫关注的不是现实生活中的社会伦理和道德同情，他在更高层面上关注着人性和，他在果戈理的作品中看到了"现实生活本身的缺陷。一些事情出现了严重的错误，所有的人都患有轻微的精神错乱，他们忙着追逐对他们来说十分重要但看起来又符合逻辑的东西"。

果戈理是纳博科夫最喜爱的俄罗斯作家。他一生漂泊，但无论走到哪里，果戈理的作品永远是陪伴他的最珍贵财富。每一次阅读果戈理的作品，他总能获得不同的感受：

---

① V. V. Nabokov, *Lectures on Russian Literature*, New York: Harcourt Brace Jovanovich, 1981, p. 124.

② V. V. Nabokov, *Nikolai Gogol*, New York: New Direction Publishing Limited Corporation, 1961, p. 143.

　　一个四处漂泊的读者，不管他多少次偶然发现他身边书架上放着一本破破烂烂却生机勃勃的果戈理作品……果戈理总是会以他那不可思议的生动新奇和层层深入的意义令他吃惊。就好像一个人在破败寒酸、月影斑驳的旅馆里醒来，在又一次沉入昏睡之前，听到单墙（仿佛要融进昏暗的夜色）的另一边传来低沉的喃喃声，起初仿佛轻快的众鸟啁啾：一些无意义却又非常重要的句子，奇怪破碎的声音的混合，谈着人类的生存，一会儿是众鸟展翅时发出的震耳发聩的噼啪声，一会儿是深夜里焦急的呢喃。我觉得，那些彼得堡故事永恒不灭的魔力和永恒的意义就存在于它与相邻世界的联系中。①

　　纳博科夫认为，果戈理的作品揭示的不是沙俄官僚制度的腐败和社会的黑暗，而是人类心灵深处最隐秘的世界。因此，他宣称："在艺术的最高层面，文学当然不关心同情弱者和谴责强盗之类的东西。它感兴趣的是人类灵魂深处的秘密，在人类灵魂的隐秘深处，彼岸世界的影子就像一只无名无声的小船的影子，无声地划过。"②

　　纳博科夫对果戈理的误读不仅偏离了俄罗斯传统批评的轨迹，打破了传统的现实主义批评模式，而且通过"误读"果戈理的作品，他发现了果戈理作品中具有永恒意义的艺术价值和道德内涵。他重新定位果戈理，认为果戈理是一个"梦幻作家"，善于运用"荒诞戏剧"的艺术手法，揭示人性中普遍存在的"庸俗"。从某种意义上说，他的误读和修正确立了果戈理及其作品在现代社会语境中的地位，使其更加经典，达到了永恒的不朽。

第二节　纳博科夫短篇小说中的神秘叙事

　　纳博科夫的短篇小说《乘客》（1924）表面上看是纳博科夫探讨生

---

　　①　Brian Boyd, *Vladimir Nabokov: The American Years*, New Jersey: Princeton University Press, 1991, p. 425.

　　②　V. V. Nabokov, *Nikolai Gogol*, New York: New Direction Publishing Limited Corporation, 1961, p. 149.

活和艺术之关系的诗意表达，实质上是作家本人对生活的一种看法和态度——生活如此神秘，无人能够预料下一刻会发生什么。

　　纳博科夫采用神秘主义叙事手段，通过描述作家和评论家在咖啡馆的一次闲谈，讲述了一个故事中的故事。评论家认为，艺术是独立的，艺术家创造的世界，现实生活无法比拟。作家则认为，生活高于艺术，"生活远比我们聪明"，"有时生活的构思……我们望尘莫及。生活创造的作品，我们无法阐释，也无法传达。"① 无论作家的想象力多么丰富，他在作品中虚构的世界永远不可能与生活中的现实世界相比。艺术家进行艺术创作，就像"电影导演改编名著一样"，所做的一切都不过是在对生活进行模仿。一场就艺术和生活之间的关系问题进行的一次闲谈和争论，表达了纳博科夫对艺术的思考和艺术观，他认为，艺术是作家想象的结果，但生活远远超出了作家的想象。也许正因为如此，纳博科夫试图通过神秘叙事揭示生活和艺术的本质。

　　短篇小说《童话》是纳博科夫对神秘叙事的尝试。他在这篇小说里塑造了一个神秘的、无所不能的"摩菲斯特"——沃特太太，讲述了一个荒诞的虚幻故事。沃特太太是一位跟摩菲斯特非常相似的魔鬼，专门利用人性的弱点惩罚人类。五月里一个轻快的夜晚，沃特太太在路边的露天咖啡馆遇到了一个叫埃尔文的小职员。他其貌不扬，胆小如鼠，对漂亮女性一直心存幻想。一生中只有一次在大街上试图接近女性，却被对方斥骂了一顿。从此以后，他再也不敢和女性交谈，更不敢正视身边的女性。生活变得枯燥单调，除了按时上下班，最大的乐趣是每天坐在电车上，观察走在人行道上的漂亮女人。

　　沃特太太看透了他的内心，为他提供了一个实现梦想的机会。让他有一整天的时间去选择自己喜欢的女人，但有一个条件：埃尔文挑选的姑娘数量必须是单数，并且他必须在第二天夜里零点之前赶到沃特太太家里，否则一切都将成为泡影。埃尔文欣喜若狂，半天之内就找到了五个漂亮姑娘。但他太过贪婪，又找了七个风韵绰约、风格各异的漂亮女人。当他寻找第十三个时，已经临近约定时间。匆忙中，埃尔文选定了走在他前面的一个姑娘。这姑娘一直走在他的前面，可无论他怎么努力

---

　　① В. В. Набоков, *Король, Дама, Валет, Сбор. Романов и рассказов*, М.：Издательство АСТ, 2004, с. 403.

追赶，就是看不到姑娘的真实面目。当埃尔文接近沃特太太的府邸时，才看清走在他前面的那位若隐若现的姑娘，正是他挑选的第一个姑娘。就这样，埃尔文找到了十二个姑娘。由于贪婪，埃尔文没能实现他的愿望。小说中，埃尔文不过是一个地位卑下、胆怯弱小的妄想症患者，他没有能力主宰自己的命运，是一个地地道道的"小人物"，但人性的缺陷丝毫不减。

纳博科夫借助于童话故事将一个小人物置于梦幻世界，用现实主义白描手法塑造了一个无所不能的沃特太太，真假虚实交错纵横。正如博伊德所说，"故事将纯粹的幻想和心理上的事实结合起来，将一个男人渴望情欲的日常事实与童话故事的形式结合起来"①。他采用白描手法，平铺直叙，半调侃半开玩笑地将埃尔文一天的奇遇娓娓道来，准确细腻地刻画了埃尔文在受到感官刺激后心理变化的历程。从埃尔文最初认识魔鬼时的胆战心惊，到受到魔鬼激励后的满怀期待，再到最后沃特太太赋予他某种特殊权力后的肆无忌惮和贪心不足，都充分展现了"小人物"在低级欲望的驱使下，人性中所表现的庸俗贪婪的一面。

《童话》中的魔鬼——沃特太太，既不同于弥尔顿笔下《失乐园》中的撒旦，也不同于歌德笔下《浮士德》中的靡菲斯特。它既不头上长角、屁股上长尾巴，也没有行为古怪，面目狰狞，而是人性神性兼具。她乐善好施，衣着时尚，身穿深灰色套裙，手戴黑色手套，涂着紫黑色眼圈。但她冷漠的目光、暗黑色的眼袋、干皱的大手和尖尖的、红杏般鼓起的指甲等，又都暗示着她的非人之处。纳博科夫在刻画魔鬼这一形象时，显然强化了她身上魔鬼的一面。

纳博科夫在塑造魔鬼——沃特夫人时，既追求世俗化，又追求童话的寓言性，并且在两者之间找到了一种平衡。一方面，沃特夫人具有魔鬼神奇的魔力，她可以轻易改变人的命运，给无辜的行人带来灾祸甚至死亡，可以利用人性缺陷愚弄人类。另一方面，她又具有中年女性所具备的生理特征：丰硕的臀部，暗黑色的眼袋，干巴巴满是褶皱的大手，和常人一样出入公共场合，抽粗大的烟卷。她既自矜又自负，是"神与人

---

　　① Brian Boyd, *Vladimir Nabokov*: *The Russian Years*, New Jersy: Princeton University Press, 1990, p. 260.

的统一体、是实与虚的结合、是往来于幻想空间和生活空间的穿梭机"①，体现了作家独具匠心的设计。

纳博科夫的另一短篇小说《雷雨》也是一个奇幻故事。主人公"我"在暴风雨中看见先知伊利亚驾着风火轮马车在天空行走，马车的一只后轮突然脱落，燃烧着从空中坠落，落在一个漆黑的院子里。而那疾驰的马车倾向一边，在天空中消逝而去。紧接着，伊利亚身穿金光闪闪的披风，从云端跌落屋顶，然后顺着烟囱滑落到"我"家的院子里，变成了一个"弯腰曲背的瘦老头，穿着一件淋湿了的宽袖窄身长袍，嘴里念念有词，眼睛东瞧西看，像是在寻找什么东西"②。他对"我"说马车后轮定是落在此处，并请"我"帮忙寻找。"我"在丁香树丛后面找到了一只生了锈的童车车轮，而先知却捡起它向空中走去。"我"看见天空中"生了锈的小轱辘变成了金光灿灿的巨轮，而瘦小的老头则身披霞光，逐渐升高，与他步入的天空合二为一，隐没在火光四射的空谷之中……"③ 正在这时，院子里的长毛狗发出了清晨的第一声吠叫，"我"从梦中惊醒，一切都恢复了原样："我"还得冲上街头去追赶早上的第一班电车。

作者使用了对比手法，表达了对幻想的赞美和对现实生活中平庸的批判。幻梦中，先知伊利亚的那只风火轮金光灿灿，神奇无比；现实生活中，被丢弃的童车轱辘，铁锈斑斑被丢弃在垃圾堆里。幻梦中，无所不能的先知是一位"身背疾风，穿着飘逸的闪光宝衣，长着蓬松胡子的白发巨人"，现实中，捡起童车轱辘的是一个"弯腰曲背的瘦老头"。幻梦中，"我"和先知对话，现实生活中，我不得不一大早起床，匆匆忙忙追赶早上的第一班电车。幻梦中一切都充满神奇，一切都那么美妙，令人无限遐想，但现实生活却是如此平庸和残酷。在纳博科夫看来，现实却总是超乎想象，出人意料。

《外套》中，果戈理以冷峻但不乏夸张的笔法，刻画了胆小怕事、命运悲惨的小职员阿尔卡季·阿尔卡季耶维奇。他勤恳工作，甚至把抄

---

① 周芬娟、杨玉杰："解读《一则童话》"，《名作欣赏》2000 年第 4 期。

② В. В. Набоков, *Король, Дама, Валет, Сбор. Романов и рассказов*, М.：Издательство АСТ, 2004, с. 335.

③ Ibid., с. 357.

写当作一种事业来做，但挣得的却是两袖清风和同僚们的嘲笑与欺侮。他倾尽一生积蓄，为自己购置了一件御寒用的新外套。正当他沉浸在新外套带来的幸福中时，强盗抢走了他的外套。无依无靠的阿尔卡季·阿尔卡季耶维奇幻想一位"大人物"为其主持公道，结果，这位"大人物"的冷酷无情反倒促成了阿尔卡季的死亡。由于受到惊吓，再加上严寒的天气和恶劣的生活条件，阿尔卡季感到绝望，最后病死在家里。可是，故事到此并未结束，接着，果戈理用荒诞的艺术手法刻画了一个复仇的幽灵形象，续写了一段阿尔卡季的"幽灵"夜间在广场上出没，抢走"大人物"外套的故事。

　　果戈理用荒诞艺术手法续写的幽灵复仇的故事，不仅使故事本身产生了荒诞的效果，也使人物形象更加丰满和完整。例如，当那位本可以帮助阿尔卡季的"大人物"听到后者患病身亡的消息时，感到非常不安，"甚至吃了一惊，受着良心的责备，整天心绪不宁"。但对他来说，这不过是一时的不快。为了忘掉这种不安，他去朋友家和一帮官员喝酒聊天，度过了一个愉快的夜晚。之后，他还准备去跟一个关系不错的太太幽会。约会途中，他撞上了阿尔卡季的幽灵。"大人物"平常颐指气使，耀武扬威，这时却惊恐不已，连声音也变得不自然了。他赶紧把外套脱下来交给"幽灵"，命令车夫："赶快回家!"这样，"大人物"外强中干、色厉内荏的性格与阿尔卡季形成鲜明对比。

　　小说后半部分的"神秘叙事"打破了原有的平铺直叙的叙事模式，使原来偏重于写实的小说，变成了一篇富有荒诞和奇异艺术气息的寓言故事。荒诞的故事情节，荒诞的结局，给读者带来的是出乎意料的结果。

　　纳博科夫十分喜欢果戈理的神秘叙事和荒诞的虚构，因为在他看来，这种叙事模式需要丰富的想象力，他在自己早期的短篇小说中也有所尝试。他把果戈理的《外套》、罗伯特·路易斯·斯蒂文森的《化身博士》和卡夫卡的《变形记》这三部小说称为荒诞的幻想，并把虚构和幻想作为自己一贯的叙事手法，因为在他看来，"任何一部杰出的艺术作品，都是幻想，因为它反映的是一个独特个体眼中的独特世界"①。

---

①　纳博科夫：《文学讲稿》，申慧辉等译，上海三联书店 2005 年版，第 218 页。

第三节　《眼睛》与《鼻子》的对话

　　除了《外套》，果戈理的《鼻子》也是纳博科夫最喜欢的小说。其梦幻般的神秘叙事，即叙事的虚幻性和情节的荒诞性，在纳博科夫看来，是最伟大的艺术。

　　果戈理用更加荒诞的手法讲述了一个荒诞离奇的故事。理发师伊万·雅科夫列维奇在吃早点时，发生了一件荒诞离奇的事。他一掰开刚出炉的面包，立刻惊呆了，面包里面竟有一只鼻子。他认出这只鼻子是八等文官柯瓦廖夫少校的，难道是他在给这位官员刮脸时割掉了后者的鼻子？更让人不可思议的是，这只鼻子又被他的老婆揉进了面粉，烤成了面包。伊万吓得魂不附体，立即用纸包上鼻子，来到了涅瓦河边，把它扔进了河里。更加匪夷所思的是，柯瓦廖夫少校的鼻子摇身一变竟然成了大模大样的五等文官，他坐着豪华的四轮马车招摇过市，混迹于彼得堡的官场。果戈理根据这只化身为五等文官的鼻子的见闻，描画了一幅彼得堡的官场百丑图。柯瓦廖夫少校丢失了象征社会地位和颜面的鼻子，自然如丧考妣，他用手帕捂住脸，满大街寻找自己的鼻子。终于，他在大街上看见了自己的鼻子，但万万没有想到，这只原属于他的鼻子，竟大模大样地戴着五等文官才有的红缨穗子帽，穿着用金线绣制的高领制服和羊皮裤子，腰间挂着一把佩剑，在他面前疾驰而过。很显然，鼻子的职务比柯瓦廖夫本人高出好几个级别，柯瓦廖夫气得差点没有发疯。最出人意料的是小说的结尾，这个以五等官员身份在彼得堡到处乱闯、惹得满城风雨的鼻子，仿佛什么事也没有发生，忽然之间又回到了柯瓦廖夫上校的脸上。柯瓦廖夫又坐在理发师伊万·雅科夫列维奇的理发椅上，像往常一样让他拉着鼻子给自己刮脸。

　　纳博科夫对果戈理"神秘叙事模式"情有独钟，他高度评价果戈理在作品中营造"梦幻"色彩的高超艺术和对庸俗人性的批判，并在自己的作品中使用这种叙事模式和"荒诞"艺术手法。在他20—30年代的短篇小说创作中，纳博科夫开始尝试这种叙事模式。《童话》是纳博科夫尝试使用"神秘叙事模式"的开始。从主人公埃尔文偏爱窥视女性的癖好，到他在魔鬼沃特太太的帮助下，埃尔文挑选美女准备满足欲望，再到他梦想的破灭，完全重复了《鼻子》的叙述模式：现实—幻想—现实。

纳博科夫创作于1930年的中篇小说《密探》充满了梦幻色彩和荒诞故事情节，与果戈理的《鼻子》进行了一场超越历史时空的对话。1965年，纳博科夫将其翻译成英文，改名为《眼睛》（*The Eye*），在美国《花花公子》杂志上连载三期问世。在这部并不长的小说中，在一个虚拟的想象空间里，纳博科夫使用神秘叙事模式，揭露了人物内心深处的隐秘世界。

这是一个有关俄罗斯侨民的故事。故事的情节并不复杂，一位刚刚二十挂零的俄侨"小人物"因生活所迫，到一个富裕人家给两个男孩当家庭教师。期间，因他与女主人眉来眼去，关系暧昧，被男主人发现后痛打一顿，赶出了家门。这位"小人物"无法忍受这种奇耻大辱，回家后开枪自杀。故事似乎应该到此结束，然而，这仅仅是小说的开头。"小人物"死后，他的思维并没有停止活动。他想象着自己被送往医院，并在医院里很快康复。他通过想象复原了他在柏林的生前环境。和果戈理的《鼻子》一样，纳博科夫笔下的这位小人物变成了一双来去自由的"眼睛"。由于思维与身体相脱离，他来无影去无踪。他开始观察周围的一切，贪婪的眼睛开始紧紧盯紧每一个他感兴趣的人，并以此为乐。在他的猎物中，有一个非常神秘的人物斯穆罗夫深爱着俄国贵族出身的年轻姑娘瓦莉娅。斯穆罗夫来无影去无踪，最令这位小人物心驰神往。他开始跟踪斯穆罗夫，决心揭开这个谜底。他绞尽脑汁，设计出几套侦查方案。他先潜入瓦莉亚姐妹的房间，查看斯穆罗夫的秘密。接着，又跟踪斯穆罗夫的朋友波格丹诺维奇。他鬼鬼祟祟，来到波格丹诺维奇投递邮件的信箱旁边，偷拆波格丹诺维奇的私人信件，其中果然有对斯穆罗夫的评价：平时风度翩翩、品格正派的斯穆罗夫，原来是一个小偷、色鬼和蔑视法律的无耻之徒。读完这封信，他大失所望，愤愤不平。有一天，他漫无目的地走在大街上。突然，有人"用一种响亮但又忧郁的语气叫他的名字：戈斯波金·斯穆罗夫。"此时，读者恍然大悟，原来"小人物"和斯穆罗夫是同一个人。

果戈理的《鼻子》是纳博科夫最喜欢的一部中篇小说。这两篇小说有相似之处：两位作家都选取了人体同一部位上的两个器官作为观察和思维的主体。果戈理赋予彼得堡官员丢失的"鼻子"以人的思维能力，使它在彼得堡城四处游荡，通过"鼻子"的所见所闻，揭露了沙皇俄国官场的黑暗和人性的残酷与庸俗。而在《眼睛》中，纳博科夫则赋予死亡的人思维继续存在的能力，通过能够思维的"眼睛"的观察，揭示了人类在异常生活状态下心灵的扭曲和变形。

　　在《眼睛》中，纳博科夫企图建构一种"神秘叙事模式"。1965年，他在为《眼睛》撰写的序言中提到了对这种神秘叙事的尝试，他说："《眼睛》的主题是实施一项调查研究，它引导主人公通过许许多多的镜子，最后以一对形象的重合告终。三十五年前，我以某种神秘模式整合叙事人追索的不同阶段，我不知道我从中得到的强烈的快感是否会为现代读者分享，然而，无论如何，强调的不是神秘，而是模式"①。

　　果戈理具有深厚的宗教情结。在他生活的时代，俄罗斯政教合一。罗斯时代多神教的存在，既为作家本人提供了丰富的创作素材，也对其世界观产生了重要影响。无论是他本人，还是当时的读者，都相信人死后鬼魂的存在。所以，《鼻子》和《外套》中的神秘叙事和荒诞情节，对作者和读者来说，都有一定的可信性。纳博科夫既不是无神论者，也不是虚无主义者，他相信灵魂的不朽，相信"彼岸世界"的鲜活和生动。他继承了果戈理的叙事技巧，并赋予小说自己的特色。他利用"镜像"手段创造神秘叙事模式，但在"小人物"和斯穆罗夫合二为一之前，尽量保持"小人物"与斯穆罗夫完全分离的幻觉和神秘气氛。第一面镜子出现在故事的开头，当"小人物"准备开枪自杀的时候，他在镜子里瞥见了一个自杀者的形象："一个可怜兮兮、哆哆嗦嗦、俗不可耐的矮个子男人戴着一顶圆顶帽站在屋子中央，不知怎么回事，一个劲儿地搓着手"②。而在故事的结尾，当"我"与斯穆罗夫合二为一时，作者又借用镜子，镜子里出现了"小人物"的形象："我一推门，就注意到了侧镜中的影像：一个戴圆顶礼帽的小伙子抱着一束花，向我赶来。那影像和我融为一体。我出去上了街"③。镜子不仅成为纳博科夫塑造人物外在形象的手段，也成为展现人物内心世界的媒介，主人公的

①　纳博科夫：《眼睛》，蒲隆译，上海译文出版社 2008 年版，序言 Ⅳ。
②　同上书，第 13 页。
③　同上书，第 74 页。

荒唐行为和内心的隐秘在镜子里一览无余。

　　这里，镜子不仅仅是一种具象，而且成为隐喻。也就是说，小说里不仅有具体的镜子，还有抽象的看不见的镜子——斯穆罗夫的熟人和朋友。斯穆罗夫地位卑微，总想知道他在别人心目中的地位。所以，他就像幽灵一样四处窥视他人的内心，通过熟人和朋友这一面面"镜子"，映射出一个全面完整的人物形象。在热爱和平的女医生那里，斯穆罗夫是一个鼓吹战争的狂热分子。在瓦莉亚心中，斯穆罗夫是一个风度优雅的绅士。在书店老板眼中，斯穆罗夫神秘莫测。在波格丹诺维奇的信中，他是一个色鬼、小偷和猥琐男人。

　　小说采用第一人称叙事，使小说的主观色彩更加浓厚，人物心理刻画更加细腻逼真，情节更加真实动人，也使叙事杂而不乱，故事的完整性和统一性更好地结合起来。"我"和斯穆罗夫本是同一个人，倘若作者用第三人称，即全知视角来叙述，"我"和斯穆罗夫的不断交替会搅乱读者的思维，妨碍读者心理。而以"我"为镜，折射斯穆罗夫的言谈举止，使读者通过镜子看到了整个故事的始终和情节的发展。

　　纳博科夫对果戈理的重新定位，凸显了果戈理的写作艺术，颠覆了以别林斯基为代表的传统的现实主义批评模式，解构了 19 世纪末至 20 世纪中期的俄罗斯文学批评权威。他重新审视果戈理作品的艺术魅力和道德内涵，是对果戈理作品的误读。在今天看来，他的误读不仅使果戈理及其作品更加具有经典性，而且还把果戈理的"神秘叙事模式"提高到了一个前所未有的高度。《斩首之邀》就是纳博科夫利用"神秘叙事模式"创作的一部反乌托邦小说，其中荒诞和幻想艺术手法的使用，使"神秘叙事模式"达到了极致。

第四节　荒诞与狂欢：《斩首之邀》中的荒诞叙事

　　纳博科夫在《俄罗斯文学讲稿》中指出："荒诞是果戈理最喜爱的缪斯"①，而他本人对"荒诞"更是情有独钟。他的作品总是以怪模怪样的形式和内容，让读者和批评家大吃一惊。《斩首之邀》也不例外，

---

　　① V. V. Nabokov, *Lectures on Russian Literature*, New York: Harcourt Brace Jovanovich, 1981, p. 124.

这部小说的创作开始于 1934 年夏天，1935—1936 年连续刊登在《当代纪事》上，1938 年以单行本形式发表，1959 年，纳博科夫和儿子德米特里将它合译成英语。《斩首之邀》面世以后，并没有像《卢仁的防守》和《功勋》那样，在评论界引起巨大反响。因为这时的纳博科夫已经成为侨民文学界独具特色的作家，人们已经习惯了他在文学创作方面制造出来的奇声怪响。

纳博科夫在《斩首之邀》英文版的序言中坦承，这不是那种能"给孩子带来欢笑，让女人颤抖，使世上的男人如同获救一般觉得眩晕，叫从不做梦的人做梦"的小说，而是"一把自娱自拉的小提琴"（голос скрипки в пустоте）。从表面上看，这部小说的主题是精神病，主人公是一个患臆想病的病人（对他来说，医院是监狱，他在监狱里等待斩首），时间发生的环境——是他想象中的世界，故事发生的地点——监狱的一间牢房。也就是说，无论从小说的内容来看，还是从小说的艺术手法来看，这部小说完全是作者想象的产物，就像纳博科夫本人所说，是"一把自娱自拉的小提琴"，一部不具任何社会意义的荒诞剧。

无论《斩首之邀》是否具有社会意义，其中强烈的虚幻性、虚幻的意境和荒诞的情节，都让我们不由得会想起曾经深深影响了纳博科夫的果戈理和陀思妥耶夫斯基。如果说《斩首之邀》和扎米亚京的《我们》一样，是一部批判专制制度的反乌托邦小说的话，那么，其中作者使用的荒诞艺术手法，也许可以归功于俄罗斯文学传统的深厚积淀，而他们不过是在最不容易处理的政治小说中，把这种禀赋发挥到极致，从而超越了政治小说的形式。

荒诞，就其字面意义来说，即悖谬，是指不合理的、不合逻辑的状况，但在深层意义上，它是指一种彻悟意识，一种超越了一般的历史社会范畴而上升到人类存在范畴的意识。在纳博科夫的小说中，这种彻悟意识通过各种荒诞的艺术手法表现出来。他继承果戈理的艺术传统，善于把无法联系起来的事情结合在一起，赋予《斩首之邀》以舞台闹剧的荒诞特征：荒诞的主题、荒诞的情节、荒诞的人物和荒诞的舞台背景。首先，小说的题目是悖谬的。通常，罪犯被判处死刑和押赴刑场总是强制性的，被迫的，没有人会愿意接受死神的邀请。而纳博科夫的

《斩首之邀》从一开始就对我们的习惯性思维予以强烈的冲击力。主人公辛辛那提被判死刑的理由是荒诞的，他不是因为违犯了国家的刑法规定而被判处死刑，而是因为"认识论的卑鄙"和"思想的不透明性"，即因为他在思想言论方面的不合时宜和行为的与众不同。

　　果戈理"神秘叙事模式"的魅力在于一开始把主要的故事情节告诉给观众，从来不在故事情节上制造悬念。《外套》中小人物阿尔卡季的死并不是故事的结束，鬼魂复仇才是小说的核心内容。纳博科夫的《眼睛》和《斩首之邀》都沿用了这一模式。不同的是，《眼睛》中的"我"开枪自杀和《斩首之邀》中辛辛那提被判死刑都是故事的开始，之后的虚幻和妄想成了小说的主要内容。

　　《斩首之邀》讲述了死囚辛辛那提在狱中度过 19 天后被斩首的故事，小说结构完全因袭了果戈理《外套》的叙事模式。小说共分为 20 章，每章就像一幕闹剧，讲述了辛辛那提在狱中度过的每一天，最后一章讲述的是主人公被斩首当天的热闹场景。

　　小说一开始，法官宣布辛辛那提被判死刑，但宣布的方式荒诞可笑。通常法庭上应有的庄严肃穆被满头白发的法官的盈盈"笑意"所替代，本应公开的宣判变成了法官的"悄声耳语"。紧接着，辛辛那提被关进了监狱。偌大的监狱只关押着他一个罪犯，在熟悉监狱守则之前，他必须和狱卒先跳一曲华尔兹。

　　为了同化他的思想和认识，说服辛辛那提忏悔并改过自新，以监狱长罗德里格为代表的官方软硬兼施，威逼利诱，用尽一切办法。先是狱卒罗迪恩的细心照料和监狱长亲自陪同辛辛那提欣赏狱中城堡风景，接着是刽子手皮埃尔假装和辛辛那提是狱友，不断和后者套近乎，陪他下象棋，聊天，说笑话，甚至在桌子上表演了一场倒立用牙齿举起椅子的杂技。

　　更加荒诞的是，皮埃尔和罗德里格合伙导演了一场帮助辛辛那提逃跑的滑稽闹剧。刽子手皮埃尔为取得辛辛那提的信任，每天都来看望他，并且表现出特别的友好和关心，甚至编造谎言，说他是为了营救辛辛那提而被捕入狱，希望辛辛那提能够相信他。他告诉辛辛那提，即使被捕入狱，也没有放弃营救他的计划，正在挖地洞帮他逃跑。看到皮埃尔真诚的样子，辛辛那提信以为真。于是，只要听到挖掘地道的声音，他的心情就越加激动。终于，辛辛那提期盼已久的那一天终于到了，挖掘声越来越近，越来越急。辛辛那提觉得采取行动的时刻到了，他穿好衣服，带上绳子以备临时之需。他将枕头塞进被子，伪装自己睡觉的假象，然后急匆匆跑到桌边收拾好桌上的手稿。突然，牢房一角的黄色墙壁上闪电似的裂开了一个大洞，紧接着从洞里钻出两个人来。他们不是别人，正是所谓的"狱友"皮埃尔和监狱长罗德里格。看到辛辛那提惊魂未定的样子，他们俩从毫无顾忌地开怀大笑到轻声的窃笑，再到前仰后合的狂笑和尖叫，甚至"不断地互相推搡，相互把对方推倒在地"。面对此情此景，辛辛那提倍感羞辱，顿时像泄了气的皮球，表现出一副绝望和愤怒的样子。

　　纳博科夫赋予作品以荒诞闹剧的特征，所有的故事情节都像荒诞的闹剧演出。皮埃尔劝说辛辛那提的情节像戏剧演出，妻子和家人来监狱探视的一幕更像一场荒诞闹剧。在妻子一家来探监的一幕中，不仅人物出场都像演员登台演出，而且还搬来了舞台道具。

　　辛辛那提被关进监狱之后，非常思念妻子马思，备受煎熬。一周之后，终于获得了与妻子见面的机会。出乎他的意料，牢房门一打开，进来了一大群人。除了岳父，还有马思的两个孪生兄弟和老态龙钟的外祖父母、马思的瘸腿儿子和他肥胖的女儿。最后才是马思，她"身穿漂亮的黑色连衣裙，大理石般冷白的脖子上系着丝绒围巾，手持一面小镜子"。更加不可思议的是，她"身边跟着一位体面男士"①。整个会面就是一场荒诞剧。为了这次会面，他们还带来了家具，有皮椅子、高背椅、"凄凉小三轮车"、绣有玫瑰图案的黑色沙发、有嵌饰的小桌子等等，桌子上放着深红色的长颈小瓶和一个发夹。更可笑的是，辛辛那提成了这场闹剧的局外人，他从舞台的中央隐退，其他人则从幕后走到前台，成为舞台的主角。岳父的厉声训斥、马思孪生兄弟的放声歌唱、妻子与情人的调情、马思的儿子和监狱长女儿埃米的嬉戏等等，都成为这幕舞台闹剧众生喧哗交响乐中的主调。辛辛那提感到失望，他朝思暮想与妻子的会面就这样结束了。

　　为了能够感化辛辛那提，改变他的顽固思想，监狱长甚至还派了一

―――――――――

① 　纳博科夫：《斩首之邀》，陈安全译，上海译文出版社 2006 年版，第 79 页。

位与辛辛那提长相相似的女人假装他的母亲来感化他。"母子"相见的场面更像是一幕闹剧。在这一幕中，纳博科夫大量使用戏剧对白，并多次使用"退场"、"道具管理员"、"闹剧"、"一出戏"等字眼提醒读者小说的闹剧特征。监狱长把身材矮小、身穿黑衣的塞西莉亚领进囚室后，"像个侍臣一样退出"。塞西莉亚扮演辛辛那提母亲本身就具有演戏的性质，当她的表演被辛辛那提揭穿后，另一个小丑皮埃尔马上拿着道具上场了。

当一切试图改变辛辛那提思想的努力都失败时，他在监狱里的待遇马上降低："报纸已经不再送到囚室来了 [……] 早餐变得更简单了：巧克力饮料——尽管质量不佳——已被漂着几片茶叶的某种液体所取代，烤面包很硬，咬不透"①。无奈之下，行刑的日期终于决定，辛辛那提将被斩首。斩首的场景更像是一场马戏演出，人们凭马戏团的票根就可以去观看辛辛那提如何被斩首。

果戈理在《钦差大臣》中使用环形结构（кольцевая структура），即最后的场景回复到第一个场景。纳博科夫在《斩首之邀》中也使用了这种环形结构。小说的开头一幕是法官对辛辛那提的死刑宣判，最后一章是辛辛那提被斩首时的场景。小说结尾的荒诞离奇达到了顶点。辛辛那提被斩首，他的灵魂"爬起来四处张望"，"在浮尘之中，在飘落的杂物之中，在飘动的景色之中，辛辛那提正朝着一个方向走去，根据声音判断，那里有他的亲人……"②

为了突出人物和意境的荒诞，纳博科夫赋予笔下人物机器人特征。当辛辛那提的自我意识显现时，他就像一个可拆卸的机器玩具。他"摘下脑袋，就像摘下假发；摘下锁骨，就像摘下肩章；摘下胸廓，就像摘下颈肩铠甲；他卸下屁股和双腿，他卸下双臂，就像脱掉手套，把它们扔到一个角落里"③。他对身体部位的这种自由拆卸是那么的荒诞，使人不禁想起果戈理短篇小说《鼻子》中柯瓦廖夫上校丢失的来去自由的鼻子。

此外，细节的荒诞加强了舞台闹剧的荒诞特征。监狱长明明通知辛

---

① 纳博科夫：《斩首之邀》，陈安全译，上海译文出版社 2006 年版，第 95 页。
② 同上书，第 194 页。
③ 同上书，第 19 页。

辛那提明天可以和妻子见面，然而第二天来的却是刽子手皮埃尔。辛辛那提从囚室来到监狱长办公室，他走出监狱，走到了自己家中，推门一看，原来又回到囚室。看守罗迪恩、律师和辛辛那提三人登上城堡的塔楼观看风景，回来时三个人却变成了监狱长罗德里格、律师和辛辛那提。这种毫无逻辑的荒诞叙事，有时会让读者以为出现了印刷错误。监狱里的生活是荒诞的，期待被判死刑是荒诞的，判决的方式也是荒诞的，总之，一切都是荒诞的。当囚犯在监牢中脱去衣服看到自己透明的身体，当女巫般的母亲爬上牢房的窗口，当喋喋不休的监狱长出现在莫名其妙的话剧般的场景中，当人们在处决辛辛那提的庆典中跳舞、喝酒、欢笑，《斩首之邀》无疑都告诉了我们这样一个事实：这是纳博科夫凭借想象在脑海中导演的一部荒诞闹剧，剪切、拼接、组合都随心所欲，既是纳博科夫想象力的结果，也是果戈理和陀思妥耶夫斯基影响的结果。

第五章

纳博科夫和替身写作模式

第一节　纳博科夫和陀思妥耶夫斯基

陀思妥耶夫斯基以其作品深厚的思想性闻名整个世界，也受到了西方读者和评论家的推崇。但纳博科夫在《俄罗斯文学讲稿》中却把陀思妥耶夫斯基列为"二流作家"①，在《固执己见》中更是称他为"预言家，一个哗众取宠的记者和粗心马虎的喜剧演员"②，在《绝望》、《洛丽塔》等文学作品中，纳博科夫又对陀思妥耶夫斯基极尽戏仿和讽拟之能事。从表面上看，纳博科夫似乎不喜欢这位在世界文学史上占有重要地位的文学大师。

纳博科夫对陀思妥耶夫斯基的贬损和他在作品中对陀思妥耶夫斯基作品的戏仿早就引起了评论家们的注意，他们对纳博科夫和陀思妥耶夫斯基的关系进行了大量的研究。③ 他们普遍认为，作为一个注重作品风格和结构的文体大师，纳博科夫不喜欢的是陀思妥耶夫斯基作品中的说教性。

然而，事实并非如此。纳博科夫传记作家博伊德指出："当纳博科夫要隐藏某种特别珍贵的东西时，他总是一贯借助于伪装"④。著名美

---

① V. V. Nabokov, *Lecture on Russian Literature*, New York：Harcourt Brace Jovanovich, 1981, p. 98.

② V. V. Nabokov, *Strong Opinion*, New York：Vintage International, 1989, p. 42.

③ 有关纳博科夫和陀思妥耶夫斯基关系的研究，可参见 J. Foster, 1993；Connolly, *Madness and Doubling*, 1991；Katherine O'Connor, 1989；Connolly, 1986；Connolly, *The Function of Literary Allusion*；Davydov, *Dostoevsky and Nabokov and his articles on Despair*。

④ Brian Boyd, *Vladimir Nabokov：The Russian Years*, New Jersey：Princeton University Press, 1990, p. 578.

国作家、评论家约翰·厄普代克（John Updike, 1930—2009）也在《文学讲稿》的序言中称纳博科夫"善于玩弄花招"。纳博科夫在对待陀思妥耶夫斯基时，也和读者耍了一个花招。

根据布鲁姆的"影响的焦虑"理论，可以说，纳博科夫对陀思妥耶夫斯基是爱恨交加。爱的是陀思妥耶夫斯基作为一个文学大师，以其深刻的心理描写和作品厚重的思想性取得了举世瞩目的成就，这是俄罗斯的骄傲，也是作为俄罗斯人的纳博科夫的骄傲。恨的是陀思妥耶夫斯基取得的文学成就达到了几乎无人可以超越的顶峰。所以，在这种焦虑意识的影响下，纳博科夫采用了"逆崇高"和"死者回归"的修正手段，不仅在《俄罗斯讲稿》、《固执己见》中把陀思妥耶夫斯基列为"二流作家"和"预言家"，还在自己的作品中有意戏仿陀思妥耶夫斯基的作品。实际上，纳博科夫不仅继承了陀思妥耶夫斯基的"现实观"，还在自己的作品中继承了陀思妥耶夫斯基的作品主题。

一　相似的"现实"观

作为一个伟大的现实主义作家和心理描写大师，陀思妥耶夫斯基有着独特的文学艺术观。首先，他关注社会现实。他的作品，从《被侮辱的与被损害的》到《白痴》，从《罪与罚》到《卡拉马佐夫兄弟》，从《双重人格》到《群魔》，无一不是对社会现实的揭露和批判。他作品中的"小人物"、"幻想家"、"双重性格"、"地下人"、"罪与罚"等一系列的主题，都是他"摄取了现象并力图说明它在我们社会中的可能性"，他甚至把它们作为"一种已经有的社会现象，而不是荒诞不经的奇闻"来写。其次，忠于现实是陀思妥耶夫斯基始终不渝的重要信奉原则。他认为，"艺术不仅永远忠于现实，而且不可能不忠于当代的现实。否则它就不是真正的艺术。真正艺术的标志就在于它总是现代的"[1]。

然而，这位被誉为批判现实主义大师的文学家，对"现实"有着独特的理解。他毫不含糊地说："我对现实和现实主义的理解与我们的现实主义作家和批评家完全不同。我的理想主义比他们的现实主义更为现实。……这却是本来的真正的现实主义！这才是现实主义，只是更为深

---

[1]　陀思妥耶夫斯基：《陀思妥耶夫斯基文集》（第18卷），白春仁译，河北教育出版社2010年版，第101页。

刻，而他们的则很浅薄"①。在这里，陀思妥耶夫斯基所说的"他们"是指革命民主主义者，他所谓的现实，是形而上的，是指作家理解的现实，是作家想象力的结果。尽管"陀思妥耶夫斯基在艺术和现实的根本问题上与现实主义者保持一致的看法，但在文学观念方面他早就和革命民主主义者分道扬镳了"②。陀思妥耶夫斯基所谓的"理想主义"，实际上是"更为深刻的现实主义"，是对艺术作品思想性的追求，因为在他看来，理想是一种合法的现实，"现实中人们的思想、观念、思潮，同描写的现实社会生活具有同等的甚至更高的价值"③。一部文学作品，其思想性越强，就越具有艺术性，因为描写思想和理想是艺术本身的追求，也是陀思妥耶夫斯基对艺术和思想一致性的追求。

其次，陀思妥耶夫斯基虽然追求文学的思想性，不同意德鲁日宁等人提出的"为艺术而艺术"的唯美派的观点，但也对那种文学功利主义表示反感，并提出了批评。他认为，太过迅速直接的功利，会损害艺术本身。在《——波夫先生和艺术问题》中，他和杜勃罗留波夫，甚至和车尔尼雪夫斯基进行了论争，对浅薄的功利主义倾向提出了严厉的批评。他明确指出："不要用这种目的去限制艺术，不要为它制定各种清规戒律，因为即使不这样做，它也会遇到许许多多的暗礁、许许多多的诱惑以及与人的历史生活形影不离的偏差，它的发展越自由，它就越能得到正常的发挥，也能更快地找到一条真正和有益的道路"④。

再者，陀思妥耶夫斯基在创作中对"人"表示特别的关注。他认为，"人"在联系艺术和现实之间的密切关系方面，起着重要的媒介作用，"艺术、现实和人构成了三位一体、不可分割的整体，'人'是艺术的基础，是现实中理想的体现"。正因为如此，"他把作家对艺术、现实和人的把握看作是作家极高的境界，称之为作家的'预言'和'先知'。所谓的'预言'和'先知'，主要是指对人的内心奥秘的洞察力"。

---

① 陀思妥耶夫斯基：《陀思妥耶夫斯基文集》（第18卷），白春仁译，河北教育出版社2010年版，第124页。

② 刘宁：《俄国文学批评史》，上海译文出版社1999年版，第527页。

③ 彭克巽：《陀思妥耶夫斯基的创作美学》，《国外文学》2001年第3期。

④ 陀思妥耶夫斯基：《陀思妥耶夫斯基文集》（第18卷），白春仁译，河北教育出版社2010年版，第98页。

"人"作为理想和现实的化身，对"人"的特别关注，对人类心灵深处全部奥秘的深刻挖掘，成为陀思妥耶夫斯基创作的一大特点。在对人的心理进行刻画的过程中，陀思妥耶夫斯基又特别推崇艺术的虚构和想象。他认为，"虚幻"就是高度的现实，幻想性就是现实性。只有那些虚幻、特殊但又能体现本质的事物，才能称之为艺术上最高的真实。他说："我对现实（艺术中的）有自己独特看法，而且被大多数人称之为几乎是虚幻和特殊的事物，对我来说，有时构成事物的本质。事物的平凡性和对它的陈腐的看法，依我看，还不能算现实主义。"① 陀思妥耶夫斯基不仅把虚幻当作一种审美视角，而且还把它当作一种创新的艺术技巧。在《温顺的女性》中，幻想就成为了一种叙述形式。温顺的妻子自杀后尸体放在桌子上，丈夫在房间里走来走去，想弄清楚这一切是如何发生的。他自言自语，既像是在回忆，又像是在说给某个听众或向审判官陈述。丈夫所说的一切，既是心理独白，也是一种叙事。这种叙事是陀思妥耶夫斯基最经常使用的叙事手法。

陀氏嘲笑那种"照相式"的真实，即那种所谓的"按照现实的本来面目描绘现实"，因为"这样的现实根本没有，而且在地球上从来没有存在过。因为事物的本质是人无法认识的，作家经过他的感觉，根据自然反映在他的观念中的那样去认识自然……"② 因此，梦幻、荒诞和象征手法构成了陀思妥耶夫斯基虚幻艺术的精髓。

然而，无论纳博科夫怎样贬低陀思妥耶夫斯基，我们仍然能够在他的创作中看出后者对他的深刻影响。这种影响主要表现在以下几个方面：

一、对陀思妥耶夫斯基现实观的继承。陀思妥耶夫斯基认为，现实是作家想象力的结果。所谓现实，是指作家所理解的现实，是人物内在精神世界的主观现实。他曾经明确指出，在文学作品中，按照现实的本来面目来描绘现实是根本不可能的，作家唯一能够使用的是他的想象力，作品中根据"推测"得来的"现实"，是最为真实的现实。

纳博科夫继承了陀思妥耶夫斯基的"现实观"。在纳博科夫那里，

---

① 陀思妥耶夫斯基：《陀思妥耶夫斯基文集》（第 21 卷），郑文樾、朱逸森译，河北教育出版社 2010 年版，第 222 页。

② 同上书，第 75 页。

现实也是主观性的，是完全建立在主观的艺术想象力之上的。他强调，"每天的现实"（everyday reality）并不存在，艺术家应该关注其他种类的现实。也就是说，纳博科夫认为，现实不单指人们通常所说的客观现实，存在着多重的平行现实。那么，"其他种类的现实"是什么呢？他在《固执己见》中说："现实是非常主观的东西。人们离现实永远都不够近，因为现实是认识步骤和认识水平的无限延续，是抽屉的底板，永无止境。""所有的现实都只是相对的现实，因为某一特定的现实，例如你看见的窗户，嗅到的气味，听到的声音，不仅仅取决于感官接收到的原始讯息，还要取决于不同层次的信息"。因为现实包含着许多主观因素，"包含某些超越视力幻觉和实验室试管的东西。它里面有多种因素：有诗歌，崇高的情感，精力和努力、同情、骄傲、激情——甚至包括在被推荐的路边小吃店嚼一大块牛排的欲望。"①在纳博科夫看来，想象虽然不是唯一的现实，却是最高的现实。

> 所有的小说都是虚构的。所有的艺术都是骗术，所有伟大作家创造的世界都是想象中的世界。所有的现实都只是相对的现实，因为某一特定的现实，例如你看见的窗户，嗅到的气味，听到的声音，不仅仅取决于感官感受到的原始讯息，还要取决于不同层次的信息。一百年前的读者熟悉的是描写艾玛所崇拜的那些感伤的绅士淑女的作品。在当时的读者看来，福楼拜的作品也许是现实主义或自然主义的。但现实主义，自然主义，都只是相对概念。某一代人认为一位作家的作品属于自然主义，前一代人也许会认为那位作家过于夸张了冗赘的细节，更年轻的一代人或许会认为那细节描写还应当更细一些。主义过时了，主义者们过世了，艺术却永远留存。②

可以看出，纳博科夫和陀思妥耶夫斯基一样，关注的不是通常的社会物质生活现实，而是人的内在精神世界所展现的现实。正像约翰·厄普代克在纳博科夫的《文学讲稿》序言中所说：

---

① V. V. Nabokov, *Strong Opinion*, New York：Random House, 1999, pp. 128-219.
② 纳博科夫：《文学讲稿》，申慧辉等译，上海三联书店2007年版，第128—129页。

　　　　对于纳博科夫来说，现实只是骗术的一种形式和外衣……认识生活所带来的平凡的乐趣，实实在在的事物所具有的率直的长处，在他的美学中几乎不被注意。对于纳博科夫，世界这个艺术的原材料本身就是一件艺术产物，他似乎在暗示，一部杰作仅仅以艺术家那帝王般的威严的意志行为，便可以幻想般、魔术般地在薄薄的空气中编织出来。①

　　在《卢仁的防守》中，现实表现两种形式：外部世界的现实和卢仁内在精神世界的现实。在《斩首之邀》中，监狱内部和监狱外面的现实对于辛辛那提来说，已经不存在，他内在的精神自由已经不是任何牢狱可以限制的，这种内在的现实才是最真实的现实。

　　二、对"人"和"人的内心世界"的关注。纳博科夫秉承了陀氏以"人"为本的创作原则。在自己的创作中，他把"人"作为艺术的核心，对"人"，特别是对人类心灵深处的奥秘的探索，成为他作品中的一大主题。无论是俄语创作时期的《卢仁的防守》和《斩首之邀》，还是英语创作时期的《洛丽塔》和《微暗的火》，都揭示了人物内心深处的某种"现实"。

　　三、推崇想象和虚幻。和陀氏一样，纳博科夫相信想象和虚构的力量。他在康奈尔大学教授文学时，给小说下了这样一个定义："文学是创造，小说是虚构。"在他看来，小说就是恶作剧般的凭空想象和虚构。

　　　　一个孩子从尼安德特大峡谷里跑出来，大叫"狼来了"，如果背后果真紧跟着一只大灰狼——这不成其为文学；如果孩子大叫"狼来了"，背后却没有狼——这才是文学。那个可怜的小家伙因为扯谎次数太多，最后真的被狼吃掉了纯属偶然，而重要的是下面这一点：在丛生的野草中的狼和夸张的故事中的狼之间有一个五光十色的过滤片，一副棱镜，这就是文学的艺术手段。②

　　有人从文化接受的角度分析纳博科夫"主观现实观"产生的原因，

---

① 纳博科夫：《文学讲稿》，申慧辉等译，上海三联书店2007年版，第25页。
② 同上书，第4页。

认为纳博科夫的反现实倾向是受到了美国文化的影响。"纳博科夫反现实的倾向与美国文学的发展一脉相承。美国反现实文学是通过对浪漫主义的继承与颠覆、对现实主义与自然主义的否定而演变出来的……纳博科夫深受麦尔维尔和坡的影响,并且继承了他们的某些浪漫主义传统。"① 这种看法是在把纳博科夫完全当作在美国土生土长的美国作家的基础上得来的,忽视了纳博科夫的俄罗斯文化身份背景。殊不知,早在 19 世纪末,陀思妥耶夫斯基就背弃了自然主义的创作方法,在文学创作中首次使用虚构和幻想手法,开创了幻想现实主义的先河。

在 19 世纪的俄国文学评论界,陀思妥耶夫斯基的《双重人格》是他的全部文学遗产中最具争议的一部小说,曾经遭到别林斯基的批评,原因是这部小说的幻想色彩太重。然而,作者本人自始而终都认为这部小说是他最满意的作品,纳博科夫也对小说中的幻想和心理描写手法倍加推崇。1851 年,陀思妥耶夫斯基在写给哥哥的信中说:"戈利亚德金写得很出色,它将是我的杰作","戈利亚德金比《穷人》高出十倍。我们的人说,《死魂灵》之后,在俄罗斯尚未出现过类似的作品"。在经过流放、苦役和重返文坛之后,他于 1859 年在写给哥哥的信中曾表示,他要修改《双重人格》,把它扩展成为一部长篇小说,并加上作者序言,让人家看看究竟什么是《双重人格》,并希望这部小说能引起轰动。他说:"我干吗要丢掉这一出色的思想,丢掉就其社会重要性来说最重大的典型呢?这一典型是我头一个发现的,我是揭示这一典型的预言家。"1877 年,他在提到《双重人格》时这样写道:"我还从来没有把任何比这更为严肃的思想引到文学中来。"②

这部曾经备受现实主义批评家们非议的作品,受到了纳博科夫的极力推崇。在《俄罗斯文学讲稿》中,他称它为"陀思妥耶夫斯基最好的作品",他认为《双重人格》"是一个非常详尽的故事,大量的心理描写细节使它堪与乔伊斯的小说相媲美,并且在风格上富有音韵表现

---

① 肖谊,"论纳博科夫的现实与小说的自我意识",《佛山科学技术学院学报》(社会科学版) 2004 年第 3 期。

② 陀思妥耶夫斯基:《陀思妥耶夫斯基文集》(第 21 卷),郑文樾、朱逸森译,河北教育出版社 2010 年版,第 168—189 页。

力……是一部完美的艺术作品。"①

纳博科夫对陀思妥耶夫斯基的幻想和心理描写手法倍加推崇，并在《绝望》和《洛丽塔》等作品中加以大胆尝试和创新。这两部作品都以主人公的心理独白或忏悔为主要内容，创造了多重的替身写作模式，超越了文学前辈。

二　《绝望》中的"同貌人"

《绝望》创作于 1932 年 6 月至 11 月。故事情节看似简单，是一个死不悔改的杀人犯的自白。主人公赫尔曼是一个做巧克力生意的商人，原本过着中产阶级的富有生活。他"拥有一套小巧而舒适的公寓，一共三间半房，有朝阳的阳台，有热水供应，中央空调供暖，有娇妻丽达和女仆埃丽萨，旁边的车库里停放着用分期付款买来的深蓝色双排座汽车"②。后来，由于经营不善而破产。为了迅速致富，便阴谋杀害了一个他自以为酷似自己的流浪汉菲利克斯，希望得到一大笔保险赔偿金。他原以为自己的阴谋设计得天衣无缝，却万万没有想到，菲利克斯遗弃在汽车里的那根刻有自己姓名的手杖暴露了一切……

纳博科夫一再强调，艺术是虚构，小说是童话，而这部小说却并不完全是纳博科夫的虚构和想象力的结晶。俄罗斯著名的纳博科夫研究专家麦里尼科夫（Н. Мельников）曾经对《绝望》的写作过程做过专门的研究。他指出，在 20 世纪 30 年代初，杀死同貌人的犯罪浪潮不仅席卷了德国，而且袭击了整个欧洲。俄侨新闻界曾经详细报道过同时发生在英、法、德等国的几起犯罪案件。纳博科夫的《绝望》就是在这样的背景下写就的。③ 可见，纳博科夫《绝望》的写作，是他在某种现实背景基础上进行的虚构和想象，揭示了人在特殊背景下的心理状态。

1965 年，纳博科夫在为《绝望》英文版所作的序言中，以一贯的态度宣称，小说并不具有社会意义，也不包含道德成分。"《绝望》和

---

① V. V. Nabokov, *Lectures on Russian Literature*, New York: Harcourt Brace Jovanovich, 1981, p. 71.

② В. В. Набоков, *Отчаяние*, Санкт - Петербург: Издательский дом 《 Азбука - классика》, 2007, с. 26.

③ Н. Г. Мельников, сост. *Классик без ретуши: литературный мир о творчестве Владимира Набокова*, М.: Новое литературное обозрение, 2000, с. 79.

我的其他作品一样，既不提供任何社会评论，也不提供任何道德训诫；这本书既不提升人的精神，也不为人类指明正确的出路。"① 后来，评论家们根据纳博科夫类似的表达和霍达谢维奇对他早期作品的评价，一致认为，纳博科夫是一个重形式的艺术家，便纷纷摒弃了对其作品中"社会意义"和"道德性"的诉求，把注意力转向对他的小说艺术形式和艺术观的研究。

纳博科夫强调艺术作品的独创性。尽管纳博科夫一再强调："风格和结构是一部书的精华，伟大的思想不过是空洞的废话"，但他的作品仍然保留了俄罗斯古典文学的因素，他的作品，特别是 20—30 年代的作品，客观上继承了俄罗斯文学富有哲理的传统。在《绝望》中，纳博科夫利用刑事犯罪情节和传统的同貌人题材，涉及俄罗斯古典文学的基本主题，特别是陀思妥耶夫斯基的罪与罚、天才与犯罪主题。纳博科夫和陀思妥耶夫斯基一样，对于那种为了达到个人的目的，否定他人存在价值的利己主义进行了揭露和批判。

相对于陀思妥耶夫斯基，纳博科夫很大程度上放弃了对作品一般社会意义和道德价值的追寻和诉求，而是专注于对作品形式的探索和作为个体的人的意义的追寻。在《绝望》和《洛丽塔》中，他继承了陀思妥耶夫斯基小说中的"天才与犯罪"主题，但他更加专注于作为个体的本性。

在陀思妥耶夫斯基的《罪与罚》中，主人公拉斯柯尔尼科夫奉行"天才犯罪论"。他把人分成两类："不平凡的人"和"普通人"。为了达到自己的目的，"不平凡的人"，即超然于社会道德规则制约之外的天才，可以不择手段，无所不为，甚至杀人犯罪。而"普通人"则平庸无能，在芸芸众生中成为"繁殖同类的材料"，只能充当"不平凡的人"的工具。他认为自己属于像拿破仑一样不平凡的人，为了实现自己的理想，创造美好的未来，可以踏着别人的尸体和鲜血前进。"所有的人，不仅是那些伟人，而且也包括那些多多少少能够进行独立思考的

---

① В. В. Набоков, *Отчаяние*, Санкт-Петербург: Издательский дом《Азбука-классика》, 2007, с. 248.

人，也就是那些能够提出少许新的见解的人，就其天性而言都是罪
犯……"①

在《绝望》中，一个人能不能为了自己的幸福而践踏他人的生命？
能否同时集天才与罪犯于一身？一个人如果有了拿破仑的狂妄，是否能
够得出"一切都是允许的"的结论？所有这些问题，在不同的场景中
悄悄出现。赫尔曼无疑是一个"拿破仑"式的狂妄自大之徒。他自以
为是个天才，自以为自己有卓越的才能，可以恣意妄为。他原本是一个
巧克力商人，却一再强调自己的文学才能，标榜自己是一个艺术家。他
和菲利克斯属于两个不同的阶层：一个属于中产阶级，一个是一文不名
的流浪汉。在读者看来，他们之间毫无相似之处，但在赫尔曼那里，微
乎其微的相似性被他无限夸大，成了他恣意妄为的借口。

> 瞧，这是我的鼻子，北欧人的大鼻子，结实的鼻梁骨，几乎呈
> 长方形。他的鼻子也一模一样。我的嘴巴两边有两道深深的皱纹，
> 嘴唇很薄，仿佛一下子就能被舔掉。他也有这样的皱纹和嘴唇。而
> 颧骨……但这只是护照上的，说明不了具体的特征，并且从总体上
> 来说，微不足道。
>
> ……
>
> 请仔细看，我的牙齿又大又黄，他的牙齿洁白而又整齐一些，
> 但这重要吗？我的前额上青筋暴起，像一个没有画完的大写 M，但
> 当我熟睡的时候，我的前额也会像我的复制品一样光滑。耳朵……
> 与我的相比，他的耳朵轮廓变化不大：这儿皱襞，那儿光滑。眼睛
> 的大小一样，细长的眼睛塌陷，眼睫毛稀稀拉拉，但是他的睫毛要
> 比我的颜色浅一些。这些似乎就是我第一眼能够看出来的差别。②

从赫尔曼的自述来看，在他和菲利克斯的面部特征中，仅有的共同
点是他们都有北欧人的大鼻子，两片薄薄的嘴唇和嘴巴两边的两道深深

---

① 陀思妥耶夫斯基：《罪与罚》，张铁夫译，海南国际新闻出版中心 1997 年版，第
273 页。

② В. В. Набоков，*Отчаяние*，Санкт-Петербург：Издательский дом《Азбука-классика》，
2007，сc. 23-24。

的皱纹。然而，赫尔曼在巨大的差异面前，看到的仅仅是微小的相似性，这相似性被他无限放大，反过来最终吞噬了巨大的差异。仅仅这一点就说明了赫尔曼的偏执和不自量力。他认为自己具有伟大的天才，他精心设计的谋杀是一个天才艺术家的作品，是天衣无缝的。正是他对这种微小相似性的无限扩大和对巨大差异的漠然无视，导致了他最终的毁灭和精神世界的瓦解。他感到绝望不仅仅是因为菲利克斯把刻有自己姓名的手杖放在了案发现场的汽车里，也不仅仅是因为警察很快侦破了他精心设计的谋杀，还在于人们根本无视他时时刻刻强调的与菲利克斯的"相似性"。

陀思妥耶夫斯基对《罪与罚》中拉斯柯尔尼科夫、斯维德里加罗夫等人奉行的"天才犯罪论"所导致的"个人中心主义"持否定态度。拉斯柯尔尼科夫在杀死放高利贷的老太婆和她的妹妹之后，并没有像他预先期望的那样，以"一死换百生"，而是陷入了更加异常痛苦的境地。最后，在笃信宗教的杜尼亚的影响下，他走上了复活的道路。

和陀思妥耶夫斯基一样，纳博科夫对于"天才犯罪论"持批判态度。赫尔曼精心策划的谋杀案的告破以及他的精神的崩溃，说明了这种理论的最终失败。

在这两部小说中，金钱因素是推动主人公走向犯罪的唯一目的。在《罪与罚》中，为了实现自己的伟大理想，拉斯柯尔尼科夫需要一大笔金钱。在"天才犯罪论"的影响下，他杀死了放高利贷的老太太和她的妹妹。在《绝望》中，赫尔曼是金钱的狂热追求者，他对金钱的欲望压倒了一切。他把谋杀看作一种等同于艺术创造的活动。他和拉斯柯尔尼科夫都认为自己的行为是一种天才行为，这是一种真正的疯狂，和拿破仑一样，等待他们的是自我毁灭。

无论纳博科夫在口头上说他多么不喜欢陀思妥耶夫斯基，即使他把陀思妥耶夫斯基列为二流作家，他仍然继承了陀思妥耶夫斯基的深入刻画人性矛盾，即人格分裂、人的孤独感、对病态心理的偏爱等传统。

早在1939年，法国存在主义哲学家萨特就发现了《绝望》中纳博科夫对陀思妥耶夫斯基传统的继承。他认为，陀思妥耶夫斯基是纳博科夫的"精神之父"，《绝望》对陀思妥耶夫斯基进行了戏仿。

　　他（纳博科夫）很有才华，可惜却是父母的老来子，这里我仅
指他的精神父母，尤其是指陀思妥耶夫斯基：这部……小说的主人
公（赫尔曼），与其说像同貌人菲利克斯，不如说更像（陀思妥耶
夫斯基的）《莽撞少年》《永恒丈夫》和《死屋手记》等作品中的
人物，更像所有那些敏感而又固执的疯子们，他们总是浑身优点，
总是被凌辱，他们在理智的地狱里玩耍，嘲弄一切，不断地为自己
辩护……差别在于陀思妥耶夫斯基信任自己笔下的人物，而纳博科
夫已经不再信任自己笔下的人物，也不相信小说的艺术。他在自己
的作品中公开使用陀思妥耶夫斯基的写作方法，却又在写作过程中
直接对这些写作手段加以嘲讽，使陀思妥耶夫斯基的这些写作手段
在他的作品中成为陈旧的、必然的陈规旧套。①

　　萨特的评论，言下之意十分明显，那就是《绝望》的作者纳博科夫
分明深受陀思妥耶夫斯基的影响，却又对这种影响予以否认。很显然，
萨特的评论触动了纳博科夫的敏感神经，他极力否认萨特的说法，并在
许多场合公开贬低陀思妥耶夫斯基，称他在西方文学界"微不足道，被
过分高估"②。然而，萨特的评论并非没有道理。除了上述所论的两者
对"天才犯罪论"的批判，《绝望》中的众多因素表明，纳博科夫对陀
思妥耶夫斯基进行了戏仿。

　　首先，《绝望》这部小说最初的名字是《骗子日记》（*Запись
мистификатора*，即设骗局愚弄他人的人的日记）③，这使读者不由自
主地想起陀思妥耶夫斯基的《地下室手记》或《死屋手记》等作品。
另外，书中还大量使用陀思妥耶夫斯基一贯使用的书信体、日记体和心
理独白等写作手段。

　　其次，陀思妥耶夫斯基擅长通过人物病态的心理分析和人物意识的
表述来塑造人物，善于运用象征、梦幻、梦境、意识流等艺术手法，使

　　①　Ж. Сартр，"Владимир Набоков《*Отчаяние*》"// Н. Г. Мельников, сост. *Классик без
ретуши. Литературный мир о творчестве Владимира Набокова*，М.：Новое литературное
обозрение，2000，с. 129.

　　②　V. V. Nabokov, *Strong Opinion*, New York：Random House, 1999, p. 226.

　　③　Н. Г. Мельников, сост. *Классик без ретуши： литературный мир о творчестве
Владимира Набокова*，М.：Новое литературное обозрение，2000，с. 115.

通篇的作品氛围紧张压抑，情节发展紧凑急促，悬念迭起，震撼人心。在《罪与罚》中，他采用第三人称叙述方法，大量使用内心独白、潜意识描写、错觉、幻觉和梦境等多种描写手段，塑造了"天才罪犯"拉斯柯尔尼科夫，表现了他在犯罪前后特别是犯罪以后的心理体验。他杀人后陷入万般痛苦的境地，良心难以承受巨大的折磨，最后在广场上当众忏悔，这无疑宣告了"天才犯罪论"的破产。

《绝望》这篇小说几乎全部由主人公赫尔曼的内心独白构成，是一篇忏悔自白录。尽管赫尔曼一再强调，他是靠自己的记忆写作，但主人公不断追求自我分析和自我毁灭，充分说明了纳博科夫的创作态度。俄侨女作家兹拉切夫斯卡娅（А. Злочевская）以不容置疑的态度指出了纳博科夫《绝望》与《罪与罚》之间的联系，并且指出了纳博科夫与陀思妥耶夫斯基在解决存在主义问题，创立"幻想现实主义"之间的联系。她认为，纳博科夫创立了"幻想现实主义"的最初模式，其中体现了存在主义独特的方向。她说：

> 如果说陀思妥耶夫斯基艺术世界里的理想人物是作为现实生活中的神秘哲学的潜文本而存在的，那么，在纳博科夫的作品中，异在与世俗现实之间的界限几乎是透明的。尽管纳博科夫在主观上不接受陀思妥耶夫斯基，但他沿着后者文学传统的轨道向前发展，继承了后者创作的存在哲学定位和一系列的"永恒"问题……陀思妥耶夫斯基的艺术现实，即他的作品的主题、人物形象和情节模式，都有机地进入了纳博科夫个人艺术创作的潜文本。[①]

陀思妥耶夫斯基的《双重人格》（*The Double*）是最受纳博科夫青睐的作品。正是这部小说启发纳博科夫创造了"替身写作模式"。几乎所有的纳博科夫小说中都可以找到"替身写作模式"的痕迹，但在《绝望》和《洛丽塔》中，纳博科夫对"替身"母题的书写达到了顶峰，他在陀思妥耶夫斯基的道路上走得更远。

纳博科夫在利用"替身写作模式"，充分运用各种叙事手段，以高

---

① А. Злочевская, *Достоевский и Набоков* // *Достоевская мировая культура*, М., 1996, No. 7, cc. 85–94.

超的叙事技巧和华美的文字制造了一个又一个的文学迷宫，让读者徜徉其中，充分享受艺术创造的乐趣，如不可靠的叙述者、人物身份的多重性、叙事视角和叙事结构的复杂性等，使《绝望》这部创作于 20 世纪 30 年代的作品具备了元小说的特征。

值得注意的是，纳博科夫欣赏的是《双重人格》的艺术性，而对其中的思想性则不屑一顾。他认为，文学不应该承担提升社会道德修养的任务。在《俄罗斯文学讲稿》中，他这样揭示文学的本质：

> 文学，真正的文学，并不能像一种对心脏或大脑——灵魂之胃有益的药剂那样让人一口囫囵吞下。文学应该拿来掰碎成一小块一小块——然后你才会在手掌间闻到它那可爱的味道，把它放在嘴里津津有味地细细咀嚼；——于是，也只有在这时，它那稀有的香味才会让你真正有价值地品尝到，它那碎片也就会在你的头脑中重新组合起来，显露出一个统一体，而你对那种美也已经付出自己不少的精力。①

纳博科夫对陀思妥耶夫斯基作品中的宗教哲理思想持批判态度。他通过讽拟、戏仿等"逆崇高"修正手法，批判了陀思妥耶夫斯基的宗教哲理思想。

首先是讽拟（parody，пародия）。所谓讽拟，就是讽刺性模拟，是"作家在文学创作中采用的一种讽刺性批评和滑稽嘲弄的手法，他通过模仿某一个特定作家或某一特定文学流派的文体和手法，从而达到突出该作家作品中的瑕疵或该流派所滥用的俗套之目的"②。一般情况下，后现代主义作家常常在小说中运用讽拟手法，对历史人物和事件，对日常生活中的某些现象，对经典著作中的题材、内容、形式和风格进行夸张扭曲的嘲弄和模仿，使其变得荒唐可笑，从而达到批判、讽刺和否定传统之目的。

---

① V. V. Nabokov, *Lectures on Russian Literature*, New York: Harcourt Brace Jovanovich, 1981, p. 72.

② J. A. Cuddon, *A Dictionary Literary Terms and Literary Theory*, London: Penguin Group, 1986, p. 453.

　　"讽拟"是纳博科夫在创作中常用的手段之一。他认为"讽刺是一堂课，讽拟是一场游戏"。"戏仿的精神总是跟着诗歌走。"① 在他的作品中，从结构形式到内容都充满了幽默和深刻的戏仿。纳博科夫通过戏仿或挪揄一种思想，或嘲笑某一人物，或挖苦某一形式，从而展现自己的观点和立场。大致说来，纳博科夫的讽刺性模拟可以分为下面几种形式：人物讽拟、主题讽拟和风格讽拟。

　　在《绝望》中，纳博科夫对陀思妥耶夫斯基和他的《罪与罚》、《双重人格》等进行了淋漓尽致的讽拟和戏仿，从而达到修正的目的。主人公赫尔曼相信自己是"还未享受到光荣"的天才的新手，认为"罪犯就像诗人和演员"一样，具有创造性。他大肆颂扬洒在地上的鲜血，挖空心思去寻找奇迹，这让人不禁想起《罪与罚》中胆大妄为的拉斯柯尔尼科夫。在布拉格出差期间，赫尔曼遇上一位和自己长得"相像"的流浪汉，遂生歹意。他将流浪汉诱骗到森林里杀害，然后利用流浪汉的身份骗取人身保险金。他以为自己干得天衣无缝，岂料警察立即发现了破绽，并把他捉拿归案。

　　赫尔曼利用和流浪汉菲利克斯面貌相像的特征进行犯罪，使读者想起了陀思妥耶夫斯基的《双重人格》。菲利克斯和赫尔曼之间的相似性微乎其微，赫尔曼白白胖胖，穿着讲究，而菲利克斯皮肤黝黑，脸色苍白。赫尔曼是富有的巧克力商人，菲利克斯是没有工作和收入，也没有固定住所的流浪汉。可笑的是，赫尔曼无视两者之间的巨大差异，无限夸大微不足道的"同一性"，这和追求事物差异性的真正艺术家阿迪里安截然相反。所以，在纳博科夫看来，赫尔曼和拉斯柯尔尼科夫一样，是狂妄的梦想家。

　　其次，小说通过模仿《罪与罚》的人物讽刺了陀思妥耶夫斯基作品中的天才犯罪论主题——具有天赋和才华的人为了证明自己而去杀人，并把凶杀行为看成是一种"创造性活动"。纳博科夫认为，陀思妥耶夫斯基设计这样一个子虚乌有的故事，完全是为了兜售宗教救人的思想。

　　另外，《绝望》的整个故事情节是纳博科夫对陀思妥耶夫斯基令人不可思议的情节和它们令人不可思议的巧合的戏仿。他甚至还讽拟了陀

---

① V. V. Nabokov, *Strong Opinion*, New York：Random House，1999，p. 25.

思妥耶夫斯基的小说风格。在小说的结尾，他一再打算将小说命名为
《双重人格》或《罪与罚》，对陀思妥耶夫斯基的小说题目进行讽拟。
在小说结尾，纳博科夫故意标上了手稿的完成时间：4月1日，指出了
小说的虚构性和欺骗性。

　　布鲁姆认为，"诗的影响既是'失'又是'得'，它们不可分割地
交织在历史的迷宫中"①。也就是说，前辈诗人对后来者的影响，并不
是后来者的全部继承，而是在继承基础上的创新。纳博科夫对俄罗斯文
学传统的继承，表现为它以陀思妥耶夫斯基的《罪与罚》为前文本或
潜文本。这两个文本在客观上存在的"血缘"关系，主要表现在题材
和情节甚至某些细节上的相似。

　　纳博科夫对陀思妥耶夫斯基文学世界的了解经历了一个漫长的过
程。他在《俄罗斯文学讲稿》中回忆了自己一生四次阅读《罪与罚》
的过程和感受：

> 　　我十二岁时第一次阅读了陀思妥耶夫斯基的《罪与罚》。那时
> 候，这本小说给我的印象是令人振奋、鼓舞人心的。我十九岁第二
> 次阅读这本书时，俄国正处在动荡不安的内战时期，这时候的阅读
> 感觉很差：烦冗曲折、多愁善感。二十八岁时，我第三次读了它，
> 因为我要在我的一本书中谈到陀思妥耶夫斯基。后来，当我在美国
> 一所大学里教书时，因为要在课堂上使用这部作品，就再一次读了
> 一遍。之后，才发现这部小说的魅力。②

　　纳博科夫在对陀思妥耶夫斯基逐步接受的过程中，受陀思妥耶夫斯
基影响最大的莫过于后者对人类内在精神世界的深入探索。纳博科夫的
作品在某种程度上表现出与陀思妥耶夫斯基的传承关系，后者为纳博科
夫的文学创作提供了丰富的文本参照。

　　总之，没有陀思妥耶夫斯基，纳博科夫的小说可能是另外一种风
格。纳博科夫通过讽拟、戏仿等后现代写作手段，使陀思妥耶夫斯基在

---

① 哈罗德·布鲁姆：《影响的焦虑》，徐文博译，江苏教育出版社 2005 年版，第 30 页。

② V. V. Nabokov, *Lectures on Russian Literature*, New York：Harcourt Brace Jovanovich,
1981, p. 87.

他的作品中重新复活，使陀思妥耶夫斯基等俄罗斯经典作家更加不朽。

第二节 超越传统的替身写作模式

一 西方文学中的替身故事

纳博科夫在《文学讲稿》中宣称："优秀的读者是我的兄弟，我的替身。"在西方文学中，"替身"（doppelgange）一词源于德语，意为二人同行或二重身（即 double goer 或 double walker）。在 18 世纪的德国民间传说中，替身是相貌酷似活人的幽灵或另一个我，常常被赋予"凶险"之意，因为它会吸走原身的能量，甚至杀死原身。后来，替身（the double）成为每个人内心中另一个看不见的自我，它时时刻刻伴随着原身，监视着原身的一举一动，并将自己的思想建议灌输到原身的脑子里或渗透到原身的心里，从而影响原身的一切。19 世纪初，德国浪漫主义作家霍夫曼（E. T. A. Hoffmann，1776—1822）开启了写作替身故事的先河。他的短篇小说《魔鬼的万灵丹》（*The Devil's Elixir*，1815—1816）是一个风格怪异的"替身"故事，揭示了人性的双重特征，即善恶两面性，并且说明双重人格具有普遍性，在不同的环境条件下和不同的场合，人性呈现出不同的特征。

1818 年，英国著名小说家玛丽·雪莱（Mary Shelly，1797—1851）的代表作《科学怪人》（*Frankenstein*，1818）塑造了著名的"替身"形象——一个最终毁了他的创造者的东西。主人公弗兰肯斯坦出生于日内瓦的名门望族，是一个和浮士德一样潜心学问且才华横溢的学者，他潜心于生命科学研究，梦想通过非自然手段创造生命。经过无数次探索，他用死尸创造了一个面目可憎、丑陋无比的怪物。起初，这怪物秉性善良，乐于助人，内心充满了善意和感恩。但由于它长相丑陋，受到了人类的嫌恶和歧视，甚至遭到殴打和驱逐。它开始要求弗兰肯斯坦赋予它人类拥有的所有权利。遭到拒绝后，它开始憎恨一切，想毁灭一切。它杀害了弗兰肯斯坦年幼的弟弟，并把弗兰肯斯坦的新婚妻子掐死在婚床上。弗兰肯斯坦怀着满腔怒火四处追捕他所创造的恶魔，最后在北极和它同归于尽。这部充满科幻元素的小说，使玛丽·雪莱被誉为"科幻小说之母"。在这部小说中，弗兰肯斯坦不能放下执念，是一个强迫症患者，他和他创造的怪物，实际上是人性的善恶两面。

19 世纪末，俄国作家陀思妥耶夫斯基致力于人类内在精神世界的探究。他的小说《双重人格》（*The Double*，1846）中塑造了一个具有双重意识，和自己的意识完全分裂的人物。主人公戈利亚德金是一个内心分裂、沉溺于妄想的偏执狂，他幻想有一个长相和自己一模一样的人冒充自己的身份，到处招摇撞骗，还处处羞辱他，与他作对。这种病态心理搅乱了他的生活，使他精神分裂。他试图拆穿小戈利亚德金的假冒身份和卑劣行径，维护自己的声誉，似乎却总以失败告终。之后，双重人格成为陀思妥耶夫斯基小说最重要的主题，也成为世界文学史上最复杂的现象。《罪与罚》中的拉斯柯尔尼科夫、《卡拉马佐夫兄弟》中的伊万、《群魔》中的塔斯罗夫金等，使"双面人"形象更加丰满。拉斯柯尔尼科夫是一个心智健全的野心家和阴谋家，伊万集"圣母玛利亚的理想"和"索多玛城的理想"于一身。他们以其性格的矛盾性、灵魂的复杂性和人格的斗争性使陀思妥耶夫斯基的小说在文学史上独树一帜，经久不衰。

俄罗斯文学对纳博科夫的影响不言而喻，他又在德国生活 15 年之久，"替身"故事势必在文学创作方面给予纳博科夫以启发。尽管纳博科夫再三表示憎恶弗洛伊德，也把陀思妥耶夫斯基定位为"二流作家"，但他对"双面人"主题情有独钟。纳博科夫和陀思妥耶夫斯基，正如海德格尔憎恶尼采一样，都是因为憎恶前人说尽了自己要说的微言大义。因此，为了超越前人，后人必须在形式和技巧上有所突破。毫无疑问，纳博科夫成功了，他不仅继承了替身故事，还创造了"替身写作模式"，甚至把这种写作模式发展到了前所未有的高度。几乎他的所有小说都有"替身"写作的痕迹，但在《绝望》和《洛丽塔》这两部小说中，纳博科夫超越了"替身"主题的书写，在陀思妥耶夫斯基的道路上走得更远。纳博科夫充分运用各种叙事手段，以高超的叙事技巧和华美的文字制造了一个又一个的文学迷宫，让读者徜徉其中，充分享受艺术创造的乐趣。《绝望》中，他的各种叙事手段，如不可靠的叙述者、人物身份的多重性、叙事视角和叙事结构的复杂性等，使《绝望》这部创作于 20 世纪 30 年代的作品具备了元小说的特征。

二　超越传统的替身写作模式

纳博科夫不仅继承了陀思妥耶夫斯基小说的"双重人格"题材，还使替身写作（Doppeganger writing）成为一种文学创作模式（the genre of the literary double）。

在陀思妥耶夫斯基的小说中，主人公的人格分裂是源于人格中的善恶较量，他们时时刻刻饱受善与恶、理智与冲动、灵魂与肉体等激烈的二元冲突。这种分裂既来自社会，也来自于其性格本身，使人内心承受着巨大的痛苦。陀思妥耶夫斯基把回归宗教和道德救赎当作解决人类精神问题的一剂良药。然而，在纳博科夫的小说中，无论是《绝望》中的赫尔曼，还是《洛丽塔》中的亨伯特，都是患了妄想症的偏执狂。他们和史蒂文森《化身博士》中的哲基尔和海德一样，既非纯粹的善，也非纯粹的恶，但在纳博科夫看来，人性就像哲基尔的房子一样，一半是哲基尔的，一半是海德的。善与恶的转变具有不确定性，但精神分裂的偏执狂们完全没有出路，最终的结果只能走向毁灭。作者精巧设计的克莱因瓶（Klein bottle）创作模式，预示着人类精神的绝望。

"优秀读者是我的兄弟，是我的替身。"意思是说，优秀的读者能理解作家的创作初衷，有能力进入创作过程，在阅读的过程中参与文本创作。如果说《绝望》是纳博科夫"替身"写作的小试牛刀，那么，《洛丽塔》不仅超越了陀思妥耶夫斯基的"替身写作"，还把这种写作模式发展到了一个新的高度。在《洛丽塔》中，真实作者纳博科夫和虚构作者亨伯特利用字母移位造词法创造出各自的替身，其实质是纳博科夫和亨伯特运用替身写作精致地杜撰了奎尔蒂诱拐洛丽塔的故事。亨伯特和纳博科夫都戏仿了替身写作和这种体裁本身的模糊性给小说情节和叙事带来的不稳定性。

《洛丽塔》的作者不是单一的，除了真实作者纳博科夫，还有虚构作者亨伯特以及他们的替身。多重替身写作是纳博科夫的独创，他的替身不仅是亨伯特，还有读者。亨伯特巧妙运用替身故事这种题材，杜撰了奎尔蒂诱拐洛丽塔的故事，而纳博科夫和亨伯特都对替身题材进行戏仿，这种题材本身的模糊性决定了小说情节和叙事的不稳定性，只有读者的参与才能形成新的文本。

　　传统的替身故事往往具有二元对立的特性，原身是真善美的化身，而替身是假恶丑的化身，如陀思妥耶夫斯基笔下的戈利亚德金和小戈利亚德金，主人公精神痛苦的根源在于善恶两种力量的持久较量和势均力敌。纳博科夫打破了这种二元对立模式，使替身故事更加复杂。在《洛丽塔》中，亨伯特不仅充当了纳博科夫的替身，他还有自己的替身作家亨伯特和剧作家奎尔蒂。他的忏悔构成了小说的全部内容，但同样的内容却传达了不同的世界观，替身与原身之间不再有善恶之争。小说主人公亨伯特可以被解读为纳博科夫戏仿的"恶的"同貌人：具有自传性质的精神错乱的唯我论者，但他同时又是虚构叙事的天才艺术家。

　　纳博科夫称读者为"我的兄弟"，亨伯特称奎尔蒂为我的兄弟。纳博科夫在许多地方留下细节，提醒读者，奎尔蒂是亨伯特的替身。在第23章中，亨伯特追杀奎尔蒂。在他寻找线索的途中，亨伯特告诉我们，奎尔蒂就是他自己。"他留下的线索虽然确定不了他的身份，但却反映出他的个性，至少反映出某种与我具有相同性质的、十分突出的个性。"①

　　亨伯特企图博得读者的同情，原谅他对多罗蕾丝·黑兹实施的犯罪行为。在这个替身故事的写作过程中，亨伯特重新获得了自我觉醒意识，有赎罪的想法。他的忏悔书实际上是他在奎尔蒂身上发现他"邪恶的另一面"的故事。"双面人"题材在他的笔下构思巧妙，以至于有"故意模仿"之嫌。他作为一个文学教授和艺术家，有足够的经验明白题材对他的影响。他既是"原身"，又是"替身"，在某种程度上可以分享"替身"身上不被人重视的品格。我们也许会问，奎尔蒂身上体现出来的那些"坏的天性和意识"到底有多少代表了亨伯特。作为他本人的"替身故事"的作者，亨伯特肯定知道他们之间的相似性是多少，也肯定会为这种相似性遭到谴责，他也会为此深表遗憾。在自我剖析的过程中，亨伯特越来越像作者。当纳博科夫在谈到亨伯特的真诚悔改时，他在《绝望》的前言中写道："天堂里有一条绿色通道，亨伯特可以拥有每年一次的特权，他可以在黄昏时分来这里散步。"②

　　其次，亨伯特是亨伯特的替身。亨伯特以第三人称叙事在他的叙事

---

① 纳博科夫：《洛丽塔》，主万译，上海译文出版社 2005 年版，第 396 页。
② Vladimir Nabokov, *Despair*, Penguin Classics, 2012, Ⅷ.

中创造了自己的替身。他既是故事主人公，又是叙事主体。在第 11 章中，亨伯特以第三人称和第一人称交替转换的方式，以日记的形式记述了亨伯特·亨伯特对洛丽塔欲火中烧的意念。杀死黑兹太太，占有洛丽塔的念头一直在折磨着他。然而，在亨伯特的意念中，他的对手和仇敌却根本不是黑兹太太。"有时，我在梦中想要杀人。但你知道发生了什么吗？比如，我瞄准一个满不在乎、却暗中留神注意的敌人。噢，我确实扣动了扳机，可是一颗又一颗子弹都从那个怯生生的枪口无力地落到了地上。在这些梦里，我唯一的想法就是掩盖起我的可耻的失败，不让我那渐渐变得恼怒起来的仇敌看到。"① 这时，"可怕的亨伯特（Humbert the Terrible）故意挑衅小亨伯特（Humbert the Small）"②。

之后的情节表明，作为叙事者和艺术家的亨伯特企图让他的艺术心上人得到不朽。洛丽塔至少暗含着套欧式的三重"替身"叙事。亨伯特——亨伯特（叙事者——人物）、亨伯特——奎尔蒂（作者——人物）、纳博科夫——亨伯特（作者——小说）。这种复杂的三重替身叙事模式否定了传统上一成不变的二元对立，颠覆了理想与真实、善与恶等传统替身故事的二元对立。

纳博科夫曾经表示不喜欢替身写作，但他在多部作品中都使用了这种写作模式，如《绝望》《塞巴斯蒂安的真实生活》《洛丽塔》等。多个批评家认为，纳博科夫这么做的目的是为了戏仿这种题材，这或许是唯一合理的解释。但笔者认为，纳博科夫作为一个文体家，对替身写作模式的戏仿，正是为了超越这种体裁。在他笔下，替身写作模式更加复杂，远远超出了生与死、善良与残酷等传统的二元对立。《绝望》中，赫尔曼指认菲利克斯是他的同貌人，但后者与他毫无关系，也毫无相似之处。《塞巴斯蒂安的真实生活》中，V 是塞巴斯蒂安的同父异母弟弟，可他也只是在叙事结束之际以作者的身份进入读者的视野。

《洛丽塔》不仅仅是一个替身故事，而且充满了镜像。洛丽塔的生身父亲哈罗德·黑兹（Harold Haze）从未在作品中出现，而亨伯特·亨伯特（Humbert Humbert）作为一个和她毫无血缘关系的继父则成为小

---

① 纳博科夫：《洛丽塔》，主万译，上海译文出版社 2005 年版，第 73 页。

② Julian W. Connolly, *A Reader's Guide to Nabokov's Lolita*, Boston: Academic Study Press, 2009, p. 126.

说的主要人物。纳博科夫用 H. H. 戏仿洛丽塔的继父亨伯特·亨伯特
（Humbert Humbert），与她的亲生父亲遥相对应，形成一种对照。此外，
洛丽塔班上的四对双胞胎，以及猎人旅馆 342 房间里的镜子等都是一对
一的对照和反射。即使加斯顿·戈丁（Gaston Godin），一个普普通通的
教师，一文不值的学者，又胖又老，神情忧郁，惹人生厌，对英语不但
一无所知，还满不在乎，但在亨伯特的眼中，G. G.（Gaston Godin）是
他的影子，与他本人形成一种对照（G. G. ＝H. H.）。亨伯特很清楚与
H. H.（Humbert Humbert）之间的相似之处，两者都是恋童癖。G. G.
喜欢男孩，H. H. 喜欢女孩。棋盘两侧，他们形成鲜明对比，G. G. 总
穿黑色衣服，而 H. H. 总穿白色。安然无恙的亨伯特对跌跌挣扎的亨
伯特说，H. H. 占了上风。

　　尽管如此，替身远不止这些二元对立。它还承担着身份之争，而身
份之争源于主人公内心的矛盾和被压抑的欲望。在所有的原身和替身
中，只有亨伯特和奎尔蒂符合 19 世纪欧洲文学中传统的替身体裁标准。
但在这部作品中，原身和替身之间的界限是模糊的，辩证的，他们之间
的矛盾和冲突也是不可能解决的。

　　在有关失去洛丽塔的叙事中，亨伯特（纳博科夫的替身）参考了史
蒂文森的《化身博士》、爱伦坡的《威廉·威尔逊》和其他经典著作。
纳博科夫把有关对化身博士自我精神分裂问题过于简单的阐释，看作
"一场荒谬的潘趣朱迪秀"或小丑的滑稽表演。亨伯特在他和奎尔蒂的
最后角逐中称奎尔蒂为"潘趣"①。而在惊悚庄园一幕中，他实际上扮
演了纳博科夫谴责的替身角色。在浴室里，"他脸色发灰，眼睑松弛，
有点儿秃顶，稀疏的头发乱蓬蓬的，但仍然完全给认出来。他穿着一件
紫色的睡衣，跟我过去的那件很像，从我身旁大摇大摆地走过。他不是
没有看到我，就是把我当作熟悉、无害的幻觉而不予理会——他让我看
到他那毛茸茸的小腿，像个梦游者似的朝前走下楼去"②。亨伯特把奎
尔蒂建构成为自己的"替身"，并试图通过杀死奎尔蒂来抹去自己的罪
恶。而他对奎尔蒂的描述，多多少少又带点儿老年纳博科夫的影子。因
此，在这里，替身已经超出了"原身"和"替身"的二元特征，而是

---

① 纳博科夫：《洛丽塔》，主万译，上海译文出版社 2005 年版，第 474 页。
② 同上书，第 472 页。

形成了纳博科夫——亨伯特——奎尔蒂的多重替身模式。

前后矛盾的日期体现了亨伯特的精神分裂和他的凭空杜撰。纳博科夫小说的情节建构必须经过多重的复式阅读才能完成。第一遍阅读，就像阅读现实主义小说一样，我们会关注叙事者叙述的主要事件，但如果不着急知道故事的结局，我们就会在亨伯特对幽灵般的奎尔蒂的描写中发现蛛丝马迹。随着细读的深入，会发现他的出现越来越可疑，很可能就是当事者亨伯特的一种幻觉，而叙事者亨伯特也多次提醒读者，自己曾经精神分裂。如果我们认真对待亨伯特在叙述中日期标注的矛盾性，就不得不重新考虑亨伯特在 9 月 22 日收到洛丽塔来信后发生的一切。编辑雷博士在前言中说，亨伯特死于 11 月 16 日，距离他 9 月 25 日被捕 53 天，但在正文中，亨伯特说他花了 56 天时间来写忏悔。如果说亨伯特是正确的，那么他必须在收到洛丽塔来信的当天开始写作，并在死亡那天结束写作。这就意味着亨伯特杜撰了他到科尔蒙特的旅行，以及在那里和洛丽塔重聚，杜撰了洛丽塔告诉他真相和奎尔蒂带洛丽塔离开埃尔芬斯通医院，杜撰了他谋杀奎尔蒂和他被捕的场景。他后来的叙述也正好证明了这一点："56 天（9 月 22 日）前，我开始写《洛丽塔》时，先是在精神病院接受观察，后来就在这个暖融融的坟墓似的隔离室，我想我会在审判时用上这些笔记。"[①]

纳博科夫有意制造叙事时间的前后矛盾，正如他在俄译本《洛丽塔》暗示的那样，目的是提醒读者，奎尔蒂这个被追逐的恶魔是亨伯特的虚构。此外，亨伯特也多次明确表示其他事件也是他的杜撰，是精神分裂的幻想，具有虚构性，如虚假的北极探险报告、给医生伪造的精神病症状、为了欺骗夏洛特瞎编乱造的爱情故事等等。亨伯特在 9 月 22 日之后的所有虚构有两个目的：一是向读者展示他的悔改之意，二是使《洛丽塔》在艺术上达到不朽。这些场景，与亨伯特邪恶的欲念对年幼的多莉·黑兹造成的伤害不同，起到了赎罪作用。他开始意识到，自己已经开始把洛丽塔当作一个独立的个体，与他自己不同，与他的想象不同，他开始爱她，即使她已经不再是"苹芙"或小仙女。因此，杀了

---

① 纳博科夫：《洛丽塔》，主万译，上海译文出版社 2005 年版，第 492—493 页。

奎尔蒂，就等于抹杀了他对洛丽塔的性虐待行为。①

　　叙事时间的前后矛盾是叙事者有意为之，无论我们是否接受这一点，第一遍阅读文本之后，必须重新考虑这一切，特别要关注的是克莱尔·奎尔蒂的人性。亨伯特称自己是克莱尔·奥布思科尔（Clare Obscure），该词是意大利语单词 chairoscuro 的变体，意思是既清晰又模糊，既真实又虚构。亨伯特谋杀奎尔蒂的情景充满了作者丰富的想象，这想象不仅戏仿了美国西部片，还戏仿了格林童话等多种体裁。第一遍阅读文本之后，奎尔蒂从暗处缓缓走出来。继续读下去，亨伯特的权威逐渐削弱，我们越来越强烈地意识到现实层面上他身体和心理上的缺陷，以及艺术层面上他作为一个不可靠的叙述者所塑造的角色，同时意识到，在亨伯特的幻觉中，奎尔蒂出现的次数不断增加。

　　这种虚构性和模糊性迫使我们不断追问奎尔蒂的身份：在亨伯特虚构的现实中，他是否真的存在？如果亨伯特的所有叙事都不是虚构，那么，他精心建构的小说模糊性将轰然倒塌。奎尔蒂的存在只能依靠夏洛特·黑兹和简·法罗来证明（他们的熟人艾弗·奎尔蒂是奎尔蒂的叔叔），只能依靠德龙广告里的肖像画和《舞台名人录》来证明，靠薇薇安·达克布鲁姆的传记和小约翰·雷博士的前言来证明。而所有这些都仅仅是亨伯特的幻觉，是奎尔蒂充当他的"二重身"的开始。

　　亨伯特与奎尔蒂又是一对文学双面人，剧作家奎尔蒂逐渐成为作家亨伯特的替身。就像爱伦坡笔下的威廉·威尔逊一样，原身和替身共享着自己的特征。首先，亨伯特和洛丽塔迷恋的某位剧作家（奎尔蒂）很相像，尽管亨伯特认为这种相像微乎其微。其次，亨伯特指出，在追逐奎尔蒂的过程中，根据汽车旅馆登记簿上的登记，他"发现奎尔蒂的那种幽默，和他自己的那种思考方式有着密切联系"。此外，在惊悚庄园一幕中，亨伯特一再强调他和奎尔蒂的共同之处："他穿着紫色的睡袍从我身边走过，一件和我曾经有过的睡袍一模一样。"在和奎尔蒂搏斗时，这种相似性已经转变成为一体性，"他压在我身上。我压在他身上。我们压在我身上。他们压在他身上。我们压在我们身上。"② 不可

① Julian W. Connolly, *A Reader's Guide to Nabokov's Lolita*, Boston：Academic Study Press, 2009, p. 86.

② 纳博科夫：《洛丽塔》，主万译，上海译文出版社 2005 年版，第 479 页。

否认，亨伯特和奎尔蒂的共同特征一直伴随着他们。

亨伯特对奎尔蒂的描述具有替身写作特征。替身体现了原身极力抑制与精神病理学有关的东西，尤其是性欲，因此，替身和原身密不可分。原身和难以捉摸的替身之间相互追逐，相互对抗，其中原身杀死替身的故事情节和替身一样模糊隐晦，捉摸不定。在爱伦坡的《威廉·威尔逊》中，我们并不清楚原身威尔逊是否杀死了他的替身。在《洛丽塔》中，亨伯特谋杀奎尔蒂的场景同样含混不清。最初，人物亨伯特试图从恋女童癖转向对洛丽塔的痴迷，把她作为梦中情人来描述。他借用爱伦坡的悲剧爱情诗《安娜贝尔·李》主人公的名字来命名自己的梦中情人，进而又把自己扮演成诗人，通过旧爱附身的方式，把美国女孩多莉幻化为洛丽塔。在亨伯特笔下，奎尔蒂被描述成为一个无耻的色情作家和二流剧作家，代表着亨伯特极力否定的恋童癖和生理冲动，同时，亨伯特作为艺术家的一面也得到了嘲讽。但正是亨伯特的替身叙事，表明了他本人极力想要抑制的生理冲动，而这种生理冲动一直隐藏在他的内心深处并伴随着他。在科尔蒙特，当洛丽塔向他说明了奎尔蒂的身份之后，亨伯特写道："我知道这件事，一直都知道，即使不去了解也知道。"正是因为意识到了这一点，故事主人公亨伯特向艺术家亨伯特屈服。艺术家亨伯特披露了他如何讲述自己对替身的追逐以及被替身追逐。就这样，完美的结合悄然发生，一切都归于有序，就像成熟的果子在合适的时机落下。由此可见，弗洛伊德的精神分析理论在纳博科夫那里得到了认同并为他的替身写作提供了理论基础。

替身写作体裁的原则。韦伯·安德鲁对替身写作的原则做了详细描述，认为亨伯特的双面人故事严格遵循了这些原则：

一、无论是能体会原身（主体）快乐的替身，还是篡夺原身快乐的替身，双面人都履行着原身的身份。原身的身份总是与性有关，在两个自我之间继续着权力游戏。偏执狂亨伯特和色魔亨伯特争夺的是对洛丽塔的激情。

二、替身不仅在原身的主体文本里出现，还像幽灵一样，从一个文本游荡到另一个文本。在亨伯特的叙事中，奎尔蒂出现了36次。除了史蒂文森笔下的化身博士和爱伦坡笔下的威廉·威尔逊，亨伯特直接模仿了玛丽·雪莱的《科学怪人》，一再称他笔下的双面人"恶魔"。

三、替身故事代表着现实世界和幻想世界的相互依赖，但二者不可能同时出现，与此同时，替身故事挑战了传统体裁，创造了一种要么戏仿要么忠诚的场景。亨伯特和替身奎尔蒂的最后一次较量是在惊悚庄园，叙事结合了神话故事、美国西部电影和哥特小说等诸多因素。可以说，亨伯特枪杀奎尔蒂的故事情节简直就是一部奇幻喜剧。亨伯特追逐奎尔蒂时，难以捉摸的克莱尔一下子在钢琴前坐下，弹了几个粗犷有力、基本上是歇斯底里的琴声轰鸣的和弦，接着，"亨伯特以两倍或三倍于袋鼠的速度跳跃向前，跟着他穿过门厅"，奎尔蒂虚假而又夸张地表现出经受多次枪击造成的疼痛。

四、替身犹如一个飘忽不定的双面间谍，躲避着罪犯（原身）或精神焦虑的追逐。即使否定，也要求是焦虑主题的投射。奎尔蒂对亨伯特的谴责进行驳斥，"你完全搞错了。我把她从一个野蛮的性变态的人的手里解救了出来。""有点儿重复，什么？""变得猥亵了吗？"①

五、很显然，对于原身的演说，替身一直在模仿、重复、戏拟、指使和反驳，甚至对原身的演讲表示惊讶。在密码般的撒纸追踪游戏中，奎尔蒂盗用并戏仿了亨伯特的文学创作架构，在旅馆的旅客登记簿上签下非常滑稽的名字。

六、双面人打乱了叙事流变的时态模式，延缓了叙事惯例。53 天与 56 天，3 天的时间差提示我们，如果说惊悚庄园（帕沃尔庄园）场景是亨伯特运用传统替身叙事模式创作的幻想之作，那么亨伯特从来就没有遇见过奎尔蒂，谋杀也无从谈起。他一方面宣称"你可以一直指望一个杀人犯给你提供一个精致的文体"，认为自己是个"记忆中的故事耸人听闻但并不完整也不正统的杀人犯"，同时，又强调自己不是杀手，宣称"我们不是杀手。诗人从来不杀人"。在亨伯特的日记中，亨伯特这样记述了自己的幻想："有时，我在梦中想要杀人。但你知道发生了什么吗？比如，我握着一支枪。比如，我瞄准一个满不在乎却暗中留神注意的敌人。噢，我确实扣动了扳机，可是一颗又一颗子弹都从那个怯生生的枪口虚弱无力地落到了地上。在这些梦里，我唯一的想法就是掩饰我可耻的失败，不让惹我恼怒的仇敌看到。"② 这个情景与亨伯特向

---

① 纳博科夫：《洛丽塔》，主万译，上海译文出版社 2005 年版，第 477—481 页。

② 同上书，第 73 页。

奎尔蒂开第一枪时的情景十分相似："我用我的伙计对着他穿了一只拖鞋的脚，使劲儿扣动扳机，咔哒一声。他看看他的脚，又看看枪。我又十分费力地试了一次，随着一声微弱的幼稚可笑的声响，子弹射了出去，钻进了厚厚的粉红色的地毯。我相当惊骇地觉得子弹只是慢慢地钻了进去，可能还会再钻出来。"[①] 在这两段描述中，谋杀行为十分苍白无力，完全是幻梦。

再者，雷博士在序言中从未提到亨伯特对奎尔蒂的毁灭，亨伯特对他自己被关押在监的说法也含混模糊，"虽然暖气很足，但很隐蔽，有点儿像坟墓。"他毕竟数次住进精神病院，奎尔蒂的真实与不真实是纳博科夫小说戏仿侦探小说的关键。到底有没有谋杀？我们根据小说可以推断出谁是凶手，谁是受害者，但不知道是否曾经发生过。

替身故事强调双面人存在的不可分离性，那么它到底是超自然生物还是原身精神分裂或心理疾病作用的结果？威廉·威尔逊的替身是原身实实在在的复制品，名字相同，生日、相貌和上学日期也相同，但尽管如此，它在牛津原身的房间里留下了一顶实实在在的毛皮披肩。在陀思妥耶夫斯基的《双面人》中，小戈利亚德金在小酒馆里或许可能吃了10个馅饼，戈利亚德金在小酒馆的镜子里看到了它。我们知道，替身的模糊性是由主人公（原身）的精神错乱引起的。在《洛丽塔》中，替身的这种不可分离性也是心理上的，无论是 H. H.（亨伯特·亨伯特），还是 V. V.（指作者弗拉基米尔·弗拉基米拉维奇·纳博科夫），都是艺术的结果，是亨伯特运用高超的文学叙事技巧戏仿心理学领域替身故事的产物。亨伯特把奎尔蒂当作一个不确定的幻觉，这幻觉既与超自然因素有关，又与心理障碍有关。亨伯特利用替身故事制造的这种模糊性，需要把情节线索的现实因素与亨伯特叙事中的阐释区分开来。因此，替身写作就形成了这样一种双重对应结构：人物——叙事者，读者——作者。

三 "虫洞"连接平行世界

纳博科夫认为，"现实是无穷的台阶，是多重的知觉，虚假的尽头，

---

① 纳博科夫：《洛丽塔》，主万译，上海译文出版社 2005 年版，第 477 页。

因此，它是不可抑制的，是可望而不可即的"。《洛丽塔》中，我们可以分辨出多重现实，纳博科夫通过"虫洞"将其连接起来。

"虫洞"是连接多次元宇宙，即两个不同时间和空间的概念。多次元宇宙也可以称为"平行世界"。1916 年，奥地利物理学家路德维希·弗莱姆首次提出了"虫洞"概念。1930 年，爱因斯坦和纳森·罗森在研究引力场方程时认为，通过虫洞可以做瞬间的空间转移或时间旅行，因此，又称"爱因斯坦—罗森桥"。

序言是连接《洛丽塔》平行世界的第一个"虫洞"。从文体学的角度看，小约翰·雷博士和亨伯特一样是作者精心设计的人物。首先来看他们怪异的姓名，John Ray jr = JR jr，Humbert Humbert = H. H.。其次是讽刺了那种面无表情的道德说教口吻和对泛精神分析理论的信仰。如果不把这一切都当作虚构，亨伯特如何能够记录下自己死亡的日期和原因。序言和亨伯特的叙事形成了一种前后矛盾的呼应。亨伯特收到了洛丽塔的信，信中说，她嫁给了迪克·希勒，成了多莉·希勒，并且已有身孕，打算搬到阿拉斯加。序言中的确有类似的描述，可多莉·希勒是否在灰星镇死于难产（那是一个女婴，而亨伯特却希望她生个男孩）？可以说，洛丽塔的信是真实的。把雷博士的序言设置成亨伯特小说的一部分，就淡化了纳博科夫对多重现实的精心布局。至少可以说，这个虫洞把亨伯特和纳博科夫连接起来。"虫洞"标志着他在"字母易位构词法"游戏中的存在，用 Vivian Darkbloom（Vladimir Nabokov 的字母移位）把自己和亨伯特连接起来。而 Vivian Darkbloom 本身就是一个"虫洞"，它把纳博科夫与亨伯特报复奎尔蒂的小说虚构框架连接起来。这样，整个小说就可以被当成一个四维的克莱因瓶，没有出口，也没有入口。

Vivian Darkbloom 是第二个"虫洞"，把纳博科夫、亨伯特和奎尔蒂连接起来。序言中，亨伯特的手稿编辑雷博士说，Vivian Darkbloom 写了一本题名为"我的奎"（My Cue）的奎尔蒂传记。奎尔蒂名字的多种排列证明了层与层之间的不同作用。《舞台名人》证明 Vivian Darkbloom 是奎尔蒂剧本《喜欢闪电的女人》的合作者，他的作用与亨伯特改编"奎尔蒂富有独创性的剧本"的作用相对应，当然，这两个剧本都是纳博科夫的杰作。亨伯特在奎尔蒂身上创造了他的替身，纳博科夫利用字母移位造词法制造了自己的替身 Vivian Darkbloom。不过，纳博科夫与内心冲突激烈的疯子替身亨伯特不同，他安详淡定，不慌不忙地掌控着他的叙事节奏。与传统的依靠心理冲突制造替身的叙事模式不同，纳博科夫用魔法从字母表中召唤出他虚假的替身。

序言是小说内容必不可少的一部分，否则我们就不能了解达克布鲁姆的传记作品《我的奎》在小说中的作用。亨伯特杜撰了约翰·雷博士和他的前言，毫无疑问，传记的名字也是亨伯特的杜撰。

小说中，1946 年出版的《名人录》也是一个"虫洞"。亨伯特频繁使用富有深意的姓名和标题，使他超越现实成为一种巧合，但是，即使我们允许亨伯特在自述中使用频率如此之高的后知后觉，间接把 Vivian Darkbloom 当作自我创造者，而这已经超出了任何一个不可靠叙事者提供的标准以及虚构的现实和他对虚构现实的扭曲。无论读者如何决定，《名人录》中有关奎尔蒂的条目通过纳博科夫的"字母易位构词法"制造替身的方式把人物奎尔蒂、叙事者亨伯特和作者纳博科夫连接起来。

奎尔蒂名字的变体指向分层叙事和替换，一个名字对应一个特别的人物，具有独特的内涵。《我的奎》提到了说法语的双面人替身，意思是"我的屁股"。人物亨伯特听到的是对手对他的粗俗的嘲讽。作为演员的亨伯特在他自己的剧本中发现了奎尔蒂在为他上演的剧本中的"线索"——"奎"（cue）。人物亨伯特把来自巴黎的莫纳·达尔信中的"Quilty Mene"当作"神秘的不洁之物"，但作者亨伯特后来发现了这种"不洁之物"。当他试图赎罪的时候，他发现谋杀案发生之后，他"浑身都沾满了奎尔蒂"。合作者薇薇安·达克布鲁姆的存在使奎尔蒂立即成为亨伯特的对手，亨伯特的"邪恶替身"（作家亨伯特）也是纳博科夫的代言人。作为读者，我们无法解开这个作者精心设置的异文合成体。约翰·雷的身份捉摸不定，如果亨伯特没有杜撰这些故事，那么谁又是作者？答案是，纳博科夫通过他独创的字母移位造词法创造的替身们一直操控着他笔下的角色。

就像亨伯特在回顾所有事件时在奎尔蒂身上发现了他的替身一样，读者在多重阅读之后，也会发现，奎尔蒂是亨伯特的替身，亨伯特是纳博科夫的替身，纳博科夫成为"优秀读者"的替身。这种多重替身叙事模式是纳博科夫文学创作中的"一种新奇的体验"，也是他对传统的超越和创新。

　　奎尔蒂与不可知的替身。人物亨伯特不知道追踪他的人是否完全是他自己的幻想，不知道"正在发生的一切是否是一种心理疾病"，他反问自己："我是否失去了理智？"很显然，不停变换的汽车里都是他偏执的狂躁的幻想和虚构，所有那些完全相同的侦探都是巧合和偶然相似的形象。作家亨伯特意识到在他自己的创作中，替身故事中原身的恐惧仍旧来源于自己的想象，奎尔蒂用亨伯特的球拍和洛丽塔扮成了替身。亨伯特把自己塑造成一个唯我论者，根本没有意识到多莉·黑兹的离开及其独立生命的存在。评论家们认为："替身幻觉的崩溃是亨伯特用自我主义者的自欺欺人掩饰痛苦的现实的方法。"但这份回忆录在一定程度了救赎了亨伯特，他通过颂扬道德救赎了"有自知之明的艺术家"的他，作为艺术家的他，可以通过运用文学体裁理解自己的生活和灵感。同时，他还对那些简单区分善与恶的文学体裁进行戏仿。

　　亨伯特承认自己是邪恶的，但他还有一个邪恶的替身。浪漫主义的替身故事通常具有哥特式的本质，强调故事本身的模糊性。在《洛丽塔》中，亨伯特把双面人的对抗转换成美国通俗文学体裁的混合，把这种体裁对模糊性的强调转换成多重作者的复杂叙事层。无论亨伯特在9月22日之后是否杜撰了这一切，多重现实或多个平行世界相互关联，把一重现实归于虚构世界可能会对其他现实产生影响。召唤作者介入，或者在亨伯特的不可靠叙事那里，都会影响对整部小说的阐释。无论如何，奎尔蒂不切实际的谋杀，随着双面人替身身份的深化，一直保持着模糊性特征。

　　亨伯特在忏悔中运用替身写作模式，纳博科夫通过多层次的替身写作打破传统，超越传统的替身写作模式，并在叙事方式方面不断创新。在这种替身写作模式中，让一切都悬而不决的不是主人公的内心冲突和善恶之争，而是层叠叙事。纳博科夫使亨伯特自知之明意识不断加强，这种意识不仅仅是他对洛丽塔实施犯罪行为的觉醒，更是他对生命的损害和对艺术的追求。他曾经把一个浪漫的神话强加于多莉·黑兹，当他意识到这一点时，又把一种浪漫体裁强加给自己。"唯有艺术使你永恒，使我和你共享，我的洛丽塔。"纳博科夫改变了身体与思想、创造与创造物之间的二元对立，主导着亨伯特的叙事进程，达到了生活和艺术、一个生命和下一个生命的永恒的替身。

在《绝望》中，他对陀思妥耶夫斯基的"替身写作模式"采取了"戏仿"手段，其目的在于说明：世界上并没有真正相似的"同貌人"，每一个人都是独特的个体；任何一个有天才的人，都必须尊重他人的生命。

总之，传统文学中的双重性格主题存在着二元对立模式，即在极度痛苦的意识深处，两类决然相反的双重性格不停地抗争，最终导致人格分裂。而纳博科夫笔下，双面人已经不再具有这些传统特征，替身和原身之间有了越来越多的共同性，同时，纳博科夫把替身写作发展到了一个新高度，这是他能够超越前人的高明之处。

第六章

无限扩展文本意义空间的后现代手法

"艺术是虚构，小说是童话，艺术家是魔术师"是纳博科夫的文学观。他专注于对作品形式的探索和作为个体的人的意义的追寻，强调作家的风格。语言和文本不仅仅是纳博科夫表达思想的工具，也是他和读者的审美客体。他有意运用戏仿、互文、象征、隐喻、双关语、字谜等多种艺术手段，精心营造文本的复杂性、迷惑性和不确定性，使读者参与再创作，从而达到主题的多元性和文本意义的无限扩展。

纳博科夫的小说具有明显的后现代特征，本章将以纳博科夫整个创作生涯中最具有后现代性的小说为研究对象，探讨纳博科夫如何在有限的文本中运用后现代主义手段赋予作品多元主题和无限扩展的文本意义。

从圣彼得堡到克里米亚，从俄罗斯到欧洲，再到美国和瑞士，"逝去的天堂"和一生的动荡生活为纳博科夫的文学创作提供了丰富的特殊经验，为他的思想提供了丰富的滋养，使他有能力探索人生的真正意义和艺术的终极真理。他的英语小说充满了后现代特征，即叙事的虚构性、结构的复杂性、意义的不确定性等，隐喻、典故、戏仿和文字游戏等手法随处可见，其中无限扩展的文本意义，期待着读者去探寻。《洛丽塔》故事的虚构性和多维度的替身写作模式赋予作品多重主题和无限扩张的文本意义，《普宁》《微暗的火》和《劳拉的原型》等后期小说"倾向于自我反省，在感觉上更加放纵，对读者的反应提出更多挑战和要求"①，同时也表现了纳博科夫的想象和超验的现实。

---

① 陈世丹：《美国后现代主义小说详解》，南开大学出版社 2007 年版，第 246 页。

第一节　《绝望》与元小说

　　元小说是后现代主义小说的重要特征之一，因为"它关系到小说的本体性质"①。正因为如此，元小说成了评判后现代主义小说的标准或标志。一部小说是否属于后现代主义小说，重要的标准是看它是否具备元小说的特点。作为一种文学创作技巧和创作实践，元小说不是后现代社会才有的新发明，早在 18 世纪的英国文学中就已存在。它最基本和显著的特点就是有意暴露小说的创作痕迹，如英国作家劳伦斯·斯特恩（Laurence Sterne，1713—1768）的《项狄传》和 19 世纪奥斯丁的《诺桑觉寺》、纪德的《伪币制造者》等。但在西方现代语言学、哲学、社会学和各种文艺思潮的推动和影响下，元小说在 20 世纪 60—70 年代开始占据西方文学的主导地位，并且迅速走红，成为风靡西方的后现代文学理论和创作手法。元小说作为后现代主义小说最重要的特征，具有以下五个特点："故意暴露创作痕迹、突出对话潜能、创作和批评并举、作者与读者之间距离的缩短、作者和人物之间关系的接近。"②

　　纳博科夫以其小说创作的实验性被誉为西方后现代派小说的先锋人物，其小说中独具特色的文字游戏、戏仿、象征和碎片化叙事等技巧的运用，使批评家们把他当作"美国后现代元小说叙事的典范"，他也成为包括俄罗斯当代作家在内的后现代主义小说家们敬仰和模仿的对象。他的元小说叙事对世界后现代主义文学产生了重要的影响，批评家们也常常从元小说理论视角对其作品进行解读和探究。然而，学术界对其小说的后现代性研究主要集中在美国时期的英语创作，如《洛丽塔》《微暗的火》《阿达》和《劳拉的原型》等。由于语言限制和纳博科夫欧洲时期俄语小说译介的滞后性，这些研究忽略了纳博科夫俄语小说与英语小说的连续性。实际上，早在欧洲时期，纳博科夫的小说就已经有了元小说特征，也正是他在小说形式方面的不断创新，完成了从现代主义文学到后现代主义文学的过渡，成为后现代主义文学的先驱。

　　本节以纳博科夫于 1932 年 6 月至 11 月创作的长篇小说《绝望》

---

① 赵毅衡：《后现代派小说的判别标准》，《外国文学评论》1993 年第 4 期。

② 殷企平：《元小说的背景和特征》，《杭州大学学报》1995 年第 3 期。

（Отчаяние）为例，探讨纳博科夫对元小说和其他后现代手段的创造性运用，并对后现代主义艺术手段在英语小说中的发展进行研究。

"元小说"（metafiction，метароман，метапроза）作为一个文学术语，是由美国小说家兼批评家威廉·H. 伽斯（William H. Gass）于1970年在其文章《小说与生活中的形象》（*Fiction and Figures of Life*）中提出的。作为一种小说形式，其突出的特点是作者对小说的形式进行了反思和创新。传统小说往往关心的是人物、事件，是作品所叙述的内容；而元小说则更关心作者本人是怎样写这部小说的，小说中往往喜欢声明作者是在虚构作品，喜欢告诉读者作者是在用什么手法虚构作品，更喜欢交代作者创作小说的一切相关过程。小说的叙述往往在谈论正在进行的叙述本身，并使小说的创作过程成为小说整体的一部分。传统小说，尤其是现实主义小说，总是千方百计地掩盖作品中虚构与现实之间的差别，其目的是为了让读者在阅读过程中始终有一种身临其境的逼真感。而在元小说中，作家故意暴露创作痕迹，揭穿作品的创作过程，故意提醒读者所读文本只是一种虚构，而非生活本身。即使传统小说在无意中或在无可奈何的情况下会暴露出创作痕迹的话，而元小说则是有意地、系统地揭示自身的虚构性质。在元小说中，作家以小说的形式反思小说创作并同时进行小说创作的革新，因此，元小说又被称为"关于小说的小说"。

元小说最重要的特点是作家故意暴露创作痕迹。现实主义小说以"模仿"为主要范式，作家总是千方百计地掩盖作品中虚构叙事的痕迹，目的是为了让读者在阅读过程中始终有一种身临其境的逼真感。而后现代主义小说以"反讽"和"戏拟"为主要范式。作家故意暴露创作痕迹，揭穿作品的创作过程，故意提醒读者所读文本只是一种虚构，而非生活本身。即使传统小说在无意中或在无可奈何的情况下会暴露出创作痕迹的话，也会尽可能将其限定在特定的阅读程式之内。元小说则是有意地、系统地揭示自身的虚构性质，自我揭示小说的虚构性，把小说创作的过程和痕迹有意暴露在读者面前。

元小说通常有四种具体手法，即戏仿（Parody）、拼贴（collage）、矛盾开放和任意时空，其中任何一种手法，都遵循两大原则：框架分析原则和游戏原则。

　　"框架"原本是指一种严密牢固的结构，但在元小说中，"框架"原则具有人为的主观色彩，指的是"主宰事件进程的原则"。作家们对依靠这种原则建立起来的现实观和艺术提出质疑，对传统观念中的小说框架进行反思和剖析。这样，他们就把人如何被社会制度、习俗和惯例所操纵当作题材。在社会规则的影响下，人失去了天性，成为各种游戏规则的牺牲品。《绝望》中的游戏规则就是德国的保险制度。赫尔曼无限夸大自己与流浪汉菲利克斯的相似性，无视两者之间的巨大差异，阴谋杀害后者，骗取保险金，本质上是被保险制度所操纵。人身意外保险投保条件相对宽松、保期短、保费低、赔付比例大等特点，使赫尔曼铤而走险，最终成为罪犯。这一故事本身和《罪与罚》并无相似之处，但纳博科夫对陀思妥耶夫斯基《罪与罚》的戏仿，增加了小说本身的元小说特点。

　　早在 20 世纪 60 年代，萨特就指出，纳博科夫的《绝望》具有元小说的特征。后来，俄罗斯后现代作家维·叶罗菲耶夫在《纳博科夫作品集》的前言里直截了当地指出，多数纳博科夫的早期小说都属于"元小说"。那么，纳博科夫的《绝望》有哪些元小说特征？

　　叙述者是小说的组织者，他根据作者的需要，在特定的场合扮演着不同的角色。他可能是作者本人，也可能是作品中的一个人物，总而言之，他是作者在作品中设置的一个代言人。在传统小说中，叙述者的身份通常是固定的，他的话语具有权威性，直接或间接地影响甚至决定着读者对人物和事件的评判。而在后现代小说中，作者故意揭露作品的虚构性，其手段之一就是让读者对叙述者身份的可靠性提出质疑。

　　在《绝望》中，纳博科夫就对传统小说的叙述模式进行了颠覆，他不仅赋予叙述者以不可靠性，还赋予他以多重身份。从表面上看，《绝望》的叙述者是故事主人公赫尔曼，他和《洛丽塔》中有精神病史的亨伯特一样，是一个妄想狂，是心智不正常的疯子和病人。既然心智不正常，他们的叙述当然不可靠。另外，这位一直胡言乱语的叙述者有着多重身份：他既是谋杀者，又是作家兼评论家，他把谋杀等同于艺术创作。在小说开头，纳博科夫借赫尔曼之口声称："如果我对我的写作能力感到不很自信，对我用最优雅生动的语言来表达思想的令人称羡的才能并不非常有把握的话……比方说，当我开始琢磨动笔写我的故事时，就打算这么开头。然后，我应该让读者明白，倘若我果真缺乏那种写作能力，那种才能什么的话，我早就不去描写最近发生的那些事儿……"紧接着，他又说道，"这看起来我似乎并不知道怎么开头"①。小说一开头，叙述者的身份已经揭穿，作者就已经冒充主人公参与其中，他开始肆无忌惮地在作品中扮演起小说家和批评家的双重角色来。作为小说家的"我"全力以赴地描绘两个十分相似的人物，作为批评家的"我"则在一旁提醒道："艺术的创造包含比生活的现实更多的内在真理"，"作者的最高理想——把读者变为观众，这在某一时刻会达到吗？"②

　　当小说家的叙述显得有些支离破碎的时候，批评家立刻为他打圆场："故事头绪多而不连贯，请你们原谅。"第四章中，作为小说家的赫尔曼试图采用书信体的形式来写作，而作为批评家的他则大发议论，认为这种形式极为俗套："那是在过去获得巨大成就的传统形式……信件来来往往——就像在球网上飞来飞去的球。读者很快就不会注意什么日期；对于读者，一封信到底是写于九月九日还是九月十六日有什么关系？但不管怎样，日期可以保持幻想。"

　　小说高潮将至，批评家又急不可待地跳出来告诉读者："说实话，我感到困倦。我从中午写到天亮。每天写一章，甚至更多。艺术是一件多么伟大而强有力的东西！"③

　　在传统小说里，使用这样的艺术手法，会使前面为高潮的到来所做的铺垫毁于一旦，前功尽弃。而在元小说里，作者偏偏要把小说的进程公之于众，强调作者的参与能力。到了最后结尾时，作者把为书名而发愁的心情也写进了小说。

　　我应该怎么给我的书起名呢？《双重人格》？俄国文学中已经有这么一个书名了。《罪恶与双关语》？不错——虽然有点儿粗俗。《镜子》？《一个镜子里的艺术家的肖像》？太枯燥了，太时髦了……《酷似》怎么样？《无法辨认的酷似》？《酷似》的释罪？

① В. В. Набоков, *Отчаяние*, Санкт－Петербург：Издательский дом 《Азбука－классика》，2007，с. 1.

② Ibid. , с. 143.

③ Ibid. , с. 141.

不——干巴巴的，带有一种哲学的意味……也许，《对批评家的回答》？或者《诗人与贱民》？好好想一想……我对自己大声说，首先让我先读一读这本书，书名会自然而然地出来的。①

最后，作者终于选《绝望》为这部小说的名称。从塑造人物到选择体裁，从铺陈情节到故事结局，再到选定书名，作者从头到尾向读者展示了整部作品的创作过程。

元小说的第二个特点是"突出小说的对话潜能"②。根据巴赫金的"复调理论"，任何小说都存在着潜在的对话关系。然而在传统小说中，这种对话关系并不十分明显，因为在传统小说中，作者就是上帝，他竭尽可能突出自己的声音，压制其他声音，体现自己的权威和主导性。而在元小说中，作者不仅不压制多个声部的体现，而且还充当着多声部合唱的导演。

在《绝望》中，纳博科夫提供多种可能性来和读者建立对话关系，形成了一种多声部对话的模式。为了在作品中体现自己对小说叙述模式的思索和选择，纳博科夫有意打破线性逻辑关系，在作品中故意设置矛盾、问题或方案以供读者探讨，让读者参与进来。

《绝望》的主人公赫尔曼有着多重身份。他既是杀人犯，又是小说家，还时不时地以评论家的身份跳出来指手画脚。小说人物的多重身份，使作者和读者、读者和文本之间建立了对话关系，也使读者参与到文本的重构之中，达到了纳博科夫提倡的创造性阅读之效果。

在第三章一开头，纳博科夫就对传统小说的模式发动了攻击，指出了传统小说模式的弊病。"我们将怎么开始这一章呢？我提供不同的方案以供选择。第一个方案在以第一人称或替身作者为叙述主体的小说中经常使用……这种手法已经被滥用，善于幻想的文学家们已经把它揉成了碎片，它不适合我，因为我是讲实话的人。"很显然，纳博科夫对于传统的叙事方法已经厌倦，即使不厌倦，他也明白，使用这种叙事方法

---

① В. В. Набоков, *Отчаяние*, Санкт - Петербург: Издательский дом 《 Азбука - классика》, 2007, с. 178.

② 殷企平：《元小说的背景和特征》，《杭州大学学报》（哲学社会科学版）1995 年第 4 期。

已经很难再有创新。所以他又对第二种方案进行了说明，"现在，让我们来看第二种方案。它很快就能引入一个新的人物……"①

作者以赫尔曼的口吻，为读者提供了三个不同的版本，并对每个版本的优缺点进行了对比。作者这样做，无疑是在诱导读者的参与。他使用既矛盾又开放的手法迫使读者参与文学的创作，使读者在参与过程中体会到作者创作的甘苦，更重要的是让读者认识到了传统小说形式的局限性，也意识到新小说形式可以进行"创造性阅读"的优势。

元小说的第三个特点是作者在揭示小说创作过程中融进了小说批评成分。"元小说作家在进行艺术创造的同时又对这种创造本身评头论足，从而打破了文艺创作和文艺批评之间的传统界线。"② 在传统小说中，作者不对小说创作本身评头论足，把评论作品的任务留给读者和批评家们，尽量不让批评性话语干扰叙事性话语，或者说尽力把批评性话语排除在文本之外。与此相反，元小说作者在小说文本中为批评性话语大开绿灯。

赫尔曼不仅对自己策划的谋杀案发表看法，还对自己的创作与屠格涅夫、陀思妥耶夫斯基等人的创作进行对比。作为一个伪艺术家，他又对真正的艺术家阿迪里安的作品评头论足。在引导读者对自己的作品发表评论时，他对陀思妥耶夫斯基的作品表达了自己的看法，对受到前人的影响而产生的焦虑显而易见。"这不，我提到了你，我的第一个读者，心理小说的著名作家——我读过它们，结构不错，但太过矫揉造作。我的既是读者又是作家的朋友，当你在读我的故事的时候，你有什么感觉？快乐？嫉妒？或者甚至……"③

在文学创作过程中，纳博科夫在形式上力求标新立异。尽管元小说这一概念产生于 20 世纪 70 年代，而且主要是指 60、70 年代以来出现的作品，但在纳博科夫那里，其 30 年代的创作就表现出了鲜明的"元小说"的特征。他在艺术上的创新改变了 20 世纪传统的小说观念，昭

---

① В. В. Набоков, *Отчаяние*, Санкт - Петербург：Издательский дом 《 Азбука - классика》，2007，сс. 52 - 53。

② 殷企平：《元小说的背景和特征》，《杭州大学学报》（哲学社会科学版）1995 年第 4 期。

③ В. В. Набоков, *Отчаяние*, Санкт - Петербург：Издательский дом 《 Азбука - классика》，2007，с. 95.

示了 20 世纪一种全新的小说形式——元小说的勃兴。因此，纳博科夫无愧于"20 世纪文体大师"的称号。

纳博科夫强调艺术作品的独创性，认为"风格和结构是一部书的精华，伟大的思想不过是空洞的废话"①。他把陀思妥耶夫斯基列为二流作家，但后者的作品不仅成为他讽拟的对象，还为他的创作提供了互文，如"天才犯罪论"、"同貌人"等。

陀思妥耶夫斯基对纳博科夫的最大影响，莫过于他在人类的内在精神世界进行的探索，这种探索为纳博科夫的文学创作提供了丰富的文本参照，并在纳博科夫的作品中得到传承。

陀思妥耶夫斯基从创作《地下室手记》开始，就积极探索人的精神世界里的问题。他认为"人是一个谜。而且需要揭开这个谜，即使你一辈子都在解这个谜，你也别以为是在浪费时间。"② 陀思妥耶夫斯基致力于"刻画人的心灵深处的奥秘"，自称是"最高意义上的现实主义作家"。但是，他的"心理分析不是描写人物处于正常状态下的喜怒哀乐的变化"，而是善于"刻画人物处于极度紧张和矛盾的状态中失去控制的下意识活动"③。在《罪与罚》中，他通过描写主人公拉斯柯尔尼科夫在犯罪前后，特别是杀死放高利贷的老太婆和她的妹妹后的心理变化历程，揭示了人的精神世界的悲剧，认为丧失了对上帝的信仰的人，必然得出"一切都是允许的"这一结论，奉行这个结论的人最终走向毁灭，即精神世界的瓦解。

纳博科夫继承了对人类内在世界的探索精神，但他关注的是特殊群体的内在世界。从赫尔曼、亨伯特到金波特、辛辛那提到范·维特，无一不是有性格缺陷的偏执狂。纳博科夫一再强调其小说的形式和风格，似乎除了形式和风格，再无其他。然而，形式是过程，不是目的，目的存在于形式的背后。无论是他的现代小说还是后现代小说，其形式表面的随意性、零散性和游戏性背后则具有深刻的思想内涵，只是这种深度的意义需要读者的积极参与才能完成。

---

① 纳博科夫：《文学讲稿》，申慧辉等译，上海三联书店 2005 年版，第 22 页。
② 陀思妥耶夫斯基：《陀思妥耶夫斯基文集》（第 2 卷），荣如德、娄自良等译，上海译文出版社 2016 年版，第 550 页。
③ 曹靖华：《俄国文学史》，人民文学出版社 1990 年版，第 515—516 页。

第二节　《洛丽塔》对陀思妥耶夫斯基的修正

作为一种文本理论，互文性理论是在结构主义和后结构主义的思潮中产生的，它涉及文本的意义生成、文本的阅读与阐释、文本与文化表意实践的关系等诸多问题。互文性理论的创始人克里斯蒂娃认为，文学文本"是文本空间的交汇，是若干文字的对话，即作家的、受述者或人物的，现在或先前的文化语境中诸多文本的对话"。她指出："词语（文本）是众多词语（文本）的交汇，人们至少可以从中读出另一个词语（文本）来……任何文本都是词语的拼凑，任何文本都是对另一文本的吸收与改编。"① 以热奈特为代表的法国批评家把互文性定义为"一个文本与可论证存在与此文本中的其他文本之间的关系"。

风格是一个作者的习惯，是将这个作家区别于其他任何一个作家的特殊手法。《洛丽塔》是纳博科夫的代表作，也是后现代主义文学的经典之作，它使纳博科夫完成了从现代主义作家到后现代主义作家的华丽转身，成为"二战后最有贡献的美国小说家"。无论是语言的运用和故事情节的设置，还是小说主题的表达，《洛丽塔》都凸显出后现代主义文学的特征，它一出版，就掀起了各种各样的"《洛丽塔》热"。在中国学界，人们侧重于它的后现代叙事艺术和对道德主题的解构，认为它解构和颠覆了传统的道德伦理和价值观。

互文性是后现代主义小说的重要特点。小说文本中的重复现象，往往意味着互文变异。这种互文变异与希利斯·米勒在《小说与重复》（*Fiction and Repetition*，1981）中的论证不谋而合。米勒认为，小说实质上是叙事者凭借记忆一厢情愿的言说，是对文本真实的虚构和想象。根据米勒的观点，任何一部小说，都是由柏拉图式的同质重复和尼采—德勒兹式的异质重复以链条式联系编织而成。《洛丽塔》的主人公和叙事主体是患有"恋女童癖"的偏执狂亨伯特，他在监狱里书写忏悔书的过程，实际上是他凭着记忆进行创作的过程。他的记忆就像一个巨大的文学宝藏，其中贮存着他所需要的一切，其文本与其他文学经典之间

---

① Julia Kristeva, "*Word, Dialogue and Novel*", *The Kristeva Reader*, Toril Moi ed, Blackwell Publishers Ltd., 1986, pp. 35-36.

存在着千丝万缕的互文关系。《洛丽塔》的互文性恰恰表现在它与欧美文学经典作品之间的文本间性，是一部关于文本的文本，其中穿插和戏拟了 60 多位欧美作家，包括它与陀思妥耶夫斯基小说的互文性。

众所周知，纳博科夫喜欢臧否和揶揄他喜欢的作家，如弗洛伊德、果戈理等，特别是陀思妥耶夫斯基。他在多种场合明确表示，他不喜欢陀思妥耶夫斯基，但他对后者的作品大量征引和戏拟。在他的作品中，处处闪耀着陀氏的光芒。他和陀思妥耶夫斯基有着相同的艺术观，都对个体的内在自由表示了极大的关注，都醉心于探究人物的心理世界和自我意识，都对"现实"这一概念有着共同的理解。特别值得一提的是，纳博科夫继承了陀思妥耶夫斯基的"双重人格"主题，并把它发展成为"替身写作模式"。种种迹象表明，纳博科夫对陀思妥耶夫斯基有着深厚的感情——他把陀思妥耶夫斯基当作不可超越的"文学之父"，通过戏仿、文字游戏等手段达到"死者的回归"，使陀思妥耶夫斯基在他的文本中再现，一方面使作家本人的创造性得到彰显，另一方面，客观上使他敬仰的文学前辈更加不朽。

纳博科夫强调艺术的虚构性和游戏性。在《俄罗斯文学讲稿》中，纳博科夫从三个方面表达了艺术家的责任。他认为，艺术家创造的世界可以是不真实的，但必须是可信的；艺术是一种神圣的游戏，"说它神圣，是因为人类在其中能够凭借自身的力量成为一个真正的创造者，从而离上帝更近。说它是游戏，因为它是艺术，我们知道它终究是假的"[1]；艺术家可以探索人的灵魂，但人的灵魂并不都是像陀思妥耶夫斯基笔下的人物那样病态和歇斯底里。曾经有一段时期，纳博科夫对陀思妥耶夫斯基非常反感，认为后者的作品只是把"哥特式小说和感伤主义的俗套联系，是拙劣的文学技法，而非悲情和虔诚的杰作"，其中的主人公大多是患有多种精神疾病的疯子。然而，正如乔治·尼瓦特所说："经过详细的观察和研究，我们可以断定，尽管纳博科夫公开表示对陀思妥耶夫斯基的反感，但其作品表明，他不仅对陀思妥耶夫斯基的

---

① 布莱恩·博伊德：《纳博科夫传：俄罗斯时期》，刘佳林译，广西师范大学出版社 2009 年版，第 106 页。

主题和写作技巧有着非常细致的了解，还受到了后者非常隐秘的影响。"① 尽管纳博科夫与陀思妥耶夫斯基的关系远非简单的文字指涉和情节相似，但从表面的相似开始研究不仅未尝不可，也是非常必要的。陀思妥耶夫斯基的"双重性格"主题在纳博科夫的《绝望》《光荣》《黑暗中的笑声》《王、后、杰克》等作品中得到戏拟。而《洛丽塔》不仅对"双重性格"主题进行戏仿，还对陀思妥耶夫斯基的写作技巧和叙事模式进行创造性的戏拟。

陀思妥耶夫斯基被誉为"心理描写的现实主义大师"，正如俄国诗人巴尔蒙特在巴黎举行的纪念陀思妥耶夫斯基诞辰 100 周年大会上所说：陀思妥耶夫斯基是一位俄国天才，在阅读心灵的艺术中，他前无古人，后无来者，没有人可以与他并驾齐驱；他创造了一种在艺术上接近心灵的途径，并指出了一条崭新的道路。他擅长使用内心独白手法，注重描写梦境和幻觉，透视人物意识结构的最底层，刻画人物的病态心理、精神错乱和歇斯底里等，具有"心理现实主义"的特点。最重要的是，他突破了常态心理的表层，将笔触深入内里，抓住人物内心瞬间闪过的潜意识反应，集中地加以描写。善与恶、正义与非正义、理性与非理性等二元对立是他笔下人物内心冲突的根本原因。这种人物内心矛盾对立的特征，就是所谓的"双重人格"。

纳博科夫突破了"双重人格"的二元对立，在《绝望》《洛丽塔》等作品中塑造了强调"自我意识"的赫尔曼、亨伯特等人物形象。最重要的是，纳博科夫的小说和陀思妥耶夫斯基有着复杂的互文特征。

首先，《洛丽塔》采用陀思妥耶夫斯基一贯使用的"日记体"或"心理独白"体裁，塑造了一个残酷的"偏执狂"形象。

其次，他在作品中运用"追忆"或"联想"（реминисцения）② 手法，与陀思妥耶夫斯基的作品形成互文。"追忆"或"联想"原指诗歌或音乐作品中似曾相识的表现或重复，在文学上是指一种创作手段——"互文性"。纳博科夫认为这种手段是他与俄罗斯文学保持联系，与俄

---

① George Nivat, "Nabokov and Doctoevsky", ed. Alexandrov, *The Garland Companion to Vladimir Nabkov*, New York and London: Garland, 1995, pp. 398–402.

② Реминисцения 原意为"模糊的回忆"，又指（在文学、音乐创作等方面）影响的表现，影响的反映。

罗斯文学先辈进行对话的最佳途径，并对它情有独钟。在《文学讲稿》中，他曾经对这种文学创作手段进行了解释：

> 比直接引经据典更妙的是"追忆"，是"联想"，在用于讨论文学创作手法时，它具有特殊的含义。文学上的"追忆"和"联想"指的是作品中一个短语、一个形象或一个场面，这都会使人联想起某位早期作家，觉得作者是在无意识地模仿他。作者想起曾在某本书中读到的什么东西，于是对它加以利用，以自己的方式对其进行再改造。①

纳博科夫所说的"追忆"，实质上是不带引号的直接引语。他以各种形式使用"他人的话语"，这些各种形式的引用和隐喻，构成了一个强大的语义场。在这个语义场上，纳博科夫利用他的文学先辈们所取得的成就，并对其加以创造性的改造。在《绝望》中，纳博科夫巧妙地利用陀思妥耶夫斯基的"同貌人"主题，批判了人类社会对"同一性"的追求，同时表达了纳博科夫作为一个自由主义者的理想。《洛丽塔》中，纳博科夫对陀思妥耶夫斯基作品的主题、情节，甚至人物形象和人物心理的巧妙利用和戏仿，使它与后者作品的互文性达到了前所未有的高度。

作为一个文学教授，纳博科夫对亨伯特在自白书中使用的各种隐喻，利用注释做了具体翔实的说明，说明亨伯特引用了哪些作家的哪部作品，甚至是那个作家哪部作品中的哪一个人物。这些被指名道姓的作家常常是英语作家和法语作家，但他对深受其影响的陀思妥耶夫斯基却只字不提。

和普希金的互文本一样，纳博科夫与陀思妥耶夫斯基的互文本，是他进行创作的实验素材和衡量叙事主人公的道德审美标准、世界观和创造力的一种标准。纳博科夫对陀思妥耶夫斯基文本在作品主题和情节的每一次引用，都延续了后者的《罪与罚》《群魔》和《卡拉马佐夫兄弟》等作品的主题特征，并使这一特征在新的文本中得以复杂化。他通

---

① 纳博科夫：《文学讲稿》，申慧辉等译，上海三联书店 2005 年版，第 21 页。

过系列手法对陀思妥耶夫斯基的作品进行修正,不仅形成了自己的风格,也使后者更加经典。

一、作品主题的雷同,是纳博科夫采用"联想"手法修正陀思妥耶夫斯基的第一个表现。在《洛丽塔》中,陀思妥耶夫斯基的作品主题多次出现。俄罗斯学者兹罗切夫斯卡娅认为,陀思妥耶夫斯基小说的主题在《洛丽塔》中得到了继承和发展,其中包括人的罪孽与自由意志之间的关系,即"天才与犯罪""超自然和谐"和"同貌人"等主题。

在陀思妥耶夫斯基的《罪与罚》中,"天才与犯罪"是核心主题。拉斯柯尔尼科夫杀人犯罪不是出于物质欲望,更不是出于一时的感情冲动,而是有着完整的思想体系和理论主张——"天才犯罪论"和"超人"哲学。

拉斯柯尔尼科夫把人分成两类:普通人和天才。他认为普通人天生保守,循规蹈矩,乐于听命于人;而天才都是破坏者,大都要求为了美好的理想而破坏现状;他们为了实现自己的理想,甚至认为有必要踏过尸体和血泪,这就是拉斯柯尔尼科夫的天才犯罪论。

但是,一个人是否能够脱离普遍的道德规范约束而为所欲为?他是否能够心安理得地接受自己所犯下的罪孽?拉斯柯尔尼科夫在实施犯罪前后的痛苦和焦虑,正是来自于他头脑中的"天才犯罪论"与隐藏在他心灵深处的人类普遍道德伦理之间的矛盾。犯罪之前,在客观因素的影响下,他的天才犯罪论冲破了普遍道德伦理的约束,杀死了放高利贷的老太婆。之后,良心占了上风,战胜了"天才犯罪论"和"超人"哲学,他最终陷入了恐惧和自责之中。在笃信东正教的索尼娅的感召下,拉斯柯尔尼科夫在自首的同时,也获得了良心上的解脱,他的"天才犯罪论"彻底破产。

《洛丽塔》一出版就因为小说内容的"不道德"遭到了批评,就连纳博科夫本人也遭到了好友威尔逊和玛丽·麦卡锡的指责。但在给毕晓普的信中,纳博科夫一再强调作品的严肃性,强调小说情节的悲剧性质:

> 我知道,就目前来看,《洛丽塔》是我写得最好的一部小说,我确信,这是一部严肃的艺术作品,任何一个法官都不能证明,它

是"淫荡的"、"不道德的"。所有的观点，毫无疑问，都是互相联系的：在优秀诗人写作的风尚喜剧中，可能存在一些"不道德"因素，但是《洛丽塔》是一部悲剧。淫秽作品——不是与上下文断裂的人物形象，而是一种态度和意图。悲剧作品与淫秽作品是相互排斥的。①

纳博科夫说《洛丽塔》讲述的不是"风流韵事"，而是悲剧。那么悲在何处？无论是纳博科夫，还是陀思妥耶夫斯基，都认为最大的悲剧是受害者的悲剧。兹罗切夫斯卡娅认为，除了宗教哲学，陀思妥耶夫斯基一直关心纯粹的人类心理的悲剧性。陀思妥耶夫斯基的《群魔》中十岁的玛特廖莎和《罪与罚》中受到斯维德里加洛夫侮辱的小姑娘无辜遭受的苦难，与洛丽塔的悲惨命运一样，都受到了作家的关注。在《罪与罚》和《群魔》中，作家以不同的方式讲述了同样的故事。而在纳博科夫的作品中，这个主题作为成年男人好色淫荡的标志，曾经出现在《魔法师》中，并在《洛丽塔》中得到了进一步发展：洛丽塔被亨伯特引诱，并以情人的身份与他生活在一起。西方学者早就发现，《群魔》中的斯塔夫罗金和《罪与罚》中斯维德里加洛夫因为好色而做的坏事，与亨伯特对苺芙的痴迷相比，在一定程度上是类似的。凯瑟林·奥康诺（Katherine O'Connor）在《重读〈洛丽塔〉：再议纳博科夫和陀思妥耶夫斯基的关系》（*Rereading Lolita*, *Reconsidering Nabokov's Relationship with Dostoevsky*）一文中认为，纳博科夫在《洛丽塔》中继续了陀思妥耶夫斯基的犯罪主题。

陀思妥耶夫斯基曾经被誉为是法国存在主义的先驱，他的作品被认为是最好的存在主义序曲。纳博科夫在《洛丽塔》中戏仿了陀思妥耶夫斯基。在亨伯特和洛丽塔第一次发生关系的片段中，又出现了"雷同"。亨伯特低声自语："［……］我活在一个充满幻想的世界，一个刚刚建成的疯狂世界，在那里，所有的一切都被允许……"② 接着，亨伯特对洛丽塔和男孩子的交往而感到不安，他感到自己正在经受陀思妥耶

---

① Brian Boyd, *Vladimir Nabokov: The American Years*, New Jersey: Princeton University Press, 1991, p. 462.

② 纳博科夫：《洛丽塔》，主万译，上海译文出版社 2008 年版，第 497 页。

夫斯基笔下人物曾经经历的那种折磨："尽管我永远也不可能适应犯了错误的、伟大的、心肠软弱的人所经过的那种始终充满焦虑的生活，但我觉得我正在尽力仿效。"① 这又让人想起了陀思妥耶夫斯基《群魔》中的"伟大的罪人"斯塔夫罗金和吉洪的父亲。吉洪曾经说："我是一个伟大的罪人，或许，比您更伟大。"

　　犯罪主题将陀思妥耶夫斯基和纳博科夫的主人公结合起来。在陀思妥耶夫斯基笔下，罪犯悔过的机会和悔过本身要通过宗教忏悔和对上帝的信仰来实现。而纳博科夫笔下亨伯特的忏悔，只是因为他接受了另外一种现实和另外一种生活的存在，以及不可见的作者的观点的存在。在《洛丽塔》中，亨伯特的猛然醒悟带有美学性质，具有艺术性。亨伯特的悔过和良心上的痛苦是由于他意识到一个人的错误并承认自己的过错。他强迫年幼的洛丽塔生活在他自己童年的梦幻世界里，生活在一个对她来说十分陌生的魔鬼世界里。但是，亨伯特在最后时刻毕竟还是看到了按照自己的意愿安排他人生活的荒谬性：他像作者对待他（作品主人公）的命运一样，按照自己的意志随意处置洛丽塔。在小说的结尾，亨伯特终于明白，如果按照专横武断的自私主义者的准则生活，最终会成为杀人犯。他毁了洛丽塔的童年，也成了杀人犯。如果遵守朴素的生活规则，给人以自由和安宁，无论是从上帝那里，还是从人那里，都会得到相应的回报。亨伯特成为他自己内心的最高法官，他放弃了过去对生活的错误看法，同时也受到了惩罚：他构建的亨伯特王国，随着洛丽塔的出走轰然倒塌。

　　人性中"善与恶"的二元对立是陀思妥耶夫斯基作品的另一个主题。无论是拉斯柯尔尼科夫，还是伊万·卡拉马佐夫，都拒绝灵魂中的"超自然的和谐"。在《洛丽塔》中，人性的"超自然和谐"主题出现了"重复"。对于亨伯特来说，"超自然的和谐"和"超自然的幸福幻想"就是他观看心爱的洛丽塔光着腿脚打网球。在讨论完他期待的永恒的和谐生活之后，他说："思想自由的观众们，我不要任何阴间的生活，如果其中没有这样的洛丽塔。"② 这时，亨伯特又想起了伊万·卡拉马佐夫对于阿廖莎讲过的关于世界和谐的话："这就是症结所在，这个我

① V. V. Nabokov, *Lolita*, New York: Vintage International, 1989, p. 295.
② 纳博科夫:《洛丽塔》，主万译，上海译文出版社 2008 年版，第 319 页。

不能接受……我不是不接受上帝，我只是不接受他创造的这个世界，阿廖莎……你能想到吗，你为别人服务，别人的幸福却依靠那些受侮辱的小人物的血汗来创造。""我拒绝最高级的和谐，这种和谐不值得一个痛苦的孩子为它流一滴眼泪。人们对和谐太过重视了。"①

　　亨伯特也拒绝这种"超自然的和谐"。他曾经威胁说，如果在彼岸世界他不能看到在此岸世界决定了他一生的无价之宝——洛丽塔，他要把进入不朽的门票退回去。《微暗的火》中，约翰·谢德在自己的诗歌中也发出了类似的最后通牒，期望能够看到艺术的永恒世界。

　　陀思妥耶夫斯基笔下的人物，多具有双重人格，他们是"爱与恨、灵与肉、理智与情感、天使与魔鬼、赌徒与忏悔者、健康和常态与病态和变态的混合体"②。《洛丽塔》的主人公亨伯特，也是一个陀思妥耶夫斯基式的具有双重性格的人物。双重意识、狂躁抑郁、渴望复仇、拿破仑式的狂妄，是拉斯柯尔尼科夫和亨伯特的共同特征。他们的"自我意识"给他人命运带来了悲剧：前者杀死了老太婆和她的妹妹，后者杀死了奎尔蒂和夏洛特。

　　在《洛丽塔》中，亨伯特一再提醒读者，他是一个曾经多次住院治疗的精神病患者。从第二部第二十一章开始，亨伯特的叙述中开始出现一些荒诞离奇的场景描写。亨伯特在枪杀奎尔蒂之前寻找住处时，看到"一个露天电影院，在一片月亮的光辉中，与茫无边际的无月之夜形成对比的，是一面巨型的银幕斜斜地悬在沉寂的田野上空，上面，一个扁细的鬼怪正举着枪，接着……他和他的武器全化成了一汪晃动的洗碗水……"枪杀奎尔蒂的场面更加离奇：奎尔蒂连中五六发子弹后，"这个血污淋漓、却依然神采奕奕的人上了床，把自己裹进乱糟糟的毯子里。我站近些隔着毯子朝他开枪，于是他躺倒了，嘴唇上面开出一个大大的、满带不成熟含义的气泡，开成玩具气球那么大，随后很快破灭了"。而亨伯特的意识也发生了瞬间的变化，他感觉自己"像是站立在那间夫妻卧室里，夏洛特病恹恹躺在床上。奎尔蒂病得很重。我手里拿着一只拖鞋，而不是手枪，——手枪在我屁股底下"。然而，在亨伯特

---

　　①　陀思妥耶夫斯基：《卡拉马佐夫兄弟》，人民文学出版社 1986 年版，第 263 页。

　　②　А. Злочевская, Достоевский и Набоков // Достоевская мировая культура, 1996, №. 7, сс. 85–94.

离开时，这个被打掉四分之一个脸的奎尔蒂又"已经挣扎着移到了楼梯平台上，我们（亨伯特和奎尔蒂的客人之一托尼）看见他站在那儿，摇摇晃晃，喘息不止，接着就缓缓地倒了下去……"①

这些荒诞不经的场面是亨伯特神经错乱的谵语和幻觉。亨伯特对洛丽塔充满怀疑，总是担心洛丽塔背叛自己。这种神经错乱越来越严重，越来越糟糕，在亨伯特的脑海中，奎尔蒂无处不在，如影随形。实质上，奎尔蒂的人生经历暗合着亨伯特的人生经历，纳博科夫一再提醒我们：亨伯特患上了妄想症，对手奎尔蒂是他本人的另一面。

在亨伯特的叙述中，偷偷带走洛丽塔的奎尔蒂是一个神秘人物。他的相貌、体态，甚至连说话的方式都与亨伯特极其相似，以至于玛丽认为奎尔蒂是亨伯特的哥哥。在小说中，奎尔蒂和亨伯特的同貌人身份经历了一个从隐到显的过程。小说的前半部分，纳博科夫通过其他人物的潜台词暗示奎尔蒂的存在，他要么在人物简单的对话中被提及，要么在亨伯特的忏悔中偶尔被提起，但无论如何，奎尔蒂始终没有露面。纳博科夫在此有意制造悬念，激发读者的好奇心。这个神秘人物到底是谁？他为何让亨伯特感到如此不安？小说的后半部分，当亨伯特带着洛丽塔开始他的全美旅行之后，一辆红色的敞篷汽车一直像幽灵一样跟踪着他们，直到洛丽塔逃离了亨伯特。这辆红色的敞篷汽车和他的主人一直模糊不清，时隐时现，亨伯特甚至不能够确定是不是他妄想中的奎尔蒂。但直到第十八章，读者才看到了纳博科夫对奎尔蒂的远景描写："一个宽肩膀、秃脑袋、穿一件黄灰色上衣和深褐色裤子的男人……他留着黑色八字胡，小小的嘴巴如衰败了的樱桃。"② 他正和洛丽塔亲切交谈。这一幕差点使亨伯特气晕了过去。在接下来的几天里，奎尔蒂一直驾车尾随在亨伯特和洛丽塔的后面。亨伯特费了许多周折才把他甩掉，可是在医院里，亨伯特一不留神，洛丽塔就逃走了。亨伯特与奎尔蒂的面对面冲突是在接到了洛丽塔的求助信之后，亨伯特枪杀奎尔蒂的场面，是同貌人主题彰显的高潮。亨伯特和奎尔蒂扭打在一起的场面，滑稽可笑，又不可信。"他压在我身上时，我觉得我快要窒息了。我又压到他的身上。我们又压在我身上。他们又压在他身上，我们压在我们身上。"

---

① В. В. Набоков, *Лолита*, М.：Азбука，2010，cc. 472-488.

② 纳博科夫：《洛丽塔》，主万译，上海译文出版社 2008 年版，第 316 页。

陀思妥耶夫斯基在《双重人格》中开创的"双面人"主题，在纳博科夫的《绝望》和《洛丽塔》中得到了创造性继承和发展。亨伯特枪杀奎尔蒂的场面，已经成为俄罗斯后现代文学的经典情节，在许多后现代作家那里不断演变和发展。

二、情节的"雷同"是纳博科夫通过"追忆或联想"手法修正陀思妥耶夫斯基的第二个特征。

《洛丽塔》的情节与陀思妥耶夫斯基的作品在情节方面也有着惊人的"雷同"。这些"雷同"尽管出现次数不多，却很重要，因为它们参与构建了与陀思妥耶夫斯基的互文性。

《洛丽塔》中，洛丽塔在得知妈妈被汽车撞死以后，表现出失去唯一亲人以后的弱小无助。"在旅馆里，我们要了两间房，但是半夜里她呜咽着跑进我的房间。我们又温情脉脉地和好了。你们知道，她实在没有别的地方可去。"[1] 洛丽塔在半夜时分哭叫着跑进亨伯特房间的情节，与陀思妥耶夫斯基《温柔的女性》中的情节有非常明显的相似和对比。纳博科夫的同时代人尼娜·别尔别洛娃（Нина Берберова）认为这是"第一个对纯洁的暗示，这种纯洁突然在未来开始出现。洛丽塔知道自己的妈妈已经死了，在这个世界上，除了亨伯特，她再也没有其他亲人。他是她的继父、监护人，又是一个诲淫者和情夫。她后半夜在旅馆里扑进他的怀里。可您知道吗，她再也无处可去，无路可走。"[2] 在《温柔的女性》中，女主人公年幼弱小，孤苦无依，两个姑母冷漠刻薄，被迫嫁给一位典当行老板。"在当地的旅馆中，我们各自住在自己的房间里。但在半夜，她哭喊着，跑到我这里，我们又悄悄地和好如初。您知道吗，她是彻底地再也无处可去了。"[3] "自我意识"的残酷对他人的伤害再一次得到彰显。

与陀思妥耶夫斯基笔下的人物性格相比，亨伯特没有天才犯罪论者的狂热，他不愿意成为杀人凶手，因为"诗人是不杀人的"。他对"完美犯罪"的妄想仅仅局限于精神错乱，他害怕《罪与罚》中那些导致

---

① 纳博科夫：《洛丽塔》，主万译，上海译文出版社 2008 年版，第 225 页。

② Н. Берберова, *Набоков и его Лолита*, http://www.belousenko.com/books/Berberova/berberova_nabokov.htm.

③ 陀思妥耶夫斯基：《温顺的女性》，成时译，人民文学出版社 1986 年版，第 53 页。

斯维德里加洛夫发疯的幻想场面，但夏洛特的意外死亡增强了他的"自我意识"。他的处境和普希金《黑桃皇后》中的赫尔曼一样：赫尔曼本没有打算杀死公爵夫人，但他的突然出现使后者因受到惊吓突发心脏病死亡。纳博科夫强调，对"自我意识"的过度关注客观上改变了他人的命运，同样是冷漠，是残酷。

　　亨伯特报复奎尔蒂之前，做了详细周密的准备。他提前想象，选择了服装和杀人方式，还想象了对手会如何暴亡。《罪与罚》中，拉斯柯尔尼科夫为了杀死放高利贷的老太婆而精心准备，甚至提前拜访老太婆，侦查老太婆家里和房子周围的情况，为将来的谋杀做准备。亨伯特如法炮制，想象自己参观了谋杀奎尔蒂的地点和周围状况。准备越仔细，越说明他要杀死奎尔蒂的愿望很强烈。他枪杀奎尔蒂用了一个多小时，《罪与罚》中，拉斯柯尔尼科夫杀死老太婆和她的妹妹也用了将近一个小时的时间。两个凶手处理尸体的方式也是一样的，拉斯柯尔尼科夫用斧头劈开了老太婆和她妹妹的脑门，亨伯特也打碎了奎尔蒂四分之三的脑袋。亨伯特带着复仇者的坚定和冷漠，但是他和拉斯柯尔尼科夫一样胆小，不敢用手摸一下来确定死者是否真的断气。唯一不同的是，拉斯柯尔尼科夫在杀人后试图掩盖罪证，反复洗掉血迹，而他则相反，漫不经心地洗手。他们在杀人后都不能独自离开现场，因为路上到处都是人。拉斯柯尔尼科夫被楼梯上传来的声音吓得半死，亨伯特则对楼上的嘈杂声和音乐声丝毫不感到恐慌。拉斯柯尔尼科夫仓皇而逃，亨伯特则轻松地走下楼去，并当众宣布自己杀掉了奎尔蒂，但众人非但没有感到惊奇，反而感到高兴和轻松。

　　上述两个文本中的谋杀情节足以能够说明两部作品的渊源关系。我们可以得出结论：陀思妥耶夫斯基为纳博科夫的文学写作提供了范例，亨伯特潜意识中的残酷可以在陀思妥耶夫斯基的文本中溯本追源。1964年，纳博科夫在和记者的一次访谈中也坦承陀思妥耶夫斯基的作品为他的创作提供了素材，他说："我承认，他（陀思妥耶夫斯基）写的某些场面，某些幽默的笔触特别有趣。"[①]

　　在《洛丽塔》中，人物语言和对话成为"引人联想"的一种手段。

---

①　V. V. Nabokov, *Strong Opinion*, New York: Random House, 1999, p. 45.

纳博科夫借助于这种手段，确定了亨伯特的文学前辈。亨伯特和斯塔夫罗金、斯维德加里洛夫、拉斯柯尔尼科夫、伊万·卡拉马佐夫的对比，不仅从情节上，而且从人物心理上证明陀思妥耶夫斯基对纳博科夫的影响。

　　三、"联想"手法的双重效果

　　纳博科夫对待陀思妥耶夫斯基的复杂态度引起了批评家们的关注。萨拉斯金娜认为，纳博科夫之所以一直在贬损陀思妥耶夫斯基，是因为他一直试图摆脱自己在创作上受后者影响、被后者"俘虏"的状况，他认为这种"被征服"状况对他自己来说是"被侮辱的和被损害的"①。

　　萨拉斯金娜的判断符合布鲁姆的"影响的焦虑"理论。布鲁姆认为，后来的强者诗人使用互文手段达到"死者的回归"的目的。"迟来者诗人在其最后一个阶段……再一次将自己的诗作全然彻底地向前驱的作品敞开，使我们乍一看还以为历史的车轮又回到了原处，我们又一次来到了迟来的诗人被前驱光辉所淹没的学徒期，此后他的诗才借助于修正来显示出自己的力量。"②

　　美国实用主义哲学家理查德·罗蒂认为，纳博科夫的作品让我们看到了"我们的私人的特性对他人的影响"。《王、后、杰克》中的玛萨、《暗箱》中的马格达、《绝望》中的赫尔曼、《洛丽塔》中的亨伯特和《微暗的火》中的金波特，都属于为了自己的完美理想而残酷冷漠地对待他人的自由甚至生命的"偏执狂"。玛萨和玛格达为了追求既得到爱情又不失金钱、"鱼和熊掌兼得"的完美人生而不惜剥夺他人的生命，是纳博科夫极力讽刺的"庸俗"形象。而赫尔曼、亨伯特和金波特则是这些偏执狂中的"佼佼者"，他们具备了一个更加高雅的身份：艺术家。但他们在一定程度上比前两者更偏执，是"偏执的强迫性人格"。他们"都是既狂喜又残酷的，感觉敏锐而又冷酷无情的诗人，他们的好奇是选择性的、偏执的，他们是既敏感又冷血的强迫性人格"③。

　　在《微暗的火》中，金波特不仅是一位文学家，追求艺术的不朽，而且还是一位同性恋患者。凡是影响到他对男孩或荣耀的欲望的东西，

---

① Л. Сараскина, *Набоков, который бранится*//*Октябрь*, 1993, No. 1, c.168.
② 布鲁姆：《影响的焦虑》，徐文博译，江苏教育出版社2006年版，第16页。
③ 理查德·罗蒂：《偶然、反讽与团结》，许文瑞译，商务印书馆2005年版，第201页。

就特别敏感和好奇，他不仅对谢德女儿的死漠不关心，还对于谢德在诗歌中讨论自己女儿的死和他与西比尔的美满婚姻生活，而不涉及"赞巴拉王国的荣耀"感到愤怒。他只关心谢德是否在诗中描写了他和他的赞巴拉王国的故事，漠不关心谢德对女儿之死的感受。当了解到谢德的诗歌并非如他所愿时，便用尽一切手段获得了诗歌的编辑权。虽然他没有像赫尔曼和亨伯特那样直接杀人，但对谢德诗歌的"创造性阐释"不也是对谢德的戕杀吗？正如罗蒂所说，金波特"是一位了不起的自我耽溺者，［……］彻底冷酷无情的人"①。

作为一个文学天才，纳博科夫在自己的作品中使用"联想"手法，大量引用陀思妥耶夫斯基的作品内容，达到了一箭双雕的效果：既达到了对陀思妥耶夫斯基的修正，显示出自己高超的创作艺术，又使陀思妥耶夫斯基在他的作品中重新复活。换句话说，就是既借助于文学前辈的光辉照亮了自己，又使前辈在文学史上达到了真正的不朽。他通过修正陀思妥耶夫斯基的文学作品，借助于后者笔下的人物形象，使他笔下的赫尔曼和亨伯特等在世界文学人物形象长廊中得到永恒。

第三节　纳博科夫文学创作的虚构性和创造性

长篇小说《玛申卡》标志着纳博科夫现实主义创作的最高成就，也标志着他从现实主义创作到现代主义和后现代主义创作的转变。他不再相信现实主义追求的终极真理，他认为现实主义已经穷尽了世界上的一切话语和真理，唯有虚构是艺术的最高现实。《天赋》是纳博科夫与现实主义决裂的宣言，"艺术是虚构，小说是神话，艺术家是魔术师"是他的文学观，他开始专注于对作品形式的探索，专注于作为个体的人的意义的追寻。他把写作当作游戏，强调艺术作品的创造性阅读和创造性体验，提倡读者参与文本的再创造。他的《文学讲稿》《俄罗斯文学讲稿》《堂吉诃德》等文学评论作品使我们看到了一个文学家敏锐的思想和富有创造力的优秀品性。

1938 年，纳博科夫的最后一部俄语小说《天赋》（Дар）在《当代

---

① 理查德·罗蒂：《偶然、反讽与团结》，许文瑞译，商务印书馆 2005 年版，第 227 页。

纪事》上刊载。这部小说堪称是纳博科夫俄语创作时期的"总结性"作品，不仅具有极强的自传性，再现了当年俄罗斯侨民文学生活的真实情景，而且吸收了他在前期作品中主要的艺术发现和成就，同时还"是对整个俄罗斯文学，从普希金时代到白银时代和侨民文学的补充"①。

小说主人公是初涉文坛的俄罗斯流亡青年费多尔，他刚刚在柏林出版了一本诗集，他迫切希望自己的文学天赋能够得到俄侨文学界的赏识。纳博科夫通过描述费多尔在亚历山大·雅科夫列维奇·车尔尼雪夫斯基夫妇家举办的文学沙龙上和其他文学界人士的交往，再现了20世纪20—30年代西欧俄侨文学界的真实生活。梅列日科夫斯基和吉皮乌斯夫妇的文学沙龙，以阿达莫维奇为首的《数目》杂志编辑部成员和以霍达谢维奇为首的《当代纪事》杂志编辑部成员之间有关普希金的论战，都在这部小说中得到了反映。另外，小说通过解读费多尔的诗歌，不仅折射出了普希金对于纳博科夫文学才能成长的重要性，而且捍卫了普希金在俄罗斯文学史上的地位。

局势动荡，流亡生活漂泊不定，父亲生死不明。费多尔在柏林的生活经历和他对父亲的回忆，都凸显了俄侨们的"身体不在家，情绪不在家"的生存境况和精神状态。

从表面上看，这是一部虚构的传记小说，大量的文学事实，讲述了文学青年费多尔在柏林的成长故事。实际上，小说中纳博科夫对19世纪的俄罗斯文学、俄罗斯侨民文学未来的发展，甚至国内的苏联文学都进行了思考和总结，并借主人公费多尔之口表达了自己的文学观。因此可以说，《天赋》是纳博科夫的文学宣言。

小说主人公既不是费多尔，也不是他的恋人，而是整个俄罗斯文学，正如作家本人在《天赋》英文版序言中所说："小说的主人公不是吉娜，而是俄国文学。"② 纳博科夫通过描述费多尔的文学创作，表达了他的"普希金情结"和对普希金传统的继承，而且通过对整个俄罗斯文学的思考和总结，直截了当地向以车尔尼雪夫斯基为代表的现实主义美学传统发起挑战，宣读了他的文学宣言：一、捍卫普希金的文学传

---

① Липовецкий, *Эпилог русского модернизма//Современная литература*, М：. Издательский центр "Академия"，2003，c.644.

② 纳博科夫：《天赋》，朱建迅、王骏译，译林出版社2004年版，序言Ⅰ。

统；二、与批判现实主义美学决裂；三、虚构的现实是最高意义的现实。

19 世纪 60 年代，以车尔尼雪夫斯基为首的革命民主主义者，在同以德鲁日宁为首的"纯艺术派"进行斗争的过程中，对普希金的创作评价缺乏公正，甚至有失误的地方。车尔尼雪夫斯基认为"普希金主要是一个形式的诗人"，甚至认为普希金"是拜伦的一个拙劣的模仿者"①。纳博科夫通过描述费多尔和孔切耶夫的谈话表明了自己的立场，并且讽刺了那些恶意中伤普希金的评论家，认为这是他们不达要点的闲聊，不过是在重复普希金生前敌人对他的恶毒攻击。

流亡西欧期间，对于阿达莫维奇阵营对普希金的攻击，纳博科夫没有像他的同盟霍达谢维奇那样，直接撰写文章抨击《数目》杂志编辑部成员，而是撰写有关普希金的论文，在文学晚会上朗读普希金的诗歌，向国外读者介绍普希金的作品。最重要的是，他在自己的文学创作中不失时机地与对手展开争论，巧妙地表达了自己对普希金的热爱，捍卫了普希金的文学传统。正如达维达夫在文章中指出的那样：

　　费多尔作为艺术家的成长道路与俄罗斯文学的发展轨迹大体相符合：从 19 世纪 20 年代诗歌的黄金时代，到 30 年代向散文的转向，经过果戈理和别林斯基的时代，到 60 年代功利主义的铁器时代，又经陀斯妥耶夫斯基和托尔斯泰时期，进入白银时代和现代。此外，在费多尔身上还反映出俄罗斯文学经由形式主义流派的理论成就而发生的演变。针对上个世纪产生、在近期重新出现的反普希金的观点，纳博科夫在《天赋》中用这种戏剧化地表现文学史和文学批评的方式做出了最精致的回答。②

费多尔是一个纳博科夫极具自传性的人物，他流亡柏林，有着极高的文学天赋，同时又是一个有着远大理想的俄罗斯青年。在成为主流作家之前，他以诗歌创作走上文坛。他热爱普希金，诵读普希金诗篇，并

---

① 纳博科夫：《天赋》，朱建迅、王骏译，译林出版社 2004 年版，第 226 页。
② 谢尔盖·达维多夫：《在普希金的天平上称纳博科夫的〈天赋〉》，曹雷雨译，《外国文学》1998 年第 4 期。

从中汲取创作灵感。读者可以感受到，普希金是费多尔的精神导师，引导着他的创作。小说第一章，费多尔刚刚出版了一部 50 首十二行诗诗集，诗集的全部主题都围绕"童年"二字。这实际上是费多尔在刚刚走上文学道路的全部成果，其中处处闪现着普希金的影子。在文学沙龙回家途中，费多尔告诉孔切耶夫，他要像普希金那样，写一部"思维与音乐相结合，犹如睡梦中的生命褶皱"的散文体作品。

普希金有关高加索自然风光的作品《埃尔兹鲁姆》引出了费多尔对父亲的回忆。"从前，当他年轻时，《安热卢》和《埃尔兹鲁姆之旅》中有数页他略去未读，但最近他偏偏从中觅得特别的乐趣。他刚读到这一句：'偏远地区对我有某种神秘的魅力；旅行是我从小以来始终不渝的梦想。'蓦地，他感到甜甜的、猛烈的、不知何来的一击。"① 费多尔送母亲离开柏林，从火车站回家之后，他又拿起沙发上普希金的书读了起来，当读到"庄稼微微荡漾，等待开镰收割"时，他又感到了"神圣的一击！它在怎样召唤、在怎样鼓励他！"正是这"神圣的一击"激发了费多尔的创作灵感，为他的创作指明了方向。"于是他留神谛听从普希金的岔路口发出的最纯正的声音——而且他已确切知道这声音对他有何要求。在他母亲离开两个星期之后，他写信给她，诉说了他的具体构思，借助于'埃尔兹鲁姆'的透明韵律构想出的内容。"②

之后，费多尔整个春天都在阅读普希金的作品，他"以普希金为食，将普希金吸入肺里"。普希金的《普加乔夫起义》给他带来了灵感，使他运用散文诗的透明性创造了无韵诗。普希金于他就像父亲，"普希金渗透他的血液，普希金的声音与他父亲的声音融合在一起"，"普希金时代的生活节奏与他父亲的生活节奏混合在一起。"③

小说第五章，费多尔小说《车尔尼雪夫斯基传》的发表，如在一池平静的春水中扔进了一块巨石，在评论界引起轩然大波。这实际上是纳博科夫本人的作品在俄侨评论界的真实写照，虽褒贬不一，屡受攻击，作者本人反倒名声大噪，凌驾于各种批评意见的喧嚣之上。面对各种各样的批评，纳博科夫效仿普希金的做法，既不写文章为自己辩解，也不

---

① 纳博科夫：《天赋》，朱建迅、王骏译，译林出版社 2004 年版，第 100 页。
② 同上书，第 102 页。
③ 同上书，第 103 页。

口头表达自己的愤怒，而是在描述费多尔的作品在评论界的反应时，引用了评论家们评述他本人的话，来达到自己期望的效果。如在描述瓦伦金·里奥尼夫在侨民报纸上撰文评述费多尔的《车尔尼雪夫斯基传》时，他引用当年采特林评论《王、后、杰克》时说的一句话："他的书完全游离于俄罗斯文学的人道主义传统之外，因而游离于整个文学传统之外……"①

　　对于纳博科夫来说，传统的文学叙事都使他感到厌倦。他借主人公之口给那些被他认为是二流的"蹩脚的作家"们贴上了标签，讥讽地指出，这些作家们的作品中人物是怎样的庸俗：冈察洛夫《悬崖》中的奥勃洛莫夫是个社会祸根，皮谢姆斯基的主人公们在精神高度紧张时是怎样用手揉搓自己的胸口的，笔下人物的英语化词汇和冗长累赘的表达是列斯科夫的一贯风格，陀思妥耶夫斯基的疯人院变成了伯利恒，屠格涅夫笔下令人忍无可忍的语调、省略号和每一章装腔作势的结尾，费特的诗歌只偏重理性而缺乏感性等等。纳博科夫认为，作为一个艺术家，在面对巨大的文学传统时，内心会充满焦虑。如费多尔在文学晚会上坐着，边听边观察，最后终于意识到，"我感到沉重，感到无聊，这所有的一切都不是我期望的，我不知道我为什么要坐在那里，听那些无聊的废话"。

　　然而，普希金对于纳博科夫，就像一位亲切慈爱的父亲，其影响渗透在纳博科夫的整个创作中。从早期的诗歌到后来的小说，从第一部反映俄罗斯侨民生活的长篇小说《玛申卡》到后来以刻画同貌人为主题的《绝望》，处处闪现着普希金的文学传统。在《天赋》中，纳博科夫对普希金题材的运用淋漓尽致。小说的名字《天赋》源于普希金的一首诗："枉然的天赐，偶然的天赐，为什么把你给了我，生命？"在小说中，费多尔对普希金的崇拜，正如纳博科夫崇拜普希金一样。他自信地道出了纳博科夫本人的心声，预言自己有朝一日不仅会重返俄国，也会和普希金一样在俄罗斯文学史上名垂青史，流芳百世。"我断定自己将重返俄国。首先因为我带走了开启她的钥匙，其次由于，无论何时，一二百年间，——我将生活在我的书里——或者至少生活在某位研究者的

① М. Цетлин, *Король, дама, валет // Классик без ретуши. Литературный мир о творчестве Владимира Набокова*, М.: Новое литературное обозрение, 2000, cc. 43-44.

脚注里"①。

纳博科夫执着地守望着普希金的文化遗产，在创作中继承着普希金的文学传统，包括创作理念、社会态度和对艺术本质的独特理解。"普希金这位 19 世纪俄国文学的太阳跨越百年，闪耀在纳博科夫的唇间笔端……因为对他而言，普希金是跨越世界的虹。"②

纳博科夫对普希金文学传统的捍卫和继承，不仅表现在他热爱普希金，对普希金有着"父亲般的情结"，也不仅表现在他在创作中对普希金主题的继承，还表现在他对以别林斯基、车尔尼雪夫斯基为代表的现实主义美学的批判。

众所周知，从 19 世纪 60 年代起，以车尔尼雪夫斯基为代表的革命民主主义者对俄国文学产生了极大的影响。他们认为，艺术的唯一功能是改造社会。这种观点不仅在十月革命后的苏联文学界存在，甚至连流亡国外的侨民文学界也接受了这个标准。但是，在纳博科夫看来，这种观点无疑是"左派书报审查的标准，其威严丝毫不逊色于沙皇时代的书报检查制度"③，是束缚艺术发展的紧箍咒，必须加以破除。

19 世纪 60 年代，陀思妥耶夫斯基并不赞同车尔尼雪夫斯基在《怎么办?》中提出的自然观、人性观和乌托邦设想，并打算同后者进行公开辩论和对话。起初，陀思妥耶夫斯基打算撰写论文，后来他改变了主意，开始写作《地下室手记》，以虚构的小说形式同车尔尼雪夫斯基展开论争。纳博科夫与陀思妥耶夫斯基有着相同的艺术观和"现实观"，认为人类意识是最高最真实的现实。《天赋》的出版，标志着他对陀思妥耶夫斯基艺术观点的继承和对批判现实主义美学观点的反驳。

在《车尔尼雪夫斯基的生活》一章中，费多尔用大量的笔墨对车尔尼雪夫斯基进行辛辣的讽刺和批判。他把后者刻画成为一个"小丑一样的知识分子"，一再强调车尔尼雪夫斯基的家庭出身与宗教的联系：他出身于神父之家，就读于萨拉托夫神学院，完全有可能成为一名神父。

①　纳博科夫：《天赋》，朱建迅、王骏译，译林出版社 2004 年版，第 364—365 页。

②　于明清：《纳博科夫作品中的普希金传统》，《俄国语言文学研究》（文学卷，第二辑），余亚娜主编，人民文学出版社 2003 年版，第 160 页。

③　Brian Boyd, *Vladimir Nabokov: The Russian Years*, New Jersey: Princeton University Press, 1990, p. 456.

并借此暗讽车尔尼雪夫斯基一再强调的文艺的社会教化功能。接着，费多尔又讽喻车尔尼雪夫斯基从"铜眼镜——银眼镜——金眼镜"的演变，暗示受到费尔巴哈和《现代人》杂志编辑部成员的影响。由于车尔尼雪夫斯基倡导解放思想，纳博科夫冠之以"耶稣第二"的称号，并认为涅克拉索夫、赫尔岑等车尔尼雪夫斯基的追随者是"耶稣第二"的圣徒。

纳博科夫认为，车尔尼雪夫斯基的《怎么办?》是一部糟糕透顶的反艺术作品。他在其中提出的自然观，即科学理性观和自然机器观，在纳博科夫眼里只不过是"一台倒行的永动机"，是"一场彻头彻尾的噩梦，终止一切幻想的幻想，带有一个负号的无穷大，加上一个契约规定之外的破碎的瓦罐"①。

纳博科夫辛辣地讽刺了车尔尼雪夫斯基的"美是生活"的唯物主义命题。小说中，车尔尼雪夫斯基对情人娜捷日达十分迷恋，在他眼中，娜捷日达是一位绝色美人，无人能比。他还认为，世界上再美的画都比不上娜捷日达的美，并据此得出结论：美来自生活，生活之美高于艺术之美。纳博科夫借费多尔之口驳斥道，"美就是生活"的概念实际上是反艺术的，是对艺术本质的不了解。

车尔尼雪夫斯基认为，艺术高于生活。费多尔驳斥道，"艺术来源于生活，又高于生活"的命题本身就是一个令人费解的矛盾，是对形式和内容关系的颠倒。他说：

> 在一元论者车尔尼雪夫斯基的审美观中存在的二元论——其中"形式"与"内容"泾渭分明，"内容"占据主导地位——或者更确切地说，"形式"承担灵魂的职责，"内容"发挥肉体的作用。然而，这一"灵魂"由机械成分组成的事实加重到了混乱程度，因为车尔尼雪夫斯基认为作品的价值不是一个质化观念而是一个量化观念。②

车尔尼雪夫斯基认为，女裁缝有了漂亮的外表就会放松道德的追

---

① 纳博科夫：《天赋》，朱建迅、王骏译，译林出版社 2004 年版，第 227 页。
② 同上书，第 249 页。

求。他在《怎么办?》中塑造的拉赫美托夫,为了革命放弃自己的爱情,在日常生活中刻意磨炼自己的意志,奉行绝对的禁欲主义原则。在纳博科夫眼中,这种所谓"新人"的拉赫美托夫主义完全是反人性,甚至反人类的。

车尔尼雪夫斯基认为,"政治文学是最高级的文学"①。对于车尔尼雪夫斯基的文艺服务社会的观点,纳博科夫认为功利主义实际上是对艺术的否定。他认为,艺术既不承担社会教化作用,也不具有道德提升作用。既然艺术不能与社会功能挂钩,也就不能有政治因素,更不能和政论文等同,所以,纳博科夫对于为意识形态服务的政治文学更是厌恶至极。在《天赋》中,他借虚构的批评家杜德什金之口驳斥车尔尼雪夫斯基,"诗歌于你不过是改写成韵文的政治经济学的篇章"。

车尔尼雪夫斯基追随别林斯基,认为普希金的作用在于创造了独特的民族形式,并得出了"普希金主要是形式的诗人"的片面结论。车尔尼雪夫斯基从自然科学的角度出发,认为普希金的诗歌是"胡言乱语",而费多尔则奉这些胡言乱语为"诗歌典范",认为车尔尼雪夫斯基不懂什么是真正的艺术,他对普希金诗歌的评价,就如一个平庸的鞋匠对一位技艺高超的画家的作品指手画脚一样,其原因就是他提倡的科学理性观。"一位参观阿佩理斯的画室并对他难以理解的作品横竖挑剔的鞋匠恐怕是一位平庸的鞋匠。这一切都源于他那些学问精深的经济论著中的数学观点……"②

革命民主主义者对普希金、果戈理和莱蒙托夫的评价,纳博科夫感到愤怒。他把前者当作普希金生前的敌人。"人们早已习惯以其对普希金的态度来衡量一位俄罗斯评论家的眼光、悟性和天资的等级",而"莱蒙托夫的真正魅力,他诗歌中那些令人销魂的连绵回忆,天堂般的绚丽色彩,他的湿润诗行之间美轮美奂的透明性——这些,当然是车尔尼雪夫斯基之类的人全然无法领略的"③。

纳博科夫认为,一个艺术家不应该全盘接受文学传统和既定的文学标准;任何一个文学天才,在刚刚踏入文学殿堂时,除了宣布他的继承

---

① 纳博科夫:《天赋》,朱建迅、王骏译,译林出版社 2004 年版,第 264 页。
② 同上书,第 252 页。
③ 同上书,第 265—266 页。

性之外，还应该坦言自己的"排他性"，这种"排他性"是区别自己和他人之间差异的标识。

小说中，亚历山大·车尔尼雪夫斯基对象征主义的抨击，显然同社会主义现实主义的文艺观同出一辙。他们称象征主义为"可恶的、没有活力的俄国象征主义流派"，并且对其"华而不实的外壳、庸俗的面具和矫揉造作的才能"进行批判。但是，无论是对费多尔，还是对纳博科夫来说，文学离不开感性认识，艺术是纯粹的，不具有任何社会功用；社会主义现实主义文学把文学看成宣传思想和意识形态的工具，使文学堕落成了"这个或那个金色部落的永远的附庸"。

费多尔还讽刺和丑化了提倡艺术为社会服务的其他革命民主主义批评家。小说中，别林斯基信奉唯物主义哲学，却忍受不了软体动物，甚至叫不出森林中任何一种鲜花的名称。赫尔岑不懂装懂，将最简单的"I was born"说成"I am born"，还把"begger"误当作"beggar"（乞丐），以此推论英国注重财富。杜波罗留勃夫思想激进，生活风流，为与女人约会，竟与自己的精神导师厮打在一起。因此，费多尔认为，这些"言行不一"、"才疏学浅"的人不能真正领会艺术的真谛。他发誓不再读他们的书，不看他们的文章，不受他们的愚弄，"坚守自己的阵地，另辟文学的捷径"，发表了与现实主义决裂的文学宣言。

纳博科夫在小说中还表达了如何看待侨民文学的看法。20世纪20年代，大批俄罗斯知识分子流亡国外，苏联政府针对这种情况，专门派遣官员到西欧各国劝说他们回国，为新生的苏维埃政权服务。在苏联政府的努力下，包括阿·托尔斯泰、茨维达耶娃在内的一部分作家，都纷纷回到国内。另外，当时的侨民文学界开始普遍充满悲观情绪，认为侨民文学没有出路。著名俄侨评论家马克·斯罗林（Mark Slolin）就公然宣称，侨民文学注定死亡，因为离开故土任何艺术都会失去生存的土壤，导致思维发展的停顿。加兹丹诺夫认为，年轻作家痛苦的原因在于：缺乏读者，缺少社会心理基础，缺乏精神上的理解。对于侨民文学界普遍流露的这种悲观情绪，霍达谢维奇提出了自己的观点，他在文章《流亡中的文学》中指出，侨民文学所有的缺陷和失败的原因在于他无法看到"流亡"的意义，无法给新的艺术感受、观念和形式提供基础，因此，只要端正了对"流亡"的看法，侨民作家就会振作精神，为文学带来希望。① 纳博科夫十分赞同霍达谢维奇的观点，在《天赋》中以费多尔的亲身经历证实了这种观点的正确性。

小说中，费多尔多次谈及他在柏林的孤独日子，但对他来说，这种生活并不是"可怕的"、"寒冷的"和"阴暗的"，相反，他认为这种生活奇妙多彩，环境越恶劣，越能激发他的想象和才思。纳博科夫尽管身处异国他乡，像大海中的一叶孤舟，但这种生活却让他有了观察世界的独特视角，给他带来奇特的感受，让他能在这无望的人生里看到希望，创造出独特的艺术。费多尔首先把目光转向周围的外部世界，转向大自然。漂亮的蝴蝶，美丽的彩虹，废弃的铁箱，甚至一个破旧的床垫，在他的眼中都有了新意。其次，他通过艺术建立"现实的环境"。费多尔认为，艺术家可以想象这个或那个人的情感，把自己置于对话者的内部，就像坐到一把椅子上一样。这样，他人的胳膊变成了艺术家的扶手，艺术家的精神也融入了"他人"的精神里。

纳博科夫运用套偶叙事模式，讲述了故事中的故事。费多尔创作的小说"车尔尼雪夫斯基的故事"，就是他以他人的胳膊为自己的扶手，依靠"想象他人的内心情感"创作的故事。其次，费多尔认为，回忆往事可以激发艺术灵感，艺术能让往事获得新生；博大精深的俄罗斯民族文化对于作家来说，是无穷无尽的思想宝藏和灵感源泉，作家要牢记俄罗斯语言和俄罗斯文学。因此，无论何时何地，费多尔只读俄文书籍，尽量讲俄语。他甚至骄傲地说，在柏林的两年，他没有读过一本德语杂志，普希金的诗歌常常在耳边响起。最后，他相信"彼岸世界"的存在，相信"在我们的眼睛触及不到的远方闪耀着的光辉"。

博伊德认为，纳博科夫把"所有的基本情感——对他的祖国，他的家乡，他的语言，他的文学，他的鳞翅目昆虫，他的象棋，他的爱情的爱——都赋予了笔下的主人公。"② 费多尔的人生是纳博科夫生活经历的真实写照，费多尔的全部人生观和艺术观，都在纳博科夫的访谈录《固执己见》和传记作品《说吧，记忆》中得到印证和实践。可以说，

---

①　Б. В. Аверин, сост. *В. В. Набоков*：*Pro et contra*，СПБ.：Издательство русского христианстского гуманитарного института，2001.

②　Brian Boyd, *Vladimir Nabokov*：*The Russian Years*，New Jersey：Princeton University Press，1990，p. 598.

费多尔就是纳博科夫本人。

在小说中，费多尔借亚历山大·车尔尼雪夫斯基之口抨击"可恶的、没有活力的俄国象征主义流派"及其"华而不实的外壳、庸俗的面具和矫揉造作的才能"，而且他还远离陀思妥耶夫斯基，将他安排在普希金、托尔斯泰和契诃夫的对立面，因为陀思妥耶夫斯基否认"感性认识的美妙"。而无论费多尔，还是纳博科夫，都认为文学离不开感性认识，感性认识高于理性，这符合纳博科夫的形而上美学观。纳博科夫又否认文学的社会功用，将鼓吹文学实用主义的梅列日科夫斯基和吉皮乌斯等统统逐出文学王国，认为艺术是纯粹的，不具有任何社会功用，而这些人却把文学看成他们宣传思想的工具，使文学堕落成"这个或那个金色部落的永远的附庸"。

纳博科夫虽不认同车尔尼雪夫斯基提倡的文学社会功用论，但也不赞成陀思妥耶夫斯基的宗教哲学观，特别是"美拯救世界"的理想。在他看来，宗教和理性主义一样，都不能拯救整个世界。所以，无论是车尔尼雪夫斯基还是陀思妥耶夫斯基，都是"一群尖声叫嚷的兴奋的布道家，邋遢的修道士"。那么，有没有令纳博科夫的灵魂感觉更加满意的反映世界现实的方式呢？纳博科夫经过长期的思索之后得出结论："无须借助于这位高雅的无神论者，同样无须借助于普遍的信仰"，只有"超感觉"，即超验主义，才能转化为"一只完整自由的眼睛"，完整地"洞察我们的精神参与下的整个世界"①。小说是神话，虚构是手段。纳博科夫主张想象，在他看来，尽管想象不是唯一的现实，却是最高的现实。在《绝望》《洛丽塔》《普宁》和《微暗的火》等有关自我意识的作品中，他探讨的是想象中的现实和这种现实的虚构和幻想的本质。他不是无神论者，但是一个绝对的唯心论者。他通过强调想象和虚构，探讨更高层次的现实——超验的现实或人类内在精神世界的现实，并从更高层面上探讨了人性、道德、伦理和艺术等人类共同关心的命题。

社会存在和人生经历对纳博科夫的文学观产生了不可忽略的影响，十月革命和流亡生活经历让他站在了苏维埃社会主义的对立面，他在作

---

①   纳博科夫：《天赋》，朱建迅、王骏译，译林出版社 2004 年版，第 323 页。

品中不谈政治，不直接谈论人生哲学。但他的幽默和机智，他超群的语言天赋以及他的创造性阅读，都在《文学讲稿》《俄罗斯文学讲稿》《果戈理》等学术著作中得以充分展现。

第四节　纳博科夫的创造性阅读和审美狂喜

"风格和结构是一部书的精华，伟大的思想不过是空洞的废话。""一个读者若能了解一本书的设计构造，若能把它拆开，他就能更深刻地体味到该书的美。"① 纳博科夫是一个优秀的读者，提倡创造性阅读和艺术的创造性体验，提倡读者参与文本的再创造。他所谓的创造性阅读，就是布鲁姆所说的"误读"。这种"误读"与作家的理想有关，作为"后来者"，面对浩瀚的世界文学经典和巨大的文学传统，纳博科夫已经感受到"无话可说"的窘境，因为前辈作家已经道尽了人类所有的真理，后来作家很难再有所创新，稍不留神就会有拾人牙慧的嫌疑。这种"影响的焦虑"意识会一直折磨着后来作家，使他们不得不在文学传统的缝隙间穿行，寻找自己的发现。

纳博科夫移居美国后，在美国高校从事文学教学 18 年，写下了长达 2000 多页的讲稿。这些文学讲稿被后人整理出版，成了后来的《文学讲稿》《俄罗斯文学讲稿》《果戈理》和《堂吉诃德》。《文学讲稿》从文本出发，对简·奥斯丁的《曼斯菲尔德庄园》、狄更斯的《荒凉山庄》、福楼拜的《包法利夫人》、普鲁斯特的《斯旺宅边小径》、史蒂文森的《化身博士》、卡夫卡的《变形记》和乔伊斯的《尤利西斯》7 部名著进行创造性的阅读和阐释，着重分析作品的语言、结构和文体等创作手段，突出了作品的艺术性，观点鲜明独到。他在扉页中写道："我的课程是对神秘的文学结构的一种侦查。"可以说，《文学讲稿》充分反映了 20 世纪 50 年代结构主义和新批评理论在西方盛行的特点。

纳博科夫强调，从小说中寻找真实是毫无意义的，真实完全取决于小说自成一体的天地，"一个善于创新的作者总是创造一个充满新意的天地。如果某个人物或某个事件与那个天地的格局相吻合，我们就会惊

---

① 　纳博科夫：《文学讲稿》，申慧辉等译，上海三联书店 2007 年版，第 9 页。

喜地体验到艺术真实的快感，不管这个人物和事件一旦被搬到书评作者、劣等文人笔下'真实生活'中会显得多么不真实。对于一个天才的作家来说，所谓的真实生活是不存在的：他必须创造一个真实以及它的必然后果"。① 他认为，《曼斯菲尔德庄园》是一个游戏，是"从针线筐里诞生的一件精美的刺绣艺术品"。

纳博科夫最早发现了小说文本的"互文性"。当然，互文性是 20 世纪 60 年代才有的概念，而在当时，纳博科夫把它称作"引人联想"。他认为，"比直接引经据典更妙的是引人联想（reminisence），这个词用于讨论文学手法时具有一种专门的意义。文学上的引人联想指的是作品中的一个短语，或是一个形象、一个场面，使人联想起某位早期作家，觉得作者是在无意识地模仿他。作者想起曾经在某本书中读到的什么东西，于是对它加以利用，以自己的方式对其进行再改造"②。纳博科夫发现，玛利亚在和亨利·克劳福德的对话中引用了英国感伤主义文学的代表人物劳伦斯·斯特恩小说里著名的一段故事。这段故事在奥斯丁的头脑里留下了模糊的回忆，而这段模糊的回忆又似乎从作者的头脑走进了小说人物聪明的脑袋里，并在那里发展成清晰准确的回忆，贴切地表现了玛利亚因为同拉什沃思订婚而感到紧张与不快。纳博科夫认为，奥斯丁在小说中对英语剧本《情人的誓约》（1798）的引用，是为了小说人物和角色的巧妙安排，"艺术之神的安排使小说中人物之间的真正关系通过剧中人物之间的关系表现出来。"他发现了奥斯丁和狄更斯小说的共同特点：选择一个灰姑娘式的人物在小说中起到了筛选作用，即通过她或她的观察来认识了解其他人物；两个作家都对笔下的人物赋予鲜明的特点，对于不太喜欢的人物在行为举止和态度方面赋予古怪可笑的癖好。因此，他得出结论，狄更斯受到了奥斯丁的影响，无论是《曼斯菲尔德庄园》，还是《荒凉山庄》，都属于喜剧的范畴，是社会风俗喜剧，是 18—19 世纪感伤小说的典型代表。

纳博科夫用马头棋步、特殊笑靥和警示式语调来形容奥斯丁的写作风格。马头棋步是国际象棋术语，纳博科夫借用它形容奥斯丁如何描写主人公范尼在变化多端的感情棋盘上忽而向左忽而向右的突然偏转。特

① 纳博科夫：《固执己见》，潘晓松译，时代文艺出版社 1998 年版，第 213 页。
② 纳博科夫：《文学讲稿》，申慧辉等译，上海三联书店 2007 年版，第 27 页。

殊笑靥强调的是一种讽刺手法，即作者通过简单的陈述事实、报告消息的语句中悄悄插入一点微妙的讽刺而达到的特殊效果，纳博科夫把它比喻为作者白皙的脸颊上一个具有微妙的讽刺意味的笑靥。警示式语调是"一种内容有点自相矛盾，措辞诙谐巧妙的句子所具有的一种简洁的节奏。这种声调，简洁而柔和，平淡却富有乐感，既扼要有力，又明晰轻巧。"① 他认为，警示式语句不是奥斯丁的发明，而是在 18 世纪和 19 世纪初期的法国文学中有充分表现，但奥斯丁把它运用得尽善尽美。

纳博科夫十分重视风格，他把风格看作是作家的特性和人格的内在组成部分。"风格不是一种工具，也不是一种方法，也不仅仅是一个措辞问题，风格的含义远远超出这一切。当我们谈到风格时，我们指的是一位作为单个人艺术家的独特品质及其在他或她的艺术作品中的表现方式……一个没有天资的作家是不能开创出有任何价值的文学风格的；他写出的东西充其量是一个硬拼凑在一起的不自然的解构，没有一丝天才的闪光。""只有具备了文学天资……才能……摆脱陈腐的语言，消除臃肿的文体，养成不找到合适的词语决不罢休的习惯，要找到一个既能准确表现它的细微层次，又能确切表达它的感情强度的唯一一个恰当的词。"②

纳博科夫对文学作品的社会效应和政治影响不感兴趣。他认为，针砭时弊的讽刺作品，如果自身审美价值不高，也是枉然，达不到目的，讽刺的对象和目的都会随着时代的变迁而消失，只有令人炫目的讽刺艺术会隽永深远，作为艺术品而长存不朽。相对于平庸的故事和道德说教，纳博科夫更青睐"妖法幻术"。作为一个优秀读者，他从主题和风格审美的角度使《荒凉山庄》超越了"廉价的改良小说"和"无聊的感伤小说"的范畴，认为狄更斯的伟大之处在于他把善恶两极的对立主题隐藏在风格之下。狄更斯的风格在于他善于"在语词上花样翻新，使用双关语、俏皮话，不但使无生命的文字机灵灵地跃动起来，还使它们超出字面意思变出种种戏法"③。

纳博科夫否认艺术的社会功能，但他更重视艺术的价值。他认为一

---

① 纳博科夫：《文学讲稿》，申慧辉等译，上海三联书店 2007 年版，第 51 页。
② 同上书，第 52 页。
③ 同上书，第 60 页。

个作家可以是一个很好的说书人或说教者，但他同时应是一个善于玩弄魔术的法术师和艺术家，否则他就不是一个伟大的作家。一部伟大的作品给优秀的读者留下的应该是诗的激奋和科学的精确，而不是千百年来已经说尽了的真理。因此，他警告读者，不要从文学作品中寻求真实，只有那些孩童般幼稚的读者才会从一首诗或一部小说中寻找真实。对一部文学作品的分析应当与作家的创作意图相符合。在福楼拜的《包法利夫人》中，他看到了资产阶级的庸俗——只关心物质生活，只相信传统道德的心灵状态。

纳博科夫从来不认为作家的职业是进行道德改良，不是站在"街头演讲台的高度指出高尚的理想"，更不是依靠"匆匆写就二流的作品提供一级的帮助"。但他认为，"犯罪是遗憾的闹剧"，真正的作家会通过在作品中"变恶棍为丑角"，"变邪恶为荒诞"来达到改良社会的目的和责任。

理查德·罗蒂认为，要真正读懂纳博科夫，需要把他的美感主义、他对残酷的关心和他对不朽的信仰串联起来。纳博科夫在解读他所重视的作家时，坚持主张"豪斯曼式的激荡"，即那种激荡在肩胛骨之间的震颤，"是人类在发展出纯粹艺术和纯粹科学时所获得的最高情感"①。这种激荡在肩胛骨之间的震颤并不是单指体验小说文学超凡脱俗的艺术而产生的强烈喜悦的能力，还指对强烈痛苦的无法忍受或因痛苦或愤怒而战栗的能力。

纳博科夫认为，狄更斯还是一个禀赋特异的人，他能够在同一本书里既能给读者带来艺术审美的狂喜，又能让读者体会到，在面对一个与我们毫无关系的儿童的不必要死亡时，我们会因现代社会政治制度带来的羞耻与愤怒而战栗。他指出，狄更斯的伟大在于他的作品能够历久弥新，在任何时代都可以给读者带来肩胛骨之间的激荡。这种肩胛骨之间的激荡，不仅仅是狄更斯的艺术技巧，还指他如何巧妙地利用"浓雾"的隐喻性对英国法律制度进行批判。

纳博科夫的"审美狂喜"有双重意义，它既可以指作者和读者都很容易感受到的感官上的"狂喜"，也可以指需要深刻思考，顿悟之后产

---

① 理查德·罗蒂：《偶然、反讽与团结》，徐文瑞译，商务印书馆 2005 年版，第 208 页。

生的理智的"欣喜若狂"。感官狂喜是在文学文本中表现为狂欢化的场景、小丑似的人物和诙谐灵动的语言。理智的"狂喜"在文本中表现为戏仿、互文、意象和细节的魅力。更重要的是,如何在强调小说艺术技巧的同时,把作家的思想隐藏在各种意象和细节之中。

纳博科夫认为,艺术的魅力在于唤起读者对美的感悟和怜悯。一个可怜的人大衣被抢走了,一个可怜的人变成了甲壳虫?纳博科夫不关心我们应该"怎么办",他关心的是作家如何把小说的各个部分衔接起来的,结构中的一个部分如何呼应另一部分。"能够唤起读者心中既不可解释又不能置之不理的感觉而震颤——美加怜悯,就是艺术。何处有美,何处就有怜悯。道理很简单,美总要消失,形式随着内容的消失而消失,世界随着个体的死亡而消亡。"一位文学大师能够将一个肮脏的世界写成一部富有诗意的小说,一部最完美的作品,靠的是艺术的内在力量,靠的是各种艺术形式和手法……"① 最好的广告总是由狡猾的人编写,因为他们知道如何点燃顾客想象力的火箭。

在纳博科夫的"文学艺术与常识"一文中,他认为常识便意味着平庸,常识是扼杀艺术的秘密炸弹。因为常识是理性的,但"人类的自然品性就像魔术仪式一样毫无理性可言"②。纳博科夫深知,创造性的阅读和创造性的文学创作与审美,必然会招致平庸的大多数人的批评,不过他采取了一种高傲、超然和无畏的态度,因为他明白,"一个人越是聪慧,越是超凡,离火刑柱越近,因为'陌生人(stranger)'和'危险(danger)'是押韵的"。

纳博科夫注重细节,认为细节才能显示世界的美妙。细节是非理性的,细节优于概括,比整体更为生动。细节是"那种小东西,只有一个人凝视它,用友善的灵魂的点头招呼它,而他周围的其他人则被某种共同的刺激驱向别的共同的目标。"发现细节需要有足够的敏感和细心。纳博科夫认为,优秀的读者应该像一位从高处跌落的扫烟囱者,他在头朝下的飞行中,关注的不仅仅是他跌在地上的命运,还能发现高楼顶上的标志牌上有一个字母拼错了,并疑惑为什么没有人去改正。冲进大火救出邻家孩子的英雄姑且令人敬重,但更令人敬仰的是多花五秒钟时间

---

① 纳博科夫:《文学讲稿》,申慧辉等译,上海三联书店 2007 年版,第 217—219 页。
② 同上书,第 329 页。

找到小孩玩具连同孩子一起救出的人。人生就像一场从高处跌向墓地的飞行，置即将来临的危险于不顾，而为琐碎的细节而忧虑的才能——灵魂的低语和生命书册的脚注，是意识最高尚的形式，而且正是这些与所谓的常识和逻辑，所谓的理性和真理大相径庭的孩子气的思辨状态中，才能感受到世界的美妙。

纳博科夫在上文学课时，把一部部文学名著比作精彩的玩偶。他试图把学生造就成优秀的读者。那么，什么样的读者才能是优秀的读者？他说，如果读书是为了把自己当作书中的人物，那是幼儿式的目的；如果是为了学会如何生存是少年人的目的；如果沉迷于各种各样的概念当中，那是为了学术的目的。优秀的读者会为了作品的形式、视角和艺术方法而读书，会在读书的过程中学会感受艺术满足的战栗，去分享作者的情感而不是作品中人物的情感，分享作者创造的喜悦和艰难。

纯科学的刺激和纯文学的愉悦同样重要，关键是去体验在任何思想和情感领域里的激情。如果我们不去品尝一下人类思想所能提供的最珍奇最成熟的艺术之果的话，就有可能失去生活中最美好的东西。纳博科夫"将文学本身的结构风格视为作品的核心和主题，将文学研究的重心从社会现实的外部研究折回到作品内部的'审美狂喜'上来。然而纳博科夫并没有从形式主义的纯语言分析出发，将文学的语言和文学的诗性等同起来，而是通过文本展现文学的'艺术魔力'，实现社会现实向隐喻现实的转化。"[①]

他强调小说的虚构性，指出非理性、非逻辑和不可言喻的幻想被作家赋予特殊的意义，让读者体验到一种艺术带来的"狂喜"。这种最初的狂喜没有有意识的目的，但它在"瓦解过去的旧世界和建立新世界之间的链接上是很重要的。"

---

① 汪小玲："比较文学和世界文学视野下的纳博科夫文学理论研究"，《外语教学》2017年第1期。

结　语

　　判断一个作家属于现代主义作家还是后现代主义作家，不仅要看他的作品是否具有现代或后现代特征，是否是碎片化的，是否使用了戏仿、拼贴和互文手段，更重要的是看这个作家在作品中所体现的文化立场、价值判断和时间观。

　　20岁离开俄罗斯到西欧，在柏林度过了最美好的年华之后，纳博科夫在40岁时又离开巴黎移居到美国，在美国生活了20年后又回到欧洲。纳博科夫的人生每20年就发生一次大的改变。他经历了从东方辗转到西方又回到东方的流亡，也完成了从现实主义文学到现代主义文学，再到后现代主义文学的华丽转身。他的创作保证了当代俄罗斯文学与20世纪初俄罗斯文学之间的连续性，也终结了俄罗斯文学中的宗教传统。

　　无论是现实主义文学还是现代主义文学，其共同特征是构建一种和谐秩序，现实主义文学构建人与社会之间的和谐，现代主义构建人的和谐。以普希金为代表的俄罗斯现实主义文学揭示人与社会的相互关系和秩序，揭示外部现实世界的弊病给人类带来的痛苦，力图发掘潜藏在现实当中的社会历史原因。因为他们认为，人类本身是纯洁美好的，是不好的社会侵蚀了人类的心灵。纳博科夫的部分短篇小说和长篇小说《玛申卡》继承了俄国现实主义文学的人道主义传统，关注流亡侨民的生活和精神状态，表达他们渴望"回归"的共同愿望。

　　流亡西欧期间，纳博科夫目睹了现代资本主义社会的工业化和享乐思潮带来的传统道德价值体系的崩溃，目睹了大众文化的娱乐性与低级趣味带来的"伪艺术"的泛滥和"生活电影化"，以及工业化社会人类内在精神世界的不和谐。他认为，外在现实世界和内在精神世界的格格不入和相互冲突，是人类心灵孤独、精神漂泊，时时充满危机感，也是导致人类悲剧命运的根本原因。人类怎样才能超越这个冷酷的外部世界？纳博科夫的"宇宙同步"为人类在意识上超越时间和空间的限制，回归"逝去的天堂"，抵达"彼岸世界"，提供了一种形而上的哲学思考。

　　"白银时代"的俄罗斯现代主义文学主要揭示了人类内心精神世界里的混乱，它以重建人类内在世界的和谐性为己任，希望艺术美可以拯救一切，甚至把艺术和美看作20世纪新文明的宗教，认为"美拯救世界"。然而，法西斯主义和纳粹主义的兴起，使纳博科夫看到了现代主义文学"美拯救世界"理想的失败。《卢仁的防守》不是卢仁在棋盘上的防守，而是他为保存内在世界安宁对外部现实世界的防守，也不是他一个人的防守，更是妻子为捍卫家庭幸福和拯救卢仁生命而进行的抗争，但在纳博科夫看来，任何抗争都是令人绝望的，因为"美"已经不能拯救世界，人类已经没有任何和谐可言。因此，在他笔下，"彼岸世界"里的"永恒女性"都具有明显的世俗特征，她们带给人类的慰藉是短暂的、微不足道的。

　　对于后现代主义文学来说，人类已经没有所谓的和谐可言，没有绝对的真理，描写真理的冲突已经退化为无法表达的痛苦。纳博科夫运用隐喻、象征、双关语、字谜、戏拟、反讽、互文、复制等具有后现代主义文学典型特征的手法，精心营造文本的复杂性、迷惑性和不确定性，使读者参与文本的再创造，从而达到主题的多元性和文本意义的无限扩展。语言和文本不仅仅是纳博科夫表达思想的工具，也是他和读者审美的客体。"艺术是虚构，小说是童话，艺术家是魔术师"是纳博科夫的艺术观，他专注于对作品形式的探索和作为个体的人的意义的追寻。在《斩首之邀》《洛丽塔》《普宁》《微暗的火》和《阿达》等具有后现代主义典型特征的作品中，纳博科夫表现的不是社会现实，而是人意识中的现实，这种现实是无意识的，是烦躁狂热的，是无序的和片段化的。在纳博科夫看来，生活恰恰就是在这种片段性的流动和转换当中完成的。与前期的现实主义和现代主义文学创作模式不同，他后期的创作是具有后现代性的意识创作模式，是"没有原件的复制品"。他的《斩首之邀》《绝望》揭示了人的意识和最终产生的结果。他用意识层面的现实代替真实的现实，用后现代主义艺术手法使文本的意义得到无限扩展。

　　纳博科夫是一个创造性的优秀读者，提倡创造性阅读和创造性体验。他的《眼睛》《微暗的火》《洛丽塔》具有独特的对话性。这种以互文性为标志的对话，是他与果戈理、陀思妥耶夫斯基等俄罗斯文学传统的对话，也是与西欧文学传统的对话，更是人与生活的对话，人与文本的对话，文本与生活的对话，是一种复调中的复调，是众声喧哗的。他通过虚拟时间和空间达到消解时间和空间存在的目的。因此，纳博科夫的文本时空是虚拟的、错乱的、无序的，读者不再感受到正常的符合逻辑的时空。

　　纳博科夫强调虚构性写作，把写作当作游戏。他注重细节，强调在细节中体验"审美狂喜"。他所谓的"激荡在肩胛骨之间的震颤"，"是人类在发展出纯粹艺术和纯粹科学时所获得的最高情感"，不单指体验小说超凡脱俗的艺术而产生的强烈喜悦的能力，包括对强烈痛苦的无法忍受或因残酷而感到愤怒的能力。"审美狂喜"不仅使纳博科夫的作品具有超凡脱俗的艺术性，而且使小说创作和阅读成为一场追求和体验"审美狂喜"的文本游戏。

　　因此，我们可以得出结论，纳博科夫不仅是一位伟大的文体家，也是一位关心人类命运和人的精神世界，深刻探讨伦理、自由与道德问题的人文主义者。他的创作保证了当代俄罗斯文学与20世纪初俄罗斯文学的连续性，也使世界文学发展到一个新的高度，丰富了小说的形式。他采用独特的艺术手法，不仅讽刺和批判了人性中普遍存在的"庸俗"和"残酷"，还揭示了现代社会由于外在现实世界与内在精神世界的不协调和冲突而造成的人类灵魂的孤独。俄罗斯文学传统，特别是普希金文学传统和"白银时代"的俄罗斯现代主义文学传统，对纳博科夫产生了深刻的影响。他对果戈理和陀思妥耶夫斯基进行了"误读"和"修正"，使俄罗斯文学传统中的"神秘叙事模式"和"替身写作模式"发展到了一个前所未有的高度，达到了真正的不朽。纳博科夫的创作，既有对俄罗斯文学传统的继承，又有为表现后现代人类经验而进行的艺术创新，实现了深刻的思想意义和创新的艺术形式的辩证统一，为世界文学宝库增添了多部经典作品，也为新世纪世界进步文学的发展指出了一个新的方向。

参考文献

外文参考文献

В. В. Набоков, *Защита Лужина*, М.：Азбука, 2007.

В. В. Набоков, *Король, дама, валет*, *Собр. романов и рассказов*, М.：Издательство АСТ, 2004.

В. В. Набоков, *Отчаяние*, Санкт－Петербург：Издательский дом 《Азбука－классика》, 2007.

В. В. Набоков, *Переписки с Эдмундом Уилсоном* // Звезда, 1996, №. 11, сс. 112-132.

В. В. Набоков, *Письмо Морису Бишопу от 6 марта 1956г*// *Литературая газета*, 1990, 2 мая, №. 18.

В. В. Набоков, *Сборник романов*, М.：Издательство АСТ, 2004.

В. В. Набоков, *Соглядатай*, М.：Азбука, 2008.

В. В. Набоков, *Стихотворения и поэмы*, М.：Харьков, 1999.

Б. В. Аверин, сост.*В. В. Набоков*: *Pro et contra*, СПБ.：Издательство русскогохристианстского гуманитарного института, 2001.

Н. Анастасьев, *Владимир Набоков*: *Одинокий Король*, М.：Центрп олиграф, 2002.

Ю. Айхенвалд, *Король, дама, валет* // *Классик без ретуши, Литературный мир о творчестве Владимира Набокова*, 2000, сс. 143-147.

М. М. Бахтин, *Проблемы поэтики Достоевского*, М.：Издательство советских писателей, 1990.

А. Белый, *Арабески*, Munchen: Wilhelm Fink Verlag, 1969.

А. Белый, *Символизм*, Munchen: Wilhelm Fink Verlag Munchen, 1969.

Н. Берберова, *Набоков и его Лолита*, *http: //www. belousenko. com/books/ Berberova /berberova_ nabokov. htm.*

В. Ерофеев, *Влабиринте проклятых проблем.* М.: Издательство советских писателей, 1990.

А. Злочевская, *Достоевский и Набоков // Достоевская мировая культура*, М., 1996, №. 7, сс. 85-94.

Л. Колобаева, *О переспективах психологизма в русской литературе нашеговека//Вопросы литературы*, 1999, №. 2, сс. 79-91.

Ю. Ф. Карякин, *Вдруг как громом... //* Карякин Ю. Достоевский и канун XXI века, М., 1989, сс. 641-645.

Ю. Левинг, *Империя N. Набоков и наследник*, М.: Новое литера турное обозрение, 2006.

Л. Липовецкий, *Современная литература*, М: Издательский центр Академия, 2003.

Н. Г. Мельников, сост. *Классик без ретуши: литературный мир о творчестве Владимира Набокова*, М.: Новое литературное обозрение, 2000.

Олег Н. Михаилов, *В.В Набоков*, М.Советская энциклопедия, 1965.

Л. Сараскина, *Набоков, который бранится··· //*Октябрь, 1993, №. 1, сс. 158-170.

В. П. Старк, *А. С. Пушкин и В. В. Набоков*, СПБ.: Дорн, 1999.

Глеб Струве, *Владимир Набоков каким я его знал и каким вижу теперь// Русская литература*, 2007, №. 1, сс. 237-257.

Глеб Струве, *Русская литература в изгнании*, Нью - Йорк: Издательство Имени Чехова, 1956.

В. Ходасевич, *Колеблемый треножник*, М.: Издательство советских писателей, 1990.

В. Ходасевич, *Некрополь: Воспоминания*, Bruxelles, Les Editions, Petropolis, 1939.

М. Шульман, *Набоков: писатель*, М.: Издательство А и Б, 1998.

V. E. Alexandrov, *Nabokov's Otherworld*, New Jersey: Princeton University Press, 1991, ed.

V. E. Alexandrov, ed. *The Garland Companion to Vladimir Nabokov*, New York: Garland, 1995.

J. A. Cuddon, *A Dictionary Literary Terms and Literary Theory*, London: Penguin Group, 1986.

Julia Bader, *Crystal Land: Artifice in Nabokov's English Novels*, Berkeley: University of California Press, 1991.

Brian Boyd, *Vladimir Nabokov: The Russian Years*, New Jersey: Princeton University Press, 1990.

Brian Boyd, *Vladimir Nabokov: The American Years*, New Jersey: Princeton University Press, 1991.

Julian W. Connolly, *Nabokov's Early Fiction: Patterns of Self and Others*, London: Cambridge University Press, 1993.

Dimitris Vardoulakis, *The Doppelganger: Literature's Philosophy*, Fordham University Press, 2010.

Andrew Field, *Nabokov: His Life in Art: A Critical Narrative*. Boston, Mass: Little, Brown and Company, 1967.

R. W. Flint, "Nabokov's Love Affairs", *New Republic Post*, June 17, 1957.

John Burt Jr. Foster, *Nabokov's Art of Memory and European Modernism*, New Jersey: Princeton University Press, 1993.

E. Slethaug Gordon, *The Play of the Double in Postmodern American Fiction*, Carbondale: Southern Illinois University Press, 1993.

G. M. Hyde, *Vladimir Nabokov: America's Russian Novelist*, London: M. Boyers, 1977.

Johnson D. Barton, *Worlds in Regression: Some Novels of Vladimir Nabokov*, Ardis, 1985.

J. H. Miller, *Fiction and Repetition*, Cambridge, Massachusetts: Harvard University Press, 1981.

Donald Morton, *Vladimir Nabokov*, New York：Ungar，1974.

V. V. Nabokov, *Lectures on Russian Literature*, New York：Harcourt Brace Jovanovich，1981.

V. V. Nabokov, *Lolita*, New York：Vintage International，1989.

V. V, Nabokov, *Nikolai Gogol*, New York：New Direction Publishing Limited Corporation，1961.

V. V. Nabokov, *Pnin*, New York：Berkley Books，1962.

V. V. Nabokov, *Pale Fire*, New York：Alfred A. Knopf, Inc.，1992.

V. V. Nabokov, *Speak*, *Memory*, New York：Alfred A. Knopf, Inc.，1999.

V. V. Nabokov, *Strong Opinion*, New York：Random House，1999.

Maxim D. Shrayer, *The World of Nabokov's Stories*, Austin：University of Texas Press，1999.

Maxim D. Shrayer, "Death, Immortality, and Nabokov's Jewish Theme"，*The Nabokovian*，38（Spring 1997）：17–26.

中文参考文献：

纳博科夫：《防守》，陈岚兰、岳崇译，时代文艺出版社 1999 年版。

纳博科夫：《菲雅尔塔的春天》，石枕川、于晓丹译，浙江文艺出版社 2003 年版。

纳博科夫：《固执己见》，潘晓松译，时代文艺出版社 1998 年版。

纳博科夫：《黑暗中的笑声》，龚文庠译，上海译文出版社 2006 年版。

纳博科夫：《绝望》，朱世达译，上海译文出版社 2006 年版。

纳博科夫：《洛丽塔》，主万译，上海译文出版社 2008 年版。

纳博科夫：《玛丽》，王家湘译，上海译文出版社 2007 年版。

纳博科夫：《普宁》，梅绍武译，上海译文出版社 2006 年版。

纳博科夫：《天赋》，朱建迅、王骏译，译林出版社 2004 年版。

纳博科夫：《微暗的火》，梅绍武译，上海译文出版社 2008 年版。

纳博科夫：《文学讲稿》，申慧辉等译，上海三联书店 2005 年版。

纳博科夫：《眼睛》，蒲隆译，上海译文出版社 2008 年版。

纳博科夫：《斩首之邀》，陈安全译，上海译文出版社 2006 年版。

纳博科夫："卑鄙小人"，张兰芬译，《俄罗斯文艺》1996年第2期。

［俄］阿格诺索夫：《20世纪俄罗斯文学》，凌建侯等译，中国人民大学出版社2001年版。

［俄］阿格诺索夫：《俄罗斯侨民文学史》，刘文飞、陈方译，人民文学出版社2004年版。

［俄］别尔嘉耶夫：《俄罗斯思想》，雷永生、邱守娟译，北京三联书店1995年版。

［俄］别尔嘉耶夫：《自我认知》，王剑钊译，上海人民出版社2007年版。

［俄］别林斯基：《别林斯基选集》第一卷，上海译文出版社1979年版。

［美］布鲁姆：《影响的焦虑》，徐文博译，江苏教育出版社2006年版。

曹靖华：《俄国文学史》，人民文学出版社1990年版。

［俄］车尔尼雪夫斯基：《车尔尼雪夫斯基论文学》，上海译文出版社1978年版。

陈平：《火焰为何微暗——纳博科夫小说〈微暗的火〉评析》，《外国文学评论》2000年第4期。

陈平：《对话与颠覆——读纳博科夫的〈阿达〉》，《外国文学》2005年第2期。

陈世丹：《美国后现代主义小说详解》，南开大学出版社2010年版。

［俄］谢尔盖·达维多夫：《在普希金的天平上纳博科夫的〈天赋〉》，曹雷雨译，《外国文学》1998年第4期。

戴晓燕：《〈普宁〉叙述者问题浅析》，《南京师范大学文学院学报》2005年第3期。

杜文娟：《诠释象征——别雷象征艺术论》，中国传媒大学出版社2006年版。

［俄］赫尔岑：《赫尔岑论文学》，辛未艾译，上海译文出版社1989年版。

胡宝平：《论布鲁姆"诗学误读"》，《国外文学》1999年第3期。

胡克：《理性、社会神话和民主》，金克、徐崇温译，上海人民出版社 1965 年版。

　　黄铁池：《玻璃彩球中的蝶线——纳博科夫及〈洛丽塔〉解读》，《外国文学评论》2002 年第 2 期。

　　黄晓晨：《文化记忆》，《国外理论动态》2006 年第 4 期。

　　[美] 坎利夫、马库斯：《美国的文学》，方杰译，中国对外翻译出版公司 1985 年版。

　　[俄] 利哈乔夫：《解读俄罗斯》，吴晓都等译，北京大学出版社 2002 年版。

　　李小均：《火焰为何微暗——从文本结构管窥〈微暗的火〉的意义》，《国外文学》2008 年第 2 期。

　　林焕平：《高尔基论文学》，广西人民出版社 1980 年版。

　　刘宁：《俄国文学批评史》，上海译文出版社 1999 年版。

　　刘佳林：《论纳博科夫的文学观》，《国外文学》2006 年第 1 期。

　　刘佳林：《果戈理的另一幅肖像——纳博科夫〈尼古拉·果戈理〉述评》，《扬州大学学报》（人文社会科学版）2002 年第 3 期。

　　刘文霞、郭英剑：《纳博科夫：20 世纪最伟大的双语作家》，《文艺报》2009 年 4 月 25 日。

　　[美] 理查德·罗蒂：《偶然、反讽与团结》，许文瑞译，商务印书馆 2005 年版。

　　[美] 马尔库塞：《审美之维》，李小兵译，广西师范大学出版社 2001 年版。

　　蒙柱环：《论纳博科夫〈绝望〉的两个"想象性"及其真实意图》，《南昌大学学报》2008 年第 2 期。

　　彭克巽：《陀思妥耶夫斯基的创作美学》，《国外文学》2001 年第 3 期。

　　[俄] 蒲宁：《耶利哥的玫瑰》，冯玉律、冯春译，上海译文出版社 2004 年版。

　　普希金：《叶甫盖尼·奥涅金》，剑平译，河南人民出版社 2004 年版。

　　任光宣：《俄罗斯文学简史》，北京大学出版社 2006 年版。

　　陀思妥耶夫斯基：《温顺的女性》，成时译，人民文学出版社 1986

年版。

陀思妥耶夫斯基：《罪与罚》，张铁夫译，海南国际新闻出版中心 1997 年版。

陀思妥耶夫斯基：《陀思妥耶夫斯基书信集》，人民文学出版社 1986 年版。

谭少茹：《纳博科夫文学思想研究》，湖北人民出版社，2017 年。

王逢振：《怪才布鲁姆》，《外国文学》2000 年第 1 期。

王青松：《论〈普宁〉的内在有机机构》，《外国文学评论》2004 年第 2 期。

吴予敏：《美学与现代性》，人民文学出版社 2001 年版。

徐凤林：《索洛维约夫哲学》，商务印书馆 2007 年版。

杨金才：《〈洛丽塔〉的毁誉与流传》，《世界文化》1996 年第 1 期。

殷企平：《元小说的背景和特征》，《杭州大学学报》1995 年第 3 期。

余亚娜：《期盼索菲亚——俄罗斯文学中的"永恒女性"崇拜哲学与文化探源》，人民文学出版社 2009 年版。

于晓丹：《纳博科夫其人及其短篇小说》，《外国文学》1995 年第 2 期。

于明清：《纳博科夫作品中的普希金传统》，《俄国语言文学研究》（文学卷，第二辑），余亚娜主编，人民文学出版社 2003 年版。

乐峰：《东正教史》，中国社会科学出版社 1999 年版。

张冰：《纳博科夫与白银时代俄国文化精神》，《外国文学研究》2005 年第 3 期。

赵君：《后现代文艺转型期纳博科夫小说美学思想研究》，世界图书出版公司 2014 年版。

赵抗伟：《文学作品与现代传媒》，《文艺理论研究》2000 年第 5 期。

周启超：《白银时代俄罗斯文学研究》，北京大学出版社 2003 年版。

周启超：《独特的文化身份与独特的彩色纹理：双语作家纳博科夫文学世界的跨文化特征》，《外国文学评论》2003 年第 4 期。

周芬娟、杨宇杰：《解读〈一则童话〉》，《名作欣赏》2000 年第 4 期。